S59

A

Paris! Die große Leidenschaft für diese Stadt hat Leah und Robert von Anfang an verbunden. Doch während sie in Milwaukee eine Familie gründen, Roberts Erfolg als Schriftsteller auf sich warten lässt und ihre Beziehung immer schwieriger wird, bleibt Paris nur ein Traum. Bis Robert eines Tages verschwindet und Leah und ihren Töchtern nichts als ein paar Spuren bleiben: ein Flugticket und ein Romanmanuskript, die ausgerechnet nach Paris und zu einem neuen Leben führen. Aber lässt sich ein Traum ohne dessen Urheber weiterschreiben?

»Das Problem war nicht, dass wir nach oder in Roberts Manuskript lebten. Sondern, dass uns die Seiten ausgingen.«

Liam Callanan

Ich erfinde dir Paris

Roman

Aus dem
amerikanischen Englisch
von Juliane Zaubitzer

Atlantik

Die Originalausgabe erschien 2018 unter dem Titel
Paris by the Book bei Dutton, New York.

Atlantik Bücher erscheinen im
Hoffmann und Campe Verlag, Hamburg.

1. Auflage 2020

www.hoffmann-und-campe.de *www.atlantik-verlag.de*
Umschlaggestaltung: Kuzin & Kolling,
Büro für Gestaltung, Hamburg
Umschlagabbildung: © Elen Winata, Singapore
Satz: Pinkuin Satz und Datentechnik, Berlin
Gesetzt aus der Trump Mediäval
Druck und Bindung: GGP Media GmbH, Pößneck
Printed in Germany
ISBN 978-3-455-00865-4

HOFFMANN
UND CAMPE

Ein Unternehmen der
GANSKE VERLAGSGRUPPE

Für die, die ich fand

»Wenn wir jemanden wirklich brauchen, ist es unvermeidlich, dass wir ihn finden. Der Mensch, den wir brauchen, zieht uns an wie ein Magnet. Ich kehrte nach Paris zurück, nach all den Jahren auf dem Land, und ich brauchte einen jungen Maler – einen jungen Maler, der mich inspirierte. Paris war phantastisch, doch wo war der junge Maler?«

Gertrude Stein
Paris, 1945

Prolog

Einmal in der Woche folge ich Männern, die nicht mein Ehemann sind.

(Trotz allem tue ich das noch immer.)

Das sollte ich nicht, aber ich tue viele Dinge, die ich nicht tun sollte – rauchen, eine Buchhandlung besitzen, Französischunterricht bezahlen, den zu schwänzen ich immer einen Grund finde –, und eben das. Ich bringe meine Töchter zur Schule, starre an den Eltern vorbei, die an mir vorbeistarren, und beginne meine Suche nach dem Mann des Tages.

Manchmal fange ich direkt dort an und verfolge einen Vater, der sich gerade aus der Schar vor dem massiven Schultor löst. Meistens begebe ich mich in die belebte Rue Saint-Antoine und durchsiebe die vorbeiziehende Menge. An manchen Tagen finde ich ihn ganz schnell. An manchen Tagen brauche ich den ganzen Vormittag. An manchen Tagen folge ich jemandem eine Weile, normalerweise jemandem, der meinem Mann ähnelt, oder ihm so ähnlich ist, wie es eben geht oder wie ich es ertrage – das tintenschwarze Haar, die schmalen Schultern, die Hände, die nicht in den Taschen bleiben können, der Kopf, der nicht aufhören kann, sich nach allem außer nach mir umzudrehen –, nur um das Interesse zu verlieren, wenn mich ein unstimmiges Detail ablenkt. Mein Mann würde nie eine blaue Brille tragen. Mein Mann würde nie einer schwangeren Frau nicht das Taxi überlassen. Mein Mann würde nie eine Zeitschrift vom Kiosk klauen, einen Apfel vom Gemüsehändler, ein

Buch von einem *bouquiniste.* Mein Mann würde nie eine Frau küssen, die nicht seine ist.

An manchen Tagen finde ich ihn nicht. Das überrascht mich jedes Mal, obwohl mich eher all die Tage überraschen sollten, wenn alles passt, wenn ich im Radius von einem halben Kilometer einen Mann finde, dem ich eine Weile folgen möchte.

Diesen Männern zu folgen sollte schwieriger sein, als es ist. Ist es nicht. In Paris ist es voll. Voller, als Werbespots und Poster vorgaukeln, und ich – na ja, obwohl ich hübsch bin, lange Beine habe und unfreiwillig die Distanz ausstrahle, die Männer so lieben, bin ich zweiundvierzig, ungefähr doppelt so alt wie jede beliebige Frau, für die Männer sich hier interessieren.

So ist es eben. Unsichtbarsein gefällt mir, kommt mir entgegen.

Gelegentlich, zu oft, spricht die Polizei Warnungen aus, Ermahnungen: Wir sollen wachsam sein. Und das bin ich, und andere sind es auch, doch ich habe festgestellt, dass ich nie unsichtbarer bin als im Windschatten solcher Warnungen. Ich sehe nicht aus wie jemand, den irgendjemand glaubt, im Auge behalten zu müssen.

Auch an solchen Tagen, an allen Tagen, kann es heikel werden, wenn der Mann, dem ich folge, von den Hauptstraßen in schmalere einbiegt. Auf den belebten Boulevards habe ich mich jemandem schon auf ein oder zwei Meter genähert, nah genug, um die Dichte seines Haars zu erkennen (das von meinem Mann, so dicht), sein Rasierwasser einzuatmen (mein Mann, keins, niemals), den Rauch in seinen Kleidern zu riechen (mein Mann leugnete immer, dass er geraucht hatte, doch ich entlarvte seine Lüge auf diese Weise, ein Schnüffeln, ein Schnuppern – aber ich war gewarnt: Ja, er konnte lügen).

In den ruhigeren Gassen gehe ich einen Block oder mehr

auf Abstand. Dann überlege ich, was ich tun würde, wäre es wirklich mein Mann: ihn umarmen, seine Hand nehmen, ihn festhalten, während ich ihn trete, ohrfeige, frage *warum* und *wie* und *wo*.

Aber er ist es nicht, er ist es nie, deshalb schaue ich in die Schaufenster, ich schaue auf mein Handy, ich lese die Gedenktafeln, damit der Mann, den ich verfolge, keinen Verdacht schöpft: *C'est juste une autre touriste perdue.*

Einmal (und nur einmal) passierte es schließlich. Ein Mann, dem ich folgte, stellte mich.

Das war sechs Monate nach unserer Ankunft. Gar nicht lange her. Lange genug; damals war ich anders. Paris auch.

Trotzdem hätte ich es wissen müssen. Ich *wusste* es – ich hatte von Anfang an gewusst, dass es Ärger geben würde, weil er meinem Mann *zu* sehr ähnelte. Dasselbe Haar, dieselbe Brille, dasselbe Lächeln. Dieses Lächeln schenkte er einer Frau im Apple Store unter dem Louvre (fast so beliebt, so überfüllt wie das Museum darüber), und da sprang es mir ins Auge, das schiefe Grinsen. Ich hatte nicht bemerkt, dass er der Doppelgänger meines Mannes war, bis ich es sah, und dann konnte ich nicht anders, als ihm zu folgen. Er umkreiste den Zwilling der Louvre-Pyramide, die wie ein Pfeil nach unten zeigt (als wollte sie sagen: hier spielt die Musik – was ja auch stimmt), dann lief er unbeeindruckt an allen anderen Versuchungen des unterirdischen Einkaufszentrums vorbei (Kaffee, Spielzeug, Luxustoilettenpapier), bevor er die Stelle erreichte, wo man sich entscheiden muss: tiefer runter in die Métro oder hoch an die Oberfläche?

Und wäre er nach unten gegangen, hätte ich ihn ziehen lassen, denn ich war an jenem Tag nicht auf eine Verfolgungsjagd in der Métro eingestellt. Die Mission war nicht geplant. Ich hatte meinen Töchtern – Ellie, damals sechzehn, und Daphne, vierzehn – nur neue Ladekabel kaufen wollen. Die Billigkopien, die ich ihnen besorgt hatte, funktionierten nicht. Ich wollte zur Abwechslung mal etwas richtig machen und mit den Kabeln in der Hand zu Hause sein, wenn sie aus der Schule kamen.

Doch er ging nicht runter, er ging hoch, und oben angekommen tat er etwas, das keinen Sinn ergab. Statt auf die belebte Rue de Rivoli ging er zurück ins Einkaufszentrum zwischen den weiten Flügeln des Louvre. Er wollte wohl noch einen letzten Blick hinein werfen.

Und ich auch.

Nach ein oder zwei Minuten schaute er auf die Uhr und wählte dann ein anderen Weg zurück in die Welt, die Passage Richelieu, ein Säulengang durch die Galerie mit den französischen Skulpturen. Glaswände erlauben den Passanten einen Gratisblick ohne Schlangestehen.

Würde er hinsehen? Nein.

Ich konnte nicht anders, doch durch mein Zögern hätte ich ihn beinahe verloren, und ich musste meinen Schritt kurz beschleunigen, um ihn einzuholen, als er auf die Straße trat, sie überquerte und auf der Rue de Valois Richtung Norden ging.

Ich stellte mir erneut ein Ultimatum. Wenn er rechts zur Banque de France abbog, würde ich die Verfolgung sofort abbrechen. Wenn er links in den Palais Royal ging mit seinen prächtigen Gärten und stattlichen Baumreihen, würde ich ihm folgen.

Er ging nach links. Ich auch. Er ging schneller. Ich versuchte, es nicht zu tun. Er verließ das Gebäude durch einen Säulenwald in der nordöstlichen Ecke. Erst nach Westen, dann nach Norden. Wir gingen durchs Tor der Bibliothèque Nationale Richelieu, auf deren Hof schwarz gekleidete Wissenschaftler und Mitarbeiter plauderten, rauchten und aus winzigen Plastikbechern Kaffee tranken. Weiter. Die alte Börse. Banken. Cafés. Münzhändler und *philatélistes*, und ich dachte schon, er würde bis Montmartre laufen, und ich auch. Einfach so.

Selbst ich gebe zu, dass Paris ein Theater ist, verschnörkelt, vergoldet (obschon an den Ecken leicht abgestoßen), und wenn man hier lebt, verbringt man die meiste Zeit damit, draußen zu warten, dass man reingelassen wird, oder, wenn man drin ist, zu warten, dass sich der schwere rote Vorhang hebt. Und dann passiert etwas. Das Licht verdunkelt sich, ein Raunen geht durchs Publikum, irgendwo regt sich etwas, und man weiß, die Vorstellung beginnt endlich.

Ich rede von den üppigen Blumen, die hoch oben in den versteckten Seitenstraßen aus Balkonkästen quellen. Vom überfüllten Museumsflur, in dem du das Gefühl hast, dass eine Statue dich anstarrt, nur dich, und dass ihr Lächeln auch nach Jahrhunderten noch verschmitzt ist. Von der Mahlzeit, deren einfachste Zutaten vor dir auf dem Teller (vielleicht hast du sie selbst zubereitet, bist den überschwänglichen Anweisungen des Metzgers aufs Genaueste gefolgt) sich zu dem Besten vereinen, was du je gegessen hast. Man wartet und wartet, dass der Vorhang sich hebt, gerade weil man nicht weiß, wann er sich hebt, wo er sich hebt oder was zum Vorschein kommen wird.

Ein Mann, vielleicht. Dein Ehemann.

Ich schrieb Ellie eine SMS. Dass ich mich verspäte, dass sie den Laden aufschließen soll, das Schild auf OUVERT – GEÖFFNET drehen, um einen der seltenen Kunden anzulocken.

Und an dieser Stelle unterbrach mich der Mann, dem ich folgte.

Oui?, fragte er.

Kein Hallo. Ich war mit meinem Handy beschäftigt gewesen. Ich war zwar weitergegangen, aber unaufmerksam.

Und da stand ich nun, und dieser Mann sprach mich an, was noch nie vorgekommen war.

Er kam zu nah. Sein Atem roch scharf. Passanten, Hunde, Lieferanten, *Trottinettes* wirbelten um uns herum, Felsen in der Brandung.

Non, sagte ich. *Non*, obwohl ich *Verzeihung* hätte sagen sollen, und zwar auf Englisch. Aber *non* war mir vertrauter als jedes andere französische Wort, und deshalb hielt er mich für eine Einheimische. Er senkte die Stimme, als er auf Französisch fragte, warum ich ihm folgte.

Was ich nicht sagte: dass ich meinen Mann verloren hatte, dass ich in den ersten Monaten die von diversen Broschüren und Internetseiten und zu vielen Büchern prophezeiten Phasen der Trauer durchlaufen hatte – Schock, Leugnen, Verhandeln, Schuld, Zorn, Verzweiflung – nur dass ich sie immer und immer wieder durchlief und doch nie die versprochene Akzeptanz eintrat.

Bis ich es doch zu dieser letzten Phase schaffte, oder sagen wir eher, bis ich schließlich etwas anderes akzeptierte, nämlich dass die provisorische Lösung, die ich für meine Familie gefunden hatte – eine Pariser Buchhandlung zu betreiben, über der wir wohnten –, möglicherweise von Dauer war.

Und so begannen neue Phasen. Französische Phasen. Die, wie so vieles hier, den amerikanischen zu entsprechen scheinen, sich aber als etwas völlig anderes entpuppen. In Amerika siehst du einen Mann, der deinem ähnelt, und lächelst traurig. In Frankreich stellst du ihm nach.

In Amerika denkst du: Natürlich bist du neugierig – es fühlt sich an wie ein unvollendetes Buch.

In Frankreich wusste ich, es *war* wegen eines unvollendeten Buches.

In Amerika sagst du: *Ich habe meinen Mann verloren*, und alle glauben, sie wüssten, was du meinst.

In Frankreich wissen sie es besser. Wenn ich sage, ich habe ihn *verloren*, sagt niemand: *Das tut mir sehr leid.*

Sie fragen: *Wo ist er hin?*

Und daher antwortete ich dem Mann, dem ich gefolgt war, und erzählte ihm, was ich der Polizei erzählt hatte, als ich noch mit der Polizei redete.

Ich sagte: *Ich suche meinen Mann.*

Was ich nicht sagte, weil ich es zu der Zeit, zur Zeit dieser Geschichte, *meiner* Geschichte, noch nicht wusste?

Mein Mann sucht mich.

Paris, Wisconsin

Kapitel Eins

Ich habe die Fassade unserer Buchhandlung lange als raffinierte Falle betrachtet.

Das soll auch so sein. Zwar befinden wir uns im beliebten Marais, aber im unteren Teil nahe der Seine, weit weg von Falafel-Ständen und *crêperies*, Fußgängerzonen und somit Menschenmassen und somit Kunden. Eine Seite unseres Häuserblocks wird fast vollständig von der nackten Wand eines Klosters eingenommen, das vielleicht bewohnt ist, vielleicht auch nicht. Trotz des ganzen Glockengeläuts habe ich noch nie einen Mönch gesehen. Gegenüber des Klosters eine Reihe Läden wie unserer, die aus dem Parterre anonymer Gebäude mit glatten Fassaden in gelbstichigen Pastelltönen spähen. Hoch oben schwarz angelaufene Zinkdächer und verwitterte Fensterläden, hier und dort Blumen oder ihre Überreste, sowie schmiedeeiserne Gitter oder ihre Überreste.

Und unser Laden, knallrot wie ein Apfel, eine Wunde.

Der Laden ist immer rot gewesen, doch es war dunkler, bläulicher, eher in Richtung Cabernet, als ich ihn zum ersten Mal sah. Es war meine Idee, ihn kirsch-, fast feuerwehrrot anzustreichen. Das verursachte einen kleinen Skandal, obwohl ich es mit unserer Vermieterin, der ursprünglichen Besitzerin Madame Brouillard, abgesprochen hatte. Ein Maler sprang ab, noch bevor er angefangen hatte, und ein anderer kündigte nach der Grundierung. Auf Empfehlung meines Paketboten (und inoffiziellen Wachmanns) Laurent, heuerte ich schließlich einen Polen an, der fast so wenig

Französisch sprach wie ich und dem es daher egal war, was die Leute dachten. Ich fragte Laurent, was *er* dachte, als es fertig war. Laurent blickte die Strauße rauf und runter. Der Maler hatte nicht nur genau das Knallrot getroffen, das ich haben wollte, er hatte auch, so sah es jedenfalls aus, ungefähr sechsunddreißig Schichten Lack darüber gepinselt. Der Laden glänzte, als wäre er mit geschmolzenen Lutschern überzogen.

Laurent sagte, die solle ich lieber verkaufen, Lutscher.

Ich schüttelte meinen Kopf.

Er schüttelte seinen.

Wir verkaufen Bücher. Das steht in goldenen Buchstaben auf dem Schaufenster. BUCHHANDLUNG auf der einen Seite, LIBRAIRIE ANGLOPHONE auf der anderen. In der Mitte der Name, eine Debatte. Ursprünglich war der Laden nach der Straße benannt, die nach der heiligen Lucia benannt ist. Das verwirrt die Leute, denn am anderen Ende der Stadt gibt es noch eine Straße, die nach ihr benannt ist. Noch verwirrender: Lucia ist die Schutzheilige der Schriftsteller, aber Madame Brouillard meinte, der Name locke gelegentlich religiöse Kunden an und meistens niemanden. Früher einmal, behauptete sie, hätten sich die Menschen hier gedrängt, nicht nur Buchkäufer, sondern ebenso Buchhändler. Ein Laden nach dem anderen war verschwunden, und viele überließen ihren Bestand Madame. Die englischen Ausgaben, nicht die französischen. Den Ramsch, nicht die Schätze. Und natürlich die Toten, nicht die Lebenden. Sie hatte kaum Bücher von lebenden Autoren.

Ich schlug vor, den Laden in *The Late Edition* umzubenennen, eine Anspielung darauf, dass wir uns fortan auf Autoren spezialisieren würden, die, im Gegensatz zu ihren Büchern, tot waren.

Es gefiel ihr nicht, aber sie ließ mich machen, denn nachtragend zu sein, gehört zu ihren Lieblingsbeschäftigungen.

Manchmal denke ich, nur deshalb hat sie mir, die kaum etwas vom Buchhandel versteht (und noch weniger Französisch), eine Buchhandlung überlassen, die jahrzehntelang in ihrem Besitz war. Und deshalb verfolgte sie wahrscheinlich auch mit Interesse, wie der Tote-Autoren-Ansatz sich als genau die Art Pariser Schrulle entpuppte, nach denen die Autoren von Reiseführern lechzen (die gern darauf hinweisen, dass ich bei Kinderbüchern und jeder Art Bücher von Frauen Ausnahmen mache).

Madame beschäftigt Laurent schwarz, um Nachschub aus den Lagerräumen vor den Toren von Paris zu holen, wo sie die Hinterlassenschaften ihrer Vorgänger lagert. Laurent sagt, auf der ganzen Welt gibt es nicht genug Kunden für all die Bücher dort.

Und Madame hatte nur einen sehr kleinen Anteil an der weltweiten Kundschaft. Als wir den Laden übernahmen, war der Running Gag, dass nur noch drei übrig waren: zwei Amerikaner und eine Neuseeländerin, die gleichzeitig auch meine einzigen Freunde in Paris waren. Auch so ein Witz. Wann immer meine Töchter ihn rissen, lächelte ich, um zu kaschieren, wie weh es tat. Es war nicht nur eine Übertreibung, die drei Kunden zu nennen, sondern mehr noch, sie Freunde zu nennen. Trotzdem war ich dankbar, dass sie gelegentlich bei mir Bücher kauften.

Die Wahrheit ist, im modernen Frankreich, ebenso wie im modernen Überall, verkauft Amazon Bücher (und Winterreifen). Buchhandlungen verkaufen Kaffee. Die profitablen jedenfalls. Für die Buchhandlungen, die nur Bücher verkaufen, ist es hart. In Frankreich ist es geringfügig leichter, auch wenn Amazons Feixen hier ebenso allgegenwärtig ist wie in Milwaukee, wo meine Mädchen und ich bis vor kurzem gelebt haben. (Oder sind zwei Jahre keine kurze Zeit? An manchen Tagen fühlt es sich an wie zwanzig Jahre. An anderen wie zwanzig Minuten.) Das aufgeklärte Frankreich jedenfalls reglementiert das Verramschen von Büchern (oder versucht es) und gewährt, was noch erfreulicher ist, unabhängigen Buchhandlungen gelegentlich finanzielle Unterstützung. Eigentlich soll damit der Verkauf neuer Bücher gefördert werden, aber Madame hatte eine Möglichkeit gefunden, davon zu profitieren, indem sie eine zweite, kleinere Buchhandlung betrieb, die neue französische Titel verkaufte. Sie befand sich rein zufällig in einer anderen Buchhandlung, die gebrauchte englische Bücher verkaufte. Der französische Laden war auf Kinderbücher spezialisiert und befand sich im vorderen Teil des ersten Stocks, der in Wahrheit nur ein enges Zwischengeschoss war.

Der hintere Teil vom Zwischengeschoss diente, notdürftig abgetrennt, als Schlafzimmer für meine Töchter und musste, wenn sie beim Gehen die Tür offen ließen, als Abteilung für englischsprachige Kinderbücher herhalten. Daphne beklagte sich einmal, jemand würde ihre alten Beverly-Cleary-Bücher stehlen. Ich hatte sie verkauft, ohne zu fragen, wo sie gestanden hatten.

Küche, Wohnbereich und mein Schlafzimmer liegen im Stockwerk über den Mädchen, der *étage noble* mit höheren Decken und aufwändigeren architektonischen Details. Doch über die beiden obersten, wesentlich helleren Stockwerke herrscht die noble Madame Brouillard. In dem einen wohnt sie, und in dem darüber ihre Privatsammlung an Büchern, jedenfalls hat sie mir das einmal erzählt. Lange Zeit bin ich nie weiter in ihre Wohnung vorgedrungen als bis in das kleine Wohnzimmer direkt hinter der Tür (das, ebenso wie das Gebäude und wie so vieles in Paris, genauso aussieht, wie Schriftsteller und Künstler uns seit jeher vorgaukeln: gelbes Dämmerlicht, feine Möbel, Spitze, eine alte Kristalllampe auf einem winzigen Tischchen).

Paris ist im Grunde wie Madames müßige Versprechen, mir das oberste Stockwerk zu zeigen, eine Verlockung, eine

Aufforderung. Vielleicht endeten meine Unterhaltungen mit Madame deshalb oft so abrupt. Oder weil sie lange vor mir wusste, dass die Falle nicht für Kunden gedacht war, sondern für meinen verschwundenen Mann – und dass ich stattdessen selbst hineingetappt war.

Es ist ein bisschen ironisch, dass ich eine Buchhandlung führe, denn vor zwanzig Jahren wurde ich in einer zum Klauen verführt. Ironisch ist auch, dass ich in Paris Männer verfolge, denn an jenem längst vergangenen Abend verfolgte mein Mann mich.

Kulissenwechsel! Neuer Bürgersteig, andere Ladenfront, frischer Hintergrund. Fort mit dem Eiffelturm, und stattdessen – nichts. Blauer Himmel, Wolken, wenn Sie wollen. Eine schlichte Skyline. Hier und da ein Kirchturm, ein paar Schornsteine, aber ansonsten Clipart-Gebäude. Schließlich sind wir nicht länger in Paris, sondern in Milwaukee.

Und dort, an meiner linken Hand, kein Ring. Wir sind noch nicht verheiratet, mein Mann und ich. Zwei Menschen aus dem Mittleren Westen, bleich wie der Mondschein, die sich noch nicht einmal kennen, als er mich auf offener Straße anspricht – eine Abfolge von *Heys!*, die immer näher kommen, bis ich mich umdrehen muss – wegen etwas, das ich in der rechten Hand halte. Ein Buch. Wohlgemerkt, ich verstecke es nicht. (Ich verstecke es nicht, weil ich es nicht kann – es ist etwa fünfundzwanzig mal dreißig Zentimeter groß, ein Kinderbuch mit einem knallroten Luftballon auf dem Cover.)

»Hi«, sagte er mit einem verhaltenen Lächeln. »Ich glaube, du hast vergessen zu bezahlen.« Jetzt runzelte er passend zu seinem verhaltenen Lächeln verhalten die Stirn, was ihm stand. So bekam er ein paar Falten, die ihn ein paar Jahre älter machten. Er war klein, hübsch, schlank, aber sportlich. Ich hatte ihn für siebzehn gehalten. Unterwegs mit dem Geländelauf-Team seiner Highschool. Jetzt fügte ich vier Jahre hinzu. Später fügte er vier weitere hinzu: fünfundzwanzig. Unglaublich.

»Oh, ich bezahle«, sagte ich. »Ich bezahle jeden Tag.« Ich wollte gerade ausholen und mich über Männer auslassen, die mich auf offener Straße belästigen, über Männer auf der ganzen Welt, die Frauen auf der ganzen Welt auf offener Straße belästigen – doch das traf gar nicht zu, nicht auf mich.

In Wahrheit war es mir peinlich. Es war mir peinlich, dass ich etwas geklaut hatte – ich hatte noch nie etwas geklaut – und dass ich ein Kinderbuch geklaut hatte. Und es war mir peinlich, dass ich so arm war. Ich war fast vierundzwanzig, und genauso viele Dollar hatte ich noch auf dem Konto. Montag kam das Geld von meinem Stipendium, doch bis dahin besaß ich lediglich vierundzwanzig Dollar, zwei gesperrte Kreditkarten und ein Übermaß an Frust. Die Universitätsbibliothek hatte unerklärlicherweise früher geschlossen, und ich meinte, in genau diesem Moment das Buch zu Albert Lamorisses Film *Der rote Luftballon* von 1956 zu brauchen, um meine Magisterarbeit über diesen großen (und ziemlich kuriosen) Mann zu beenden, obwohl ich jede Einstellung des klassischen Paris-Films und jede Seite des Begleitbuchs auswendig kannte – ja sogar jeden Pflasterstein und jede Katze (eine echte, schwarz, eine auf einem Poster an einer Häuserwand, weiß).

Viele Leute meines Alters teilten meine Obsession als Kinder kurzzeitig, dank der Regenpausen-Vorführungen an amerikanischen Grundschulen in den Siebzigern und Achtzigern. Ich bemerkte, dass die anderen Kinder sich im Lauf der Jahre weiterentwickelten. Ich nicht. Dieses Buch war meine erste große Liebe. Ein Schwarm, ein Gefährte, ein Geliebter, wie ich ihn nie haben würde. Dieses Buch, dieser Film *verstand* mich. So empfand ich es jedenfalls. Ich wusste, dass ich ihn verstand. Und darüber hinaus verstand ich sein Paris. Für andere Mädchen (und vereinzelte Jungs) bedeutete Paris Blumen und Romantik und keuchende Akkordeons. *Der rote Luftballon* war nichts davon. Der Film ist wunderschön, aber bitter. Manche finden ihn süß, aber ich mochte schon als Kind nichts Süßes und mache mir bis heute nicht viel daraus. Mich überrascht, dass nicht mehr Leute – wie die Buchhändler in Milwaukee, aus deren Laden ich das Buch geklaut habe – das Offensichtliche sehen. Rot ist eine Warnfarbe.

Ich wünschte, ich selbst hätte auf die Warnung gehört. Damals studierte ich Filmwissenschaft – Filmkritik –, aber angefangen hatte ich mit Filmemachen, weil ich etwas *machen* wollte, und bei Lamorisse sah es so einfach aus. Das war es nicht, vor allem als ich entdeckte, dass mein Studiengang nichts vom Geschichtenerzählen hielt. Wie viel besser wäre *Der rote Luftballon* gewesen, hieß es, wenn er einzig und allein das gewesen wäre: *die Nahaufnahme eines Ballons für dreißig Minuten – oder dreißig Stunden! Kein Dialog. Keine Schauspieler. Nur Ballon. Was denkst du, Leah?* Ich dachte, ich wechsle zur Filmwissenschaft, und das tat ich. Es hieß, ich müsse mich auch für andere Filme interessieren als *Der rote Luftballon* und für andere Stadtbilder als Paris. Eine Weile ließ ich sie in dem Glauben, dass ich das täte. Doch ich konnte die Fiktion nicht aufrechterhalten. Nach sehr kurzer Zeit war ich ausgebrannt, ich gab auf. Oder, wie ich es gern sehe, ich gab nach, und zwar einer persönlichen Wahrheit: Ich interessierte mich hauptsächlich dafür, meinen eigenen Film zu machen. Ich wusste nicht wie, wann oder worum es gehen würde. Ich wusste jedoch, wo er spielen würde: weit weg von Wisconsin.

Und weit weg von diesem Jungen, der mich auf der Straße vor einem Buchladen belästigte.

Ich rannte.

Doc Martens eignen sich nicht zum Laufen, vor allem nicht, wenn man sie anderthalb Nummern zu groß bei Goodwill gekauft hat. Ich machte mir Sorgen, mein Verfolger könnte glauben, die hätte ich auch geklaut. Ich machte mir Sorgen, weil ich mir Sorgen machte, was er dachte.

Als er mich endlich einholte, war das erste Wort aus seinem Mund dasselbe, das auch ich hatte sagen wollen.

»Verzeihung?«

Er war schön. Ich weiß, das Wort impliziert eine gewisse Zartheit. Er besaß eine gewisse Zartheit.

»Macht nichts«, erwiderte ich und verzieh ihm großzügig etwas, das ich getan hatte.

Er hatte in der Schlange an der Kasse gestanden, als er sah, wie ich mit dem Buch aus dem Laden ging. Er hatte die Kassiererin gebeten, es auf seine Rechnung zu setzen, und war mir dann gefolgt. »Behalte es«, sagte er jetzt, obwohl ich das sowieso vorgehabt hatte.

»Ich bin nicht sicher, ob ich es noch will«, log ich.

»Darf ich dich zu einem Kaffee einladen?«

»Wie wär's mit einem Bier?«, fragte ich. »Es sei denn, du hast Angst, dass ich es dir klaue.«

Hatte er nicht, oder vielleicht doch, denn er hielt in der Bar, in der wir uns später trafen, die ganze Zeit sein Glas umklammert. Er war nervös oder durstig oder wusste, dass seine Hände, wenn sie nichts zu tun hatten, flatterten, sich hoben, senkten, Umrisse malten, vertraut oder nicht. Er fuhr sich mit der Hand durchs Haar und nickte oder rieb sich das Gesicht und runzelte die Stirn oder zeichnete einen Buchstaben auf den Tisch, einen weiteren in die Luft. So sprach er. So lächelte er. Es waren die Nerven, aber ganz allgemein, zumindest zu dem Zeitpunkt, und ich legte es darauf an, dass er meinetwegen nervös wurde. Ich wollte sehen und fühlen, was diese Hände konnten.

Und er hatte diese Augen. Grau, aber die rechte Iris hatte einen winzigen orangeroten Klecks, und ich konnte mir nicht verkneifen, ihn darauf anzusprechen.

Zur Antwort schloss er kurz die Augen. »Er hat keine Bedeutung«, sagte er, »bei Menschen. Aber bei Tauben. Wenn man sie an Wettkämpfen teilnehmen lässt, was ich nicht tue, unterscheidet man sie dadurch, so weißt du, welche deine ist.«

Und in diesem Augenblick wusste ich es.

»Paris, also«, sagte er und tippte auf *Der rote Luftballon*, das zwischen uns auf dem Tisch lag. Ich zuckte zusammen, unmerklich, glaube ich. Klopf, klopf. Es fühlte sich an wie kleine Schläge auf meine Brust.

Robert erklärte, sein Lieblingskinderbuch sei Ludwig Bemelmans' *Madeline*-Reihe.

Da gab's in Paris ein altes Haus,
Dort gingen zwölf Mädchen ein und aus.
Sie saßen zu Tisch in zwei graden Reihn …

Ich schüttelte den Kopf. Vor langer Zeit – erste oder zweite Klasse – wären diese Worte eine Kampfansage gewesen. Die Hüte, die Schleifen, die Uniformen? Zwei grade Reihen?

Doch mein Mann ließ nicht locker. Er dachte, wegen meiner Verehrung von Lamorisse müsste ich Bemelmans-Fan sein: »Beide vor – und *nach* – allem Künstler!« In seiner Hand materialisierte sich ein Exemplar des ersten *Madeline*-Buchs. Er hatte es für mich gekauft. Passend zu dem Buch, das ich geklaut hatte.

Er legte *Madeline* neben *Der rote Luftballon*, beide Bücher gleichberechtigt auf dem winzigen Tisch zwischen uns. Ich schaute auf die Cover und dann zur Bar.

»Es sind definitiv alle neidisch auf mein Rendezvous«, sagte ich.

Das stimmte nicht. Aber ich war definitiv nervös. Ich wollte meine Passion, mein Paris schützen. So sehr, dass ich die Reise dorthin immer wieder aufschob. Geldmangel spielte eine Rolle, ebenso aber die zynische Gewissheit, dass ich von dem Paris, das ich vorfinden würde, enttäuscht sein würde. Es wäre nicht das Fünfzigerjahre-Paris aus *Der rote Luftballon*. Es wäre nicht auf so euphorische Weise trostlos. Der Ballon, sollte ich einen finden, sollte mich einer finden, würde platzen, bevor ich die letzte Seite erreicht hätte.

(Es gibt viele Definitionen für Feigheit. Dies ist eine.)

»So wie ich es sehe«, fuhr er fort, als hätte ich nichts gesagt, »und ich sehe es tatsächlich erst jetzt, wo die beiden Bücher nebeneinander liegen: Ist schon komisch, oder?«

Er war komisch, und das faszinierte mich erst recht. An der Uni begegneten wir jeder Normalität mit Skepsis. Als entmutigte, verarmte, nachtaktive Wesen, die wir waren, begeisterten wir uns für jede Art von Illumination, selbst wenn sie seltsam flackerte. Vor allem dann. Ich betrachtete ihn eingehend. Er betrachtete die Bücher.

»Es sind zwei verschiedene Weltsichten«, fuhr er fort. »Eine Stadt …«

»Das sehe ich anders«, sagte ich.

»Entweder bist du ein Madeline-Mensch oder eine Roter-Luftballon-Mensch«, sagte er. (Auch das sah ich damals anders, doch die Genetik bestätigt ihn: Unsere beiden Töchter sollten seine Augen und seine Vorliebe für Bemelmans erben.) »Zeichnungen oder Fotos. Paris in Farbe oder schwarzweiß.«

»*Der rote Luftballon* ist in Farbe. Das ist das Thema.«

»Aber seine Palette – sein Paris – besteht nur aus grau«, sagte er.

»Du kennst nur das Buch. Die Fotos sind Standbilder. Der Film ist anders.« Und so outete ich mich als ehrgeizige (bald vergessene) Filmstudentin, deren ehrgeizige (bald vergessene) These war, dass *Der rote Luftballon* nicht nur irgendein Film war und sein *auteur* Lamorisse nicht nur irgendein Filmemacher, sondern *der* französische Filmemacher Frankreichs seiner Zeit. In seinem zweibändigen Klassiker *Was ist Film?* lässt André Bazin sich seitenlang über Lamorisse aus. Und ich zitierte den Kritiker, der den berühmten Regisseur René Clair zitiert, einen gebürtigen Pariser, der angeblich gesagt hat, er hätte seine ganze Karriere »dafür gegeben, diesen einen Kurzfilm gedreht zu haben«.

»Dann kapierst du es!«, sagte Robert.

Tat ich nicht, doch ich nickte vorsichtig.

»Mit Bemelmans ist es genauso«, sagte er, nicht zu mir, sondern zu dem Buch. »Er ist so … Ich meine, das hab ich immer an ihm geliebt … Kennst du seinen Hintergrund?«

Was gab es da zu kennen? Man brauchte nur einen Blick in sein Buch werfen. *Das* war der Unterschied zwischen Roberts Helden und meinem.

»Vermutlich wäre er entsetzt, dass sein Buch als Bierdeckel herhalten muss«, sagte ich.

»Er hat es in einer Bar geschrieben«, sagte er und blickte auf. »Pete's Tavern. Manhattan. Gibt es immer noch, glaube ich.«

»Bist du … kein Student?«, fragte ich.

Jetzt ein Lächeln.

»War ich«, sagte er. »Kreatives Schreiben. Aber ich hab aufgehört als ich ein paar Sachen verkauft habe.«

»Möbel?«

»Ein Buch. Bücher. Die ich geschrieben habe.«

Ja, ich hörte den Plural. Bücher. Und jetzt seinen Namen, Robert Eady – so lange hatte er gebraucht, ihn mir zu sagen. Ich beschloss, noch damit zu warten, ihm zu sagen, dass meiner Leah war. Er sollte ihn sich erst verdienen, oder wenigstens fragen.

Ich schüttelte den Kopf. Aus Unwissenheit, nicht Gehässigkeit, aber sollte er das ruhig glauben.

»Du gehörst nicht zu meinem Publikum«, sagte er. »Momentan, meine ich.«

»Eigentlich schon. Momentan.«

»Eigentlich«, sagte er, »sind es Bücher für Kinder – Jugendliche.« Er beschrieb eine Buchreihe, die in einer »Mittelschule in der Mitte des Landes« begann. Das erste hieß *Central Time*, und zentral für die Handlung war die absolute Abwesenheit jeglicher Erwachsener – keine Lehrer, keine Eltern.

»Clever«, sagte ich. Er antwortete mit einem neuen Lächeln, irgendwie gezwungen – oder unerschrocken. »Was kommt als nächstes?«, fragte ich. *»Mountain Time?«*

»Egal«, sagte er. »Damit bin ich durch. Ich möchte etwas anderes machen.«

Ich lehnte mich zurück und musterte ihn, seine Augen: seltsam und schön, stolz und nervös, begeistert und besorgt, alles zugleich. Als ich später herausfand, dass er, wie ich, beide Eltern verloren hatte, dachte ich: Daher kommt er, dieser Blick. Er begleitet auch mich.

»Bemelmans etwa«, sagte er. Ich hörte zu. Ich konsumierte ihn, nahm einen kräftigen Zug von ihm, wurde ein kleines bisschen high. Er war anregend, elektrisierend und seltsam und drahtig, und was steckte unter seinem Hemd? Ich wollte eine Zigarette. Ich wollte, dass er sie mir anzündete. Ich hatte noch zwei übrig. Rauchte er? Wir könnten uns eine teilen. Aber wie bekam ich ihn dazu, mit mir nach draußen zu gehen?

Er redete immer noch. »Bemelmans hat sicher fünfzehn verschiedene Sachen gemacht in seinem Leben – Kellner, Autor, Illustrator. Eine Million Sachen. Bis er begreift, was er eigentlich machen will – echte Kunst, Ölgemälde. Die Herausforderung bringt ihn an seine Grenzen – und er sprengt sie. Er tut es. Nebenher hat er jede Menge geschrieben, *Madeline*-Fortsetzungen, und er hat diese Arbeit respektiert – er hat seine Leser respektiert – er hat nie aufgehört, für sie zu schreiben, ich meine, nicht einmal auf dem Sterbebett – aber gelebt hat er für seine Bilder.«

»Versteh mich nicht falsch«, sagte ich, in der Hoffnung, das würde er, »aber … war das richtig von Bemelmans?«

»Versteh mich nicht falsch«, sagte Robert, »aber war es richtig von dir, das Buch zu klauen? Du brauchst gar nicht zu antworten, denn offensichtlich war es das – das Buch, der Film, Lamorisse, die Kunst – all das bedeutet dir viel.«

»Bei dir klingt das hochtrabender als es ist«, sagte ich.

»Bei mir klingt es nicht hochtrabend genug! Ich kenne Lamorisse nicht so gut wie du, aber er … er hat nach diesem einen Film nicht aufgehört, oder?«

Hatte er nicht, doch ich zuckte die Schultern. »Er ist jung gestorben. In einem Hubschrauber.« Robert nickte. »Nördlich von Teheran«, fügte ich hinzu, weil es stimmte und weil ich vom Thema ablenken wollte.

»Iran!«, rief Robert. Die Leute in der Bar drehten sich nach uns um. Robert nickte noch eifriger, als wären Hubschrauberabstürze in Nahost genau das, worauf er die ganze Zeit hinausgewollt hatte. »Ganz ähnlich wie Bemelmans, oder?«, sagte er. »Rastlos.«

Ich wollte widersprechen. »Rastlos« war nicht meine These. Doch es war Roberts – und ich erkannte erst dunkel, dann klarer, dass es vor langer Zeit auch die von Lamorisse gewesen sein mochte. Er hatte einen wunderschönen Film gemacht. Und eine Handvoll weitere. Und er hatte Wein und Keramik und gemusterte Stoffe hergestellt, gemeinsam mit seiner Familie in den Bergen hinter Saint-Tropez. Er hatte das Brettspiel *Risiko* erfunden. Und ein Luftbildkamerasystem namens Helivision, das die Macher des James-Bond-Films *Goldfinger* verwendet hatten, ebenso wie Lamorisse selbst über der Amir-Kabir-Talsperre in Iran, wo er eine Dokumentation für den letzten Schah drehte.

Ich hatte keine Ahnung, was Lamorisse danach vorgehabt hatte.

»Ich bringe das Buch in den Laden zurück«, sagte ich.

»Welches?«, fragte er.

»Beide«, sagte ich.

»Sie sind bezahlt«, sagte er.

Behutsam nahm Robert Bemelmans' *Madeline* und steckte es in meine Tasche. Wie gesagt, ich war nie ein Bemelmans-Fan gewesen, nicht einmal als Kind, doch als dieses heitere Buch in meine Tasche rutschte, verrutschte irgendetwas in mir.

Der rote Luftballon zeigt ein phantastisches, aber auch trostloses Paris: Ein kleiner Junge freundet sich mit einem verzauberten Luftballon an, groß und rund wie ein Wasserball. Ungefähr zweiunddreißig Minuten erkunden sie gemeinsam die Stadt. Dann lassen böse Jungs mit Steinschleudern den Ballon platzen. Selten ist im Kino jemand so qualvoll gestorben wie der Ballon, dessen einst glatte Oberfläche scheußliche Runzeln wirft, als er schrumpft und zu Boden fällt. Das Ganze dauert nur Sekunden oder, wie jedes Kind, das den Film gesehen hat, sagen wird, länger als eine Ewigkeit.

In den *Madeline*-Büchern dagegen strahlt Paris, selbst bei Regen oder Schnee, selbst neben einem Jungen in einer Bar. Hätte Bemelmans' Buch reden können, wusste ich, was es sagen würde: *Macht nichts, dass du keinen Abschluss und keine Aussicht auf einen Job hast – komm spielen nach Montmartre!* Ich liebte Bemelmans.

Ich hatte seit einer Woche nicht geschlafen. Ich hinkte mit meiner Arbeit hinterher. Ich hinkte, so kam es mir irgendwie vor, mit meiner Trauer hinterher. Zwei Jahre waren meine Eltern damals tot und sie erschienen mir immer noch regelmäßig, wenn ich schlief und auch, was noch verstörender war, wenn ich wach war. Sie konfrontierten mich nie direkt, sondern blitzten stets im Hintergrund auf, wie Stars, die inzwischen als Statisten auftreten. Ich hatte Angst, sie könnten mich jetzt sehen: Ich hatte ein Buch gestohlen, das ich eigentlich nicht brauchte, nur um festzustellen, dass ich es viel zu sehr brauchte. Da ich mir gerade geschworen hatte, nicht mehr vor anderen zu weinen, entschuldigte ich mich, deutete vage zur Toilette, und schloss mich ein.

Als ich später, zu spät, an den Tisch zurückkehrte, stellte ich fest, dass er gezahlt hatte, dass er gegangen war, dass er das Buch da gelassen hatte, mein Buch, *Der rote Luftballon.* Mein Bier, halb ausgetrunken, wartete auch noch. Ich bat eine Kellnerin, mir etwas Stärkeres zu bringen. Ich schlug das Buch auf und blätterte es durch, Seite für Seite, um mein ganzes Projekt zu überdenken. Wie hatte ich übersehen können, wie sehr die Kamera – Lamorisse – den kleinen Protagonisten Pascal liebte, der von seinem eigenen Sohn Pascal gespielt wurde? Wie sehr Lamorisse Paris liebte? Das Fliegen liebte?

Auf Seite 13 stutzte ich. Dort auf dem ganzseitigen Foto von dem Mietshaus, in dem Pascal wohnt, stand in sauberer Handschrift: *2559 Downer Avenue.* Das Foto war aus Paris, doch die Adresse war gleich um die Ecke.

Weiter oben auf der Seite, über dem Fenster, aus dem sich Pascals Mutter oder Großmutter lehnt, um den lästigen Ballon zu entsorgen, hatte Robert geschrieben: *5A.*

Und schließlich im Luftballon selbst, fünf Worte: *Wir sehen uns in Paris!*

Paris. Ich war dort aufgewachsen. Oder besser gesagt hatte ich durch Lamorisses Film und Buch das Gefühl gehabt. Dabei kam ich aus einem Kaff in Wisconsin, so klein, dass es nur eine Kneipe gab, die zufällig uns gehörte und über der wir wohnten. Wenn ich die Buchversion von *Der rote Luftballon* aufschlug (die ich dem Film vorzog, weil ich mir das Buch auch allein und immer wieder ansehen konnte, während der Film die Hilfe eines Bibliothekars, Lehrers oder Elternteils erforderte), verschwanden die Bar und die Straßenkreuzung mit der blinkenden Ampel. Ich war in Frankreich.

Ich liebte die Welt von *Der rote Luftballon*, weil sie so anders war als meine. Die Straßen waren eng und exotisch, holprig vom Kopfsteinpflaster, bevölkert von seltsamen Fahrzeugen und, auf einer unvergesslichen Seite, von Polizisten auf Pferden. Vielleicht würde jedes Kind, das tagein, tagaus auf eine ruhige Kreuzung im mittleren Westen blickt, das faszinierend finden. Doch ich liebte das Buch aus ganz persönlichen Gründen. Einen Großteil meiner Kindheit war ich allein gewesen. Genau wie der kleine Protagonist des Buches. Der Ballon war sein einziger Freund. Dieses Buch war mein einziger Freund. Ich weiß nicht, ob ich geschnitten wurde, weil meine Eltern eine Bar betrieben, oder selbst daran schuld war – das Mädchen, das wusste, wann der französische Nationalfeiertag war, das Mädchen, das sich für Französisch in der Mittelstufe aussprach (die einzige Fremdsprachenoption in der Schule war Deutsch). Tag für Tag sah ich zu, wie Pascal durch Paris lief. Er folgte dem Ballon, der Ballon folgte ihm, und ich versuchte beiden zu folgen, enttäuscht, dass ich nicht näher als 4127 Meilen an sie herankam.

Doch Roberts Wohnung lag nur ein paar Straßen entfernt, kaum eine Zigarettenlänge. *Wir sehen uns in Paris*, hatte er geschrieben. Als ich ankam, fand ich eine spartanische Einzimmerwohnung vor, ohne Möbel, bis auf einen Sperrholztisch und eine Matratze auf dem Boden. Der verblichene Fetzen der Tibetfahne eines Vormieters hing aus dem Fenster wie eine Feuerleiter.

Robert wirkte überrascht, mich zu sehen. Ich war überrascht, überall Bücher gestapelt zu sehen, schwankend, kurz vorm Umstürzen wie Stalaktiten (er korrigierte mich: Stalagmiten), verteilt über den ausgetretenen Dielenboden, der vor Lust zu stöhnen schien, so wie ich es später tat.

Halb Paris sieht aus wie Pascals Wohnhaus, vor allem in der Straße, in der ich jetzt lebe und die ich oft entlanggehe, um einen klaren Kopf zu kriegen. Oder besser gesagt, um ihn zu füllen. Vielleicht geht das nur Buchhändlern so, aber wenn ich spazieren gehe, sammle ich so viele Geschichten ein, wie ich tragen kann. Ich beobachte und lausche, frage mich: Woher kommen die Sirenen? Wer hat diesen orangefarbenen Handschuh fallen lassen? Das Pärchen, das mir entgegenkommt: Ist sie mit ihm verheiratet – oder haben die beiden, wie sein verhuschter Blick vermuten lässt, eine Affäre? Warum ist dieses Fenster voll verstaubter Filmposter? Rieche ich Zwiebeln, Schalotten oder Knoblauch? Aus diesem Fenster? Aus allen Fenstern? Olivenöl oder Butter? (Sicherlich Butter, der Treibstoff der Stadt.) Führen jene Tibetfahnen zu einer so bücherverrückten Wohnung wie der damals in Milwaukee?

Ich weiß es nicht. Ich gehe nicht mehr in fremde Wohnungen.

Aber meine Straße! Meine hübsche morbide Straße, mein knallroter Laden und zwei Türen weiter ein strahlend weißer, der Wischmopps verkauft. Sehr schöne Wischmopps, aber trotzdem: nur Wischmopps. Einmal fragte ich die Besitzerin, eine Italienerin, Römerin, Madame Grillo, warum sie sich so beschränke. Sie sah mich an und sagte: *Aber Sie verkaufen nur Bücher?*

Hinter jeder Ladenfront eine Geschichte.

Auch wenn man die Straße weiter hinuntergeht, Richtung Seine, wo die meisten Läden verrammelt sind oder leer. Nicht lange, nachdem wir die Buchhandlung übernommen hatten, sah es aus, als würde ein neues Geschäft aufmachen. Die Fenster wurden geputzt und drinnen tauchte ein Maler auf. Und tauchte nie wieder auf. Er ließ eine alte Trittleiter aus Holz zurück, abgewetzt und mit Jahrzehnten von Farbklecksen bedeckt: Rostrot, Goldbraun, ein Dutzend verschiedene Blaus. Und obendrauf ein einziger Apfel. Ich kam zu dem Schluss, dass es ein Kunststudent gewesen sein musste, der als Maler jobbt – ein Maler, so stelle ich mir vor, der als Maler jobbt –, denn die Platzierung des Apfels war so perfekt wie sein Aussehen: klein, rund, rotbraun mit blassgrün gesprenkelter Tonsur um den Stiel. Das Tableau war perfekt, ein Stillleben und der Beweis, dass es in jeder Straße von Paris mindestens einen Laden, ein Tor, Fenster, Schild oder einen Mauerstein gibt, dessen Erlesenheit zum Nachdenken verleitet. Nicht umsonst sagt man auf Französisch für Schaufensterbummel *lèche-vitrine*, Schaufensterlecken.

Was eklig klingt. Außer in Paris.

Jede Falle braucht einen Köder. Monatelang hatte meiner im Schaufenster unten links gelegen. Ein Buch. Nicht *Madeline* oder *Der rote Luftballon*, sondern eins von Roberts, sein erstes, *Central Time*, ein so gut wie neues Exemplar, das versehentlich zwischen die USA-Reiseführer gerutscht war. Ohne es auch nur aufzuschlagen oder Madame zu fragen, woher sie es hatte, legte ich das Buch ins Schaufenster und versuchte, nicht darüber nachzudenken, was ich damit bezweckte. Eine brennende Kerze, ein angelassenes Verandalicht, eine hochgeklappte Briefkastenfahne, ein Signal. Ab und zu wollte es jemand kaufen, doch ich lehnte ab.

Acht Monate nach unserer Ankunft in Paris, zwölf Monate nach Roberts Verschwinden, war es die potenzielle Käuferin, die ablehnte. Sie reichte es mir und fragte, ob ich hinten noch ein anderes »sauberes« Exemplar hätte. In dieses sei etwas hineingekritzelt. Ich schüttelte den Kopf.

Ich hätte netter zu ihr sein sollen. Wie gesagt, es gab immer etwas Laufkundschaft, aber nur drei Stammkunden. Einen älteren Amerikaner aus der Botschaft, der jede Woche Krimis kaufte. Eine junge Mutter aus Neuseeland, die wegen der Kinderbücher kam, aber vorrangig, um zu plaudern. Und eine pensionierte Kunstlehrerin aus New Orleans, die auf einem Hausboot wohnte und malte und von mir jede Woche etwas Neues wollte, Geld spielte keine Rolle. Doch weder ihr noch den anderen gab ich jemals Roberts Buch.

Ich hätte freundlicher sein sollen, war es aber nicht. Ich war abgelenkt von dem, was diese Kundin – eine Fremde – auf der ersten Seite gefunden hatte. Eine Notiz, zwei Wörter.

Verzeih mir.

Roberts Handschrift ähnlich genug, zittrig genug, um mich stutzig zu machen.

Als ich endlich meine Stimme wiederfand, überraschten mich meine Worte: »Ich gebe es Ihnen für die Hälfte, weil ich …«

Weil ich was? Ich war selbst gespannt. Doch ich konnte den Satz nicht beenden, und als ich aufblickte, war die Kundin verschwunden.

Kapitel Zwei

Meine Töchter betrachten den Laden nicht als Falle, doch als Passant könnte man das glatt annehmen, wenn man sieht, wie die Mädchen morgens aus dem Haus stürmen, als würde die Fassade gleich zuschnappen.

In Wahrheit ist es die pünktliche Schließung des Schultors, die sie fürchten, deshalb rennen sie los, und ich hinterher, oft begleitet von Glockengeläut. Jeden Morgen, weit nach sieben Uhr, ertönen sieben Glockenschläge im Kloster auf der anderen Straßenseite, und dann sieben Minuten später sechs Glockenschläge in einer Kirche, die wir Sankt Irgendwer nennen. Es klingt, als wäre sie nur wenige Straßen entfernt, doch wir haben sie nie gefunden. Vielleicht liegt sie in einer anderen Zeitzone. Wenn wir beim Klang dieser Glockenschläge noch nicht aus dem Haus sind, kommen wir zu spät. »Ihr Süßen!«, rufe ich, das letzte Kosewort, das mir die Mädchen noch erlauben, und auch nur auf Englisch, damit es niemand versteht.

»Mom!«, ruft Daphne. Sie ist meine jüngere Tochter, zwölf bei unserer Ankunft, und immer auf der Suche nach einem Haargummi. Doch wenn ich eins hervorzaubere, protestiert sie: »Das ist nicht das gute. Das sitzt zu locker …«

»Dein Gehirn ist geschrumpft!« Das ist ihre Schwester Ellie, zwei Jahre älter als Daphne. Ellie ärgert sie mit der Legende von einer Lehrerin, die angeblich mit dem Lineal durch die Schule gegangen ist und die Schädel der schlechten Schüler gemessen hat: *Wenn ihr nicht lernt, schrumpfen eure Gehirne.* Zu Hause in den Staaten haben wir die

Größe der Mädchen mit Bleistift am Türrahmen markiert. Als ich diese Tradition in Paris fortsetzen wollte, bestand Daphne darauf, dass ich ihren Kopfumfang messe. Da habe ich von der Geschichte erfahren. Fürs Protokoll: Daphnes Lehrerin – jung, hinreißend, nett, aber nicht nachgiebig, äußerst ernst – tut so etwas nicht. Und Daphnes Gehirn ist völlig in Ordnung. Wenn überhaupt, ist vielleicht ihr Herz einen Tick zu groß.

»*Courez!*«, ruft Ellie. Das heißt übersetzt *lauft*, ist aber auch einer unserer Witze: In den Staaten haben die Mädchen jahrelang Französisch gelernt. Daphne jedenfalls. Ellie sehnte derweil das Ende der Stunde herbei, das die erschöpfte Lehrerin stets mit einem Wort verkündete, diesem Wort: *Courez!*

Wir gehen aus der Tür und die Straße entlang. Ellie voran, ich dahinter, und Daphne trödelt hinter uns beiden her.

Ellie ist groß, schlank, als wären Konsonanten – das langbeinige Doppel-L – ihr Schicksal. Daphne ist kleiner, kompakter: nicht weniger hübsch als ihre Schwester, auch wenn sich erst noch jemand finden muss, der sie davon überzeugen kann. Sie ist schüchtern, schlau und liest Bücher, für die sie eigentlich noch viel zu jung ist. Einmal erzählte sie mir, Edith Wharton sei ihre beste Freundin, und weinte, als ich ihr sagte, Edith sei vor fast einem Jahrhundert gestorben. An Tagen wie diesen rumpelt Daphne die Straße hinauf, die Hälfte ihres Körpergewichts in Büchern dabei. Ellie belastet sich nie mit mehr als einem Telefon.

Madame Grillo wischt oft den Weg vor ihrem Laden, wenn wir vorbeigehen. Sie findet großes Vergnügen an unserer Morgenroutine: »*Courez, les filles, courez!*« Sie hat Daphne und Ellie eigene Wischmopps geschenkt, als wir eingezogen sind. Ellie hat ihren an mich weitergereicht. Daphne hat ihren so oft benutzt, dass sie sich zu Weihnachten einen neuen wünschte.

»*Bonjour, Madame*«, rufe ich im Vorbeilaufen.

»*Les Américains toujours passionnants!*«, ruft sie zurück, obwohl ich nicht recht weiß, was sie damit meint. Französisch ist weder ihre noch unsere Muttersprache. Ellie behauptet, wir sind nicht *passionnants*, sondern *pressés*. Aber ich mag Madame. Ich glaube, sie mag uns auch, oder zumindest unsere tägliche Show.

Wenn wir uns sehr beeilen und die Ampel mitspielt – obwohl auch die Ampel zu wissen scheint, dass wir Amerikaner sind, und uns gern das Leben schwermacht – schaffen wir es zur Schule, kurz bevor die Türen sich schließen. Es ist ein heikler Moment, egal welcher Nationalität man ist. Niemand möchte ausgeschlossen werden. Und wenn man mehr als zwanzig Minuten zu spät kommt, wird man in einen Aufenthaltsraum geschickt, zu einer Art Nachsitzen, doch auf Französisch klingt es düsterer: *permanence*. Heute jedoch: *succès*. Die Mädchen verschwinden im Gebäude, ohne auch nur einen Blick in meine Richtung zurück zu werfen, so peinlich ist es ihnen, dass ich sie begleitet habe. Eltern gehören hier nicht her. Nur wenige tauchen auf, und die gehen fast nie hinein. Bis auf wenige Ausnahmen erwartet man von den Eltern, dass sie draußen bleiben.

Und so kommt es, dass ich dort stehe und den Aushang für das Mittagsmenü lese. *Cassoulet*. Und zum Abendessen? In der Schule gibt es zwar kein Abendessen, doch manchmal macht die Schulleiterin Vorschläge, was *les parents* auf Basis dessen, was unseren Kindern mittags vorgesetzt wurde, kochen könnten. Heute: *Poulet*, Huhn. *Non frit*, steht da, wahrscheinlich extra für mich: *nicht gebraten*.

Ich glaube nicht an Verschwörungen – Carl, der alte Mann von der Botschaft, der Krimis liebt, sagt, es gibt immer eine –, aber die *boucherie*, an der ich auf meinem Nachhauseweg vorbeigehe, baut schon den Grillspieß vor dem Laden auf, die Hühner fangen an sich zu drehen, das

Fett beginnt auf die glänzenden Kartoffeln und Zwiebeln darunter zu tropfen. Ellie war kurzzeitig Vegetarierin – eben diese Kartoffeln und Zwiebeln haben ihren Weg zurück zum Fleisch gepflastert. Ich biege in unsere Straße ein, und je nach Tages- und Jahreszeit blockiert eine Schar verirrter Touristen den Weg. Ellie sagt (vermutlich weil es ihr jemand gesagt hat), solche Touristen in unserer Mitte bedeuten, dass wir kein »echtes« Pariser Leben führen, aber ich bin nicht sicher, ob sie weiß, was sie damit meint. Carl, Mitte fünfzig, Single, sagt, das echte Paris gibt es nicht mehr, weshalb er dreißig Minuten außerhalb wohnt, in einem bezaubernden Dorf, wo ich ihn unbedingt besuchen muss. Shelley, die pensionierte Lehrerin, die froh ist, dass ihr Mann in New Orleans weilt, und noch froher, dass er ihr jeden Monat Geld überweist, sagt, Paris ist nur echt, wenn es regnet. Molly, der Neuseeländerin, ist es egal, ob Paris echt ist oder nicht. Sie macht sich nicht mal die Mühe, Französisch zu lernen, da sie nur das »Anhängsel« ist und ihr Mann in zwei Jahren sowieso versetzt wird. »Alle gehen weg«, sagt sie und macht Witze darüber, ihre Kinder – drei unter drei – zurückzulassen.

Wenn ich an manchen Tagen im matten Licht nach einem Regen aufwache und ein Motorrad vorbeituckern höre und dann einen Vogel, dann zwei, dann ganz viele, und dann jeden menschlichen Geruch von Pâtisserien bis Pisse rieche, frage ich mich: Bin ich wirklich, nach all den Jahren, wirklich in Paris?

Denn ich wurde schon einmal reingelegt.

Zwei Monate nach dem Abend, als Robert mich beim Klauen erwischt hatte – zwei Monate, in denen wir wenig anderes taten, als uns zu lieben (wobei jedes Mal Bücherstapel umkippten), in Bars Bier zu teilen und etwas zu essen, wenn genug Geld da war –, erfuhr ich, dass ich ein Reisestipendium, um das ich mich beworben und mit dem ich fest gerechnet hatte, nicht bekommen würde. Ich würde in einem anderen Jahr nach Paris gehen müssen. Ich tobte, ich weinte, ich wartete zur verabredeten Zeit am Straßenrand auf Robert, der gesagt hatte, er würde mit mir nach Europa fahren.

Denn Robert hatte gesagt, es sei *lächerlich*, dass ich noch nie in Paris gewesen sei.

Und ich hatte gesagt: *Ist es.*

Und er hatte gesagt: *Das müssen wir sofort ändern.*

Und ich hatte gesagt: *Müssen wir.*

Es entstand eine Pause, und wir saßen beide einfach da und schürten das Schweigen, als wäre es ein Feuer, und als es heiß wurde, zu heiß, sprach er: »Ich hol dich morgen um fünf ab.«

Es gibt viele Dinge, über die eine junge Frau nachdenkt, wenn sie für Paris, für ihre erste Reise nach Übersee packt. Ich dachte darüber nach, dass ich, seit ich acht war, davon geträumt hatte, seit der verregneten Woche, als die Lehrerin uns in der Pause an vier von fünf Tagen *Der rote Luftballon* gezeigt hatte. Ich dachte darüber nach, wie der Film mich gefesselt und verfolgt hatte, was diesem anderen Pariser Kinderbuch, *Madeline*, nie gelungen war, weil ich – jedenfalls als Kind – mich immer so gefühlt hatte, wie das Paris im Film: grau und traurig und von Hoffnung gebeutelt. Ich dachte darüber nach, wie einsam ich aufgewachsen war, und dass diese Einsamkeit nichts war im Vergleich dazu, wie ich mich heute fühlte, mit vierundzwanzig, meine Eltern tot.

Mom, Dad, ich habe einen Jungen kennengelernt, und er fährt mit mir nach Paris. Und meine Eltern, lieb und nicht nachtragend, Eltern, so nett, so spießig, dass es mich irre machte, die *wow* gesagt hätten, weil sie, im Gegensatz zu mir, geglaubt hätten, dass er wirklich mit mir nach Paris fuhr. Das tat er natürlich nicht.

Das sagte ich mir selbst. Das sagte ich meinen toten Eltern – manchmal gingen sie unter meinem Balkon vorbei, geschäftig, zerstreut, ohne je hochzuschauen. Ich sagte es laut. »Es macht nichts, dass wir nicht wirklich nach Paris fahren. Es wird ein Abenteuer, egal, wohin wir fahren.« Ich behielt für mich, dass ich am selben Tag im Drogeriemarkt gewesen war, um ein Foto zu machen, und dann bei der Post, um einen Pass zu beantragen, wo man mir sagte, was ich bereits wusste, dass es unmöglich war, innerhalb von einer Stunde einen Pass zu bekommen. Was sie nicht wussten, nicht wissen konnten, war, dass es keine Rolle spielte, was irgendjemand dachte, der Postbeamte, der Fotograf oder die Geister meiner Eltern. Ich wusste es einfach, denn in meinem ganzen Leben gab es nur eine Wahrheit: Ich würde nach Paris fahren.

Und da war der Junge, der mich hinbringen würde. Punkt siebzehn Uhr hielt er in zweiter Reihe unter meinem Fenster. Er hupte und winkte und schwang eine Flasche Wein. »*Ah Pariiiie!*« Er erklärte mir, was das hieß, doch das brauchte er gar nicht. Niemand beherrschte Französisch-für-Anfänger besser als ich.

Allerdings fuhren wir an jenem Nachmittag nicht *à Paris*, wir fuhren *nach* ... Belgien. Und dann nach Wales. Und dann Norwegen. Berlin. Montreal. Dünkirchen. Gibraltar. Stockholm. Moskau. Sogar, an einem Freitag Monate später, nach Kuba.

Wir fuhren an all diese Orte, ohne Wisconsin je zu verlassen. Das Dorf Belgien liegt gleich südlich von Sheboygan, Kuba südlich von Platteville. Montreal, eine alte Bergarbeiterstadt, liegt in der Nähe des Oberen Sees. Wales, eine Wildnis aus Vorstadt-Sackgassen, westlich von Milwaukee. Und so weiter. Verschiedene Städte, verschiedene Wochenenden. Seine Idee, und ich ließ mich davon verzaubern, auch wenn es nur darüber hinwegtäuschte, dass wir es uns nicht leisten konnten, den Staat zu verlassen.

Und manche der Orte *waren* bezaubernd: Stockholm, Wisconsin, alle fünf Straßen, ist fast so hübsch wie die Postkarten, die ich von seinem Namensvetter kenne. William Cullen Bryant meinte sogar, dass »jeder Dichter und Maler im Land« das Stockholm von Wisconsin am breiten, gemächlich dahinfließenden Mississippi gesehen haben sollte. So stand es auf einer Gedenktafel. *Und hier bin ich nun*, sagte Robert.

Und hier bin ich nun, dachte ich dort und an anderen Orten, darunter Städte, deren weite grüne Fluten (aus Mais und Soja) William Cullen Bryant nicht geadelt hatte, ebenso wenig wie die Schaukeln auf den leeren, vergessenen Spielplätzen, auf denen wir uns manchmal wiederfanden, oder die ruhigen Hauptstraßen, die wir entlanggingen, Hand in Hand. (Ich liebte es, mit ihm Händchen zu halten – er war gut darin. Mit ihm kam es mir vor wie der Kern des Menschseins, was es vermutlich auch ist.) Ich war vierundzwanzig, die Abenteuer waren billig, die Ausflüge ein Jux. Robert hatte Erfolg. An seiner Seite würde auch ich Erfolg haben. Auf meine Art würde ich ihm sogar helfen. Seine Kinderbücher waren nur der Anfang. Ein guter Anfang. Damals finanzierten sie das Benzin und manchmal ein billiges Motel oder einen Campingplatz. Seine Bücher verkauften sich, soviel ich wusste, aber ich wusste auch, dass er nicht viel damit verdiente. Jedenfalls nicht genug, um nach Paris zu fahren.

Paris in Frankreich. Paris, Wisconsin, wagten wir zweimal, zwei verschiedene Parise in unterschiedlichen Ecken des Staates. Das erste im Südosten an der Fernstraße nach Chicago, enttäuschend. Flach und braun, gebleichte Häuser, verrammelt gegen die Hitze der letzten Sommertage. Die Bibliothekarin erzählte uns, dieses Paris sei vom ersten weißen Siedler so benannt worden, einem Mann namens Seth. Er hatte es nach Paris, New York, benannt, das zehn Meilen vor Utica liegt, falls es jemanden interessiert. Mich interessierte es nicht.

Im zweiten Paris von Wisconsin jedoch, im einsameren, hügeligeren Südwesten, verlobten wir uns.

Es war nicht geplant, doch als wir durch dieses zweite Wisconsin-Paris schlenderten – wir hatte es auf einer Landkarte entdeckt, ganz klein gedruckt, aber als wir dort waren, fanden wir keine Ortsschilder –, dachte ich: Ich werde diesen Mann heiraten. Nur fünf Wörter, aus denen achtzehn Jahre wurden, zwei Töchter und, bis jetzt, zwei Kontinente. Wie soll man das erklären? Es war die Magie der Landkarte. Dass die ganze Welt, einst so fern, plötzlich in Reichweite war. Ich wusste, es war nicht sein Werk – es war das Werk des Siedlers Seth, das Werk so vieler anderer –, doch es fühlte sich an wie Roberts Magie, wie unsere Magie, als könnten wir alles tun, selbst Paris erfinden.

Wir taten es unter dem Vollmond nicht weit von der westlichen Staatengrenze. Das zweite Paris, Wisconsin, nichts weiter als ein Kiesparkplatz am Straßenrand, ein Picknicktisch, ein Baum, eine verrostete Zweihundert-Liter-Tonne mit Müll – hier sagte ich: »Mach mir einen Heiratsantrag.«

Er schwieg.

»Jetzt oder nie«, fügte ich hinzu, denn ich wusste (jeder Liebhaber von *Der rote Luftballon* weiß), dass Magie vergänglich ist.

»Heiraten?«, fragte Robert.

Bat er um meine Hand oder um Klarstellung?

Ich tat, als würde ich nicht verstehen, dass es Letzteres war.

»Ja!«, sagte ich.

Er wandte den Blick ab, zum Mond, der, wie sich herausstellte, doch nicht ganz voll war, aber fast, ein Ei ohne

Dotter. Und dann sagte er etwas Seltsames. »Aber Leah … wie soll das funktionieren?«

Funktionieren, das war das Verb, das Wort, auf das ich hätte hören sollen, das ich hätte erwähnen sollen, wenn wir in späteren Jahren die Geschichte unserer Verlobung erzählten. Doch das taten wir nicht, wir konzentrierten uns auf andere Aspekte jener Nacht. Wir sagten, wie schön es gewesen wäre, wenn wirklich Vollmond gewesen wäre, denn dann wäre es vielleicht hell genug gewesen, um seine Autoschlüssel zu finden, die wir irgendwie verloren hatten und erst in der Morgendämmerung wiederfanden. Und wir sagten, wir hätten jene dunklen Stunden davor gefüllt, so gut wir konnten, wobei wir das Niveau unserer versteckten Anspielungen dem Niveau unserer Zuhörer anpassten. Doch die Wahrheit ist, dass wir im Dunkel vor der Morgendämmerung vor allem die Einzelheiten unseres zukünftigen Lebens besprachen, die ich prosaisch fand, er sie dagegen (stets Lektor, besonders bei mir) als poetisch bezeichnete. Meine Forderungen: Wir würden Kinder haben, zwei. Er durfte nicht vor mir sterben. Eines Tages würde er mit mir nach Paris fahren, das echte Paris. Und er sollte am Schreiben dranbleiben. Und an mir.

Er dachte nach. Vermutlich darüber, ob er mit dem, was ich gerade gesagt hatte, einverstanden war oder nicht, dachte ich damals. Doch inzwischen glaube ich, dass er nach den richtigen Worten für das suchte, was dann kam: dass er »etwas Halbfertiges« sei. Dass er nicht ganz der aufgeräumte Junge sei, der mir aus einem Laden gefolgt und anschließend mit mir zum Anwesenheitsappell der Weltstädte durch Wisconsin gereist war. Dass er immer noch etwas verfolgte. Dass er noch nicht wusste, was es war. Dass er, wenn wir uns zu einem gemeinsamen Leben verpflichteten, dennoch seine Ruhe brauchte, einen Tag, eine Stunde, ein Wochenende, Zeit für sich, für seine Arbeit, das Schreiben, um seiner Berufung zu folgen. Er sei ein geborener Einzelgänger, sagte er großspurig.

»Ich weiß, wonach du strebst«, sagte ich, und er sah mich so erleichtert an, dass ich instinktiv erkannte, was ich damals in meiner Naivität an ihm liebte – dass er jederzeit bereit war zu springen, dass seine Arbeit, sein Werk eine Art freier Fall war, und die Herausforderung war nicht, den Aufprall hinauszuschieben, sondern gut zu fallen, brillant zu fallen, den Himmel dabei zu erleuchten wie der Mond.

Doch damals fehlten mir die Worte dafür, und so küsste er mich, und ich küsste ihn, die Sonne ging auf, und ein Laster hupte und die Schlüssel tauchten wieder auf und ich dachte: Ich habe keine Ahnung, wonach er strebt, und ich dachte: Ich kann es kaum erwarten, es herauszufinden, und dann hörte mein Hirn auf zu denken und mein Herz hörte auf zu schlagen, und ich war nur noch Bauch, und der wusste nur, dass wir schwebten, dass wir trieben, schwerelos, immer höher, ohne zu wissen, wie lange dieses Gefühl anhalten würde.

Wir heirateten, wir gingen auf Hochzeitsreise (nach Sevastopol natürlich, einer kleinen Stadt am See in Door County, Wisconsin), und dann machte Robert »Flitterwochen von unseren Flitterwochen«, ein kurzer Abstecher, während ich nach Hause zurückkehrte.

Das störte mich nicht. Es gefiel mir sogar. Gab mir Kraft. Es bestätigte meine Prognose, oder deutlicher gesagt, meinen Wunsch: Ich hatte den Jungen mit dem Lächeln, dem Traum, der Rastlosigkeit einer Künstlerseele an Land gezogen. Er gehörte mir, mir allein. Hätte er nach den Flitterwochen vor dem Fernseher (meiner) die Füße hochgelegt und die Schüssel (seine) über den Kopf gehalten, weil er mehr Popcorn wollte, während ich in der Wohnung (seine) herumhantierte, hätte ich ihn vermutlich erschossen.

Ich weiß weder, was er bei diesem ersten, noch was er bei irgendeinem seiner späteren Ausflüge tat. Ich weiß nur, dass er ständig verschwand. Ich nannte diese Spritztouren »Schreibfluchten«, was ihn wurmte. Mich jedoch wurmte es keineswegs, wenn er fort war. Es gehörte zu unserer Abmachung. Er hätte sagen können: »Ich hab's dir gesagt«, doch das tat er nie, weil ich mich nie beklagte. Denn an alles andere hielt er sich, sogar die Sache mit den Kindern, obwohl er sich damit nicht leichttat. Nicht weil er keine wolle, sagte er, sondern weil er nicht sicher sei, ob das Universum für ihn vorgesehen habe, welche zu bekommen. *Dann lass das Universum entscheiden*, sagte ich, und das tat es. Wir bekamen zwei Töchter, und wir erwiesen uns als überraschend gute Eltern.

Mein Erfolg in der Kindererziehung war zufällig, glaube ich, seiner jedoch erarbeitet. Bücher aus der Bibliothek kamen und gingen. Er machte Kurse beim Roten Kreuz und beim YMCA. Wir wurden Eltern, auf die man sich verlassen konnte, wenn es darum ging, die Stille Auktion der Schule zu organisieren, die Klassen-Eidechse in den Ferien zu hüten, die Entlausungsparty zu schmeißen (allerdings hätten wir keinen Alkohol anbieten sollen – beim Anblick von Tequila juckt es mich noch immer). Und als sich eine echte Tragödie ereignete, waren wir ebenfalls zur Stelle. Als ein Erstklässler auf einem Fußgängerüberweg überfahren wurde, hielt Robert eine Trauerrede, an die sich die Leute erinnerten und auf die sie mich noch Jahre später, die Hand auf meinem Unterarm, auf der Straße ansprachen. Ich wette, das würden sie immer noch tun. Und ich wette, der Zebrastreifen, den ich auf die Straße gemalt habe – was die Stadt dazu nötigte, einen offiziellen aufmalen zu lassen –, leuchtet immer noch hell. So wie meine Erinnerungen an jene Zeit. Jeder Geburtstag, den wir in unserem Haushalt feierten, fühlte sich an wie ein weiterer Sieg: Wir haben es geschafft!

Fast erwartete ich eine Medaille – eine kleine, so wie Mütter mit vier oder mehr Kindern sie hier in Frankreich bekommen – für meine Leistungen als Mutter, wozu auch gehörte, dass ich in unserem Wohnzimmer keine Kneipe führte und meine Töchter nicht als minderjähriges Barpersonal aufwuchsen. Niemals mussten unsere Mädchen Aschenbecher leeren, Gläser abräumen, gegen die Eismaschine schlagen, damit sie noch mehr Würfel ausspuckte. Und das sah man, oder jedenfalls ich, in den Gesichtern unserer Töchter: Sie lächelten viel. Und die Welt lächelte zurück.

Nicht dass wir viel von der Welt sahen. Trotz Roberts Versprechen schafften wir es nie nach Paris, nicht einmal nach Paris, Wisconsin. Gleichwohl verblieb die Aussicht auf nicht unangenehme Art am Horizont unseres Lebens, angespornt von Ludwig Bemelmans und Albert Lamorisse.

Meine Bemühungen, den Mädchen Lamorisse näherzubringen, waren von durchwachsenem Erfolg. Obwohl wir Zugang zum Film hatten, bevorzugten meine Töchter, wie ich, das Buch und bestanden schon als kleine Knirpse darauf, es mir »vorzulesen«. Die Anführungszeichen stammen von Robert, denn die Mädchen konnten noch nicht lesen. Gleichwohl taten sie so, und zwar hochkonzentriert, nicht mit richtigen Worten, sondern in einem unverständlichen Geflüster, dessen weiches, heiseres Zischen mich an Schlittschuhe erinnerte, die übers Eis glitten. *Pssst, pssst.* Robert nannte es Flüstertheater und tat, als begreife er nicht, warum ich es so liebte. Was gab es da zu erklären? Der milchige Atem der Mädchen an meiner Wange, ihre Körper auf einem Sitzsack oder im Bett mit meinem verwoben, wir drei manchmal so erschöpft von Lamorisses Geschichte, dass wir zusammen einschliefen, vor allem an den Abenden, an denen Robert fort war. Wenn er da war, weckte er mich mit einem Stupser, und ich gab vor, dankbar zu sein, wenn er uns alle in unsere eigenen Betten brachte. Doch wenn er nicht da war, tauchte ich zwischen zwei und drei Uhr morgens aus dem Schlaf, die Mädchen noch neben mir, und genoss die köstlichste Schlaflosigkeit aller Zeiten, das Buch aufgeschlagen auf uns, und zu beiden Seiten kleine, je nach Traum, langsame oder schnelle Atemzüge.

Doch als sie größer wurden, als sie lesen lernten, entwickelten sie eine Vorliebe für Bemelmans. Es war kein gerechter Kampf. Das Werk von Lamorisse ist kleiner, verschrobener. (Kennt jemand *Fifi la plume* von 1965, wo ein Pariser Fassadenkletterer ein Nachthemd findet, zum Zirkus geht und ihm Flügel wachsen?) Allerdings konnte Bemelmans genauso so verschroben sein – ein *Holiday*-Magazin von 1953, das Robert auf Ebay ersteigerte, enthielt eine fröhliche Illustration von Bemelmans, in der ein Mörder auf einem Pariser Dachboden eine Leiche zerstückelt, die stets für Heiterkeit sorgte. *Madeline* vorwärts und rückwärts, natürlich, Ausgaben auf Spanisch und Deutsch und Französisch und eine besonders begehrte auf Chinesisch. Und lange bevor sie meiner Meinung nach reif dafür waren, las Robert ihnen Bemelmans' Essays und Schilderungen für Erwachsene vor, in denen es um diverse Abenteuer, Liebschaften und Verluste geht, auch den seines Bruders Oscar, der im Ritz in New York in einen Fahrstuhlschacht stürzte. Düsterer Kram. Aber auch lustiger, obskurer Kram, genug, um Bemelmans als festes Mitglied unserer Familie zu etablieren, eine Art Großvater, über den sich Mama gelegentlich aufregt. Lamorisse dagegen hielt als Onkel her, dessen Heldentaten zwar legendär sind, der sich aber selten blicken lässt. Beide zu früh gestorben. Beide untrennbar mit Frankreich verbunden.

Weshalb wir, wenn die Mädchen alt genug wären, wenn wir genug Zeit hätten, wenn wir genug Geld hätten – nun, natürlich würden wir hinfahren. Ich nahm sogar Französischunterricht (ehrlich gesagt, immer wieder denselben Einführungskurs) und meldete die Mädchen an einer Schule mit Französisch-Zweig an (sie machten rasch Fortschritte, jedenfalls Daphne). Und ich behielt meinen Job. Mein nicht abgeschlossenes Studium der Filmwissenschaften qualifizierte mich irgendwie, für die Universitätspräsidentin Reden und PowerPoint-Präsentationen zu verfassen und gelegentlich ein (phantastisch inszeniertes) Video zu drehen.

Was ich damit sagen will, ist, ich habe meinen Teil der Abmachung erfüllt.

Und Robert seinen. Er kümmerte sich um Fahrgemeinschaften und Zahnarzttermine und die Wäsche um drei Uhr morgens, wenn Erbrechen und Bettnässen dies erforderte. Er war ein ausgezeichneter Koch und bezog die Mädchen beim Kochen mit ein. Trinkpäckchengroße Trophäen, die er als Trainer winziger Teams gewonnen hatte, schmückten unsere Bücherregale.

All das erledigte er ohne Murren, wenn auch distanziert, als würde er diese Aktivitäten eher analysieren als daran teilnehmen.

Und ich analysierte ihn. Ich lernte vorauszusagen, wann ihn das Bedürfnis überkam zu verschwinden – es war, als würde etwas in ihm köcheln, anschwellen, obwohl es das nicht ganz trifft, denn man hatte nie das Gefühl, als könnte etwas explodieren. Stattdessen verkündete er schlicht, dass er etwas »Zeit« brauchte, und weg war er. Er arbeitete in Schüben, verschwand beispielsweise an einem Donnerstag und kam am Samstag zurück. Oder er fuhr Sonntag vor der Dämmerung und kehrte zur Schlafenszeit zurück. In der Zwischenzeit hatte er ein Hostel oder eine Hütte oder ein Kloster gefunden. Ein Café oder ein Planetarium. Wenn er nach Hause kam, wirkte er benommen, verwahrlost, erschöpft, aber glücklich wie ein Läufer nach einem Rennen.

Wie gesagt, ich beklagte mich nie, stellte keine Fragen: ein Tag, eine Stunde, ein Wochenende, eine Auszeit zum Schreiben. So war es vereinbart.

Doch wir hatten auch vereinbart, dass er immer eine Nachricht hinterließ. Während seiner Abwesenheit hörten wie nie etwas von ihm, doch er schrieb immer einen Zettel, bevor er ging. Gewöhnlich drei Worte, *Bald wieder da*, stets ergänzt mit der geschätzten Zeit seiner Rückkehr, die auch immer zutraf. Und es funktionierte. Jahrelang. Wir erwarteten nicht, dass es irgendjemand verstand (vor allem nachdem ich den unbedachten Fehler gemacht hatte, Roberts häufige Abwesenheit an irgendeinem Spielfeldrand zu erwähnen, und die anderen Mütter mich entsetzt anstarrten). Kinder von Feuerwehrmännern und Chirurgen und Seeleuten gewöhnen sich an die ungewöhnlichen Arbeitszeiten ihrer Eltern – und das taten unsere auch. »Dad ist schreiben«, sagte Daphne, wenn sie den Zettel fand. Er liebte es, sie an Orten zu verstecken, wo die Kinder sie fanden, ein glückskeksgroßer Papierstreifen auf der Rückseite einer Zahnbürste, ein lila Post-it, der mit den Cheerios aus der Packung purzelte. »Bald wieder da!«, piepste Ellie.

Ich war vorgewarnt. Das war unsere Abmachung. Und ich wollte sie nicht aufheben, als es mit seiner Karriere immer weiter bergab ging. So funktioniert Kunst. Und es war mir wichtig, dass er das Leben eines Künstlers, eines Schriftstellers führte. Ich nahm ihm die Auszeiten nicht übel, doch irgendwie nahm ich ihm seine Angst, seine Erschöpfung übel. Misserfolge beiseite – oder eingeschlossen! –, lebte er seinen Traum. Konnte er nicht ein bisschen mehr lächeln? Und vielleicht etwas zu essen kochen und einfrieren, bevor er verschwand?

Was er mir da ließ, waren Bücher. Nicht jedes Mal, aber viele Male, von Anfang an. Um mich bei Laune zu halten, während er weg war, aber ich vermute es nur, denn die wenigen Male, die ich ihn fragte, warum er mir dieses oder jenes Buch da gelassen hatte, sah er mich seltsam an. *Weil ich wollte, dass du es liest.* Also tat ich es. Katherine Anne Porters *Fahles Pferd, fahler Reiter* war das erste – 1. Weltkrieg, TB-Sanatorien, Delirium, unglückliche Liebe –, ich schwärmte dafür, obwohl ich mir Sorgen machte, dass er versuchte, mir damit etwas zu sagen: Hatte auch er eine unheilbare Krankheit? *Nein,* wiederholte er (immer wieder). *Ich wollte nur, dass du es liest.* Also tat ich es, und später William Maxwells *Also dann bis morgen* und Aidan Higgins *Helsingør Station* und James Welchs *Fools Crow* und William Kennedys Albany-Romane und Grace Paleys Manhattan-Geschichten und Octavia Butler und Muriel Spark und sehr viel Alice Munro. Ich erinnere mich nicht an alle. Ich habe sie nicht einmal mehr alle – manche waren Bibliotheksbücher, die er später zurückbrachte. Eine Weile gab ich ihm im Gegenzug Filme, doch er schien nie Zeit dafür zu finden. Ich mochte die Bücher, ich mochte es, darüber zu reden, aber ich mochte auch, dass es okay war, nicht darüber zu reden. Es war kein Test. Es war eine Art Geschenk, eine Aufmerksamkeit, so wie ein Frühstück im Bett. Ich fühlte mich umsorgt, und als die Bücher weniger wurden, als er begann zu verschwinden, ohne etwas zu hinterlassen, wurde ich unruhig.

Während Robert einst durch Buchhandlungen und Bibliotheken geschlendert war, als würde ihm der Laden gehören, schlich er jetzt durch die Gänge oder mied sie ganz und gar, um peinliche Situationen zu vermeiden wie an dem Tag, als Daphne im Buchladen ihre kleine Freundin an der Hand nahm und mit ihr zum *E* ging, um mit ihrem Vater anzugeben. Doch dort zwischen Alexander Dumas, Lawrence Durrell und Umberto Eco gab es keinen Eady. Natürlich nicht, sagte Robert schnell und zog sie in die Kinderbuchabteilung. Doch dort gab es irgendwie gar kein *E*. Im Regal ging es von Lois Duncans *Ich weiß, was du letzten Sommer getan hast* direkt zu Walter Farleys *Der schwarze Hengst*. Beides Lieblingsbücher von Daphne, doch das tat nichts zur Sache. »Wo stehen deine Bücher, Daddy?«, fragte sie.

Sie war nicht die Einzige, die sich das fragte. Vor allem, da Roberts Suche nach dem »Wie geht es weiter?« sich in einer Reihe zunehmend kraftloser Experimente verlief, wie einer Trilogie mit unkonventionellem Konzept: Das erste Buch war an seine jüngeren Leser gerichtet, das zweite an Noch-nicht-ganz-Erwachsene, das dritte an Leser, die sich selbst für erwachsen hielten (oder dafür gehalten wurden). Die Idee dahinter war, eine neue, erwachsene Leserschaft anzusprechen, ohne die alte, jüngere zu verlieren. Das jedenfalls war der Gedanke seines Verlegers – Robert war davon nicht überzeugt.

Und so begann eine neue Saison der noch größeren Unsicherheit in Bezug auf alles, das Stolpern, das Umherirren, weitere Experimente, die verworfen und fallengelassen wurden. Es war nicht so, dass er leicht blaue Flecken bekam – eher, dass seine Ernsthaftigkeit, sein Künstlersein (ich suche nach anderen Begriffen als *Ahnungslosigkeit*) ihn verletzlich machten.

Mit der Zeit hatte er überall Blessuren. Im College hatte er mit dem Segeln angefangen und liebte es – bis im Segelclub die Regel eingeführt wurde, dass man nicht mehr allein aufs Wasser durfte. Die immer wieder aufkommenden Klagen der Mädchen über das Fehlen von Haustieren (Robert war allergisch) zerrten wie nie zuvor an seinen Nerven, ebenso wie die Nachbarn und deren Haustiere. Um sich intellektuell herauszufordern (seine Behauptung), wegen des zwischenmenschlichen Kontakts und zur Ablenkung (meine Behauptung und korrekt) hatte er sich bereiterklärt, einen Kurs an der Universität zu geben, doch die Campus-Nichtigkeiten nervten ihn unverhältnismäßig – beispielsweise, dass man seinen Toner selbst bezahlen musste, was die Produktiven bestrafe, wie er meinte.

Und ich nervte ihn. Keine Ahnung, warum. Der Therapeut wusste es auch nicht. Vielleicht war das der Grund: Ich hatte Robert überredet, zu einem Therapeuten zu gehen. Genau genommen war der Kompromiss, dass wir beide gingen, zusammen. Was sich als gut erwies. Für mich. In unseren Sitzungen wand Robert sich oder seufzte. Ich brachte Stift und Papier mit, machte Notizen, bat um Handwerkszeug. Schließlich hatten wir einen ganzen »Werkzeugkasten«, gefüllt mit einfachen Dingen. Bewegung. Meditation. Plus »Auszeit«, auf die Robert bestand, und »Vorwarnung«, auf die ich bestand: Letzteres hieß, dass man den Partner vorab informierte, worüber man reden wollte. *Morgen streiten wir über deine Auszeiten*, fasste ich es im Scherz zusammen. Der Therapeut fragte, ob ich das Gefühl hatte, alles ins Komische ziehen zu müssen.

Eine ganze Weile hatte Lachen für uns verlässlich funktioniert. Ich bin selbst nicht die beste Lacherin – vielleicht wegen all der Jahre falschen, bierinduzierten Lachens in der Kneipe –, und das hat mich zum Connaisseur gemacht. Niemand lacht besser als meine Kinder. Einmal sagte ich zu Robert, ich würde es gern in Flaschen abfüllen. Doch zu der Zeit, als wir mit dem humorlosen Therapeuten in diesem winzigen Zimmer hockten, wären die von mir gehorteten Flaschen verstaubt. Ich wusste vom ersten Moment an, dass ich einen Mann geheiratet hatte, für den das Leben ein Kampf war. Das war der Grund, warum ich ihn geheiratet hatte. Um zu sehen, wie er durch seine Kunst mit dem Leben rang. Um ihm zu helfen. Weil es *mir* helfen würde. Was ich mir nicht klar gemacht hatte, war, wie schmerzhaft es sein würde.

Der Therapeut sagte, darüber könnten wir nächstes Mal reden, doch wir gingen nicht mehr hin. Und Robert hörte auf, mich vorzuwarnen, worüber er streiten wollte oder wann er wieder verschwinden würde. Ich schluckte meine Klagen runter. Als wir heirateten, dachte ich, er sei der Wilde. Ein Autor! Ein Abenteurer! Ein Mann, hinter dessen Geheimnissen sich weitere verbargen. Alles in Moll natürlich, doch das gefiel mir. Moll war machbar.

Aber offenbar war ich die Wilde, und er der Trittbrettfahrer. Ich war die Frau, die mit einem Buch aus dem Laden gerannt war. Doch als wir schreiende Babys zu Hause hatten, verbrachten wir unsere Abende nicht mehr damit, in Bars über Bücher zu diskutieren. Wir hatten mehr zu tun denn je, und er war verzweifelter denn je. Ich sah es in seinen Augen, in seinen Händen, die jedes Mal wenn er von einer seiner Abwesenheiten zurückkehrte, weniger Seiten umklammerten. Früher hatte es zum Ritual dazugehört, dass er bei der Rückkehr einen prall gefüllten braunen Umschlag schwenkte. Jetzt war es manchmal nur eine einzige zusammengerollte Seite, zwei, die aus seiner Hosentasche ragten wie eine Fliegenklatsche. Ich wusste nicht, was ich tun sollte. Sollte ich mehr Bücher klauen? Sollte ich heimlich einen Blick auf das werfen, was er schrieb?

Ich hätte es tun sollen, aber ich tat es nicht. Er schwor, dass ihm leere Seiten keine Angst machten, doch mir machten sie Angst, wenn es seine waren. Ebenfalls leer: der Notizblock in der Küche, auf den er immer seine Nachrichten gekritzelt hatte. Immer. Und dann nicht mehr, einmal, zweimal. Und dann kam das vorletzte Mal.

Dieses Mal ging ich ihn suchen, nachdem er knapp vierundzwanzig Stunden fort gewesen war. Es war Ellies Idee, in seinem Büro auf dem Campus nachzusehen, wenn auch nur um meinetwillen. Sie wunderte sich zwar über die fehlende Nachricht, machte sich jedoch keine Sorgen. Seiten,

Quantität oder Qualität, interessierten die Mädchen nicht. Sie vertrauten auf die Schrulligkeit ihres Vaters. Seine Exzentrik garantierte, dass er einzigartig war und einzig und allein ihnen gehörte.

Als ich ihn fand – er war genau dort, wo Ellie vermutet hatte –, verließ er gerade sein Büro und war auf dem Weg zum Fahrstuhl. Er sagte kein Wort zu mir, deshalb sagte ich auch nichts. Er drückte auf den Knopf nach unten. Der Fahrstuhl kam. Er stieg ein. Ich folgte ihm.

Ich war so spät nicht gern auf dem Campus. Es erinnerte mich an mein Studium und daran, wie es geendet hatte, nämlich langsam, qualvoll, während mich ein Professor nach dem anderen fragte, was ich nach meinem Abschluss machen wolle. Die Antworten, die ich gab, genügten nicht. Weder ihnen noch mir. Unterrichten? Nach einem Job als Lehrassistentin wusste ich: nein. Forschung? Vom Lesen der unscharfen Mikrofilme im Keller der Bibliothek wurde ich blind. Ich hatte meinen eigenen Film machen wollen, doch die Uni hatte mich des Selbstbewusstseins beraubt, es auszusprechen, selbst im Stillen. Als ich das Studium abbrach und mit dem Redenschreiben anfing, brauchte ich keinen Therapeuten, der mich darauf hinwies, dass ich mir einen Job gesucht hatte, bei dem ich mich hinter jemandem verstecken konnte. Und hätte mich ein Therapeut darauf hingewiesen, hätte ich ihn darauf hingewiesen, dass Redenschreiben gut bezahlt wurde.

So spät noch auf dem Campus zu sein, erinnerte mich auch an die Tage, wo es im Job nicht so lief und ich Überstunden machen musste, um eine Rede oder eine Präsentation zu überarbeiten, weil die Laune der Präsidentin oder die Finanzlage der Universität sich geändert hatten. Die Finanzen unserer Familie vor Augen, für die immer mehr ich verantwortlich war, blieb ich an solchen Abenden so lange wie nötig und fügte so viele Lincoln- oder Lombardi-

Zitate ein wie nötig. Meine Chefin verehrte beide Männer, obwohl sie erschreckend wenig über das Einfrieren der Studiengebühren zu sagen hatten oder den Wertverlust veralteter technischer Anlagen, wie des brutalistischen Büroturms, in dem Robert und ich jetzt standen. Hier sperrte der Campus seine Fakultät für Geisteswissenschaften ein. Der einzige funktionstüchtige Fahrstuhl war so alt, dass man an einem Holzknauf ziehen musste, wenn man ihn nach Schließen der Türen anhalten wollte.

»Das ist das dritte Mal, dass du ohne eine Nachricht verschwunden bist«, sagte ich. »Kein Wort. Nichts.«

»Ich glaube, das löst den Alarm aus«, sagte er und starrte auf seine Füße, während er mit einem Kopfnicken auf den Knopf deutete.

»Das hast du schon«, sagte ich. »Wir hatten eine Abmachung. Wir hatten immer eine Abmachung, die gottverdammt beste Abmachung, die je ein Ehemann – ein Schriftsteller – hatte. Eine Stunde, ein Tag, jederzeit, überall …«

»Es sein denn, es ist ein Turnier.«

»… du musst nur eine Nachricht hinterlassen. Und du scherst dich einen Scheiß um Turniere.« Er fand, ich benutzte zu viele Kraftausdrücke, und das tat ich. »Fünf Kröten, dass du nicht mal weißt, welchen Ball sie bei Ellies nächstem Spiel benutzen.«

»Das ist eine Fangfrage«, sagte er. (Na gut: Schach.)

»Was tust du?«, fragte ich. »Geh laufen. Geh segeln. Aber hör auf, dich zu drücken. Nimm dir mal richtig Zeit, eine Woche …«

»Ich war noch nie eine ganze …«

»Du hast noch nie keine Nachrichten hinterlassen«, sagte ich. »Die Mädchen registrieren das. Sie … Wir bekommen es mit der Angst zu tun, okay?«

In Wahrheit hatte ich keine Angst. Doch als ich es sagte, sah ich es: Er war diesmal gar nicht fortgewesen, und auch nicht die beiden Male davor. Er war nicht fortgewesen, aber er wollte fort.

Er betrachtete mich, die fest verschlossene Fahrstuhltür, die Kabinendecke und das Wasser, das sich dort irritierenderweise im Lichtpaneel sammelte. Er betrachtete die abgenutzten Wände, den verschrammten Boden. Er klemmte in einer Ecke und hielt sich mit beiden Händen an einer Stange fest.

»Hör zu«, sagte er.

Ich unterbrach ihn. Ich sagte, was man zu Kindern sagt, die Lüge, die man lügt, um sie zum Schweigen zu bringen.

Ich sagte: »Ich weiß.«

Er schüttelte den Kopf. Ich log weiter.

»Ist schon gut«, sagte ich. Er sah mich nicht an. »Alles wird gut.«

Er schloss die Augen, ich streckte die Arme aus, er flüsterte: »Es tut mir so leid.«

»Campus Polizei«, dröhnte es aus der Gegensprechanlage. »Sie haben den Alarm ausgelöst?«

»Lass uns nach Hause gehen«, sagte ich.

Ich weiß, ich muss noch erklären, warum ich ihn so liebte, beziehungsweise wie ich ihn liebte. Ich weiß, es reicht nicht, auf zwei Kinderbücher in einer Bar zu verweisen – oder auf zwei Töchter in einem zugigen Haus und fast zwanzig Jahre und vierundsiebzig Geburtstagskuchen und um die hundertfünfzig Arzttermine, acht Ausflüge in den Zoo, zehn Millionen Mal Training, ein Schachturnier, den Verlust einer Geige und zweier Zahnspangen, die tausend Male, die unsere Kinder hörten, sie hätten den coolsten Dad aller Zeiten, und einen seltsamen, bezaubernden Abend in der Carnegie Hall mit Daphnes ganzer zweiter Klasse auf der Bühne, die unter seiner Anleitung einen Gedicht-Wettbewerb gewonnen hatte, bares Geld, genug, um eine blinde Schildkröte von einer Schildkrötenrettungsstation zu adoptieren, die die Klasse Milton taufte, denn als Adam und Eva in *Paradise Lost* – das Robert irgendwie zumindest ausschnittweise mit den Siebenjährigen gelesen hatte – den Garten Eden verlassen, tun sie dies mit »langsam zagem Schritt«. Und weil Milton blind war. Und weil ich meinen Mann so sehr liebte, verfiel ich einer Metapher, die so grell und rot und zwingend war wie der STOPP-Schalter in einem Fahrstuhl.

»Hilfe ist schon unterwegs«, tönte es aus der Gegensprechanlage.

»Mach dir keine Sorgen«, beschwichtigte ich ihn. Er schüttelte den Kopf. Ich drückte den STOPP-Schalter wieder rein. Mit einem Ruck fuhr der Fahrstuhl nach unten.

»Es ist zu spät«, sagte er.

Ich strich ihm das Haar aus den Augen und suchte ihn. Da war er. Irgendwo. Und irgendwo da drin tat irgendetwas weh. Ich stellte mir vor, ich wäre in der Lage, in ihn hineinzufassen und irgendeinen Schalter umzulegen, ein Rädchen zu drehen, einen Knopf zu drücken, auf dem *Stopp* stand. Ich wollte ihm so sehr helfen. Ich liebte ihn so sehr. Genug, um zu sagen, was ich dann sagte.

»Lass uns weglaufen!«

Doch das taten wir natürlich nicht.

Bis er es tat.

Kapitel Drei

Robert verschwand aus unserem Haus in Milwaukee, Wisconsin, zwölf Wochen bevor meine Töchter und ich in Paris ankamen. Das Wann und Wie war kein Geheimnis: früh am Morgen, durch die Hintertür. Sein Verschwinden beunruhigte niemanden. Er ging am liebsten früh morgens joggen. Und es fiel auch nicht weiter auf, als er nicht zum Frühstück erschien. Manchmal joggte er länger.

Als er auch beim Abendessen fehlte, fiel mir ein, dass er manchmal vergaß, sein Telefon aufzuladen (das er sowieso nur ungern benutzte). Nachdem er auch nachts nicht aufgetaucht war, sagte ich mir, er sei auf einer seiner »Schreibfluchten«. Ellie und Daphne fragten, ob er eine Nachricht hinterlassen habe. Hatte er nicht.

Dann entdeckte ich, dass er doch eine hinterlassen hatte, eine ganz kurze. Sechs Buchstaben.

Der erste Mensch, den ich nach Roberts Verschwinden anrief, war Eleanor. Sie als meine Freundin zu bezeichnen, wäre nicht ganz zutreffend. Auch wäre es nicht zutreffend, sie als Ellies Patentante zu bezeichnen – wir haben Ellie nie taufen lassen. Zutreffend ist, dass ich während des Studiums ein paar Englischkurse belegt hatte und sie Fachbereichsleiterin war. Ich ging zu ihr, um mich über eine Note von einem anderen Professor zu beschweren, und in weniger als einer Stunde überzeugte sie mich, dass die Note, wenn überhaupt, noch zu großzügig war und dass ich nie wieder Grund haben würde, mich über eine Note zu beschweren, wenn ich auf dem Papier so geradeheraus und unerschrocken rüberkäme wie in natura. Sie hatte recht, doch seither klopfte ich trotzdem regelmäßig an ihre Bürotür, selbst nachdem ich das Studium geschmissen hatte. Ich war überzeugt, dass sie für die großen Probleme meines Lebens ebenso gute Lösungen parat hatte wie für meine akademischen.

»Leah«, sagte Eleanor nach einem besonders langen Nachmittag. »Ich bin nicht die Fachbereichsleiterin deines Lebens.« Ich lächelte und lächle jetzt bei der Erinnerung daran. Es war das einzige Mal, dass sie mich angelogen hat.

Nicht dass ich alles glaubte, was sie mir erzählte, wie etwa: *Deine Eltern hassen dich nicht.* Ich war überzeugt, dass sie es taten, weil sie gestorben waren, bevor ich mich dafür entschuldigen konnte, dass ich so eine schreckliche Tochter war. Ihr Tod trat im Abstand weniger Monate während meines dritten Semesters ein, mein Vater nach langer Krankheit, meine Mutter nach kurzer. Nur um das klarzustellen – und wie sie selbst sicher betonen würden: Ich war keine schreckliche Tochter. Doch ich nahm ihnen übel, dass sie so alt waren, dass sie mich nicht mit Geschwistern versorgt hatten, dass sie in der Provinz lebten, dass sie nicht mehr Geld hatten und schließlich dass sie mir weismachten, es sei »völlig okay« nicht zu studieren (hatten sie beide nicht). So viel Unmut und so belanglos, dabei war ich in der Zeit vor ihrem Tod abstruserweise davon ausgegangen, dass ich irgendwie erleichtert sein würde, wenn sie starben.

Natürlich war ich am Boden zerstört. Ich zahlte ein aufwändiges Begräbnis, zu dem nur wenige kamen, und einen gewaltigen gemeinsamen Grabstein, der ihnen peinlich gewesen wäre. Damit war das ganze Geld verbraucht, das sie mir hinterlassen hatten. Sie hatte die Bar mit einer Hypothek belastet, um mein Studium an einem privaten College zu finanzieren, vergeudete fünf Jahre (im ersten Jahr war ich in den meisten Fächern, auch Französisch, durchgefallen), die ich zu rechtfertigen versuchte, indem ich den Einsatz erhöhte und zur Uni ging.

Anderen Professoren widerstrebte der *in-loco-parentis*-Aspekt ihres Jobs, doch für Eleanor, bekennend alleinstehend, kinderlos, alterslos, war das eine Berufung. Sie regelte meinen Studienabbruch, besorgte mir den Job als Redenschreiberin, sagte mir, als ich ihr ein Bild vom kitschigen Grab meiner Eltern zeigte (keine Ahnung, warum ich das tat, aber ich musste es tun, ich trug es im Portemonnaie bei mir, hinter dem Führerschein), ich sei eine gute Tochter und, als ich unter Tränen protestierte, dass sie jetzt gern mit mir am Grab stehen würde. Ich fragte, warum. Sie sagte, dass sie dann ein Stück von dem übergroßen Stein abbrechen und mir damit gegen den Kopf schlagen würde.

Schuld, das gierigste aller Gefühle, will alles, sagte sie. *Trauer will nur Zeit.* Und sie gab mir Zeit.

Als ich sie nach Roberts Verschwinden anrief, war ich nicht überrascht, dass sie meinte, ich solle noch einen Tag abwarten. Doch als ich sie am dritten Tag anrief, um ihr zu sagen, dass ich die Polizei verständigen würde, war ich überrascht zu hören, dass sie das schon getan hatte.

Die Polizei hatte ihr geraten, was sie mir geraten hatte, mitten am Tag, hinter dem Rücken der Mädchen, die wohlbehütet in der Schule waren: abwarten.

Ich erzählte den Mädchen daraufhin, ihr Vater habe beschlossen, mit der Sommerschreibphase etwas früher anzufangen, immer eine intensive Zeit, und dass er bald wiederkäme. Ellie und Daphne wechselten Blicke – irgendetwas stimmte nicht –, aber Dad war eben Dad. Und unsere Familie war unsere Familie. Eine Seifenblase, wie eine Frau, die in jungen Jahren beide Eltern verloren hatte, sie wohl automatisch schafft. Ich meine damit nicht, dass ich meine Töchter in einer Seifenblase gefangen hielt, aber mein Erziehungsansatz war es, ihr Erwachsenwerden so lange wie möglich hinauszuzögern. Die Zahnfee kam noch immer, um gelegentlich einen Backenzahn abzuholen. Und Daddy würde auch wiederkommen.

Und dann war es eine Woche ohne ihn, und dann waren es drei, und dann war der letzte Schultag. Wir überquerten die Straße mithilfe eines Motorradpolizisten, der zum großen Sommer-Exodus abkommandiert worden war. Er blies seine Pfeife, hielt den Verkehr an und winkte uns über die Straße. Ellie blieb stehen.

»Ellie, nein«, sagte Daphne, ein Fauchen, ein Flehen.

Der Polizist deutete auf die andere Straßenseite. »Beeilt euch, Mädchen. Lauft zu eurer Mutter.«

»Wo ist unser Vater?«, fragte Ellie.

Und dann Tränen. Daphnes, gefolgt von Ellies, letztere ziemlich ungewöhnlich, fast so ungewöhnlich wie ein Polizist, der wegen zwei Mädchen, die mitten auf dem Zebrastreifen zusammenbrechen, aufhört, den Verkehr zu regeln. Alles, was folgte, schien in drei Minuten zu passieren, doch in Echtzeit dauerte es Wochen: dem Polizisten – und somit den Mädchen – zu erklären, ja, ihr Vater wurde vermisst, und ja, die Polizei wusste Bescheid. Und nein, die Polizei wusste auch nicht, wo er war.

Der Detective, dem der Fall übertragen wurde, hatte allerdings eine Theorie, die er mir anvertraute, als wir allein waren. »Wenn sie mich fragen«, sagte er, »je toter sie sind, desto mehr Hinweise gibt es.« Er nickte beifällig. »Kein Zeichen ist also kein schlechtes Zeichen«, sagte er.

Und so gaben auch wir keine Zeichen. Keine Flugblätter, keine Plakate, keine Aufrufe im Internet. Ich wollte unseren Verlust nicht bekannt machen, weil es ihn real gemacht hätte. Daddy war einfach weg. Er hatte keine Spuren hinterlassen. Ich teilte die Theorie des Detectives – etwas umformuliert – mit den Mädchen. Leeres Geschwafel, dennoch beruhigte es sie. Es beruhigte mich. Ich klang wie eine Erwachsene. Ich sprach mit ihnen wie mit kleinen Erwachsenen. Roberts Verschwinden hatte sie altern lassen, und dass ich so mit ihnen redete, machte es offiziell.

Ich weiß nicht, ob ich überhaupt etwas hätte sagen sollen. Jeder muss irgendwann erwachsen werden. Doch wie die meisten Eltern wollte ich nicht, dass es von einem Augenblick auf den anderen geschah. Bis zu einem gewissen Grad schützte ich sie: So erwachsen sie auch sein mochten, ich achtete darauf, nicht die Formulierung *am Leben* zu verwenden, und schon gar nicht das Wort *tot*.

Auch wenn er es war. Sein musste. Wie die Polizei hatte ich keine Beweise, außer einem wichtigen Indiz, das ich ihnen verheimlichte, weil sie sonst denken würden, ich hätte den Verstand verloren. Was teilweise stimmte, doch ich war noch genug bei Verstand, um zu bemerken, dass ich Robert nicht mehr in meinem Leben fühlte. Ich habe die Theorie, dass Paare durch eine Art unsichtbares Gummiband verbunden sind. Es dehnt sich oder zieht sich zusammen, aber es ist immer da, ein leichter Zug, den man vielleicht nicht einmal bemerkt, bis man, wie ich, bemerkt, dass er ganz verschwunden ist.

Was ich auch nicht fühlte – das klingt schrecklich, aber lassen Sie es mich erklären –, war Traurigkeit. Ich war verstört und wütend und einsam. Ich konnte die Traurigkeit vor mir sehen wie ein dunkles Ufer, doch ich war noch nicht da, weil die Gewissheit fehlte. Ich fühlte, dass Robert fort war – ich wusste es nicht. Inmitten all der Ratschläge, dass man den Glauben nicht verlieren solle, dass man die Hoffnung lebendig halten solle, fand ich eine Website, die Tacheles redete: *Ihr Ehepartner ist vielleicht tot. Bereiten Sie sich auch darauf vor.* Und das tat ich.

Der Bestattungsunternehmer, der meine Eltern beerdigt hatte, schämte sich, dass er mich über den Tisch gezogen hatte – so jedenfalls meine Theorie –, weshalb er mir einen Stapel Bücher über Tod und Sterben und Überleben schenkte, die in meinem Regal überlebt hatten. Als Robert drei Wochen verschwunden war, vertiefte ich mich erneut in die Bücher. Dabei war Robert noch gar nicht für tot erklärt worden, und wir hatten das Wort, ja selbst den Gedanken daran verbannt.

Doch ich hatte jemanden verloren, oder? Zumindest eines der Bücher versicherte mir – in einem Kapitel über den Tod eines geliebten Menschen, dessen Überreste nicht gefunden werden –, dass Verlust kein Euphemismus sei.

Das war immerhin ein Anfang. Der Anfang eines eigentümlichen Abstiegs in eine eigentümliche Trauer. Ich stellte fest, dass die praktischen Ratschläge der Bücher in dieser Phase nützlich waren: essen, Sport treiben, schlafen. Ich sollte meinen Verlust nicht unter den Teppich kehren, mich nicht unter Druck gesetzt fühlen, ihn hinter mir zu lassen, doch ich sollte auch nicht verharren. *Leben Sie ihr Leben weiter.* Das tat ich.

Und ich las, und die Lektüre über Tod, Witwenstand, Hinterbliebene färbte meine Gedanken, meine Hoffnungen in Bezug auf Robert. Im Laufe der Wochen ohne ihn gewannen diese Gefühle an Kraft, an Masse, vernarbten.

Es war nicht rechtens. Ich hatte kein Recht dazu. Doch gab es auf der Welt je eine Frau, die nie dem Gedanken nachgehangen hat, ihr Mann wäre tot? Müßig oder sehnlich, je nach Situation? In meinem Fall beides. In meinem Fall war es sogar noch komplizierter, weil es nicht das erste Mal war, dass ich mich fragte, ob er am Leben war, ob er von seiner Schreibflucht nach Hause kommen würde. Ich wollte ihm nichts Böses, ganz im Gegenteil. Ich wünschte ihm alles Gute, damit es ihm besser ging, damit es uns allen besser ging. Ich hatte ihn verloren, und als die Polizei fragte: *Gab es Zeichen, dass er verschwinden würde?*, log ich und sagte nein, weil ich nicht wusste, wie ich erklären sollte, dass er selbst das Zeichen war, dass er und seine Worte und sein Lächeln und seine Fragezeichen nach und nach verschwunden waren, Tag für Tag.

Ich wollte nicht, dass Robert gestorben war. Doch ich wusste nicht, wie ich sonst erklären sollte, was ich fühlte, denn ich fühlte mich so ähnlich wie nach dem Tod meiner Eltern: gebrochen, nervös, verfolgt.

Bereiten Sie sich auf ein Leben ohne ihn vor. Üben Sie es. Das tat ich und es half. Ich beschloss heimlich so zu tun, als wäre Robert tot, bis das Gegenteil bewiesen war. In dem Wissen, dass ich nur so tat, konnte ich die größeren, komplizierteren Fragen aufschieben.

Doch was war mit den Fragen meiner Töchter?

Bis zum Zebrastreifen hatten Ellie und Daphne sich zusammengerissen und bis zu einem gewissen Grad auch noch danach, getröstet von dem Gedanken, dass die Polizei sich kümmerte. Doch als die Tage verstrichen und Dad nicht auftauchte, fing es an. Sie wurden aufsässig. Schlugen Türen. Stritten. Ich fragte den Kinderarzt um Rat. *Das ist ganz normal*, sagte er, was mich fast zum Lachen brachte, weil nichts normal war. Trotzdem: Ich sollte auf Anzeichen für »Selbstverletzung« achten, Ritzen oder Essstörungen oder Selbstmordgedanken.

Nichts davon sah ich. Das einzige, das sie zu verletzen versuchten, war Mom. Selbstmordgedanken? Nein. Mordgedanken? Ja. Ihre Blicke folgten mir, als wäre ich Beute. Meine notdürftige Überlebensstrategie – der tote Robert als Platzhalter für meine lauernde Trauer – funktionierte für sie nicht. Ihn für tot zu erklären, ohne Leiche, wäre, als hätte ich ihn umgebracht.

Und so haftete uns der Tod an den Fersen, wurde immer mächtiger, immer allgegenwärtiger, indem wir nicht darüber sprachen. Zum Beispiel: An einem lauen Sommerabend, als wir durch die Einkaufsstraße in unserem Viertel schlenderten und unsere Sorgen mit Eis salbten, kleckerte Daphne Schokolade auf Ellies Oberteil (dessen vorheriger Kauf auch eine Salbe). Ein Versehen, doch Ellie stieß einen markerschütternden Schrei aus. Daphne schrie nicht ganz so laut, doch lag darin der schwelende Zorn von Tagen um Tage: auf ihren Vater, weil er verschwunden war, auf ihre Mutter, weil sie ihn nicht fand, und vor allem auf ihre Schwester Ellie, weil sie ihren Zorn und Frust und Schmerz an Daphne ausließ. Und dann zermanschte Ellie ihr Eis auf Daphnes T-Shirt.

Daphne zog Ellies Handy aus deren Hosentasche und warf es auf die Straße.

An dieser Stelle läuft der Film eine ganze Minute ohne Ton. Jedenfalls in meinem Kopf. In der Realität waren die nächsten sechzig Sekunden besonders laut, doch ich konnte sie nicht hören. Ich konnte meine eigenen Schreie nicht hören, die laut Augenzeugen noch lauter waren als die meiner Töchter.

Ellies Handy war ihr Portal, ihr Jet-Pack, ihr Lieblingsspielzeug. Etwas, dem sie ohne zu zögern hinterherlief, ein Ball, der auf die Straße rollt. Ein von Norden kommendes Auto bremste mit quietschenden Reifen und verfehlte sie, ein von Süden kommender Pick-up zermalmte ihr Telefon. An dieser Stelle kommt in meinem Film der Ton zurück, gerade rechtzeitig um mir einzubilden, Ellies Knochen brechen zu hören wie Kleinholz.

Taten sie nicht. Der Pick-up war, nachdem er das Handy zerstört hatte, vor Ellie zum Stehen gekommen. Hüfte traf Stoßstange, doch der Fahrer hatte auf wundersame Weise so präzise gebremst, dass sein Wagen sie nur umschubste.

Sie fiel nicht auf den Kopf. Jemand mit der Visitenkarte eines Anwalts kam angelaufen und pochte darauf, dass wir ins Krankenhaus fuhren. Der Sanitäter meinte, es sei unsere Entscheidung. Der Fahrer war erleichtert, als Ellie sich dagegen entschied. Ich war erleichtert, als Ellie, vielleicht, weil das Ganze sie so mitgenommen hatte, vielleicht, weil sie sicher war, dass ich ihr jetzt ein neues und schickeres Handy kaufen würde, Daphne in den Arm nahm und sich entschuldigte, dass sie sie angeschrien hatte. Daphne murmelte ebenfalls eine unverständliche Entschuldigung.

Wir wankten nach Hause. Wir zogen uns um und putzten Zähne. Wir entschuldigten uns beieinander. Ellie sagte mir, was für ein neues Handy sie wollte. Daphne saß schweigend über das Tagebuch gebeugt, das Eleanor ihr geschenkt hatte und das ich nicht lesen durfte, was ich aber natürlich tat. Später weckte ich Daphne, als ich die letzte Zeile dieses Tages sah:

Wen auch immer du als nächstes holst, lass es mich sein.

An wen richtete sich das? Ich wusste es nicht, und so stand ich unentschlossen neben ihrem Bett und fragte mich, wie ich ihr begreiflich machen konnte, dass sie geliebt wurde, dass sie sicher war, dass sie sich niemals wünschen durfte, tot zu sein – mein süßes Mädchen!

Und in den kurzen Sekunden bevor sie mich erkannte, als ich noch eine unbekannte dunkle Gestalt war, die über ihr aufragte, sah ich Angst in ihren Augen aufleuchten und Erleichterung, dass ihr Gebet erhört worden war.

Minuten später hörte ich ein leises, beharrliches Klopfen an der Haustür.

Obwohl es fast Mitternacht war, machte ich mir nicht einmal die Mühe, durch den Spion zu schauen. War es …?

Eleanor.

Am selben Abend hatte ich Roberts Nachricht entdeckt. Keine seiner üblichen Nachrichten und nicht an einem der üblichen Orte. Bevor ich die Polizei informierte – oder gar die Mädchen –, wollte ich mit ihr darüber sprechen, vor allem weil ihre Expertise gefragt war, eine sehr genaue Textanalyse. Ich hatte vorgeschlagen, uns am nächsten Morgen zu treffen, doch Eleanor meinte, das könne nicht warten. Jetzt, da sie hier war, versuchte ich, sie abzuwimmeln. Ich erzählte ihr von Ellie, Daphne, dem Eis, dem Handy, der Straße. Jetzt sei nicht der richtige Zeitpunkt, sagte ich.

Nachdem Eleanor sich erkundigt hatte, ob alle körperlich unversehrt waren, sagte sie, dies sei genau der richtige Zeitpunkt. Es sei sogar höchste Zeit.

»Also noch mal«, sagte sie. »Wo war sie versteckt?«

Wir saßen in der Küche. Sie hatte eine Flasche Wein in einer braunen Papiertüte mitgebracht, die sie jedoch vergessen hatte, sobald ich ihr die »Nachricht« gab. Nicht die üblichen drei Worte, *bald wieder da*, sondern nur sechs Buchstaben: *KSDKGG.*

»Im Müsli«, sagte ich. Ich wollte die Packung holen, doch sie winkte ungeduldig ab. Ich setzte mich wieder und fuhr fort. »Dieses komische Biozeug, das er immer kaufte, aber nie aß. Sicher hat es in den vier Wochen seit seinem Verschwinden niemand angerührt.«

»Bis heute«, sagte Eleanor.

»Bis heute«, sagte ich.

»Weil du hungrig warst?«, fragte Eleanor.

Ich nickte, weil es leichter war, als zuzugeben, dass ich in jenen Tagen kaum Appetit hatte, dass ich das Müsli aus dem albernsten aller Gründe genommen hatte: Ich hatte versehentlich seine Sachen gewaschen. Kurz nach seinem Verschwinden hatte ich einige Hemden von ihm in der Wäsche gefunden und beiseite gelegt, um sie der Polizei zu geben, was dankend abgelehnt wurde, denn: *Was würde uns das verraten?* Ich war zu benommen, um darauf eine Antwort zu geben, doch in den darauffolgenden Wochen fiel sie mir ein: Es würde Ihnen verraten, wer er war. Ich ließ die Hemden in einem Haufen auf dem Boden liegen und legte sie mir manchmal unters Kopfkissen. Ich roch daran und schwelgte in Erinnerungen, bis ich an einem müden Morgen nicht darüber nachdachte, was ich tat, und sie mit den anderen Sachen in die Waschmaschine steckte. Ich geriet in Panik. Ich tat, als wäre ich nicht in Panik. Ich durchsuchte seinen Schrank, einige Schubladen, doch der Duft war zu schwach, zu sauber. Und in der Küche sein Müsli. Es roch schal. Dann sah ich den Zettel.

»Zu meiner Idee«, sagte ich. Mir war noch immer flau von Ellies Unfall, aber jetzt war Eleanor da. Sie hatte ihre Lesebrille aufgesetzt. »Das ist doch ein Reimschema, oder?«, sagte ich. »Er liebte Rätsel. Wörter? Ein Gedicht? Ich meine, du bist die Expertin, aber …«

Eleanor drehte den Zettel um. Nichts.

»Kein Gedicht«, sagte sie.

»Tja, es kommt nicht aus dem Müsli«, sagte ich. »Das ist von ihm. Du kennst ihn. Er versteckt gern Nachrichten für die Mädchen.«

»Hast du einen Laptop?«, fragte Eleanor.

»Bei Google gab es keinen Treffer«, sagte ich, was nicht ganz stimmte. Nachdem ich nichts mit diesen sechs Buchstaben gefunden hatte, stellte ich eine andere Anfrage, die mich zu einer französischen Firma führte, die Parfum aus DNA-Proben herstellte, die verschiedenster Herkunft sein konnten, etwa von einem alten Kleidungsstück, je ungewaschener desto besser.

»Vielleicht hast du das Falsche gefragt«, sagte Eleanor und nahm sich einen Stuhl. »Hol deinen Computer und lass uns ein paar Fluggesellschaften besuchen, angefangen bei denen, die ab Milwaukee fliegen. Oder, falls das nicht klappt, ab O'Hare.«

»Warum?«, fragte ich.

»Weil die sechs Buchstaben ein Buchungscode sind, Herzchen.«

So erinnerte mich Eleanor daran, dass die meisten von Roberts Rätseln leicht zu lösen waren. Sobald man den Rahmen oder den Zusammenhang erkannte, ergab sich der Rest von selbst. *KSDKGG* war kein Anagramm oder Reimschema, sondern ein Reiseplan. Und so versuchten wir es bei einer Fluggesellschaft, und dann bei einer anderen, und da war's, eine Drei-Tage-Reise nach Paris. Abflug erster August.

»Überraschung«, sagte Eleanor.

Robert wollte im Spätsommer nach Paris, wie Eleanor wusste. Anfang des Jahres hatte er des Geldes wegen einen Artikel über Kinderbücher und Paris geschrieben, und ein kleiner Verlag hatte Robert gefragt, ob er sich vorstellen könne, daraus ein Buch zu machen. Mit Karten und Wegbeschreibungen und Adressen und Öffnungszeiten und Links. Es hatte einen Vorschuss gegeben, etwas Geld für die Unkosten.

Na toll, sagte Robert zu mir, *ich bin zum Verfasser von Reiseführern aufgestiegen.*

Wirklich toll!, sagte ich, weil ich wollte, dass es ein Licht an seinem Horizont gab, jemand anderes als ich, der ihm sagte: *Du bist gut.* Und ich fragte nicht: *Reicht das Geld, um mich mitzunehmen? Und die Mädchen?*, weil ich wusste, dass es nicht reichte.

Doch ich wollte, dass er fragte, sein Versprechen erneuerte, dass wir eines Tages nach Paris fahren würden. Zu dem Zeitpunkt hätte ich mich, ehrlich gesagt, sogar über die Einladung zur einer Fahrt nach Paris, Wisconsin, gefreut, egal welchem, so lange ich dadurch eine ältere Version des weniger weisen, weniger matten, weniger skeptischen Robert zurückbekommen hätte, einem, der »logisch« sagte, »warum nicht« und »wir kriegen das schon hin«, und einmal, als ich gerade ein Buch klaute, »Ich glaube, du hast was vergessen …«

Denn das hatte ich nicht. Ich vergaß nichts. Weder die Anzahl der Katzen in *Der rote Luftballon* noch die Farbe des Picknicktisches, an dem er um meine Hand angehalten hatte, noch dass er vor langer Zeit versprochen hatte, mit mir nach Paris zu fahren.

Paris ist im August furchtbar, fuhr er fort.

Echt?, dachte ich. Doch was ich sagte, war: *Siehst du? Du klingst auch schon wie ein Verfasser von Reiseführern!* Er drehte sich weg, ich drehte auf: *Ein echter Künstler würde sagen: Ein paar Wochen allein in Paris? Ich buche noch heute den Flug.* Nach einigen Stunden wütender Stille sagte er, er würde es tun. *Und sag den Mädchen noch nichts*, sagte er, *es soll eine Überraschung sein.*

Am nächsten Morgen kam die Überraschung, als er mir sagte, er habe den Flug doch nicht gebucht und habe es auch nicht vor.

»Du wusstest von nichts?«, fragte Eleanor, während sie den Bildschirm anstarrte. Und ich starrte sie an, verblüfft, wie der Vorwurf, eben noch eine Pfütze zu Roberts Füßen, plötzlich in meine Richtung schwappte.

»Eleanor«, sagte ich.

Nicht nur hatte er für sich einen Flug gebucht – er hatte für uns alle Flüge gebucht.

Paris. Ich würde endlich …

Er hatte endlich …

Wir würden alle hinfahren – ins echte Paris. In die Stadt. Nicht das Paris mit dem Maisfeld und dem Wasserturm, nicht das Paris an der Fernstraße mit Picknicktisch und Mülltonne, kein Paris auf diesem Kontinent, sondern die echte Stadt, Madelines Stadt, Lamorisses Stadt, meine Stadt.

Paris.

Eleanor beobachtete mich, wartete, doch ich konnte nicht sprechen. Deshalb tat sie es. »Wir haben also zwei Dinge erfahren«, sagte sie mit ihrer Seminarstimme. Sie klappte ihre Brille zusammen. »Erstens hat er Flüge gebucht – auch für sich selbst, wie ich sehe – und zweitens hatte – oder hat? – er eine Kreditkarte, von der du nichts weißt.« (*Hatte*, wie sich später herausstellte. Die Reise war das letzte, was damit bezahlt worden war. Davor etwa ein Jahr lang kleine Einkäufe – Benzin, Essen –, die ungefähr mit seinen vorherigen Abwesenheiten zusammenfielen.)

Ich nahm den kleinen Zettel. Jetzt wünschte ich fast, es wäre ein Reimschema, ein Akrostichon.

Kann nicht
Schreiben
Denken
Kann nicht
Gestürzt
Gesprungen

Es war, als würde die Welt auf mich zurasen – und ich meine es genau so, nicht der Boden, nicht der Teppich, sondern die Welt, die ganze Welt, mitsamt Paris, wo ich schon immer hin gewollt hatte, und hier war er: der Code, der Schlüssel, der Durchgang …

Ich wollte nirgendwohin, außer vielleicht ins Bett oder nach draußen, um zu schreien. Ich wollte ein Glas irgendwas, irgendwas Schlimmeres als Wein. Doch ich schaffte es nicht weiter als bis zur Spüle. Ich sah mich selbst das Wasser aufdrehen. Was hatte ich vor? Aus dem Wasserhahn trinken offenbar. Ich trank lange, dann drehte ich das Wasser ab und trocknete mein Gesicht. Eleanor wartete schweigend, die Hände im Schoß.

Ich wartete auch, und als ich soweit war, sprach ich: »Das Wichtigste haben wir nicht erfahren«, sagte ich. Meine rationale Seite – die auch die zornige war – kehrte langsam zurück. »Warum?«, sagte ich. »Warum so? Es ist eine Sache, mir ein trauriges kleines Rätsel zu hinterlassen. Aber die Kinder so zu foppen, ein Code, der aus einer Packung purzelt, seine alte Masche, und sie wären so aufgeregt gewesen.«

Eleanor nickte. »Das ist es, was mich beunruhigt«, sagte sie.

»Dass er ein Arschloch war?«

Nein, sagte Eleanor. Robert könne unbedarft sein, aber nicht grausam, und er hätte den Code nicht irgendwo für seine Familie versteckt, hätte er gewusst, dass er nicht dabei sein würde, wenn sie ihn fand. Und es sei unwahrscheinlich, dass wir den Zettel ohne ihn je gefunden hätten, da wir das Müsli normalerweise nicht anrührten. Das sei es, was sie beunruhige, denn es bedeutete, dass tatsächlich etwas passiert war.

Das sei es, was sie beunruhige, fuhr sie fort, denn ich sei schon einmal im Stich gelassen worden, als meine Eltern starben.

Unsere Blicke trafen sich.

So meine sie das nicht, sagte sie.

»Schon kapiert«, sagte ich, sofort wütend, dass sie davon angefangen hatte, erneut wütend auf meine Eltern, dass sie gestorben waren, und am wütendsten natürlich auf Robert.

»Aber kapierst du das hier?«, sagte Eleanor. Es bestehe kein Zweifel, sagte sie. Wir sollten fahren.

»Nach Frankreich?«, fragte ich.

»Dafür hat er die Tickets gebucht«, sagte sie.

»Jetzt?«, fragte ich. Eher wäre ich zur Sonne geflogen.

»In drei Wochen«, sagte sie, »oder wann auch immer die Reservierung ist. Wir zahlen – ich zahle – die Expressreisepässe, und … Ach, das ist alles kein Problem. Natürlich fahrt ihr, Leah. Ihr braucht Ablenkung. Bucht die Tickets um. Bleibt so lange, wie nötig. Nimm Urlaub. Der Universität fällt schon eine Lösung ein. Der Fluggesellschaft. Der Schule. Und Ellie und Daphne fällt vielleicht sogar wieder ein, wie man lächelt.«

»Sie werden verzweifelt sein«, sagte ich, »vor allem, wenn …«

»Sie werden morgen früh aufwachen und übermorgen und den Morgen danach und den danach, und er wird nicht hier sein, in diesem Haus, in Milwaukee. *Das* lässt sie verzweifeln, Leah. Das ist es, was wehtut.«

Ich dachte an den Eis-Streit. Ich dachte an Daphnes Tagebucheintrag, das düstere *nimm mich.* Beide Mädchen wünschten sich, ihr Vater wäre nicht tot, und wünschten sich, ihre Mutter, ihre eigene Mutter würde diesen Wunsch sichtbarer teilen oder, besser noch, ihren Vater zurückholen.

Ich dachte daran, wie Robert in der letzten Zeit alles verdunkelt hatte, als wäre alles von einem schwarzen Rahmen umgeben, dessen Farbe ins Bild hineinsickerte.

»Wir können nicht wegfahren«, sagte ich so leise, dass nicht einmal ich selbst die Worte hörte. »Robert ist fort, um zu schreiben, und er kommt bald zurück.«

Eleanor konnte schroff und sachlich sein, doch wie Robert – wie der Robert, den ich zu kennen glaubte – war sie nie grausam. Sie schaute mir ins Gesicht. »Glaubst du das?«, fragte sie.

»Robert ist weit weg und hat seine Identität gewechselt.«

»*Willst* du das glauben?«

Wollte ich nicht. Ich fürchtete, er könnte tot sein. Weil die Bücher mich davon überzeugt hatten. Weil ich mich von ihnen überzeugen lassen wollte. Weil die Welt sonst sinnlos war, angefangen bei sechs Buchstaben in einer Müslipackung.

»Eleanor«, sagte ich, eher ein Winseln als ein Wort.

Humor, Sarkasmus, Wut waren meine Art, so zu tun, als wäre alles gut, als würde ich ihn nicht vermissen. Und ich gestehe, ein Teil von mir vermisste ihn nicht. Doch die Leserin in mir, die provisorische Muse, litt. Und ja, auch der Rest von mir. Er fehlte mir wie Luft, wie Wasser, wie eine zweite Haut, wie ein Buch, das man liebt, aber das nicht im Regal steht, wenn man nachsieht, weil es, wie sich herausstellt, nie geschrieben wurde.

»Und die Mädchen? Was denken die?«, fragte sie.

Für Ellie und Daphne war ihr Vater ein Held. Und ich gab ihnen mit Abstrichen recht, ein klassischer Held, ebenso heldenhaft wie unnahbar, immer unterwegs zu neuen Abenteuern. Zuweilen bildete ich mir ein, ihn von seiner Lebensangst kurieren zu können, indem ich sie klassifizierte. Wenn ich nur genau einordnen könnte, was mit ihm los war, oder mit mir, unserer Familie, diesem Haus, diesem ganzen Leben, dann würde ich ihn heilen können. Er verschwand zum Schreiben, weil das gesund war, nicht unhöflich. Er war ein guter Vater, musste er ja sein, schließlich vergötterten die Mädchen ihn. Und lange auch ich. Er vergaß nie den Tag, an dem die Fotos für das Jahrbuch gemacht wurden. Er wusste, wann die Anmeldefristen für die Ferienlager abliefen. Wenn er zu Hause war, sortierte er die Wäsche korrekt, half manchmal beim Abwasch und behauptete, die Mädchen hätten telepathische Fähigkeiten, denn wenn sie die Zahl in seinem Kopf erraten sollten, lagen sie immer richtig.

Und sie lachten darüber, denn es spielte keine Rolle, ob er log oder die Wahrheit sagte, nicht für sie, genauso wenig wie sein gelegentliches Verschwinden für eine Nacht, einen Tag, ein Wochenende. Inzwischen waren es Wochen, ohne ein Wort. Was bedeutete, dass Robert jetzt einem Profil entsprach. Mir fiel es gar nicht auf, jedenfalls nicht gleich, aber der Polizei. *Niemand ist so sauber*, sagte der Polizist, und der Detective musste seine Theorie revidieren, dass Leichen mehr Spuren hinterließen.

»Glauben sie, dass er lebt?«, hakte Eleanor nach. »Die Mädchen?«

Du musst ein bisschen aufrechter gehen, war so ungefähr das erste, was Eleanor damals in den finsteren Stunden nach Roberts Verschwinden zu mir gesagt hatte, und ich hatte es mir zu Herzen genommen. Ich stand aufrechter, auch wenn ich spürte, dass ich mich dadurch noch weiter von den Mädchen entfernte. Sie sahen zu mir auf und ich sah hinunter und wir sahen einander, aber mit anderem Abstand. Uns wurde davon nicht schwindelig, aber leicht übel, und niemand fragte, was es zum Abendessen gab, welche Zahl irgendjemand von uns im Kopf hatte, ob Dad noch lebte. *Dad ist fort* lautete die offizielle Sprachregelung, bis das Konstrukt auf dem Fußgängerüberweg vor der Schule ins Wanken geriet und dann zerschmettert wurde wie Ellies Handy.

»Tun sie«, sagte ich.

»Du nicht«, sagte sie

»Ich … kann nicht.«

»Kannst du es versuchen?«

Ich antwortete nicht. Ich konnte nicht. Es war dieselbe Frage, die ich Robert am letzten Abend gestellt hatte, bevor er verschwand. Er sei nicht glücklich, hatte er gesagt. Konnte nicht schlafen. Nicht arbeiten.

Kannst du es versuchen?, hatte ich gefragt. Die Mädchen lagen oben in ihren Betten. Sonst wäre ich lauter geworden, weil ich wollte, dass er mir zuhört. Oder dem Arzt. Oder dem Therapeuten, den er sich weigerte aufzusuchen.

Das Schreiben macht mich kaputt, hatte er gesagt.

Ich lauschte dem Ticken der Uhr. Meinem Herzschlag. Mir selbst, als ich fragte: *Nur dich?*

Am Morgen vor unserem Flug und auch am Abend zuvor aß ich nichts. Ich hatte etwas Wein getrunken, nicht gut. Dann Kaffee, schlimmer.

Noch schlimmer der Flughafen, wo sich alle Väter jeden Alters versammelt zu haben schienen. Sie hoben Taschen aus Taxis, hielten Türen auf, balancierten Kaffee auf Pappträgern, die – wie so vieles auf der Welt, begriff ich – für vier gedacht waren. Sie nahmen kleine Jungs auf den Arm, die sie zum Abschied drückten, und ließen alles fallen, um Töchter aufzufangen, die ihnen zur Begrüßung entgegenrannten. Sie trugen Anzüge, Jogginghosen, Tarnanzüge. Das Haar strubbelig, raspelkurz oder eine Glatze. So klein wie Robert, so dünn, so gehetzt oder überhaupt nicht wie er. Die Väter waren überall, nur nicht am Schalter der Fluggesellschaft. Eleanor lenkte Ellie und Daphne so ab, dass sie außer Hörweite waren, als ich mich erkundigte, ob ein Robert Eady bereits eingecheckt habe.

»Nein«, sagte die Frau.

Erleichtert und bestürzt zugleich sagte ich so in etwa, es sei unwahrscheinlich, dass er noch einchecke.

Die Frau zuckte die Schultern und hielt mir gelangweilt einen Vortrag, dessen Pointe eine Umbuchungsgebühr von $150 war.

Mehr nicht?, dachte ich. Fast hätte ich sie gezahlt. Im Vergleich dazu, wie sich mein Leben seit April verändert hatte, kam es mir günstig vor. $150 war nicht viel, um alles rückgängig zu machen, um einen Mann von den Toten zurückzuholen.

Ich schüttelte den Kopf. Sie kritzelte etwas auf unsere Bordkarten, was die Sicherheitskontrolleure zum Anlass nahmen, uns besonders gründlich zu durchsuchen. Ich sah zu, wie meine Handtasche, Daphnes Unterwäsche und ein winziger Behälter mit Clearasil-Pads, den Ellie ohne mein Wissen eingepackt hatte, mit etwas abgewischt wurde, das aussah wie ein Clearasil-Pad. *Wegen Sprengstoffspuren*, sagte der Beamte und zwinkerte den Mädchen zu, als sei das Ganze ein Spiel.

Drei Wochen, hatte ich den Mädchen gesagt. *Einundzwanzig Tage in Paris. Die Reise, die wir mit Dad machen wollten, machen wir allein.* Daphne wollte wissen, ob wir ihn dort trafen und in der Pause, die ich gebraucht hatte, um darüber nachzudenken, ob es richtig oder falsch oder lieb wäre, *vielleicht* zu sagen, hatte Ellie *nein* gesagt.

Ich sagte, unser wahres Ziel bei dieser Reise sei es, Abstand zu gewinnen, die Sehenswürdigkeiten zu besichtigen, einige Seiten von *Madeline* zum Leben zu erwecken. Dad bräuchte wohl länger zum Schreiben als sonst. Und offenbar sei dies sein Plan für uns. Außerdem liebten sie Bemelmans, oder? Ellie, vor allem. Sie liebte es, alarmierende Anekdoten aus Bemelmans' Anthologien für Erwachsene zum Besten zu geben, die Robert gefunden hatte – ob ich wisse, dass Bemelmans angeblich jemanden erschossen habe? Dass sein Kindermädchen sich umgebracht habe, als er sechs war? Dass Bemelmans erwogen habe, sich mit einer Samtkordel vom Ritz umzubringen? Nein, wusste ich nicht. (Hatte ihr Vater solche Gedanken gehabt? Inzwischen konnte ich solche Gedanken nicht mehr verdrängen.)

Wer heutzutage verreisen will, muss erst einen Fragen-Parcours absolvieren.

Haben Sie Ihre Koffer selbst gepackt?

Haben Sie jemanden gebeten, Ihr Gepäck zu tragen?

War Ihr Gepäck unbeaufsichtigt?

Doch die schwierigste kam von Daphne.

»Hast du Dad eine Nachricht hinterlassen?«

»Ja«, sagte ich, was nicht stimmte.

Ellie, die mit ihrem neuen Handy spielte und so getan hatte, als würde sie unserem Gespräch nicht folgen, rückte unmerklich näher, den Blick immer noch aufs Display geheftet.

»Ich auch!«, flüsterte Daphne laut. »Ich habe meine aufs Kissen gelegt.«

Das war zu viel für Ellie. Vorher, als Daphne auf der Toilette war, hatte Ellie gefragt: *Kommt Dad zurück? Sag mir die Wahrheit. Daphne kann dich nicht hören.*

Ellie hatte mein *Ich hoffe* nicht gereicht und mein *Ich weiß es nicht* noch viel weniger. Ich wappnete mich für die Anschlussfrage: *Ist er am Leben?* Meine Antwort wäre dieselbe gewesen: *Ich hoffe. Ich weiß es nicht.* Doch irgendwie wusste ich, dass sich allein durch das Aussprechen der Frage alles ändern würde.

Stattdessen knöpfte sich Ellie jetzt Daphne vor. »Du hast die Nachricht aufs Kissen gelegt?«

»Ja«, antwortete Daphne, die auf diesen Schlag nicht vorbereitet war.

»Du hast aber nicht *bald wieder da* geschrieben, oder?«, fragte Ellie, jetzt wütend. »Wie er es immer macht? Das wäre ja so pfiffig.«

Daphnes Augen wurden feucht, doch sie hielt dem Blick ihrer Schwester stand. Sie ließ die Tränen einfach laufen, schweigend eine nach der anderen über die Wangen kullern.

Ellie stand auf und stürmte in Richtung des Pulks, der auf einen Flug nach Florida wartete, davon.

Daphne sank an meine Schulter. Ich zog sie an mich. Was mich als Mutter verblüfft, ist, dass die eigenen Kinder, auch wenn sie größer werden, immer passen. Egal ob Kleinkind oder Teenager, das Kinn findet seine ganz eigene Position an Schultern, Armen, Brust. Und dann atmet man ein und sie atmen aus, und unsere Moleküle vermischen sich, unteilbar.

Daphne vergrub sich noch tiefer, maulwurfartig, weshalb ich sie wiederholen lassen musste, was sie gesagt hatte, um sie zu verstehen: »Was stand in deiner Nachricht, Mom?«

Ich versteifte mich unmerklich.

Bevor ich jeden einzelnen der drei Entwürfe zerrissen und weggeschmissen hatte, stand in meiner Nachricht, dass wir ihn vermissten, dass wir ihn liebten, dass wir uns Sorgen machten, bitte ruf an, bitte schreib, bitte sag uns, was passiert ist, warum es passiert ist, wie wir verhindern können, dass es wieder passiert. In meiner Nachricht stand *Ich liebe dich* und *aber du machst es mir immer schwerer* und *wir müssen reden*, und das stimmte, doch während ich dieses Wort immer wieder unterstrich, wurde mir klar, dass es nie dazu kommen würde, denn er war – musste er sein? schien die Polizei zu glauben? das Auftragsbuch des Bestattungsunternehmers nahezulegen? – tot.

Ich dachte an den Jungen in der Bar mit den Büchern, den Jungen, der Bemelmans geliebt hatte, den Jungen, der mir ein Buch über einen Ballon gekauft hatte, den Jungen, der mir die Welt zeigen wollte. Und das hatte er. Und jetzt war er fort.

Aber wo war er hin?

Daphne sah zu mir auf, und so erzählte ich ihr, was ich geschrieben hatte (was ich nicht hatte):

Wir sehen uns in Paris.

Kapitel Vier

Was ich hätte empfinden sollen, als wir in Paris landeten, ist offensichtlich: Paris! Paris! Paris! Hier waren die Wege, die ich in Kinderatlanten mit dem Finger nachgezeichnet hatte, als würde sich unter meinen Fingerspitzen eine Miniaturversion der Stadt erheben. Das war nie geschehen.

Ebenso wenig wie jetzt. Als Robert verschwand, hatte er etwas mitgenommen, stellte sich heraus – eine Kleinigkeit, aber eine wichtige: das Ausrufezeichen, das immer hinter der Stadt gestanden hatte, jedenfalls für mich. Wie es schien, ging es den Mädchen genauso.

Paris. Irgendwo hier hatte jemand einen Film über einen roten Luftballon gedreht. Ein anderer hatte Schulmädchen gezeichnet, die in zwei geraden Reihen umherliefen.

Und in Milwaukee hatte sich einmal ein Pärchen darüber gestritten, ob man Paris besser in Farbe oder in Schwarzweiß darstellte. Jetzt sah ich …

… dass die Stadt spektakulär war. Dass sie das niemals nicht sein konnte und würde, und wenn ich oder meine Mädchen das Ausrufezeichen vermissten, verstanden wir nicht, worum es ging. Paris war kein Bild, kein Film, kein Poster. Es war kein Preis. Und jetzt, da wir hier waren, war es auch kein Traum mehr. Es war real.

Warum aber fühlte es sich dann nicht so an? Zum Teil, weil es so brutal heiß war. In diesen ersten Augustwochen in Paris verschlug uns die Hitze den Atem. Schon den Monatsnamen auf Französisch auszusprechen – *août* –, fühlte und hörte sich an wie ein kleiner Hilfeschrei.

Nicht dass uns irgendjemand bei dem Verkehrslärm gehört hätte – die Stadt war eine Stadt, und das überraschte uns trotz allem: Wie laut es war, und zwar rund um die Uhr. Dass ich uns eine heiße, enge Wohnung zwischen einem Krankenhaus und einem Bahnhof gemietet hatte, machte es nicht besser. Wenn wir tagsüber unterwegs waren, suchten wir manchmal in schmalen, namenlosen Gassen Zuflucht, in der Hoffnung auf Stille.

Was mich am meisten überraschte, war, wie freundlich die Stadt zu uns war. Darauf war ich nicht vorbereitet (auch wenn die *Madeline*-bewanderten Mädchen es für selbstverständlich erachteten). Inzwischen habe ich diverse Pariser Unhöflichkeiten erlebt, doch ich werde nie jene ersten Tage hier vergessen, als viele Fremde sich uns, besonders den Mädchen, gegenüber so herzlich, ja zuvorkommend verhielten. Ladenbesitzer, Museumswärter, Fahrgäste in der Métro. Männer boten uns ihre Sitzplätze an. Frauen sprachen mich auf meine hübschen Töchter an. Bäcker steckten ein winziges Täfelchen Schokolade (und dann zwinkernd zwei, drei) in die Tüte mit unseren Croissants. Und der dritte Nutella-Crêpe? Gratis für die schöne Lady, die offenbar ich war. Paris im August ist bis auf Touristen leer, aber die Pariser, die geblieben waren, brauchten die Touristen, sie brauchten uns. Und allmählich ließ ich den Gedanken zu, dass wir sie brauchten.

Doch da uns nur noch vier Tage in Paris blieben, brauchten wir auch Daphnes Pass. Der war weg. Eleanors Schuld: Sie meinte, der erste Schritt, um Mädchen zu starken, unabhängigen Frauen zu erziehen, sei, sie Verantwortung übernehmen zu lassen, angefangen bei Bordkarten und Reisepässen.

Ellie verlegte ihre Bordkarte zwischen Passagierkontrolle und Flugzeug in den Vereinigten Staaten, Daphne ihren

Pass an jenem Morgen in Paris. Ebenfalls weg, und weit verheerender: Daphnes aufkeimendes Selbstvertrauen. Was den Pass anging, konnte uns das Auswärtige Amt helfen, doch wer würde Daphne neuen Stolz ausstellen?

Ich jedenfalls nicht, denn ich hatte die Fotokopien der Pässe vergessen, auf die Eleanor bestanden hatte. Glücklicherweise hatte sie auch darauf bestanden, ebenfalls einen Satz aufzubewahren, und als ich sie an jenem Nachmittag anrief, hatte sie die Kopien gleich zur Hand.

Ich wartete auf ihren »Ich hab's dir ja gesagt«-Text.

Doch stattdessen: »Ich bin so froh, dass du anrufst. Ich muss dir was erzählen – es sei denn … Kostet dich dieser Anruf ein Vermögen?«

Tat er nicht. Dank Ellie hatten wir diese Chips erstanden, kaum größer als ein Schönheitsmal, mit denen Telefonieren, SMS und Surfen praktisch nichts kostete, behauptete sie jedenfalls.

»Kein Vermögen, nein, aber …« Aber ich hatte es eilig. Ellie langweilte sich und Daphnes Gesicht war vor Tränen und Scham ganz fleckig. Beide lauschten begierig. »Die Passnummer. Mehr brauche ich nicht.«

Wir saßen auf einer Bank im Schatten des Eiffelturms, ein Ausflugsziel, das ich fürs große Finale aufgespart hatte – teils weil mir nicht bewusst gewesen war, dass man, vor allem in der Hochsaison, im Voraus reservieren musste, wenn man hinauf wollte. Und teils weil ich einst – das mag albern klingen, oder vielleicht auch nicht – davon geträumt hatte, mit Robert hinaufzusteigen und ihn dort oben zu küssen. *Wir haben es geschafft! Von Paris, Wisconsin, nach Paris, Frankreich! Achtzehn Jahre, und hier sind wir!*

Und da waren wir. Ich ließ den Blick an der Struktur hinaufwandern und blinzelte. Dort oben sah es noch heißer aus, so viel näher an der Sonne.

»Unfug, es ist besser, du hast die Kopie«, sagte Eleanor. »Ich schicke sie dir per Express.«

»Das kostet ein Vermögen«, sagte ich.

»Ein Vermögen?«, quiekte Daphne. Aus mir unerfindlichen Gründen machte Daphne sich immer Sorgen ums Geld – hatten Robert und ich uns in ihrer Gegenwart je darüber gestritten? In Milwaukee hatte sie Marmeladengläser voll Kleingeld gehortet. Und wenn sie in einer Buchhandlung einen reduzierten Preis auf einem von Roberts Büchern entdeckte, pulte sie ihn ab.

»Nein, Daphne, schon gut«, sagte ich. »Tante Eleanor will uns nur eine Kopie von deinem Pass schicken und …«

Ellie atmete langsam und lange aus. »Wow«, sagte sie schließlich und stand auf. Eleanors umständlicher Vorschlag zeigte, wie alt sie war. Doch dieser Moment zeigte mir, wie alt Ellie geworden war. Knapp fünfzehn, ein Teenager. Man beachte das Ausatmen, das »Wow«, die unterschwellige Verachtung, aber vor allem ihre Größe: Wenn das eigene Kind so groß ist wie (oder größer als) man selbst, fühlt man sich nur noch halb so groß. Ellie und ich waren jetzt auf Augenhöhe. Wir konnten Kleider tauschen. Sie machte mich zum Zwerg. »Echt, wow«, wiederholte Ellie. Und damit nahm sie mir das Telefon aus der Hand, erklärte Eleanor, was zu tun war – scannen, hochladen, senden –, beendete dann das Gespräch, öffnete einen Stadtplan und führte uns zum nächsten Internetcafé.

Solche Cafés sind praktisch ausgestorben, und dieses war auch schon fast tot. Nicht klimatisiert, ungemütlich, voller junger Männer, die ihre letzten Euro lieber in eine Dusche hätten investieren sollen, anstatt zu surfen. Der Raum summte von Unterhaltungen in einem Dutzend Sprachen, aber Regeln sind Regeln – der Geschäftsführer zeigte auf ein Schild, auf Englisch, HANDYS AUS –, weshalb ich auf die Straße geschickt wurde, als Eleanor zurückrief.

»Es müsste jeden Augenblick kommen«, sagte sie. »Aber darf ich diesen Augenblick nutzen? Ich habe vielleicht etwas gefunden.«

Ich starrte ins Café. Daphne starrte zurück. Ellie starrte auf ihr Display. Der Geschäftsführer starrte meine Mädchen an.

Und einen Ozean entfernt begann Eleanor zu erklären, dass der Mann, von dem wir glaubten, er sei spurlos verschwunden, doch eine Botschaft hinterlassen hatte. Nicht sechs Buchstaben, sondern einhundert Seiten.

»Es ist eine Art, na ja, Manuskript«, sagte Eleanor. »Mit Begleitbrief. Adressiert an einen Wettbewerb. Es kam vorhin mit der Campuspost, vom Mathematischen Institut. Meine Assistentin hat die Theorie, dass Robert vor Ewigkeiten versucht hat, etwas an den Hauptdrucker in unserem Institut zu senden – der Datumsstempel ist von März, ein Monat, bevor er verschwunden ist –, und dass das Dokument an irgendeiner digitalen Kreuzung falsch abgebogen ist und von einem anderen Drucker auf dem Campus ausgespuckt wurde.«

»März?«, fragte ich. »Wir haben August.«

»Fünf Monate, fünfhundert Meter«, sagte sie. »Campuspost eben. Apropos, ist meine E-Mail angekommen?«

Ich klopfte ans Fenster des Cafés. Ellie schaute auf – wie die Hälfte des Cafés – und schüttelte den Kopf. »Nein«, sagte ich.

»Mist.« Ich hörte etwas klicken. »Ich schicke sie noch mal. Inzwischen lass mich dir ein oder zwei Absätze vorlesen, denn es ist so …«

Und hier begann mein Wachtraum erst so richtig – oder ich träumte, seit ich in Paris war oder seit Robert verschwunden war.

»Okay. *Anbei meine Bewerbung für den Porlock-Preis*«,

las Eleanor und hielt inne. »Nie davon gehört. Allerdings lebe ich ja auch in meiner eigenen Welt. *Es ist* – das ist wieder er – *gemäß den Richtlinien, ein Manuskript, das im Geiste von Samuel Taylor Coleridges* Kubla Khan *unvollendet geblieben ist, weil der Autor im Schaffensprozess unterbrochen wurde.* Nur um das klarzustellen«, sagte sie, »Coleridge wurde nicht *unterbrochen*, auch wenn er behauptete, ein Mann aus Porlock habe sein Gedicht ruiniert. Nein, er war – na ja, apropos Gehirn …«

»Eleanor, Eleanor, ich hab gelogen«, log ich. »Das ist ein teurer Anruf. Und ich habe die Mädchen allein gelassen …«

»Pst«, unterbrach mich Eleanor. »Wie sich herausgestellt hat, wird der Wettbewerb von einem Hirnchirurgen gesponsert. In Grand Rapids, Michigan. Weißt du, was ein eindeutiges Zeichen für ein außer Kontrolle geratenes Gesundheitssystem ist? Neurochirurgen, die so viel Geld verdienen, dass sie Literaturpreise stiften.«

»Er ist Neurochirurg?«, fragte ich.

»Steht im Internet. Da steht auch, einer der Gründe für die Ausschreibung sei seine Forschung zur Fähigkeit des Gehirns, mit Unterbrechungen umzugehen.«

»Eleanor …«

»Clever! Du hast mich unterbrochen. Der Mann weiß, wovon er redet. Okay, mal sehen, ich überfliege den Text, ein weiterer Räusper-Absatz, vages Katzbuckeln, ein bisschen ungehörig – typisch Robert, muss ich sagen – aber … hier ist es. Die Inhaltsangabe.«

»Eleanor, muss das jetzt sein? Am Telefon?«

»Es ist ganz kurz«, sagte sie.

»Unsere Zeit hier auch.«

»Darum geht es ja«, sagte Eleanor. »Die Geschichte – Leah, sie spielt in Paris.«

Noch Augenblicke zuvor war es mir durch die Feuchtigkeit vorgekommen, als gäbe es zu viel Luft. Jetzt fühlte es sich an, als wäre gar keine da.

»Siehst du«, bemerkte Eleanor angesichts meines Schweigens. »Also los: *Das junge Paar Robert und Callie Eady* – ja, er verwendet echte Namen, jedenfalls seinen. Keine Ahnung, was *Callie* bedeuten soll, erinnert mich an Caligula –, *ausgebrannt vom Alltag in Wisconsin* – ich finde, das ist übertrieben, oder? –, *beschließt, sich für ein Jahr eine Auszeit zu nehmen, und gemeinsam mit den Töchtern* – namenlos – *um die Welt zu reisen.* Sie ist übrigens Schriftstellerin, und er ist Redenschreiber – ha, ha! Ich lese weiter. *Einmal um die ganze Welt und dann wieder nach Hause, frischen Mutes, denn ihr Plan ist es, sich um die ganze Welt zu ›arbeiten‹.* Okay, jetzt Schafe in Neuseeland, Traubenernte in Chile usw. usw. eine Schule in Sambia …«

»Eleanor!«

»Ja, ja«, sagte sie. »Jedenfalls ist nichts davon wichtig. Aber das: *Ihre Reise kommt zu einem Stillstand* – wieder Roberts Worte –, *kaum dass sie begonnen hat. Nachdem sie den Atlantik überquert haben, landen sie in Paris* – landen, ich weiß ja nicht –, *wo ihre Pläne, in einer englischen Buchhandlung zu arbeiten, scheitern. Um sich die Zeit zu vertreiben, erkunden sie die Stadt und verzichten bald auf traditionelle Reiseführer, um auf den Spuren der Kinderbücher und Filme zu wandeln, die ihre beiden Töchter lieben, hauptsächlich Ludwig Bemelmans* Madeline-*Bücher und* – du wusstest, was kommt, oder? – *Albert Lamorisses* Der rote Luftballon … Leah, hörst du zu?«

Tat ich nicht. Oder doch, aber nicht Eleanor. Ich hörte Robert, durch die Worte, die Eleanor las, und versuchte, die Worte hinter den Worten zu verstehen.

»Ich gebe zu«, sagte Eleanor, »es klingt nicht nach ihm.«

Ja und nein. Es stimmte, dass Roberts jüngste Experimente zunehmend esoterisch gewesen waren – eine

Bezeichnung, die er als abwertend empfand. Er hatte sich mit dem Verfassen elektronischer Texte befasst, darunter eine E-Book-App, in der man mit einem Fingerwischen nicht nur Seiten umblättern, sondern auch Wörter löschen konnte. Akademiker liebten sie. Technikfreaks liebten sie. Und ein paar Studenten, ein paar davon seine alten Fans. Kurz gesagt, Leute, die nicht viel Geld für Bücher ausgaben. Eine Art Ruhm ging daraus hervor, doch er schien sich nicht mehr für Ruhm zu interessieren, oder für irgendetwas anderes. Und ich – tja, ich verstand ihn nicht mehr. Das sagte ich ihm auch. Er versuchte, es zu erklären: *Das Buch zu vollenden bedeutet – könnte bedeuten –, es zu löschen, verstehst du?* Das tat ich, und verspürte einen Anflug von Erregung. Andererseits hielt ich es für Unsinn. Doch wir steckten tief in einer schwierigen Phase, und ich brauchte etwas zu feiern und Unsinn reichte mir. Es würde wie früher sein, in unserer Anfangszeit, wo eine Tat, ein Konzept, ein Gedanke desto mehr Sinn ergab, je weniger Sinn es ergab. Einem Ladendieb folgen! Einen Mann heiraten, der *Madeline* liebte! Leben für die Kunst! Etwas schaffen. Und das hatten wir. Und jetzt löschten wir diese Kunst? Dieses Leben? *Vollendet*, hatte Robert gesagt, *wie …*

Ich weiß, hatte ich gesagt, und ich hatte geglaubt, es zu wissen, doch jetzt – jetzt in Paris, das. Dieser Preis oder Wettbewerb, in dem es um das Unvollendete ging? Das klang nicht nach ihm, weder die Inhaltsangabe noch der Wettbewerb.

Es sei denn … War es ein experimentelles Werk ganz neuer Art? Nicht nur hatte er sich einen neuen Roman ausgedacht, sondern auch einen Wettbewerb. Eleanor hatte die Internetseite des Wettbewerbs gefunden, doch vielleicht hatte Robert auch die fabriziert.

»Das ist eine Menge zu verarbeiten«, sagte Eleanor. »Ich

glaube, ich höre dich atmen. Ich lese weiter. Ist nicht mehr viel. Obwohl – halt dich fest. *Doch während die Wochen sich hinziehen, zermürbt Paris die Familie, ihre Dynamik zerfranst.* Ist doch logisch, oder? *Die Mädchen streiten. Die Eltern streiten. Und dann eines Morgens kommt* Robert *vom Joggen zurück und* sie *ist verschwunden.*«

»Warte, wer ist verschwunden?«, fragte ich.

»Du hörst ja doch zu. Genau das ist das Sonderbare. Sie ist verschwunden, diese Callie, die Ehefrau.«

»Die Ehefrau?«

»Die Ehefrau, und was noch seltsamer ist – okay, lass mich zu Ende lesen.« Eleanor senkte die Stimme, ging ganz in ihrer Darbietung auf. Fast genoss ich es zuzuhören, wie sie von der Prosa, der Magie mitgerissen wurde. Es erinnerte mich daran, dass Robert diese Magie beherrscht hatte. Es erinnert mich daran, dass ich früher einmal davon besessen gewesen war. Und mir wurde flüchtig bewusst, dass gerade wieder etwas Ähnliches passierte, hier im Gedränge der Straßen einer fernen Stadt, meine Mädchen hinter Glas, mein Mann hinter Worten, die mir jemand vorlas. *»Es gibt keine Spur von ihr«*, las sie. *»Es hatte keine Vorwarnung gegeben. Die Polizei, die Botschaft sind keine Hilfe. Der Vater will nach Hause zurück, die Kinder widersetzen sich. Der Kompromiss des Vaters: ein letzter Ausflug zur Buchhandlung, in der sie ursprünglich arbeiten wollten.* Wo sie einen *Hinweis* finden.«

»Ein Hinweis – Eleanor! Die ganze Zeit telefonieren wir und … Warum hast du nicht einfach … Was zum Teufel ist der Hinweis?«

»Das steht hier nicht. Da ist Schluss. Absichtlich, nehme ich an. Das ist ja das Konzept des Wettbewerbs. Aber ich sage dir, was ich für einen Hinweis halte: Die Inhaltsangabe und das Manuskript weichen voneinander ab. Ich weiß nicht, warum, und ich habe es nur überflogen, aber es scheint, als hätte Robert das Manuskript geändert, bevor er den Begleitbrief geschrieben hat. Oder vielleicht danach. Was ich meine ist, im Manuskript gibt es diese eine wesentliche Änderung: Es ist nicht mehr Callie, die verschwindet. Es ist …«

Sie zögerte.

»Es ist der Ehemann«, sagte sie schließlich. »Ich weiß nicht, ob das ein Hinweis ist oder das Gegenteil davon. Abgesehen davon finden die Hinweise im Manuskript, trotz des ganzen Geredes über Hinweise im Begleitbrief, keine Erwähnung. Vielleicht hat er es vergessen. Wahrscheinlicher ist, dass etwas geändert wurde. Wir wissen nicht einmal, ob er es eingereicht hat. Vielleicht war es nur ein grober Entwurf.«

Wir wüssten nichts, sagte sie, doch ich wusste eins: Es klang, als würde Eleanor sich hämisch freuen. Sie hatte den Verdacht gehabt, dass Robert irgendwo am Leben war, und das hier war irgendwie der Beweis.

Doch das war es nicht. Wir hatten das Manuskript meines Mannes gefunden. Nicht meinen Mann. Dieses Manuskript war kein Beweis, dass er am Leben war. Unvollendet war es der Beweis, dass er tot war.

Oder?

Eleanor konnte mein Schweigen nicht länger aushalten. »Oh, aber natürlich«, sagte sie, die dachte, den Grund für mein Zögern zu kennen. »Ich habe deinen Wunsch vorausgeahnt. Meine fähige Assistentin hat das Ganze eingescannt, samt Begleitschreiben. Und sie hat es dir mit Daphnes Pass gemailt. Vielleicht hat es deshalb so lange gedauert. Egal. Ellie hat mir eine Nachricht geschickt, während wir reden, und gesagt, dass sie alles bekommen hat und es ausdruckt.«

»Ellie? Eleanor, du hättest …« Ich drehte mich zum Fenster um. Ellies Platz war leer. Ich suchte sie in der Schlange zur Toilette. Nichts.

Und dann sah ich meine beiden Töchter an einem kleinen runden Tisch, Daphne, die sich über Ellie beugte, die sich über einen unordentlichen Stapel Seiten beugte – jedenfalls bis Ellie aufblickte, sah, dass ich sie ansah, und den Mund öffnete.

Ich öffnete meinen auch, doch es kam nichts heraus. Meine Trauerbücher waren keine Hilfe. Keines erwähnte unfertige Manuskripte, ausgeworfen von Pariser Druckern. Was sollte ich meinen Mädchen jetzt sagen? Dass ihr Vater nicht verschwunden war, dass er zurückkam? Oder dass ihr Vater zurückgekehrt, aber wieder fort war? Oder dass ihr Vater, mein Ehemann, genau dort auf dem Tisch saß, gleich unter den Worten, und uns anstarrte? Ich wollte reingehen und die Seiten zurück in den Drucker stopfen. Ich wollte den dicken, unordentlichen Stapel an mich drücken und nie wieder loslassen: Tut mir leid, dass ich dachte, du wärst tot! Tut mir leid, dass du fortgelaufen bist. Tut mir leid, dass ich gesagt habe, ich würde …

Und dann sah ich mich um, und die Seiten wurden wieder Seiten, und meine Mädchen wurden wieder vaterlos, und ich dachte: Tut mir leid, dass ich dachte, du bist zurück.

Hier ist meine Inhaltsangabe dessen, was dann geschah, auf ein Minimum beschränkt und daher wahrer als Roberts: zahlen, Taxi, Zimmer, lesen, streiten, weinen, telefonieren, Botschaft, weinen, telefonieren, lesen, streiten, streiten, telefonieren, telefonieren. Bleiben.

Bleiben?

In Paris bleiben. Die Idee der Mädchen. Oder, wie Eleanor später behauptete, die ihres Vaters.

Ich hatte schon lange nichts mehr von Robert in Manuskriptform gelesen. (Einmal hatte ich den Fehler gemacht, ein Manuskript von ihm im Bett zu lesen, und war darüber eingeschlafen – ein ganz normaler Vorfall im Leben eines jeden Lesers, aber, wie ich erfuhr, für die Frau eines Schriftstellers unverzeihlich.) In Buchform wirkten seine Worte immer festgelegt, gesetzt.

Ihn in zweizeiliger 12-Punkt-Times-New-Roman zu lesen, war eine ganz neue Erfahrung, und nicht nur, weil er Retro-Schreibmaschinenschrift bevorzugte. Hier wirkten die Worte nervös, verwackelt, wie ein Foto in Entwicklerlösung, das sich nicht fixieren lässt.

Das Manuskript war nicht schlecht, das gleich vorweg. Es klang nicht nach ihm, andererseits tat das keines seiner Bücher für Erwachsene so richtig. Entscheidend war, dass er überhaupt etwas geschrieben hatte. Er war verschwunden und seitenschwenkend zurückgekehrt.

Und auf jenen Seiten, eine Botschaft. Für uns. Daran klammerten sich die Mädchen, trotz des Begleitschreibens für den Wettbewerb. Das Buch war eine Botschaft, und die Botschaft lautete: Fahrt nach Paris, bleibt in Paris. (Wenn man es bedenkt, könnte so die Inhaltsangabe für alle Bücher lauten, die in Paris spielen, sogar jene – und das sind viele, ja sogar die meisten –, in denen es darum geht, Paris zu verlassen.)

Die Familie in Roberts Manuskript bleibt. In einer Passage spricht eine der fiktiven Töchter von einer »Vermissten-Etikette«. Es sei am besten, »dort hinzugehen, wo der Vermisste gern hinging«. Das traf einen Nerv bei Ellie und Daphne. Es war fast wörtlich einer Unterhaltung entnommen, die wir einmal beim Tierschutzbund von Milwaukee geführt hatten, als es um den vermissten Hund eines Nachbarn ging. Erst wollte ich etwas sagen, doch dann ließ ich es sein, unter anderem deshalb, weil der Hund tot war, als sie ihn fanden.

Die Mutter im Manuskript kommt zurecht, und die Mädchen auch. Die Buchhandlung, die die Familie zunächst abgewiesen hatte, erbarmt sich ihrer nach dem

Verschwinden des Vaters. Die Mutter findet in der Nähe eine Wohnung, die Mädchen melden sich an Schulen an. Von Zeit zu Zeit schlendern Mutter und Töchter durch die Straßen und folgen einer Route aus einem *Madeline*-Buch. Viele Pariser Sehenswürdigkeiten kommen vor, und einige weniger bekannte Ecken.

Gelegentlich ist von Hinweisen die Rede. Aber wie Eleanor gesagt hatte, keine Einzelheiten.

Wir änderten das restliche Programm unserer Reise, um den Seiten des Manuskripts zu folgen. Doch das Interesse der Mädchen ließ rasch nach, und meines auch. Wir hatten die meisten Sehenswürdigkeiten von Paris gesehen. Wir hatten jede Menge Touristen gesehen. Robert hatten wir nicht gesehen.

Wir hatten jedoch jede Menge Nutella-Crêpes gegessen. Ellie und ich saßen auf einer Bank an einem sauber gefegten Weg im Jardin des Tuileries westlich vom Louvre und beobachteten Daphne bei der Suche nach unserer täglichen Ration. Wir hatten damit gerechnet, Dutzende Crêpe-Stände vorzufinden, trafen jedoch stattdessen auf zahllose Fitnesskurse, deren Teilnehmer zwischen Bäumen und Touristen herumturnten. Ellie hatte Daphne befohlen, jemanden zu fragen, wo wir etwas zu essen bekämen. Ich hatte Ellie gesagt, Daphne sei nicht ihr Diener, und Ellie hatte gesagt, nein, sei sie nicht. Sie sei unsere Übersetzerin. Und das stimmte – in den vergangenen Tagen hatten sie ihre überlegenen Sprachkenntnisse unter Beweis gestellt.

Der Nachmittag war besonders heiß, weshalb ich hoffte, ohne weitere Konversation auszukommen. Auf der anderen Seite des Weges sprach Daphne zögernd ein älteres Paar an. Sie lauschten mit ernsten, aufmerksamen Gesichtern.

»Mom«, sagte Ellie, »falls wir zurückgehen …«

»In unsere Wohnung?« Zusätzlich zur Toplage zwischen betriebsamen Krankenhaus und lautem Bahnhof besaß die Wohnung auch noch ein halbes Bad auf dem Gang, das wir mit den Nachbarn teilten.

»Igitt«, sagte Ellie. »Nach Milwaukee.«

»Falls?«

»Du verstehst schon, was ich meine.« Doch ich wollte es nicht verstehen, noch nicht. »Jedenfalls sollten wir Daphne dann hier lassen.«

»Wie reizend, Ellie«, sagte ich und setzte mich auf. Offenbar war es doch höchste Zeit für ein Gespräch. »Daphne ist deine Schwester.« Ellie starrte Daphne weiter an. »Ellie«, sagte ich, »ich weiß, es ist nicht leicht, aber …«

»Aber das meine ich doch gar nicht«, sagte sie. »Sieh sie dir doch an. Sie blüht hier geradezu auf.« Das stimmte. Sie stand jetzt nicht mehr bei dem älteren Paar, sondern war in eine lebhafte Unterhaltung mit zwei Teenagern vertieft, die eifrig nickten, lachten, hierhin und dorthin zeigten.

»Französisch liegt ihr«, sagte ich.

»Nein«, sagte Ellie. »Ich meine, ja, aber, es ist das ganze französische Ding, das ihr liegt. Nicht nur die Sprache, die Art, die …« Sie lehnte sich zurück. »Keine Ahnung.«

»Ellie«, sagte ich, in Erwartung, in der Hoffnung, unterbrochen zu werden, weil ich nichts zu sagen hatte.

»Meine ganzen Freunde fragen ständig, ob wir ihn gefunden haben«, sagte sie jetzt sanfter. »Ob er zurück ist.« Sie sah zu Daphne. »Ob wir zurückkommen.«

Ich packte den am wenigsten provokativen Teil davon. »Wir kommen zurück. Noch drei Tage, okay? Dann sind wir …«

»Ehrlich gesagt, wenn Daphne bleibt«, sagte Ellie und setzte sich ganz gerade hin, »will ich auch bleiben.« Ihr Gesicht war gerötet, verschwitzte Haarsträhnen klebten an ihrer Stirn.

»Daphne wird nicht ... Ellie, niemand wird ... okay«, sagte ich schließlich. »Ich weiß, es ist nicht leicht.«

»Ich will nicht zurück.« Ihre Worte waren an die Luft gerichtet, an Paris, nicht an mich. »Noch nicht jetzt, nicht in drei Tagen, und vielleicht eine ganze Weile nicht. Ich will nicht nach Hause, weil Dad dort nicht ist, und ich will dieses Mädchen nicht sein, das Mädchen mit einem Gespenst als Vater.« Jetzt drehte sie sich zu mir. »Ich will nicht, dass die Leute Mitleid mit mir haben.«

Das war furchtbar. Doch es war fast eine Erleichterung, über etwas zu reden, mit dem ich mich auskannte – Mädchenkram. Keine internationale Erziehungskrise, nur ein altmodischer mütterlicher Rat. »Ellie«, sagte ich, »das bedeutet, dass sie sich Sorgen machen.«

»Das bedeutet, dass sie keine Ahnung haben!« Wir blinzelten beide. »Weißt du, wie viele Freundinnen mir schon Geschichten von verstorbenen Haustieren erzählt haben? Sechs. Drei Katzen, glaube ich, Hunde, ein Frettchen.«

»Ellie, Süße. Sie ...«

Sie hustete und heulte ein bisschen und stieß den Arm weg, den ich ihr um die Schulter zu legen versuchte. Die Leute drehten sich um. Als sie wieder sprach, war ihre Stimme nur noch halb so laut, fast ein Flüstern.

»Er hat uns nicht gehasst, oder?«

Mütterherzen brechen auf unterschiedliche Art, das ist nicht überraschend. Was mich stets überrascht, ist, dass es immer neue Arten gibt. »Nein«, sagte ich. »Süße. Liebes. Nein.«

»Wollte er, dass wir herkommen?«, fragte sie.

»Ich weiß es nicht.«

»Aber das Buch ... dieses Manuskript. Es scheint ... es ist wie eine Spur.«

Nein, es ist keine Spur, hätte ich sagen können, und wir würden nach Hause fahren. Doch ich hatte Angst, sie zu verlieren – beide Mädchen –, für immer. Wenn ich dagegen sagte: *Ja, es ist eine Spur*, dann …

»Was sagt dein Gefühl?«, fragte ich. Das war eine von Roberts Lieblingsfragen, entweder hatte er das aus einem seiner Erziehungsratgeber oder es war einfach Intuition.

»Du klingst wie Dad«, sagte Ellie.

»Und?«

Ellie verlagerte ihr Gewicht.

»Ich habe das Gefühl, es ist eine Spur«, sagte sie.

Drei Minuten später würde Daphne kommen, mit der Wegbeschreibung zum besten Crêpestand in der Nähe sowie einem Plan für unsere letzten Stunden in Paris, der unschuldig klang, aber alles änderte.

Davor jedoch: Ellie, die mich bedrängte, wartete, sich fragte, was ihre Mutter dachte.

»Und du?«, fragte sie. Und ich dachte: Ich weiß die Antwort. Es ist nur ein unvollendetes Manuskript. Es sind nur Seiten. Ellie wollte, konnte nicht warten. »Hast du das Gefühl, dass er lebt?«, fragte sie.

Ich bejahte hastig, die einfachere Antwort.

Aber das war es gar nicht. In den Vereinigten Staaten war es leicht oder zumindest möglich gewesen, so zu tun, als wäre er tot. Doch hier in Paris, mit jeder Seite, die umgeblättert wurde – jedem Tag, der verstrich –, war es das nicht. Nichts hier war leicht. Alles hier war Robert.

Ellie lächelte. Ich versuchte zurückzulächeln. Ich sagte, ich sei gleich wieder da, und dann suchte ich eine Toilette, wo ich mich übergab.

Kapitel Fünf

Nachdem die Kundin mir Roberts Buch überreicht hatte, das mit dem gekritzelten *Verzeih mir*, erinnerte ich mich, dass ich Robert mal gefragt hatte, warum der Roman in der Mittelschule spielte. Hasste nicht jeder die Mittelschule?

Genau deshalb spielte es ja dort, hatte er gesagt. Sein Buch war ein Fluchtweg.

Seltsamerweise erwiesen sich Schulen in Paris als unser Fluchtweg, auch wenn keiner von uns es wohl so sah. Anfangs nicht. Ich nicht. Vielleicht wusste Daphne genau, was sie tat, als sie vorschlug, wir sollten statt Sehenswürdigkeiten lieber Schulen besichtigen. *Lasst uns so tun, als würden wir herziehen!* Warum nicht, dachte ich? Ich war inzwischen gut darin, so zu tun als ob.

Dass der Großteil der Schulen, wie der Großteil von Paris, im August geschlossen war, konnte Daphne und Ellie nicht davon abhalten, die Liste abzuarbeiten, die uns ein irritierter Mitarbeiter des Fremdenverkehrsamts aushändigte: Wir marschierten von Schule zu Schule. Wir spähten durch Fenster, wenn möglich, und bestimmten unter Einbeziehung von Kriterien wie Größe des Tors, Zustand des Anstrichs, Vorhandensein von Graffiti und Online-Bewertungen die Qualität der Schulen.

Einmal entdeckten wir in einem ansonsten verbarrikadierten Torbogen eine offenstehende Tür. Ellie half uns hindurch, und statt des erwarteten Foyers oder Korridors standen wir in einem ruhigen Hof mit wasserlosem Brunnen in einer Mauer und einem kleinen Zitronenbaum in einer riesigen Holzkiste mit Rollen. Auf der anderen Seite führte ein breiter Tunnel auf eine weite, überraschend moderne Fläche – eine Art Sportplatz, Kunstrasen, unzählige Linien in anmutigen Kurven, die Sport und Spiele einer fremden Welt skizzierten.

Eine Frau in meinem Alter tauchte auf, aber eleganter, seriöser, schmaler Rock, dunkles Haar mit ein oder zwei selbstbewussten grauen Strähnen, streng zurückgekämmt. Ellie sagte *bonjour* und wechselte nervös ins Englische, um zu erklären, dass wir nach Paris zogen und uns deshalb Schulen ansahen.

Ich mischte mich ein, um zu sagen, das entspräche nicht ganz der Wahrheit.

Die Frau wandte sich mir mit eiserner Miene zu, schweigend. Sogar den Mädchen fiel es auf. *Das ist nicht so einfach,* sagte sie, wieder an die Mädchen gewandt. Und hier begann unsere französische Erziehung: *Nein* heißt selten *nein,* sondern meist *nein, das wird nicht leicht.* Wenn man etwas will, muss man etwas dafür tun. Denn nichts ist leicht. Und nichts war bemerkenswerter als zu sehen, wie die Frau die Mädchen an die Hand nahm – selbst Ellie, die eigentlich zu alt dafür war – und sie ins Gebäude führte.

Dann erfuhren wir, dass es sich um ein *collège* handelte – was in etwa einer Mittelschule entsprach, für Schüler von elf bis fünfzehn – und dass es staatlich war und daher kostenlos.

Auf dem Weg nach draußen versuchte ich, Ellie und Daphne zu erklären, dass alles andere in Paris nicht kostenlos war – einschließlich der Cafeteria oder *cantine* der Schule, auf deren Speiseplan (wir erhielten eine Kopie vom vergangenen Mai) stets Käse und Nachtisch stand und solche Delikatessen wie *navarin d'agneau printanier* – Lamm-Eintopf.

Daphne schlug vor, ich solle mir einen Job in Paris suchen. Ellie wies darauf hin, dass ich schon einen hatte – könnte ich nicht einfach von hier aus arbeiten?

Ich weiß nicht genau, ob es Eleanor war, die Ellie den Gedanken eingeflüstert hatte, oder andersrum. Doch nachdem ich Eleanor angerufen hatte, flüsterte sie ihn meinem Chef ein, ein alter Freund von ihr. Woraufhin die Stunden bis zu unserer Abreise zerrannen, während ein kurzer Schwall E-Mails und Telefonate über den Ozean hinweg ausgetauscht wurde.

Rückblickend hat vielleicht meine Zwiespältigkeit den Vorschlag torpediert. Entweder das, oder die Tatsache, dass ich mich in all den Jahren nie richtig für den Job erwärmen konnte. Ich schätzte die Vorzüge des Campus – anfangs vor allem die Kinderbetreuung durch Pädagogikstudenten – und ich liebte die Arbeitszeiten. Manchmal arbeitete ich bis spät in die Nacht, aber sonst war bis 17 Uhr ein langer Tag und 17:30 Uhr entsprach Mitternacht. Doch die Arbeit war langweilig, und die Präsidentin interessierte sich immer weniger für das, was ich am liebsten machte – diese kurzen Videos –, und mehr für Reden, Texte, Wörter. Das machte mich nervös. In all den Jahren als Redenschreiberin war meine Überzeugung, dass es einen unerschöpflichen Vorrat an Synonymen für, sagen wir mal, *Synergie* gab, dem Glauben gewichen, dass solche linguistischen Ressourcen, zumindest die in meinem Kopf, endlich waren – und dass ich eines baldigen Tages auf den letzten Stichpunkt zu *Synergie* stoßen und gefeuert werden würde.

Was eine Katastrophe wäre. Ich liebte meinen Job nicht, aber ich liebte es, einen Job zu haben. Ich war stolz darauf, unsere Familie zu ernähren und einen Künstlerkollegen zu unterstützen. Und das glaubte ich, dass Robert und ich Künstlerkollegen waren. Dass ich mich meiner Kunst noch nicht widmete, war in Ordnung. Sagte Robert. Sagte ich. Ich hatte Geduld. Die Mädchen waren jung. Das Leben hektisch. Robert rang mit sich, und ich beobachtete dieses Ringen, und ich machte mir Sorgen, wenn ich Zeit hatte, mir Sorgen zu machen. Ein aufstrebender Künstler verlieh einer Familie eine gewisse Erhabenheit (redete ich mir in Redenschreibermanier ein). Zwei aufstrebende Künstler dagegen trieben eine Familie in den Ruin.

Ebenso wie ohne Einkommen in Paris zu bleiben. Wir konnten nicht bleiben. (Schon gar nicht länger als die neunzig Tage, die uns das Touristenvisum zugestand.) Trotzdem war es beruhigend zu sehen, wie die Mädchen sich für etwas begeisterten, so abwegig es auch sein mochte.

Als die endgültige Entscheidung von der Universität kam – *nein* –, überraschte mich meine Enttäuschung nicht. Mich überraschte jedoch, dass eine versteckte Botschaft zwischen den Zeilen der E-Mail zu stecken schien, die ich erhielt. Würde mein Job auf mich warten, falls ich nicht sofort zurückeilte?

Den Mädchen sagte ich nichts. Noch nicht. Für sie war die Schlacht gewonnen, das erste Gefecht jedenfalls, nämlich Mom davon zu überzeugen, dass Dad auffindbar war, uns vielleicht suchte und – ganz sicher – in der Nähe war. Und sieh nur! Eine Buchhandlung. »Seine?« Wir gingen hinein. Nö.

Und die nächste. Nein.

Frankreich hat 2500 Buchhandlungen, und an jenem Nachmittag waren Ellie und Daphne wild entschlossen, so viele wie möglich abzuklappern. Es ist nicht die schlechteste Art, Paris zu erkunden. Pariser behandeln ihre Buchhandlungen ein bisschen wie ihre Bäckereien: Beide sind wichtig und alltäglich, nichts, was man verehrt – es ist nur Brot, es sind nur Bücher –, aber das dennoch besonderen Respekt verdient. Das Stromnetz, die Kanalisation, das sind Notwendigkeiten, doch Bücher, Baguettes – wenn die eines Tages verschwinden würden, könnte man auch gleich den Eiffelturm abreißen und das Wasser aus der Seine lassen.

Keiner der Läden ähnelte der Beschreibung in Roberts Manuskript. Das hielt Ellie jedoch nicht davon ab, sich wiederholt nach dem Verbleib ihres Vaters zu erkundigen. Sie war frustriert, dass ihr Schulfranzösisch unbeholfener klang als Daphnes. Ich versuchte Ellie zu erklären, dass die Leute auch dann nicht zwangsläufig verstehen würden, was sie suchte, wenn sie die Sprache fließend beherrschte.

Was wir suchen, korrigierte sie mich murmelnd, doch irgendwann hörte sie auf, die Buchhändler nach ihrem Vater zu fragen. Und gewissermaßen hörte sie auch auf, nach ihm zu suchen. Während ich unauffällig mein Handy benutzte, um die günstigste Möglichkeit zu recherchieren, am nächsten Tag den Flughafen zu erreichen, schlenderten Ellie und Daphne, in die Bücher versunken, durch die Regalreihen.

Ich habe seltsame Kinder. Jedenfalls vermittelte mir mein Umfeld das Gefühl, zumindest in Wisconsin: Meine Mädchen sind mit der Liebe zum Lesen aufgewachsen. Natürlich mochten sie Milch, verstanden Football und waren so fasziniert von Fernsehbildschirmen, Kinoleinwänden und Handydisplays wie jedermann. Doch das Seltsame an ihnen war, mehr als alles andere liebten sie es zu lesen. Einmal fand ich Elizabeth George Speares *Die Hexe vom Amselteich* in der Ablage in der Dusche. Ich wusch den Seifenschaum ab, trocknete die Seiten und sagte Ellie, das ich sie in Verdacht hatte, doch sie zuckte nur die Schultern. Eine Woche später stand das Buch wieder in der Dusche. Und vielleicht sollte man wirklich nur unter der Dusche etwas über die Hexenprozesse von Salem lesen.

Doch an diesem Nachmittag in Paris waren die Bücher Kulisse. Ellie und Daphne fuhren mit den Fingern über die

Buchrücken (eine Familienangewohnheit, fürchte ich. Sie berühren sie einfach gern, als wollten sie sich vergewissern, dass sie existieren), zogen jedoch nur wenige aus dem Regal. Stattdessen redeten sie. Miteinander und, wenn ich nah genug vorbeidriftete, auch mit mir. Mutige Worte, törichte Worte: Sie redeten darüber, einen Monat, ein Jahr, ein Schuljahr zu bleiben. Sie würden ihre Freunde nicht vermissen, es gab ja FaceTime und Skype. Ihre Freunde würden neidisch sein, denn Paris war cool und französische Jungs waren süß. (Oft wurden Über-die-Schulter-Selfies mit Jungs im Hintergrund geknipst.)

Zurück auf die Straße. Eine Straße weiter, die nächste. Über eine Brücke, die nächste. An der nächsten Kreuzung sag ich es ihnen, dachte ich: Vergesst nicht, wir fahren nach Hause. Ich glaube – nein, ich denke –, euer Vater ist nicht hier. Nein. Ich mach's beim Abendessen. Am Flughafen. Irgendwo, wo sie abgelenkt sind. Irgendwo, wo es ruhig ist. In einer Kirche. Auf unseren Sitzen in der Economy Class.

Unser bevorstehender Abflug glühte immer heller in meinem Gehirn, bis daraus Kopfschmerzen wurden, mehr als Kopfschmerzen, eigentlich eher ein Kater. Unsere Ankunft in Paris hatte für einen leichten Schwips gesorgt, und die wunderliche Vorstellung zu bleiben – die Besichtigung von Schulen, Vierteln –, hatte mich betrunken gemacht.

Jetzt war der Morgen unseres letzten Tages und wir waren unterwegs, und was tat Robert da drüben in der schmalen Straße in dem namenlosen Laden?

Robert.

Ich blinzelte, um sicherzugehen. Er hatte abgenommen, hatte eine neue Brille, die ich nicht besonders mochte, und einen neuen Haarschnitt, den ich mochte. Ich erschrak nicht oder schrie. Er hatte auf etwas auf einem Tisch hinuntergeblickt, dann blickte er auf und sah mich an, sah, dass ich ihn ansah, verzog den Mund langsam zu einem

Lächeln und stöberte dann weiter. Alles ging ganz schnell, aber gerade langsam genug, um zu begreifen, dass es nicht Robert war.

Jetzt sah ich etwas anderes, das noch seltsamer war als der Mann, den ich mit Robert verwechselt hatte: Hinter ihm standen zwei Mädchen im selben Alter wie unsere Töchter. Moment mal. Das waren unsere Töchter. Ich hatte vergessen, dass sie gefragt hatten, ob sie auf der anderen Straßenseite in einen Laden gehen durften.

Es war nicht irgendein Laden. Es war Roberts Laden. Er hatte nicht die von Robert beschriebene Farbe, und er lag nicht im Marais, nicht auf der anderen Seite der Seine, wie von ihm angegeben. Aber sonst: das schmale Gebäude, die erleuchteten Fenster, die sauberen Buchstaben (LIBRAIRIE), all das stand in seinem Manuskript.

In einer Debatte, die Robert und ich oft führten, ging es um die Rolle des Zufalls in der Literatur – vor allem in seiner. Seine Bücher basierten oft darauf. Ich sagte, es sei schon in seinen Kinderbüchern kaum plausibel, und völlig unangebracht sei es in seinen Texten für Erwachsene. Vielleicht habe ich eine Brücke zu Kritiken, Verkaufszahlen usw. geschlagen.

Er meinte, das wahre Leben werde vom Zufall beherrscht. Wenn überhaupt, basiere seine Literatur nicht genug darauf.

Ich sagte: *Genug.* Und dann fluchte ich. Und dann verschwand er.

Wer zuerst flucht, hat verloren: seine Regel. Wer zuerst verschwindet, hat verloren: meine Regel.

Daphne und Ellie fielen über mich her, sobald ich den Laden betreten hatte, und zogen mich in verschiedene Richtungen. Nicht, dass es viele Richtungen gab: Unsere Arme seitlich ausgestreckt, hätten wir drei nebeneinander fast den ganzen Laden eingenommen.

Doch wir konnten unsere Arme gar nicht ausstrecken. Der Raum war vom Boden bis zur Decke mit Büchern vollgestellt. Gleich hinter der Tür verlief rechts eine lange, breite Holztheke wie in einem altmodischen Tante-Emma-Laden. Darauf noch mehr Bücher in verschieden hohen Stapeln. Der Boden war ungewöhnlich – breite, schwere Holzplanken, die mit Knarren und Knacken auf Schritte antworteten wie an Deck eines sehr alten Schiffes. Ich fühlte mich jedenfalls, als würde ich schwanken. Alles – jedes einzelne Buch – schien im Fallen begriffen und doch perfekt platziert. Falls es sich um Unordnung handelte, war es eine sehr klare, und es war auch ganz klar etwas anderes, etwas, von dem ich gelesen hatte. Mehr noch, es war ein früheres Kapitel meines Lebens: die Bücher, die Unordnung, die schwankenden Stalagmiten aus Papier. Es roch sogar wie in Roberts alter Wohnung.

Doch nicht jedes Detail entsprach meiner Erinnerung oder dem Manuskript. Ich konnte mich nicht an die filigrane eiserne Wendeltreppe entsinnen, auf die Daphne zeigte. Sie sagte, es gehe oben noch weiter, eine Kinderabteilung mit Büchern *en français!* Davon stand nichts in Roberts Manuskript. Noch hatte Roberts Laden eine, wie Ellie es nannte, »Geheimtür«, ein Bücherregal am Ende des Raumes, das sich auf Rollen vorziehen ließ. Dahinter lag ein winziges Zimmer, das Büro der Besitzerin.

Und da war sie, die Besitzerin. Sie hatte mich zuvor mit einem *bonjour* begrüßt und mich dann den Mädchen überlassen. Doch jetzt war sie an meiner Seite, vielleicht, weil Ellie mir das innere Heiligtum des Ladens zeigte.

»Hallo«, sagte die Frau, und ihre Stimme klang rund und tief. Sie duckte den Kopf ein wenig, ohne den Blickkontakt zu unterbrechen. »Marjorie Brouillard.«

»Ellie!«, rief Daphne von oben. »Das musst du dir ansehen!«

Ellie rannte los.

»Hi«, sagte ich. »Leah Eady.« Ich schüttelte den Kopf. »Hi? Tut mir leid. *Bonjour.* Oder wahrscheinlich sollte ich sagen *pardonnez-moi.*«

Sie schüttelte ihren Kopf, weshalb ich dachte, ich hätte etwas Falsches gesagt.

Und das hatte ich, wie ich dann begriff: Ich musste nicht nur mich entschuldigen, sondern auch meine ungestümen Töchter. Alte *Cahiers du Cinéma* auf Mikrofilm zu durchforsten hatte mich vieles gelehrt, aber nicht unbedingt Plural-Pronomen und umgestellte Imperative. »Oh!«, sagte ich. *»Pardonnez-nous.«*

Noch mal zu Roberts Manuskript: Die Buchhandlung wird von einem Franzosen betrieben, einem gutaussehenden Witwer mittleren Alters. Vielleicht stand im Manuskript nichts von gutaussehend. Aber ich erinnere mich deutlich an mein Gefühl, dass der französische Witwer und die verlassene Frau auf Kollisionskurs sind, dass sie auf den Seiten, die Robert noch zu schreiben hatte, zueinander finden, eine Befreiung sowohl für sie als auch für die Leser.

Im wahren Leben war meine Befreiung die Begegnung mit Madame. Beim Lesen des Manuskripts hatte mich der Gedanke befremdet, dass Robert mich irgendwie verkuppeln wollte.

Und doch – und das war noch viel befremdlicher – war dies der Laden aus Roberts Manuskript.

»Die Mädchen sind *très jolie*«, sagte Madame mit Blick zur Treppe. »Sie ähneln Ihnen«, fügte sie hinzu. »Ja«, sagte sie, bevor ich es konnte.

Wir standen einen Augenblick so da. Ich suchte nach irgendetwas auf Französisch, das ich sagen konnte, bis mir einfiel, dass wir uns auf Englisch unterhielten.

»Sie sind sehr freundlich«, sagte ich. »Entschuldigen Sie,

dass ich den Mädchen nicht schon früher in den Laden gefolgt bin und sie habe Amok laufen lassen …«

Ich verstummte, als ihr Gesicht säuerlich wurde. Bedeutete *Amok* auf Französisch etwas anderes?

»Sie sehen viel älter aus, als Sie sind.« Sie zögerte. »Warum? Das ist falsch.«

Wir waren noch nicht lange in Frankreich, doch ich wusste jetzt schon, dass ich gewisse Aspekte von Paris vermissen würde. Zum einen das Essen, die Tatsache, dass jedes Essen überall, selbst das von einem Imbissstand, einer Ladentheke besser schmeckte, als alles, was man mir daheim in einem guten Restaurant auftischen würde. Doch diese Offenheit – zugegeben, so offen war noch nie jemand zu mir gewesen, doch ich war inzwischen überzeugt, dass ich die meisten Liebenswürdigkeiten, die mir zuteilwurden, den Mädchen verdankte. Dass hinter all den flüchtigen Unterhaltungen und Interaktionen genau diese Frage gelauert hatte, die diese Frau jetzt stellte: *Was stimmt nicht?*

Solche Fragen würde ich daheim nicht vermissen. Darin war der mittlere Westen gut, jede Intimität mit einem stillen Lächeln abzublocken. Hier war es andersherum. Intimität kam schnell. Ein Lächeln dauerte.

Während sie auf meine Antwort wartete, nahm sie einen Notizblock vom Tresen und schrieb die Adresse eines Ladens auf und etwas, das sich als Name einer Nachtcreme herausstellte.

»Die ist teuer«, sagte sie. »Aber es führt kein Weg daran vorbei.«

Es war albern, deshalb in Tränen auszubrechen – ein Blick auf den Zettel zeigte, dass sie etwas empfahl, was aus dem Medizinschrank meiner Großmutter hätte stammen können, ein Helena-Rubinstein-Produkt –, doch genau das tat ich, weil es wieder (wie immer) ums Geld ging und um Paris und ums Alleinsein.

Sie schnaubte gereizt und ging zur Ladentür, wo sie das Schild auf FERMÉ drehte und die Tür abschloss. Das dumpfe Geräusch war unverhältnismäßig laut, wie ein Fallgitter.

Ich hätte mich gefangen fühlen sollen, stattdessen erfüllte mich plötzlich das Verlangen, mich zu öffnen. »Wir haben gedacht ... Meine Töchter möchten den Rest des Jahres hier bleiben«, erklärte ich Madame. »Drei Monate. Und deshalb dachte ich – na ja, gestern für eine Stunde oder so« – warum erzählte ich ihr das? Keine Ahnung, aber die französische Offenheit ist ansteckend – »ich dachte, ich hätte eine Möglichkeit gefunden. Ich wollte meinen Job in den Staaten behalten, als Telearbeit – ich weiß nicht, wie das auf Französisch heißt ...«

»Das Telefon, ja«, sagte sie ungeduldig. »Ich verstehe.«

»Na ja, nein, nicht ganz, aber ...«

»Es funktioniert nicht?«, fragte sie.

»Nein, es funktioniert nicht.«

Madame deutete mit einem Kopfnicken zur Treppe. »Und der Vater ist fort?«, fragte sie. »Die Ältere hat es erzählt.« Madame nickte, als wollte sie meine unausgesprochene Antwort bestätigen: So etwas passiert. Männer verschwinden. Wenn Blicke so viel sagen können – und der von Madame konnte –, fügte ihrer hinzu: Gut, dass wir den los sind. Dann fuhr Madame fort: »Die Jüngere hat gesagt, sie suchen ihn.« Jetzt bestand kein Zweifel, was sie dachte: Den Vater zu suchen, war eine schlechte Idee. »Ich brauche Hilfe«, sagte sie. »Bei der Arbeit.«

Ich blickte mich um. Ich blickte nach draußen. Die Tür abzuschließen, war überflüssig gewesen. Es war nichts los. Alter und Geruch des Ladens ließen darauf schließen, dass hier schon seit Langem nichts mehr los war. Madame sah meinen Blick.

»Deshalb brauche ich Hilfe«, sagte sie.

Wir standen an der Ladentheke. Sie stand kerzengerade,

eine Hand in die Seite gestemmt, die andere auf einem Bücherstapel. Wobei Madame auch immer Hilfe brauchte, Haltung war es jedenfalls nicht.

»Was zahlen Sie?« Als ich ihren verblüfften Gesichtsausdruck sah, wurde mir bewusst, dass ich laut gesprochen hatte. Oben meinte ich unterdessen etwas zu hören, das ich schon sehr lange nicht mehr gehört hatte – das melodiöse Lachen meiner Töchter. Ich rückte näher an das Geräusch heran und dachte: Was ich eigentlich fragen sollte, ist, wie viel ich ihr zahlen soll. Für eine Stunde, einen Tag, ein Jahr. Damit sie aus meinen Mädchen wieder meine Mädchen macht.

»Genug«, sagte sie.

Ich verstand nicht.

»Geld«, sagte sie. »Es gibt genug Geld.«

Genug, das Wort, das ich am wenigsten mochte.

»Ich … ich kann nicht glauben, dass ich das gesagt habe«, erwiderte ich. Die Mädchen konnte ich nicht mehr hören. »Sie sind sehr großzügig … Ich glaube, Sie bieten mir etwas an. Verzeihen Sie mir, wenn dem nicht so ist. Und verzeihen Sie, dass ich nach der Bezahlung gefragt habe. Aber es spielt ohnehin keine Rolle. Wir reisen ab. Unser Flug geht heute Abend.«

Ich fragte mich, ob sie das Lachen von oben eben gehört hatte. Sie lächelte nicht. »Tun Sie das nicht«, sagte sie.

»Mrs … Marjorie«, sagte ich. »Ich danke Ihnen, aber …«

»Madame«, sagte sie: Ich hätte mir nicht anmaßen dürfen, sie beim Vornamen zu nennen.

»Madame«, wiederholte ich. »Wir können nicht einfach … Unser Visum ist …«

Diesmal verstummte ich aus einem anderen Grund. Ein Klopfen am Fenster. War das Robert? Ich sah nicht hin.

»Sie vergeuden Zeit«, sagte sie.

Das tat ich. Wenn Robert tot war, warum sollten wir

dann eigentlich nach Milwaukee zurückkehren? Vielleicht war das Manuskript kein Hinweis, sondern eine Ermunterung: Na los! Erster Halt Paris, dann die Welt.

Paris. Es existierte wirklich, und ich war wirklich hier. Ich weiß noch, wie ich daheim in den Staaten, damals, als ich jünger war, dachte, wenn ich je in Paris, Frankreich, wäre, würde alles innerhalb eines Augenblicks geschehen – ich wäre augenblicklich des Französischen mächtig, augenblicklich zu Hause, augenblicklich wäre mein ganzes Wesen übersetzt. Doch so war es nicht gewesen, so würde es nicht sein. Es war wie der Stundenzeiger einer Uhr, wie ein langsamer Fluss, der still zu stehen scheint, bis man einen Finger auf die Oberfläche hält. Jetzt trieb eine Buchhandlung auf mich zu. Eine Wohnung. Bücher, und ein neues Leben ohne Robert. Und auf seltsame Weise mit ihm.

Wieder ein Klopfen. Ich blickte zur Ladenfront. Ein großer Mann, nicht Robert. Zwei Kinder, nicht meine. Madame ging zur Tür, doch dann drehte sie sich noch einmal zu mir um. Ich musterte ihr Gesicht, das sich irgendwie verändert hatte, jünger wirkte. Vielleicht funktionierte die Creme ja wirklich.

Doch dann begriff ich. Ihr Mund, nur die Mundwinkel. Es war die leise Andeutung eines Lächelns.

»Madame Ea-dy«, sagte sie, als teste sie meinen Namen, die Hand schon an der Tür. *»Commençons.«* Fangen wir an.

So sagte Madame. Doch dies ist meine Geschichte, und sie beginnt Monate später mit einem Diebstahl.

Es ist acht Monate her, seit Madame mir die Schlüssel zum Laden und der leeren Wohnung darüber übergeben hat, acht Monate, seit ich bei der Universität meine Kündigung eingereicht habe, sieben Monate, seit ich entdeckt habe, dass ich alle Bücher, aber nicht alle Kunden liebe, sechs Monate, seit Daphne und Ellie Panik gekriegt haben, in

Frankreich keine Freunde zu finden, und darum bettelten, in die Staaten zurückzukehren, fünf Monate, seit ich Flüge buchen wollte, nur um mir anzuhören, ich sei wohl verrückt, über vier Monate, nachdem unser Touristenvisum abgelaufen ist.

Und nur zwei Wochen, seit die Kundin das Exemplar von Roberts *Central Time* aus dem Schaufenster nahm. Das Buch mit dem gekritzelten *Verzeih mir*, die Nachricht, die es schwermachte, weiter so zu tun, als wäre er tot, als wäre er nicht in Paris, würde uns nicht beobachten, würde nicht versuchen, sich uns zu nähern und es aus irgendeinem Grund hinauszögern. Mit anderen Worten, die Nachricht, die alles bedeutete.

Nur, dass sie gar nichts bedeutete.

Nachdem diese Kundin mir Roberts Buch gegeben hatte, nachdem ich es ihr, vor Schock wie gelähmt, zum halben Preis angeboten hatte, nachdem ich, als ich aufblickte, festgestellt hatte, dass die Kundin verschwunden, das Buch aber noch da war, kam ich zur Besinnung – und das Buch zur sicheren Verwahrung auf meinen Nachttisch. Was sich als schlechte Idee erwies, weil Roberts Buch mich aufweckte, mich wachhielt, Nacht für Nacht. Es war nicht nur das *Verzeih mir* – obwohl ich die Handschrift akribisch analysierte –, es war die Geschichte selbst. Wenngleich für Kinder geschrieben, konnte ich ihn doch darin hören und, wichtiger noch, ihn sehen.

Nacht für Nacht, ob aufgeschlagen oder zugeklappt, rief mich das Buch. Robert sagte, das Buch sei ein Fluchtweg, doch ich konnte ihm nicht entfliehen. Deshalb stellte ich es zurück in den Laden, an seinen ursprünglichen Platz, ins Fenster – unten, links, vorn, ein Köder.

Ich redete mir ein, es sei ein Fortschritt. Ich ließ die Vergangenheit hinter mir. Wenn ich an der Kasse stand, hatte ich nicht mehr das Gefühl, das Buch starre zurück – ein

Meilenstein, den ich würdigen wollte, indem ich zum Schaufenster ging, um erneut einen Blick auf das Buch zu werfen.

Das war fast auf den Tag ein Jahr nach seinem Verschwinden.

Das Buch war weg.

Fangen wir an, hatte Madame an jenem ersten Abend im Laden gesagt, doch in Wahrheit begann unser Leben in Paris erst, als Roberts Buch verschwand und mein Bild von unserem Leben ins Wanken geriet.

Paris, Frankreich

Kapitel Sechs

Robert meinte, für viele seiner Studenten sei der Anfang das Schwerste. Doch für ihn sei der Anfang das Leichteste, weil er wisse, dass er immer zurückkehren und ihn ändern könne. Das einzig Wichtige am Anfang sei das Anfangen. Erst am Ende begreife man, wo man wirklich angefangen habe. Oder so ähnlich.

Robert und ich fingen in einer Bar in Milwaukee an. Oder besser gesagt, fing unsere Familie einige Jahre später in einem Haus ganz in der Nähe an. Oder unser Leben in Paris in einer ruhigen Straße mit ruhigen Läden, in einem ganz speziellen dieser Läden, dessen breites Fenster ein vergilbtes Durcheinander von Büchern umrahmte.

Oder vielleicht ist es besser, nicht mit den Büchern anzufangen, sondern mit den Kindern. Die beiden Kinder, die an jenem ersten Tag ans Fenster geklopft hatten, kamen bald vorbei, um am Tresen zu malen und zu lesen – denn Madame ist ihre Großmutter. Mehr als das, sie ist ihre Bezugsperson. Eine Aufgabe, die sie ermüdet.

Deshalb brauchte sie Hilfe, deshalb ermutigte sie uns, die Wohnung über dem Laden zu nehmen. Wir glaubten, in einer Erzählung zu leben, in die Robert uns hineingeschrieben hatte. Es stellte sich heraus, dass Madame uns in ihre hineinschrieb.

Madame glaubt nicht an Märchen, und Eleanor auch nicht: *Es ist keine Frage des Glaubens*, habe ich Eleanor mehr als einmal sagen hören. Doch ich glaube, es ist so: Geschichten schaffen einen Rahmen, eine Fassung, eine

Gussform. Und eine gute Geschichte, die über Generationen hinweg erzählt wird, verlangt, dass du die schmutzigen Details deines Lebens hineingießt, und erst wenn sie hart werden und sich verfestigen, siehst du, was daraus geworden ist.

Von Eleanor kommt eine Nachricht über einen Scheck, und dann kommt auch ein Scheck. $ 3000 vom Porlock Preis, den Robert gewonnen hat, was bedeutet, dass ihr mit ein bisschen Sparen und Haushalten und ein paar Ersparnissen (und ein paar von Eleanors Ersparnissen) für ein ganzes Semester in Paris bleiben könnt, bevor es zurück nach Hause in die Wirklichkeit geht, nach Milwaukee, für immer, zu Weihnachten.

Doch zu Thanksgiving kommt ein zweiter nachgesendeter Brief mit einem Scheck: $ 51 000, unterzeichnet mit »Sam Coleridge«. Du überlegst, ihn einzurahmen, doch stattdessen löst du ihn ein, und er ist gedeckt.

Da beginnt die Geschichte, an dem Tag, als du eigentlich eure Rückkehr noch vor Weihnachten verkünden wolltest und stattdessen Madame vorschlägst, in den Laden zu investieren. Mit der Aussicht, ihn eines Tages zu übernehmen. Das kommt nicht gut an.

Ihn kaufen?, versuchst du es erneut.

Denn du willst versuchen Paris gegen Milwaukee einzutauschen, ein Leben in Hektik gegen ein Leben in Trauer, $ 51 000 oder ein Teil davon als Anzahlung auf den Lagerbestand, den Laden, das Haus.

Madame schüttelt den Kopf, hüstelt. Nicht das Haus.

Aber den Laden, sagt sie und zögert und, erst zum zweiten Mal in diesem Herbst, lächelt.

Die Geschichte beginnt, als du den Laden rot anstreichen lässt.

Paris verschluckte uns. Die Schule, die Stadt, der Laden, die Frage, wie unser Leben jetzt aussehen sollte, beanspruchte unsere ganze Zeit und, so fühlte es sich oft an, unseren ganzen Atem. Nie schlief ich so tief wie in jenen ersten Herbstmonaten in Paris, und nie hatte ich weniger Grund dazu: Meine Matratze fühle sich an (und roch), als wäre sie mit Sand gefüllt, die ganze Nacht gingen die Sirenen, Ratten kämpften lautstark nächtliche Schlachten hinter dem Haus.

Ich schlief, weil ich erschöpft war. Eine Buchhandlung zu führen erfordert, selbst wenn sie nicht gut läuft, enorme Anstrengung. Vor allem wenn Zwillinge dazugehören.

Die Zwillinge: sieben Jahre alt, Madames Enkel, Annabelle und Peter. Sie zu beaufsichtigen und zu füttern, nach und manchmal auch schon vor der Schule, gehörte zu unseren Aufgaben. Zu ihrer Mutter Sylvie, die vom Vater der Zwillinge geschieden war, hatte Madame keinen Kontakt mehr. Sie lebte in Abu Dhabi und war mit einem Scheich verheiratet.

Ihr Vater George, unverheiratet, lebte in Paris. Daphne und Ellie (und Annabelle und Peter und im Stillen auch Madame) liebten George. Spröde, britisch, makellose Manieren und Kleidung, stets einen Starbucks-Becher in der Hand. Daphne hielt ihn anfangs für einen Barista. In Wahrheit versuchte er, Partner einer großen Unternehmensberatung zu werden. Daphne machte sich Sorgen, dass er auch versuchen könnte, mein Partner zu werden, nicht im Laden, sondern im Leben, bis Ellie sie unverblümt aufklärte: *Er ist schwul.* (Das war er. Er hatte es mir gesagt. Und als ich verständnislos die Augenbrauen hochzog – *warum hast du dann Madames Tochter geheiratet?* –, zuckte er die Schultern und meinte: *Menschen ändern sich.*) Er entschädigte uns übertrieben großzügig für die Beaufsichtigung der Zwillinge. Ein oder zwei Blicke zwischen ihm und Madame verrieten, dass sie wussten, wir konnten nicht vom Laden allein leben, und dass er es als seine Pflicht betrachtete, diese Lücke zu schließen.

Er betrachtete es außerdem als seine Pflicht, sich um unser Visum zu kümmern und es auf mindestens ein Jahr zu verlängern. Dazu hätte es eigentlich unserer Ausreise und erneuten Einreise bedurft, gefolgt von endlosem Schlangestehen in der *Préfecture de Police*, der Überprüfung unserer Finanzen, unserer Gesundheit und unserer Sprachkenntnisse. Doch George, ausgestattet mit Konzernwissen und -vermögen, fand eine Hintertür, mithilfe eines »Freundes« und eines Gesetzes zum Schutz von Ausländern mit abgelaufenem Visum, die Geschäfte gekauft hatten. Das Gesetz war ausgelaufen, doch angeblich gab es eine neue Version in der Testphase, für die noch Partner gesucht wurden. George meldete uns an. So lange Madame einverstanden war, durften wir bleiben.

Zur Sicherheit hatte George sich auch noch auf die Einreisebestimmungen für Au-pairs berufen. Sein »Freund« meinte im Nachhinein, das sei in unserem Fall gar nicht nötig gewesen, doch ich war anderer Meinung. Die Zwillinge erwiesen sich als unentbehrlich für unser Leben in Paris. Sie waren nicht jeden Tag bei uns – manchmal blieben sie bei George, manchmal flogen sie zu ihrer Mutter, die sie stets früher als vorgesehen zurückschickte –, doch oft, manchmal auch über Nacht. Ich hatte sie gern um uns, nicht nur, weil sie uns ablenkten. Sie waren angenehme Zeitgenossen. Anweisungen befolgten sie aufs Wort, was ich auf ihre Vertrautheit mit der knappen, unerschütterlichen Freundlichkeit von internationalem Flugpersonal zurückführte. Und als erfahrene Reisende verwickelten sie uns nie in indiskrete Gespräche. Sie fragten nie, wo der Vater von Daphne und Ellie war, vielleicht, weil George selbst oft in der Luft war und das Leben ihrer Mutter so fern, dass es nicht real schien. Sicher klagten sie bei George darüber, dass sie ihre Mutter vermissten. Doch mir gegenüber verloren sie nie ein Wort darüber. Und so nahm ich an, dass sie ihr Schicksal hinnahmen. Dass wir alle unser Schicksal hinnahmen.

Jetzt erkenne ich, dass das ein Trugschluss war, ein törichter. Vielleicht waren die Zwillinge weniger Ablenkung als Irreführung. Je selbstverständlicher mir ihre Gelassenheit wurde, desto leichter fiel es mir zu glauben, dass Daphne und Ellie gar nicht unmittelbar interessiert daran waren, ihren vermissten Vater zu finden. Völlig falsch. Richtig war, dass die Schule die Mädchen ganz in Anspruch nahm, während sie nach und nach doch französische Freundinnen fanden und ihr soziales Leben (vor allem Ellies) komplexer wurde, sodass die Mädchen weniger Zeit hatten, sich zu fragen, wo ihr Vater war, und wann, so die rührende Theorie, Robert zu uns stoßen würde.

Und während die Wochen zu Monaten wurden, während die Zwillinge in jeder, außer der rechtlichen Hinsicht, ihre Geschwister wurden, während die Mädchen in jeder, außer der rechtlichen Hinsicht, echte Pariserinnen wurden, nutzte sich die Theorie ab. Es war nicht so, dass die Mädchen Robert vergaßen – kein Tag verging, an dem nicht sein Name, sein Werk in der Luft lag –, doch der Muskel, der für die Sehnsucht zuständig ist, verkümmerte, weil er nicht mehr so stark beansprucht wurde.

Daphne schrieb weiterhin pflichtbewusst in ihr Tagebuch, das Eleanor ihr geschenkt hatte, doch ihre Einträge wurden oberflächlicher, professioneller – Notizen über Paris und Kinderbücher für Dads Artikel, die sie ihm zeigen wollte, wenn er kam. Daher schien es ihr egal, ob wir ihr Tagebuch lasen oder nicht. Es lag auf der Ladentheke neben der *caisse* und ich sah von Woche zu Woche hinein, ein Blog auf Papier, um zu erfahren, was ihr aufgefallen war: die streng gestutzten Bäume, das trübe Jadegrün der Seine, eine wochenlange Debatte darüber, von welcher Brücke genau Bemelmans' Madeline gefallen war, und eine fortlaufende Strichliste der Schulmädchen mit Hüten, Haarschleifen oder Schuluniformen, die sie gesehen hatte (null).

Doch irgendwann wurden Daphnes Einträge seltener, aus täglich wurde wöchentlich, gelegentlich. Der letzte Eintrag, eine einzige Frage, war inzwischen Wochen her: *Gibt es in Paris* gar *keine Katzen?* Es musste welche geben, doch es stimmte, ich hatte in Paris keine Katze gesehen, seit ich das letzte Mal *Der rote Luftballon* gesehen hatte.

Auch bei Ellie bemerkte ich eine Veränderung. Nicht dass sie die Vergangenheit hinter sich gelassen hatte, doch sie war stets in Bewegung, so auch an jenem Samstag, an dem sie uns in die Rue de la Colombe Nummer 4 führte, eine winzige Ecke der Île de la Cité, dem Pariser Stadtteil auf einer Insel in der Seine. Eine kleine Weinbar, leer.

»Und?«, fragte Daphne.

»Die hat mal Ludwig Bemelmans gehört«, sagte Ellie.

»Eine Bar?«, fragte Daphne.

Während Daphne näherging, um die Tafel an der Wand zu inspizieren, erklärte Ellie, dass sie darüber in einem von Bemelmans' »Büchern für Erwachsene« gelesen habe, und ich fragte mich kurz, ob die Erinnerung der Mädchen an ihren Vater tatsächlich verblasst war. Ich fragte mich, ob ich dieses Verblassen überhaupt wollte. Es bedeutet weniger Existenzangst ihrerseits, aber unangenehmerweise mehr meinerseits. Ich weiß nicht genau, ob mir vorher schon bewusst gewesen war, dass ich die Hoffnung ihnen überlassen hatte, vermutlich weil ich nicht wusste, was ich hoffen sollte. Roberts Buch zu finden, das hingekritzelte *Verzeih mir*, war so ein Schock gewesen, dass ich instinktiv sofort versucht hatte, es zu verkaufen – die Vorstellung war einfach zu viel, dass der Mensch, den ich für tot gehalten hatte, am Leben war. Aber dann, als das Buch tatsächlich verschwand, war alles noch schlimmer. Ich versuchte mir einzureden, dass ohne das Buch alles so war wie vorher. Doch das war es nicht. Ich dachte mehr über Robert, über das, was wirklich passiert sein mochte, nach, als je zuvor.

Ellie dachte offenbar über Bemelmans nach.

»Stand in dem Buch auch, dass er die Bar wegen einer unglücklichen Liebesgeschichte verkauft hat?«, fragte Daphne und schaute mit zusammengekniffenen Augen auf die Gedenktafel.

»Was?«, fragte Ellie.

Jetzt studierten wir alle die Tafel. Eine Chronik mit den wichtigsten Daten zur Geschichte des Gebäudes reichte bis ins Jahr 1297 zurück. Doch das Jahr, das Daphnes Aufmerksamkeit erregt hatte, war 1953, als ein gewisser Ludwig Bemelmans, *peintre et écrivain américain*, die Bar übernommen hatte, nur um sie kurz darauf *à cause d'un chagrin d'amour* an ein junges Pärchen zu verkaufen. Das hieß übersetzt »Liebeskummer«, da waren sie sich einig, doch es entbrannte eine Debatte darüber, was oder wer Bemelmans' Herz gebrochen hatte.

Meine beiden Töchter unterhielten sich auf Englisch und Französisch, sie verfielen einer Geschichte, Geschichten, wie ihr Vater es getan hatte, und als Daphne sagte: *Das würde Dad gefallen*, nickte ich, weil sie recht hatte. Weil sie nicht die Vergangenheitsform benutzte.

»Mir gefällt es«, schnaubte Ellie.

Laut Gedenktafel und Internetseite und Ellies Bemelmans-Essay hatte der große Mann selbst den Raum mit Wandgemälden ausgestaltet. Grund genug, weiterzuforschen, fanden Daphne und ich, doch Ellie war nicht überzeugt.

Der Besitzer im Innern der Bar wusste nur, dass von den angeblichen Wandgemälden keins mehr übrig war. Ellie machte auf dem Absatz kehrt und wollte gleich wieder gehen, doch der Besitzer protestierte. Wir sollten uns doch setzen, seine Pâté sei ausgezeichnet. Dann wandte er sich an Ellie – mit einem Blick, der verriet, dass dies nicht ihre erste Begegnung war (Überraschung Eins) – und erkundigte sich, wo ihr *petit ami* sei.

Überraschung Zwei: Ellie hatte einen Freund.

Überraschung Drei: Er würde eines Abends im Laden vorbeikommen, damit sie ihn uns vorstellen konnte.

Bis dahin wurden alle Fragen mit einem Schulterzucken abgeblockt. Sie kannten sich aus der Schule. Er heiße Asif. Sein Vater sei ein kanadischer Marineattaché. Sie seien »nur Freunde« und »nur ein einziges Mal« in Bemelmans' Bar gewesen und hätten weder Wein noch die Pâté bestellt, sondern Cola.

Ich konnte nicht sagen, ob ich gerade fünf Lügen gehört hatte oder fünfzig, und wünschte mir, Robert wäre da gewesen. Nicht, weil er die Wahrheit aus ihr herausgekitzelt hätte (darin war er miserabel), sondern weil es ein weiterer Meilenstein war, den er verpasste. Daphne lauschte ehrfürchtig, entweder angesichts Ellies Unverfrorenheit, oder weil sie es für unmöglich hielt, dass auch nur die Hälfte von dem, was ihre große Schwester erzählte, der Wahrheit entsprach.

Doch das tat es. Wenige Tage nach unserem Besuch in Bemelmans' Bar erschien Asif kurz vor Ladenschluss, um uns kennenzulernen, meinen verspäteten Segen zu bekommen und Ellie abzuholen.

Während Ellie sich oben fertigmachte, ging ich ins Hinterzimmer, ließ Daphne Ladenbesitzerin spielen – eine Rolle, die sie liebte und vielleicht ernster nahm als ich –, und horchte auf die Glocke über der Tür. Als sie das erste Mal läutete, war es Molly, die junge Mutter aus Neuseeland. Sobald sie hörte, was im Gange war, bat sie, bleiben zu dürfen. Ich schickte sie fort und kehrte ins Büro zurück. Hinsetzen half. E-Mails lesen nicht.

Stattdessen suchte ich ein Buch, um mich abzulenken, was mich wieder daran erinnerte, dass ein Buch fehlte. In jenem Moment vermisste ich Robert, doch zu meiner Überraschung vermisste ich vor allem seinen Stellvertreter: Warum hatte jemand von all den Büchern im Laden ausgerechnet sein altes *Central Time* mitgehen lassen?

Hatte er es sich zurückgeholt?

Hieß das, er nahm sein *Verzeih mir* zurück?

Hieß das, er war am Leben, in Paris?

Die aufsteigende Panik fühlte sich ähnlich an wie das Gefühl in meinen schlaflosen Nächten, deshalb griff ich nach dem verlässlichsten Gegenmittel, einem Parisführer von 1888, von dem wir unbegreiflicherweise sechs Exemplare hatten: *Spaziergänge durch Paris* von Mr. Augustus John Cuthbert Hare. Ich hatte Mr. Hare sofort gemocht, als ich die Überschrift der Anfangsseiten entdeckte, die sich mit Taxis und Hotels und Verpflegung beschäftigten: *langweilig-wertvolle Informationen.* Seine Spaziergänge waren endlos (das Buch hat 532 Seiten) und schamlos von anderen Autoren geklaut. Er beklagte all die herrlichen Gebäude, die die Franzosen in ihrer Torheit nicht erhalten hatten, und erwähnte pro Seite mindestens einen Mord, Selbstmord oder sonstwie spannenden historischen Todesfall. Von ihm hatte ich erfahren, dass in der unscheinbaren Rue des Lions, gleich um die Ecke, tatsächlich einst die »Löwen, groß und klein, des Königs eingesperrt waren«. Mir gefiel ganz besonders das »und klein«.

Ich dachte: Das hätte Robert gefallen.

Die Glocke läutete. Ich schob den – nach dreizehn Monaten noch immer automatischen – Gedanken beiseite, es könnte Robert sein, und empfing Asif.

Er nahm ruckartig Haltung an und begrüßte mich förmlich. »Hallo, Madame Eady.« Englisch, sollte ich herausfinden, war seine Art anzugeben. Er hatte den Großteil seiner Kindheit in Quebec gelebt und Französisch gesprochen. (Englisch war für ihn in Paris wohl sicherer, da Franzosen dazu neigten, den Quebecer Akzent albern zu finden.)

»Hey«, sagte Ellie, die unvermittelt auf dem Absatz der Wendeltreppe erschien. Sie lächelte Asif an, warf mir einen vorsichtigen Blick zu und verkündete: »Bin gleich wieder da.«

»Okay«, sagte Daphne.

»Und während ich weg bin, sagt keiner ein Wort.« Sie verschwand.

»Ignorier sie, Asif«, sagte ich, und er tat, als würde er sich entspannen, jedenfalls bis ich Daphne bat, nach den Zwillingen zu sehen. Denn als Daphne ging, waren wir zwei allein.

Asif sah auf glatte Weise gut aus, die Wimpern länger als Ellies, und er war größer als wir alle. Knapp drei Meter, so kam es mir vor. Das gefiel mir. Und auch, dass bei unserem stockenden Gespräch Asifs Faible für Sicherheit herauskam (bedingt durch das Diplomaten- oder Militärleben, nahm ich an). Ellie war mein Schatz, oder jedenfalls ein großer Teil des kleiner werdenden Schatzes, der mir noch geblieben war. Ich wollte nicht, dass irgendjemand oder irgendetwas in Paris sie mir nahm. Asif schien der Aufgabe gewachsen, sie zu beschützen.

Doch als Asif die Sicherheitsdebatte auf den Laden lenkte, wurde mir unbehaglich. Ob das Geschäft denn sicher sei? Nacht und Tag? Ich überlegte, ob ich ihm von den Löwen des Königs erzählen sollte, doch ich dachte: Asif würde es nicht verstehen, selbst wenn ich es ihm erklärte. Und ich dachte: Ich würde Ellie jemanden wünschen, der es versteht, jemanden wie ihren Vater.

Während meine Gedanken abschweiften, verpasste ich, dass Asif zu einem neuen Thema gewechselt war, Bücher. Offenbar hatte er mir gerade eine Frage gestellt. Ich bat ihn, sie zu wiederholen und verzog das Gesicht, als er das Gesicht verzog. Er dachte wohl, dass ich sein Englisch kritisierte. Nein, nur seinen Kanon. Um mich zu beeindrucken hatte er mich gefragt, ob ich Aristoteles, Platon, Shakespeare, Kant gelesen habe. Ich fragte, ob er je etwas gelesen habe, das eine Frau geschrieben hatte.

Das machte ihn so nervös, dass er wieder anfing, von Sicherheit zu reden: Eine Kamera würde uns helfen, Ladendiebe zu erwischen. In der Botschaft gebe es ein ganzes Kamerasystem, sagte er und unterbrach sich dann. »Aber ich sollte dazu wirklich keine Fragen beantworten«, sagte er und wartete dann, dass ich eine stellte.

»Nein«, sagte ich. »Lieber nicht.«

»Jedenfalls kennt sich mein Vater mit so was sehr gut aus.«

»Ich dachte, er kennt sich mit Schiffen aus.«

Asif sah mich ausdruckslos an.

»Weil er bei der *Marine* ist«, erklärte ich und sein Gesicht hellte sich auf.

»Wir haben sogar bei uns zu Hause Kameras, überall«, sagte Asif, und unterbrach sich dann wieder. »Wahrscheinlich sollte ich darüber auch nicht reden.«

»Nein, weil es unheimlich ist.« Ich lächelte, damit er wusste, dass ein Lächeln angebracht war.

»Was ist unheimlich?«, fragte Daphne, die mit den Zwillingen zurückkam.

»Nichts«, sagte Asif eilig, aber freundlich. Mir gefiel, dass er sich bemühte, doch Daphne schien es aufzuregen, so wie fast alles an ihm in den folgenden Monaten. Es dauerte etwas, bis ich begriff, dass der Grund dafür Eifersucht war, plus die Tatsache, dass Asif ein Mann war. Außer für George hatte Daphne nicht viel für Männer übrig, seit wir in Paris waren.

Die Zwillinge dagegen waren hingerissen. Sie kletterten auf die hohen Stühle hinter dem Tresen und verfolgten die Szene verzückt. Ihr Leben war voll von exotischen Menschen, die kamen und gingen, und sie liebten es. Bei manchen Kindern hätte das zu Schüchternheit geführt, die Zwillinge dagegen hatten immer den Drang, ihre Stühle näher ans Geschehen zu rücken. Außerdem konnte Ellie – unerschütterliche, stolze Amerikanerin – in den Augen der Zwillinge nichts falsch machen, und sie hatte Asif gewählt. Ende der Diskussion.

Peter, ganz klar der sanftmütigere Zwilling, wirkte wie so oft stillvergnügt wie der liebe Onkel, der er eines Tages sein würde.

Annabelle dagegen schien jederzeit bereit einzuspringen, sollte Ellie auch nur für den Bruchteil einer Sekunde das Interesse an Asif verlieren. Sie machte ein langes Gesicht, als Ellie zurückkam.

»Wohin geht ihr?«, fragte ich Ellie, eine vernünftige Frage, die mit einem Schmollmund bedacht wurde.

»Vielleicht gehen wir runter an die Seine«, antwortete sie. »Um Ausreißer zu suchen.« Die Seine ist gesäumt von Bücherständen. Ellie war felsenfest davon überzeugt, dass dort aus unserem Laden geklaute Bücher verkauft wurden. Daphne war derselben Überzeugung.

Asif nickte grimmig. Genau von dieser Art Sicherheitslücke redete er.

Daphne verdrehte die Augen, und Annabelle tat es ihr

gleich, eine neue Fertigkeit, eine von vielen, die Annabelle laut George in unserer Obhut erwarb.

Asif riss derweil die Augen auf, als ich Ellie bat, die Seine nicht zu überqueren, um wieder in Bemelmans' alte Weinbar zu gehen.

Ellie ließ sich nicht erschüttern. »Na gut«, sagte sie, »dann gehen wir zum Pompidou und hängen mit den ganzen betrunkenen amerikanischen Studenten ab.« Ehrlich gesagt mochte ich die quirligen Fußgängerstraßen um das Centre Pompidou mit seiner Glasfront und dem sichtbaren Innenleben des Nachts. Nach Einbruch der Dunkelheit war unsere Ecke des Marais so still, dass es unheimlich sein konnte, Löwen hin oder her.

»Nicht alle sind betrunken«, sagte ich.

Ellie, die (wie ich) Angst davor hatte, was ich als nächstes sagen würde, zupfte an Asif herum. Während wir *au revoirs* austauschen, schob er sie durch die Tür und nickte mir zu, ein respektvoller Abschiedsgruß. Annabelle rannte zum Fenster und klopfte dagegen, als sie vorbeigingen. Ich sah Ellie warten – angetan von der eigenen Großmut –, während Asif stehenblieb, grinste und seine Hand an Annabelles drückte, das Glas dazwischen. Dann wandte Asif sich ab, Ellie wandte sich ab und sie verschwanden, gingen die Straße hoch, weg von der Seine, die Hände so schmerzlich nah, dass sich ihre Fingerknöchel streiften.

Ich hoffte, Asif würde Ellie beschützen, doch ich wusste, ihr Auftreten würde es. Wer meiner Tochter zu nahe kam, legte sich mit einer Königin an.

Einmal noch kehrte ich in Bemelmans' alte Weinbar zurück. Nur ich, ganz allein, am frühen Nachmittag. Ich hätte Molly anrufen können, aber eine Sache, die in Paris, Stadt der küssenden Pärchen, überraschend gut funktioniert, ist alleine essen. Und trinken. Ich bestellte die Pâté. Etwas

Wein? Gern. Vielleicht fand ich dann den Mut, die verschwundenen Wandgemälde anzusprechen. Den *chagrin d'amour.*

Vor vielen Jahren hatte ich mir schon einmal mit Wein Mut angetrunken. Ich erinnerte mich, dass ich am frühen Abend mit Robert eine dreiviertel Flasche geleert hatte. Das war natürlich vor den Töchtern, vor der Heirat, ja sogar vor der Wisconsin-Weltreise, in jenen ersten Wochen nach unserer Begegnung in der Buchhandlung, als wir die meiste Zeit nackt im Dunkeln zwischen seinen Büchern verbrachten.

»Du lügst«, sagte ich. Ich saß in seiner Wohnung auf dem Boden, als ich das sagte, und zwar seit fast einer Stunde – nachdem ich zuvor in meiner Wohnung eine Stunde auf ihn gewartet hatte. Wir waren eigentlich zum Essen verabredet gewesen. Er hatte gesagt, er müsse noch etwas fertigmachen. Ich hatte beschlossen vorbeizukommen und ihn mit Blicken niederzustarren, bis er fertig war oder mir den einzigen Stuhl in seiner Wohnung anbot.

»Tu ich nicht«, sagte er, den Blick auf seine Arbeit gerichtet. »Ich versuche wirklich, fertig zu werden.«

Doch davon redete ich nicht.

»Was deine Eltern angeht«, sagte ich.

In unseren Anfangstagen und -nächten hatten wir das Wer-bin-ich? frisch verliebter Pärchen gespielt und fühlten uns verbunden, weil wir beide Waisen waren – weil Robert, so wie ich, beide Eltern verloren hatte. Der Tod seiner Eltern war jedoch tragischer. Autounfall, tot, noch bevor der Rettungswagen kam. Ich fand den schleichenden Tod meiner Eltern (mein Vater, Jahre, meine Mutter, Monate) durch zehrende Krankheit (Lungenkrebs vom jahrelangen Passivrauchen) unendlich grausam, doch was Robert erzählte, klang unendlich viel schlimmer. Ich hatte ihn in den Arm genommen, ihn förmlich gepackt, so wie es mich gepackt hatte, dass ich endlich jemanden gefunden hatte, dessen Schicksal als Waise schlimmer war als meins.

Etwa eine Woche später wiederum, dort auf dem Fußboden seiner Wohnung …

»Was meinst du?«, fragte er.

Jemand, der beide Eltern in einem brennenden Wrack verloren hat wiederum, fragte nicht: »Was meinst du?« Irgendetwas war faul an der Geschichte. Ich hätte eine Art Solidarität erwartet, eine Verbindung, die gemeinsame Empörung über die unvermittelt offenbarte Ungerechtigkeit der Welt, darüber, dass es, ob Sonne oder Regen, jeden neuen Tag nicht zu interessieren schien, dass unsere Eltern tot waren. Dass es niemanden interessierte, nicht so wie mich. Ich lernte langsam, mich in dieser neuen Realität zurechtzufinden, doch bei Robert vermisste ich diesen Prozess. Natürlich waren meine Eltern damals erst zwei Jahre tot und seine vier, aber fühlte es sich nicht noch immer an wie gestern?

Waren seine wirklich vor vier Jahren bei einem Autounfall gestorben? Oder waren sie auf andere Art gestorben?

Oder waren sie gar nicht gestorben?

Ich fragte ihn.

Jetzt hielt er inne und sah von seiner Arbeit auf. Er antwortete nicht. Lange herrschte Schweigen, das, je länger es dauerte, eine Einladung zu sein schien, meine Frage zurückzuziehen. Ich setzte den Korken auf die Flasche. Ich wollte nur noch gehen.

»Ich weiß es nicht«, sagte er schließlich. »Nicht genau.« Ich sah, wie er wütend wurde, und dann, wie seine Wut angesichts meiner verpuffte. Er hatte mich also doch angelogen. »Tut mir leid«, sagte er. »Es ist nur … ich … ich wusste nicht, dass wir zusammenkommen würden?«

Da war sie drei Wochen alt, unsere Beziehung.

»Du hast gedacht, Ladendiebe sind immer gut für einen schnellen Mitleidsfick?«, fragte ich.

»Das habe ich nicht gedacht.«

»Was meinst du damit? Das musst du mir noch verraten, bevor ich gehe.«

»Leah«, sagte er. »Geh nicht.« Ganz leise plötzlich. Ich rührte mich nicht. »Was passiert ist, ist harter Tobak für ein erstes Rendezvous. Es tut mir leid, dass ich gelogen habe. Es war leichter, aber … Es tut mir leid.«

»Leichter? Fick dich.«

»Leichter, als zu sagen: Ich weiß nicht, was meinen Eltern zugestoßen ist«, sagte er. »Bitte sag nicht immer ficken.«

Er stand von seinem Stuhl auf, um sich auf den Boden zu setzen.

»Das Verrückte ist«, sagte er, »ich dachte: Wow, endlich hab ich mal eine Chance. An diesem Abend mit den Büchern in der Bar fand ich dich schön. Ich finde dich immer noch schön. Ich denke, du fluchst zu viel. Ich dachte, *Madeline* liegt vor uns. Mach was draus! Ich meine, das gab's noch nie bei einem Date.«

»Nie?«, fragte ich. Ich fühlte mich nicht schön. »Ich hätte gedacht, das ist deine Masche. Welche Frau steht nicht auf einen Mann, der Bücher für kleine Mädchen liebt?«

»Das sind sie nicht«, widersprach er. »Und das tue ich nicht. Ich meine, ich liebe *Madeline.* Und Bemelmans generell. Aber ich liebe auch – *Johnny Tremaine. Anne auf Green Gables. David Copperfield* …«

Und – fuck – ein Dutzend weiterer Bücher über Waisenkinder.

Robert hatte nur ausgefranste Kindheitserinnerungen an seine Mutter. An seinen Vater erinnerte er sich gar nicht. Dachte er jedenfalls. Seine Mutter war tatsächlich gestorben, jedoch nicht bei einem Unfall, beziehungsweise einem Autounfall. Überdosis. Auf seiner Geburtsurkunde ist kein Vater angegeben. Manchmal erinnert er sich an Dinge,

Empfindungen – Sonne, Strand. Manchmal der Geruch von Zigaretten: Marlboro, wie er inzwischen herausgefunden hatte. Aber die Erinnerungen an die ganzen Pflegefamilien hatten alles andere überlagert. Zwei- oder dreimal war es fast zur Adoption gekommen, aber irgendwann war er einfach zu alt. Man hatte ihm geraten, es auszusitzen. Das hatte er getan, und er schwor, er habe erst kürzlich begriffen, dass es nicht *ausschwitzen* hieß.

Dort auf dem Fußboden war er alles, was ich nicht war: nüchtern, ernst, und er weinte nicht. Er habe gelernt, gern allein zu sein, sagte er. Er habe gelernt, gern zu lesen. *Madeline* gefalle ihm nicht nur, weil es darin keine Eltern gab, sondern weil sich in Madelines ordentlichem, lichtdurchflutetem Eisenbettchen-Schlafsaal alle zu verstehen schienen. In genau solchen Räumen habe er geschlafen, und so sei es nie gewesen.

Diesmal log er nicht, das sah ich an seinem versteinerten Blick. »Aber hatte sie, hatte Madeline denn keine Eltern? War das, wo sie war, kein Internat?«

Robert nickte, und mit seinem Lächeln kehrte auch etwas Farbe in sein Gesicht zurück. »Genau das gefiel mir«, sagte er. »Es war, als hätte sie sich ausgesucht, ohne Eltern aufzuwachsen. Ich stellte mir gern vor, dass auch ich es mir ausgesucht hatte. Dort – an diesen Orten, den Orten, an denen ich war – wünschst du dir nichts sehnlicher, als selbst zu bestimmten. Über Kleider, Mahlzeiten, Schule. Egal, was.«

Er verstummte.

»Und das ist alles?«, fragte ich schließlich.

Er schwieg, schloss nur die Augen. Und dann ging er zurück an seinen kleinen Schreibtisch und an seine Arbeit, und ich blieb sitzen, und nach einer Weile machte er das Licht aus und küsste mich hinter das eine Ohr und dann hinter das andere und flüsterte *tut mir leid* und *glaub mir.*

Daphne fragte, ob wir einen Kaffee trinken könnten, während wir darauf warten, dass Asif und Ellie zurückkamen.

Die Liste meines erzieherischen Versagens in Paris: Erstens, die Mädchen so weit vor dem Einfluss der Großstadt zu schützen, dass sie zu normalen Zeiten schlafen gingen. Zweitens, sie so weit vor dem Einfluss der Großstadt zu schützen, dass sie nicht deren Lastern verfielen. In Ellies Fall Zigaretten. Ellie behauptet zwar, sie hat nur welche für ihre Freundinnen dabei, was ich ihr fast abnehme, da sie nie nach Rauch stinkt, und weil ich zu erschöpft bin, sie zu maßregeln. Ich beschränke mich auf das Wesentliche. Sie wäscht sich, geht zur Schule. *Succès.*

Daphnes Laster ist kurioser. Kaffee. Ja, sie ist zu jung. Aber sie bevorzugt koffeinfreien und sie trinkt immer nur eine Tasse – eine kleine französische Tasse, keinen amerikanischen Jumbo-Becher –, serviert in einem Café oder von ihrer Mutter an einem Abend wie diesem, die Zwillinge wohlversorgt oben im Bett, ihre Schwester auf freiem Fuß, ihre Mutter mit den Gedanken zwischen zwei Kontinenten.

Abgelenkt von Asif, Roberts Buch und dem Kommen und Gehen der Zwillinge, nahm ich mir nicht genug Zeit für Daphne. Umso mehr genoss sie jetzt meine Aufmerksamkeit. Sie holte ihren Lieblingsbecher aus dem Schrank, mit der rätselhaften Aufschrift *biz*. Ich hielt es ursprünglich für irgendeinen Dotcom-Schnickschnack, den Ellie auf einem *marché aux puces* aufgestöbert hatte, aber nein, er war aus einem angesagten Laden, und *biz* war französischer Chatslang für *bises*, Küsschen. Genau danach war mir, während Daphne still herumhantierte – Kaffee, Sahne, Zucker, eine Untertasse, ein winziger Löffel. Sie liebte das Ritual mindestens so sehr wie den ersten Schluck –, ich wollte sie küssen, aber keine affektierten französischen *bises* auf die Wange (eins, wenn man sich nicht kennt, zwei für alte Freunde oder eins für Männer, drei für Frauen? Ich machte es immer falsch), sondern einen amerikanischen Mom-Kuss oben auf ihren Kopf.

»Vermisst du Dad, Mom?«

Durch den Kaffee wirkte Daphne erwachsener, und erwachsen stand ihr. Sie war als alte Seele geboren worden. Seit dem Tag ihrer Geburt führte ich ernste, erwachsene Gespräche mit ihr. Dieser Blick, den Säuglinge haben, dieser tiefe, schamlose, gelassene Blick, mit dem sie dich ansehen können, als warteten sie geduldig darauf, dass du irgendetwas sagst, das eine Antwort wert ist? Diesen Blick hat Daphne nie abgelegt.

»Das tue ich, Süße«, sagte ich, ohne sie anzusehen. Sie und Ellie haben Roberts Augen. Und obwohl Daphnes sogar mit einem (kleineren, helleren) Farbklecks in der rechten Iris ausgestattet sind, haben ihre Augen nichts von seiner Verstohlenheit. Er hatte so wundervolle Augen, und ich drängte ihn immer, mehr damit zu machen, mich anzusehen beispielsweise.

»Tust du das wirklich?«, fragte Daphne.

Ich prüfte, wie viel sie schon von ihrem Kaffee getrunken hatte. Auf einem der oberen Regale stand ein Aschenbecher, den ich dringend benutzen wollte. Mehr als einmal hatte ich nachts Ellies Taschen nach Zigaretten durchstöbert.

Ich wollte diese Frage nicht beantworten. Ich wollte sie nicht gefragt worden sein. »Was ist los?«, fragte ich und sah, wie sie beschloss, nicht darauf zu antworten. Noch nicht.

»Hier vermisse ich ihn noch mehr«, sagte sie stattdessen. »Mehr als in Milwaukee.«

Ich nickte, als würde ich ihn hier auch mehr vermissen, doch in Wahrheit dachte ich: Natürlich tust du das. Denn das war der unerwartete Effekt, die Gefahr, dass wir uns durch unseren Umzug nach Paris in den von Robert geschriebenen Seiten verloren. Statt Abstand zu schaffen, stürzte dieser in sich zusammen. Robert war verschwunden, doch dank seines Manuskripts, dank Paris, waren wir in ihm verschwunden.

»Manchmal frage ich mich, ob Ellie …«, setzte sie an, und ich wusste, ich musste sie bremsen. Die Schwestern konnten in anderen Bereichen ihres Lebens miteinander konkurrieren, aber nicht darum, wer ihren Vater mehr vermisste. Vor Bemelmans' Bar war mir eingefallen, dass ich erst Daphne, dann Ellie für Roberts wahre Vorkämpferin gehalten hatte. Was ich nicht begriffen hatte, was ich erst jetzt begriff, war, dass sie – immer, überall – mich abschätzten.

»Ich bin sicher, das tut sie«, unterbrach ich sie, doch Daphne bekam so große Augen, dass ich nachhakte. »Ob Ellie was?«

»Ob … ob sie ihn auch sieht«, platzte Daphne heraus. »Sieht sie Dad?«

Sie wartete, dass ich etwas sagte, doch ich konnte nicht.

Ich hatte den Mädchen nichts von der Kundin erzählt, die das Buch ihres Vaters entdeckt hatte, von dem *Verzeih mir*, das ich entdeckt hatte. Ich hatte es ihnen nicht erzählt, und darauf war ich stolz. Und ich hatte ihnen nicht erzählt, dass ich mich fragte, ob die hingekritzelte Entschuldigung an mich gerichtet war, ob das plötzliche Auftauchen und dann Verschwinden sein Werk war. Solche Gedanken hatten kaum Bezug zur Realität, doch mit solchen Ausrutschern war zu rechnen. Wieso hatte ich nicht damit gerechnet, dass auch meine Töchter ausrutschen würden?

»Ich sehe ihn nicht ständig«, murmelte sie.

»Daphne … was?«, stotterte ich. »Tut mir leid … meinst du … wo …?« Was ich mir selbst so leicht verzieh, fand ich bei Daphne beängstigend.

»Wenn ich unterwegs bin«, sagte Daphne, »mit den Zwillingen, und wir nach Hause kommen, und in der Nähe von etwas aus den *Madeline*-Büchern sind – wie Notre-Dame –, und ich denke, ich sollte nach ihm Ausschau halten, weil er deshalb nach Paris wollte, um Schauplätze für das Buch zu recherchieren.«

Wir hätten in Milwaukee bleiben sollen. Oder wir hätten in die Wüste ziehen sollen. Irgendwohin, wo er uns nie finden würde. Irgendwohin, wo wir ihn nie finden würden.

»Weil wir deshalb nach Paris wollten«, korrigierte sie sich. »Und manchmal, weiß du, sehe ich ihn. Nur aus dem Augenwinkel. Und dann frage ich Peter und Annabelle – sie können sehr *méchants* sein, vor allem beim Straßenüberqueren. Wenn man sie auch nur für eine Sekunde loslässt, laufen sie weg, vor allem Annabelle –, und dann ist er verschwunden.«

»Oh, Daphne«, sagte ich, ganz durcheinander. »Manchmal … manchmal denke ich auch, ich sehe ihn.« Denn das hatte ich schließlich, an jenem ersten Tag vor Madames Buchhandlung. »Manchmal können Menschen … manchmal spielt uns die Phantasie … manchmal können wir uns etwas so gut, so genau ausmalen, dass wir glauben …«

»Mom! Nicht glauben. Nicht Phantasie. Er ist es wirklich, *vraiment*.«

»Hast du mit Ellie darüber geredet?«

Daphne schüttelte den Kopf.

»Ich weiß …« Sie wartete, dass ich weitersprach. »Ich weiß, dass wir beide jemanden sehr vermissen.«

»Daddy ist hier«, sagte sie. »In Paris.«

Molly hatte mir erzählt, dass sie nicht Französisch lerne, weil sie nur zwei Jahre hier sei. Außerdem, fügte sie hinzu, würden die Kiwis, die schon zehn, fünfzehn, zwanzig Jahre hier lebten, ihr Englisch verlernen. Ich frage mich, ob ich den Mädchen im Bruchteil dieser Zeit etwas Ähnliches angetan hatte – gestrandet zwischen zwei Sprachen, zwei

Ländern, zwei Wirklichkeiten. Zwischen Wirklichkeit und Phantasie. Ich hatte ihnen nicht verraten, was die Trauerbücher mir verraten hatten, und jetzt war es passiert: In ihrer Phantasie lief er durch die Straßen von Paris.

Und jetzt in meiner.

Ich war so bestürzt, dass ich mit der ersten Frage herausplatzte, die mir in den Sinn kam, die Frage, die, wäre er tatsächlich am Leben, am meisten wehtat: »Aber Süße, warum würde er dann nicht zu uns kommen?«

»Vielleicht hat er sich den Kopf angeschlagen. Genau wie Pascal!«

Daphne hatte eine seltsame Theorie über *Der rote Luftballon* und das Happy End, wo Pascal, der gerade seinen Ballon an die Steine schmeißenden Jungs verloren hat, plötzlich gerettet und von Dutzenden neuer Ballons in den Himmel getragen wird. Daphne hielt das Ende für nicht real. Pascal musste einen Stein an den Kopf gekriegt haben. Die heiteren letzten Szenen entspringen folglich seinem erschütterten Unterbewusstsein. Für diese Theorie gibt es im Film keinerlei Grundlage. Für manche von uns – darunter Daphne und ich – gibt es jedoch auch für ein echtes Happy End keine Grundlage. Denn was schließlich sieht Pascal, als er lächelnd davonfliegt? Seinen besten Freund, zerquetscht im Dreck.

Daphne fuhr fort. »Dad hat sich den Kopf angeschlagen, er sucht uns, aber vielleicht weiß er nicht, dass er sucht. Vielleicht …« Ihr Daumen kratzte Kreise auf den Tisch. »… vielleicht weiß er nicht, wonach er sucht.«

»Süße«, sagte ich.

Die Kreise hörten auf. »Du kannst den Leuten – Fremden – ja weiter erzählen, dass er tot ist. Ich weiß, du sagst, du hast ihn verloren, aber wie du es sagst, jedenfalls auf Französisch, ich weiß, du willst, dass die Leute denken, er ist tot, aber ich weiß, er ist es nicht.«

»Daphne.«

»Und ich weiß, du weißt, er ist es nicht.«

»Schau mal …«, setzte ich an.

»Mache ich«, sagte sie und betonte jedes wunderbar plumpe, aber umso eindringlichere englische Wort. Französisch ist im Vergleich dazu so glatt, ja zart. »Ich schaue«, sagte sie. »Und was glaubst du, wo Ellie heute Abend ist? Sie schaut auch.«

»Sie macht was?«

»Nein, Mom – hör zu. Wir schauen.«

Und das taten sie.

Nicht nur nach ihm, sondern nach mir, nach der Version ihrer Mutter, die nicht vor unbequemen Fragen zurückschreckte.

»Warum«, fragte Daphne, »tust du es nicht?«

Weil dein Vater …

Nicht mehr …

Doch ich konnte es nicht aussprechen.

Verlust hat, wie Französisch, eine eigene Grammatik. Im Gegensatz zu Französisch, ist Verlust jedoch noch schwerer zu bewältigen, wenn man darin eintaucht.

Kapitel Sieben

Eines der gruseligsten Bücher bei uns im Laden trägt den bizarren Titel *Suaheli: Grammatik und Wortschatz.* Herausgegeben 1923 von einer gewissen Mrs. F. Burt und in blutrotes Leinen gebunden, verbarg es sich wohl jahrzehntelang hinter einem Regal, bevor ich es fand. Fast hätte ich es weggeworfen, es war schon schwer genug, englische Bücher zu verkaufen. Doch ich schlug es auf, weil ich neugierig war, ob Mrs. F. durchgesetzt hatte, dass wenigstens innen ihr voller Name stand. Und dort, auf den fleckigen, vergilbten Seiten, fand ich die Widmung: *Für Anderson, in der Nacht des Löwen.*

Ich beschloss, es nicht wegzuwerfen.

Eine Zeitlang trug Daphne es in ihrer Schultasche mit sich herum. Sie war von der Widmung genauso fasziniert wie ich – war das die Handschrift von Mrs. Burt? Wer war Anderson? Welcher Löwe? –, doch irgendwann flaute ihr Interesse ab. Ich forderte es zurück, analysierte die nach links geneigte Schreibschrift, verglich sie mit meiner Erinnerung von Roberts. Aber vor allem beschäftigte mich jene Nacht, die des Löwen. Wie so wenige Worte alles ändern können: Ein langweiliges Lehrbuch wird plötzlich ein spannender Krimi. Die Widmung schien einer Flucht zu gedenken, doch waren alle entkommen?

Ich nicht. Nicht der Unterhaltung mit Daphne, nicht der Frage, die sie mir gestellt hatte. Als ich versuchte zu antworten, als ich nicht antworten konnte, schüttelte sie den Kopf und ging ohne ein Wort auf ihr Zimmer. Sie musste mir nicht sagen, dass ich ihr nicht folgen sollte, und ich tat es nicht. Sie war nicht mehr sechs, nicht einmal mehr zwölf. Sie und Ellie waren beide Teenager, dieses andere Land. Dieser Mutter-Tochter-Bruch passiert überall. Habe ich jedenfalls gehört. Doch in Paris ist der Abgrund besonders klaffend. Sie hatten sich ohne mich umgeschaut. Sie hatte vor mir geglaubt, dass er hier war. Ich geriet ins Hintertreffen, weshalb ich nicht, wie sie, darauf vorbereitet war, was als nächstes kam.

Ich ging auf mein Zimmer, holte das Suaheli-Buch vom Stapel vor meinem Bett und nahm es mit nach unten in den Laden. Die Straße war vollkommen dunkel. Ich hatte die Widmung falsch oder nur halb verstanden. Nicht der Löwe war böse, sondern die Nacht, diese Nacht, die immer angsteinflößender wurde, je länger ich hinausstarrte. Das Buch, der Laden, das Schaufenster, durch das ich blickte, aber vor allem das, was Daphne mir erzählt hatte, verwandelte die Straße da draußen und die Stadt dahinter von einem Ort, den ich gut zu kennen glaubte, wieder in etwas Fremdes. Ich musste mich setzen, als mich das Gefühl überwältigte, nicht mehr zu wissen, wo oder wer ich war. Es dauerte vielleicht eine Minute, dann kehrte alles zurück.

Ich ging wieder nach oben und wartete, ob auch Ellie zurückkehren würde.

Ellie und Asif waren in jener Nacht in Ménilmontant schauen gegangen. Das wusste ich nicht von Daphne, und schon gar nicht von ihrer Schwester – Ellie kam um ein Uhr morgens nach Hause, und ich stand nicht auf, um sie zur Rede zu stellen –, sondern von ihrem Handy. Ellie schlief mit dem Handy neben dem Bett, unter Missachtung einer Regel, die es mir nicht durchzusetzen gelang. Noch eine Regel: Es stand mir frei, den kompletten Inhalt ihres Handys zu kontrollieren, wann immer ich wollte, ganz ohne Vorwarnung. Ich hatte diese Regel nie in Anspruch genommen (die Orwellsche Anmutung behagte mir nicht, doch auf der Orwellsche-Erziehungs-Website, von der sie stammte, hieß es, schon die Androhung reiche oft aus), aber ich hatte sie nie zurückgenommen, weshalb absolut nichts dagegen sprach, ins Zimmer der Mädchen zu schleichen und das Handy von Ellies Nachtisch mit in die Küche zu nehmen, wo ich nach sechs vergeblichen Versuchen das Passwort knackte – der Geburtstag ihres Vaters.

Ich ging direkt zu den Fotos. Die SMS ignorierte ich. So eine Mutter war ich nicht, redete ich mir ein, und versuchte, nicht hinzusehen.

Ich hätte mir keine Sorgen machen müssen. Ein flüchtiges Überfliegen offenbarte ein Mädchen, das in Paris ebenso, oder – wenn ich allein nach den Fotos urteilen sollte – noch mehr, verliebt war als in Asif. Es gab jede Menge Aufnahmen von ihm, darunter ein oder zwei, auf denen er seinen sehnigen Bizeps präsentierte. Auf vielen war er von einem Torbogen umrahmt, oft verschwommen, der farbenprächtige Garten dahinter jedoch gestochen scharf. Es gab unzählige Aufnahmen von ihm in Cafés, wo er in die andere Richtung schaut, aber nicht zu sehen scheint, was Ellie zu sehen scheint – andere Leute, die ihn anschauen, die sie beide anschauen. Ellie schien zu sehen, was ich sah, dass die Pariser die kleinen Dramen des Lebens lieben. Was ich an den Parisern liebe, ist, dass sie Dramen erwarten.

Und manchmal, obwohl du nicht ein Zehntel so romantisch bist wie deine Schwester, legst du auf deinem Handy einen Ordner für Fotos deines vermissten Vaters an. So vermutete ich jedenfalls. Es gab einen Ordner für Freunde, für Lieblingsfotos, für Bemelmans (nur zwei verwackelte Aufnahmen von Notre-Dame und ein paar von der Seine). Und es gab einen Ordner für Dad. Ich zögerte, bevor ich draufklickte. Ich hatte befürchtet, die Mädchen würden ihn jetzt weniger vermissen. Ich hatte befürchtet, dass ich wollte, dass sie ihn weniger vermissten. Doch in Wahrheit trugen wir ihn, jeder auf seine Weise, in uns. Manchmal deckte Daphne einen Extrateller für ihn, so wie wir es gelegentlich in den Staaten während seiner Abwesenheiten getan hatten. Doch hier in Paris stellte sie den Teller schweigend wieder zurück in den Schrank, bevor wir mit dem Essen anfingen.

Manchmal ertappte ich mich beim Weinen. Manchmal andere Leute. Einmal fragte mich ein Mädchen, nicht viel älter als Ellie, das mit mir an einer roten Ampel wartete, ob es mir gut gehe. Auf Französisch, auf Englisch. Mir war nicht bewusst, dass ich an Robert gedacht, geschweige denn um ihn geweint hatte. Es wurde grün. Das Mädchen war auf dem Fahrrad. Sie wartete auf meine Antwort. Hinter ihr wartete ein Bus. *Ring, ring*: Die Warnklingel von Pariser Bussen klingt, als wäre sie aus einem Boxring geklaut, und trotzdem so fröhlich wie Musik (bis der Fahrer schließlich die Geduld verliert und hupt). Das Mädchen fuhr weiter. Damals wie jetzt wischte ich mir übers Gesicht. Ich beschloss, Dad nicht zu öffnen.

Stattdessen fand ich den Ordner mit den Bildern von jenem Abend. Ich sah, dass Ellie und Asif beim *chocolatier* am Anfang der Straße gewesen waren: *Knips*, herausgestreckte Zungen, ein ausgestreckter Arm. Ein Foto von Asif beim Essen. Ein Foto von Ellie, die ihn auf die Wange küsst. Ein Foto von einem Bus. Ein Foto von einer leeren Straße. Noch eine leere Straße, die ich nicht erkannte, das blaue Straßenschild war nicht zu entziffern. Ein Foto von Ellie, die auf ein Wandgemälde an der Seitenwand von einem Wohnhaus zeigt – dann sah ich es, ein großer roter Luftballon, der über die linke obere Ecke des Gebäudes lappt.

Dann ein verwackeltes Foto. Noch ein unscharfes und noch eins, eine ganze Serie, alle verschwommen. Und dann etwas, das aussieht wie Asifs Hand, ausgestreckt, als wolle er die Kamera abdecken.

Und dann ein Video, das sie aufgenommen hatte, mit dem heutigen Datum. Das erste Bild war pechschwarz. Ich war so vertieft, dass ich vergaß den Ton auszuschalten.

Ellie tauchte hinter mir auf, ohne einen Ton zu sagen. Sie beugte sich über mich, stoppte das Video und nahm mir das Handy weg. »Nett«, sagte sie kühl und gefasst.

»Ellie.«

»Ich meine, du hast zwar diese Regel. Ich dachte nur nicht … Während ich schlafe, wirklich Mom?«, fragte sie. »Seit wann machst du …«

»Noch nie. Das ist das erste Mal. Ich wollte nur … Daphne hat gesagt …«

»Daphne hat was gesagt?«

»Nichts, El, jedenfalls nichts über dich, sie hat eher …« Ellie umrundete den winzigen Tisch und setzte sich mir gegenüber. »Sie hat gesagt, ihr schaut nach ihm«, sagte ich. »Nach Dad.«

»Was?«

»Psssst«, sagte ich und deutete mit dem Kopf zu den Schlafzimmern.

»Jaja, leise sein. Vielleicht stellst du nächstes Mal das verdammte Telefon leise, wenn du schnüffelst.«

»Ellie!«

»Mom!«, sagte sie. »Wann wolltest du denn anfangen zu schauen? Es ist Mai, neun Monate seit wir hergekommen sind, dreizehn seit er verschwunden ist. Daphne meint immer: *Sie macht es, sie schaut, wenn wir in der Schule sind, vielleicht*, und ich sag dann: *Okay, warum erzählt sie uns dann nichts davon*, und Daphne dann: *Na ja, vielleicht, weil sie ihn nicht findet*. Und ich sag: *Tja, vielleicht sollte sie sich mehr anstrengen.*« Ellie begann, die Fotos auf ihrem Handy durchzusehen.

Redet ihr ständig hinter meinem Rücken über mich, fragte ich mich, oder nur, wenn ich etwas vermassle? Das wollte ich fragen, doch ich konnte nicht. Stattdessen sagte ich: »Geht es Asif gut?«

Ellie blickte auf. »Ja.«

»Weil es so aussah, als wäre er gestolpert. Ist er hingefallen?«

»Es war nicht schön, aber ja«, sagte sie, den Blick wieder auf das Handy gerichtet.

»Bist du sicher, dass er ...«

»Asif geht es gut, Mom. Es war ihm nur wahnsinnig peinlich. Aber ich hab mich auch erschreckt – die Ratte war so groß wie ein Hund.«

»Wo habt ihr gefilmt? Es sieht aus wie eine Art Park.«

»Oh, Mom, komm schon«, sagte Ellie.

Sie rückte mit dem Stuhl um den Tisch herum neben mich. Es war nicht alles verziehen, aber für einen Augenblick tat ich so, als ob: Sie war hier, neben mir, sie war warm und lebendig und so nah, dass sie mich umarmen konnte.

Das tat sie nicht. Stattdessen drückte sie PLAY.

Ménilmontant. Die Pariser Alpen, ein fast senkrechter Abschnitt der Stadt, lange berühmt als Filmschauplatz. Das Licht ist dort oben gut. Jackie Gleason drehte 1962 in Ménilmontant *Gigot, der Stumme von Montmartre.* Das Stummfilm-Meisterwerk des berühmten Regisseurs Dmitri Kirsanoff, *Ménilmontant,* angeblich der absolute Lieblingsfilm von Pauline Kael, entstand hier 1924/25. Seine Brutalität ist noch immer schockierend. Und natürlich, dreißig Jahre später, *Der rote Luftballon.* Lamorisse wusste, was er tat, als er seinen »Kinderfilm« nach Ménilmontant verlegte. Er brauchte das Licht, aber auch die Dunkelheit.

Ellies Video war außerordentlich dunkel und ziemlich kurz. Jetzt erzählte sie, sie hätte schon lange ins *quartier du ballon* gewollt – das Luftballonviertel, kein Pariser, sondern unser privater Slang –, doch sie erinnerte mich daran, dass ich immer dagegen gewesen sei. Es sei nicht sicher.

Und das war es auch nicht, hatten mir jedenfalls andere Eltern in unserer scheuen Ecke des Marais versichert. Ménilmontant war nicht wohlhabend, und das schon seit Jahrhunderten nicht. Wer wusste, was dort des Nachts geschah?

Ich sollte es herausfinden.

Ellie ist die Kamerafrau, Asif der nervöse Off-Erzähler: *Ellie, Ellie, ich finde, wir sollten umkehren.* Die Straßen winden sich, klettern immer höher, bis der Aufstieg so steil ist, dass der Fußweg kapituliert und zu Stufen wird. Ellie hatte einen fast perfekten Film Noir gedreht, die Nacht hinter dem Schein gelegentlicher Straßenlaternen schwarzblau. Ich war ein bisschen neidisch. All die Jahre hatte ich davon geträumt, Filme zu machen, und Ellie hatte einfach einen gemacht, wenn auch unbewusst. Asif spielte seine Rolle gut: *Lass uns gehen*, zischt er, plötzlich drängend, als hätte er etwas bemerkt, das Ellie nicht gesehen hatte. Doch sie steigen weiter die Stufen hinauf. Zu ihrer Linken Ziegelsteine, eine Mauer, ein Haus, Häuser. Zu ihrer rechten perfekte Dunkelheit. Für eine Minute hielt ich es für eine Felswand, doch dann beschwört der ferne Schein einer Laterne Bäume, Gras, einen terrassenförmig angelegten Park herauf. Ellie klettert weiter, die Kamera wackelt, noch eine Stufe, noch eine Stufe. Sie bleibt stehen, um das benachbarte Gebäude zu betrachten, und Asif ruft. Kreischt eher. Tapferer Asif. Die Kamera dreht sich, zwei Gestalten, die vorher aussahen wie Bäume, erwachen zum Leben, teilen sich und werden zwei Männer mit Bärten. Sie kommen auf Ellie und Asif zu. Sie lächeln, nicken, und als Ellie und Asif eine Antwort stottern, lächeln die Männer erneut, murmeln *bonsoir* und verschwinden.

»Siehst du?«, sagt Ellie zu Asif im Film, und zu mir, während ich ihn sehe. »Es ist nicht gefährlich da oben.« Einen Augenblick später drängt Ellie darauf, noch höher zu klettern: *Wir sind fast oben, und dort spielt eine berühmte Szene aus dem Film!* Genau da erschrickt die Ratte (wie in allen guten Monsterfilmen nicht im Bild) Asif, der strauchelt und fällt, mitsamt Ellie, mitsamt Handy. Auf den letzten Sekunden des Videos, aufgenommen vom Boden, sieht man nur ein Licht aufflackern und dahinter den schwarzen Himmel. Der Ton jedoch ist deutlich: Asif und Ellie fluchen und entschuldigen sich gegenseitig. Es geht um Blut. Um Glas. Darum, dass sie zu spät nach Hause kommen. *Tut mir furchtbar leid*, sagt er, *deine Mutter wird mich umbringen.*

Ellie hat das letzte Wort, bevor man eine Hand sieht, die die Kamera ausschaltet. Sie ist jetzt sauer auf ihn. Und mit ihm meine ich ihren Vater, aber Asif ist der Sündenbock. Beziehungsweise ich: *Keine Sorge*, sagt Ellie, *der ist das egal.*

Nach dem Ende des Films schweigen wir. Roberts Manuskript hat die Familie nach Paris geführt, aber weiter nicht. Auf den Seiten wurde ein Ausflug nach Ménilmontant angedeutet, doch die Familie unternahm ihn nie.

»Es besteht also kein Grund zur Angst«, sagte Ellie.

Ich schüttelte den Kopf.

»Du hast trotzdem Angst, oder?«, fragte sie.

Neun Monate in Paris, und ich war noch immer nicht in dem Viertel gewesen, wo der Gegenstand meiner unvollendeten Diplomarbeit gedreht worden war. Eleanor erkundigte sich beim Skypen gelegentlich nach dem Hinterhof von *Der rote Luftballon*. Ich hatte diverse Strategien, um der Frage auszuweichen, doch ich verschwieg, dass ich absurderweise Angst hatte, Robert zu begegnen. Ein anderer

Grund war, dass ich es mir aufsparen wollte wie die letzte Praline. Denn was sollte danach noch kommen, wenn der Film meiner (und, wie sich mein krankes Hirn einbildete, über meine) Kindheit zum Leben erwachte?

Unterdessen hatte ich Ellie mit cleveren Redenschreiberfloskeln vertröstet. Ich sei nicht an der Wirklichkeit hinter der Wahrhaftigkeit interessiert, sondern an der Kunst, dem Film, einzig und allein dem Film. Wenn ich Ménilmontant sehen wollte, würde ich einfach PLAY drücken.

Aber jetzt war es auf Ellies Handy. Jetzt musste ich hin.

Ménilmontant erhebt sich im Nordosten von Paris, zwischen Montmartre und dem Friedhof Père Lachaise, lockt aber keinerlei Touristen an. Das liegt zum Teil daran, dass es dort wenig für *les touristes* zu sehen gibt, nicht einmal für Gelehrte oder Anhänger von *Der rote Luftballon*. Ein Großteil des Viertels, mit wackligen Laufstegen, auf denen die Bewohner die steil abfallenden Höhen überquerten, wurde in den sechziger Jahren im Zuge einer aggressiven Säuberungsaktion abgerissen.

Albert Lamorisses Film kam, gedreht 1955 innerhalb von zwei Monaten, also gerade noch rechtzeitig. Zur Wiederholung: Ein großer roter Luftballon und ein niedlicher kleiner blonder Junge (und kurz eine Katze) treffen sich im Morgengrauen in Ménilmontant und treiben sich dann in Paris rum. Ein paar neidische böse Jungs machen schließlich Jagd auf den Ballon und schießen ihn mit Steinschleudern ab. Der Ballon sinkt tiefer und tiefer, bis einer der Rabauken schließlich mit dem Fuß drauftritt, und dann liegt der Ballon da, schlaff und schrumpelig, irgendein vom Wind verwehter Müll auf einem unbebauten Schotterplatz. Dann kommt das seltsame Ende, dem Daphne und ich misstrauen, und der Junge schwebt mit Dutzenden bunten Luftballons, die an seine Seite geeilt sind, über der Stadt, während die große Liebe des Jungen, der rote Luftballon, zertrampelt und vergessen zurückbleibt. Laut Originaldrehbuch sollte der Junge bis nach Afrika fliegen. In der endgültigen Fassung schafft Pascal es gerade eben aus Paris, doch die buchstäbliche Hochstimmung ist verstörend. Meiner Meinung nach ist die wahre, wenn vielleicht auch unbeabsichtigte Botschaft unfassbar düster: Schönheit ist vergänglich. Neid ist tödlich.

Komisch, dass Lamorisses Film bei manchen eine Sehnsucht nach dem Nachkriegsparis weckt, denn er gibt sich alle Mühe zu zeigen, wie nah der Krieg noch war: Pascal und sein Luftballon werden durch Schutt und Trümmer und Ruinen alter Wohnblocks gejagt. Hier und dort zieren Grasbüschel die Erde, doch einen Park gibt es nicht.

Ein halbes Jahrhundert später gibt es einen.

Manche Ecken von Lamorisses Ménilmontant existieren noch, angefangen bei der Buslinie, die Pascal (und der Ballon) im Film nehmen und die ich am nächsten Morgen nahm, nachdem ich alle stillschweigend in der Schule abgeliefert hatte. Die 96 kletterte steil hinauf, aus dem Marais hinaus, und setzte mich bei Notre-Dame ab – eine andere, kleinere, Notre-Dame de la Croix –, aus der der Junge und sein frecher Ballon im Film rausgeworfen werden (von einem Kirchendiener in Napoleonuniform).

Dann die Rue Julien Lacroix hinunter und die Stufen hinauf, auf denen Asif gestolpert ist. Ich verstehe, warum Ellie sich so sehr für diesen Ort interessiert: Die Stufen sehen genauso aus wie die im Film, sind jedoch erst später entstanden, zur selben Zeit wie der Parc de Belleville, durch den die Stufen führen. Ein paar rauchende junge Männer erhoben sich von einer Bank, als ich vorbeiging, einer dieser langen, abschätzenden Blicke, an die ich mich hier inzwischen gewöhnt habe – Frankreich ist das Land unverhohlener Begutachtung – doch kein Lächeln.

Am Ende der Stufen war ich außer Atem –, vom steilen

Aufstieg, redete ich mir ein. Trotzdem, Lamorisse war hier gewesen. Pascal war hier gewandelt. Die Katze, diese einsame Katze, das erste Lebewesen, das im Film zu sehen ist, hatte genau dort gesessen, während Pascal bei 00:00:05 von links ins Bild schlendert, ertrug bei 00:00:16 das freundliche Kraulen des Jungen und blieb sitzen, als Pascal bei 00:00:30 (mehr oder weniger) dieselben Stufen hinabläuft wie die, die Ellie und Asif gefunden hatten. (Was mich an dem Film immer begeistert hat, ist, wie improvisiert er ist, und wie viel Glück Lamorisse mit den Darstellern hatte, seien es Katzen, Kinder oder Luftballons.)

Sie waren alle hier gewesen. Auch meine Tochter. Auch Robert? Ich hielt mich am Geländer fest und atmete tief durch. Das würde Robert gefallen, dachte ich und dachte an Ellie. Mir gefiel es. Ich nahm den Blick in mich auf.

Im Film ist das Panorama in Rauch und Nebel getaucht, doch heute war es erstaunlich klar. Ein Jammer, dass die Touristen stattdessen zu den Aussichtspunkten etwa einen Kilometer nordwestlich im taschendiebverseuchten Montmartre strömen. Hier ist es ruhiger und der Eiffelturm besser zu sehen.

Doch ich dachte nicht an die Touristen. Ich dachte an Ellie. Und Daphne. Nicht lange nachdem wir in Paris angekommen waren, blieb Daphne auf dem Gehweg irgendeiner Straße stehen – irgendwo am linken Seine-Ufer, eine schmale Wohnstraße, hübsch, aber unspektakulär – und sagte: »Ich glaube, hier war ich schon mal.« Nach dem zwangsläufigen Gespräch über Reinkarnation, Zeitreisen und Wurmlöcher – sowohl Ellie als auch Daphne liebten *Die Zeitfalte* von Madeleine L'Engle – schoben wir es auf eine andere *Madeline*, Bemelmans', und natürlich auf *Der rote Luftballon*. Durch das intensive Eintauchen hatten die Mädchen einen Großteil ihrer Kindheit praktisch in Paris gelebt.

Genau wie ich. Doch war es mir an keinem Ort wie Daphne ergangen, bis jetzt. Vor mir lag, was ich vor zweiunddreißig Jahren in Wisconsin erblickt hatte, als ich den Film zum ersten Mal sah, das Buch zum ersten Mal las. Ich hätte am liebsten geschrien, mir zitterten die Knie. Ich ging in eine Bäckerei, um mich zu sammeln, um zum Bäcker zu sagen: *Bonjour, hallo, da bin ich wieder!*

Stattdessen stand ich einfach da, atemlos, und grinste.

Er sagte nichts. Genauso wenig wie die andere Person im Laden, ein Kunde mit einer prall gefüllten Papiertüte.

Sekunden verstrichen. Die Wirklichkeit zog sich zusammen. Der Kunde verschwand. Und der Bäcker begann zu erklären, dass ich einen Überfall unterbrochen hatte.

Doch ich war schon zur Tür hinaus. Rannte, ohne nachzudenken, weil der Dieb – der Kunde mit der vollen Tüte – mir die Handtasche entrissen hatte. Hinter mir her rannte der Bäcker. Vor mir lief der Dieb. Und dann, direkt hinter dem Dieb und viel schneller als ich, jemand neues. Das erste, was mir dazu einfiel, war dummerweise eine Redewendung für »Gas geben«, die ich gerade gelernt hatte: *appuyer sur le champignon*, auf den Pilz treten. (Einer der Gründe, warum ich in Paris nicht autofahre: Angeblich haben gewisse ältere französische Modelle Pedale in der Größe von Lichtschaltern – beziehungsweise Pilzen.) Die Redewendung passte hier nicht ganz, doch darüber nachzudenken, war keine Zeit. Ich taufte die neue Person Monsieur Le Champignon – immerhin klang das Wort wie Champion, und als solcher entpuppte er sich.

Ungebremst liefen wir bergab. Eine Treppe, zwei. Der Bäcker verschwand. Auf einem Treppenabsatz unter uns erhoben sich die beiden Männer, die mich vorhin angegafft hatten, und packten den Handtaschendieb. Und dann griffen sie sich meinen spontanen Verbündeten, Monsieur le Champignon. Ich wusste nicht wieso, wobei Racial Profiling unter Politikern und Polizei heiß diskutiert wurde. Hoffentlich geriet ich nicht zwischen die Fronten.

Den Dieb ließen sie zuerst los. Er floh und ließ die Tüte voll Geld und meine Handtasche zurück. Dann ließen sie Monsieur le Champignon los, der sich nicht einschüchtern ließ und nach der Handtasche griff, um sie mir zurückzugeben. Sie schrien ihn an, er schrie zurück. Einer hielt ihn zurück, während der andere aus Tüte und Handtasche jeweils fünfzig Euro entnahm.

Sie lächelten und sagten etwas auf Französisch, aber mit Akzent, den ich weder identifizieren noch ganz verstehen konnte. Und ihr bedrohliches Lächeln betäubte mich. Monsieur le Champignon, den sie wieder zurückhielten – jetzt mithilfe eines kleinen Messers –, musste übersetzen.

Ihn verstand ich mühelos, sein Englisch war perfekt, wie es sich für einen Jahrgangsbesten der Roosevelt Highschool in Des Moines, Iowa, gehörte. Diese Einzelheiten erfuhr ich später, ebenso wie seinen Namen, Declan.

Zu diesem Zeitpunkt hatte er vorrangigere Informationen: *Er sagt, das sei ihr* pourboire – *ihr Trinkgeld. Ihr Finderlohn. Haben Sie die Polizei gerufen? Dann werden Sie zweimal ausgeraubt.* Er wandte sich an die Männer. *Lasst sie in Ruhe,* sagte er.

Dann geschah etwas, und plötzlich blutete Declan, sie rannten weg, er rannte hinterher. Er hätte sie auch eingeholt, hätten ihn nicht zwei Frauen von einer *Accueil et Surveillance*-Einheit, eine Art Parkwächter, aufgehalten. Ich holte ihn ein und versuchte zu erklären, wer die wahren Übeltäter waren, spielte meine Rolle jedoch zu gut – verängstigte, verwirrte Amerikanerin –, und sie fingen an, Declan anzuschreien. Er antwortete ihnen ruhig. Sie runzelten die Stirn. Ich runzelte die Stirn. Ich verstand genug, um zu wissen, dass sein Französisch perfekt war.

Ich versuchte es mit meinem weniger perfekten Französisch, und sie drehten sich, milder gestimmt, zu mir: Ah, eine *Américaine.* Dann schrien sie wieder Declan an. Er setzte zu einer Antwort an, unterbrach sich, hustete, und setzte erneut an. Diesmal verstand ich ihn besser, obwohl (oder weil) sein Französisch schlechter geworden war, sein Akzent amerikanischer.

Die Parkaufseherinnen wechselten einen Blick, bevor sie sich wieder an Declan wandten, jetzt ohne zu schreien: *Vous êtes Américain aussi?*

Ja, sagte er auf Englisch, *wir scheinen wohl beide Amerikaner zu sein.* Die Parkaufseherinnen atmeten tief durch und schüttelten die Köpfe, als müssten sie das alles erst verarbeiten. *Américains* in Ménilmontant? Was kommt als nächstes?

Ein Krankenhaus, dachte ich, doch Declan flüsterte: *Sag, es geht uns gut*, und das tat ich, und dann setzte ich mich. Neben ihn, um mir seine Wunde anzusehen – unterm Kinn, gerade mal zwei Zentimeter, aber klaffend. Ich befand, dass sie genäht werden musste, aber dass die Stiche gut verheilen und die Narbe ihm Charakter verleihen würde, obwohl er das kaum nötig hatte.

Seit ich nach Paris gezogen war und eine Buchhandlung übernommen hatte, las ich immer weniger Bücher über Paris. Und noch weniger, egal worüber, von Männern. Shelley, die pensionierte Lehrerin aus New Orleans, bestärkte mich darin. Manchmal, wenn ich ihr das Buch gab, das ich in jener Woche für sie ausgesucht hatte – und ihr war Geschlecht (oder Genre) egal, solange es in Paris spielte – gab sie mir auch ein Buch, meist eines, das sie aus Louisiana mitgebracht hatte. Gewissermaßen nahm sie Roberts alte Rolle des Lektüre-Meisters ein, doch ihr Motiv war profaner. Ihr Hausboot konnte nur eine gewisse Menge Bücher verkraften, sonst würde es sinken. Sie konnte sich keine

Bücher anschaffen, ohne andere abzuschaffen. Jedenfalls habe ich dank Shelley eine Vorliebe für Alice Mattison (Amerikanerin, Jahrgang 1941) entwickelt, die in einer Geschichte von einer Lehrerin erzählt, deren Klasse »überall Sex entdeckte, selbst in der Gettysburg Address. Doch es war mehr als das. Wenn zwei Spinnen sich an einem Fenster liebten, wählten sie Miss Feldmans Fenster.«

Was ich meine ist, ich weiß nicht, ob Declan und ich einander in Winnipeg wahrgenommen hätten. Oder in Milwaukee. Doch in Paris, in den Nachwehen eines Überfalls, konnten wir nicht anders. Und natürlich gab es in Frankreich noch etwas, das auf Milwaukee nicht zutraf (oder Winnipeg, obwohl ich wegen einer anderen Autorin, Carol Shields, die Shelley mir zu lesen gegeben hatte, dorthin wollte).

»Eine Buchhandlung?«, fragte Declan. »Dir gehört eine Buchhandlung in Paris?«

Unsere Post-Polizei-Unterhaltung drehte sich nur um ihn, jedenfalls bis eine Flut von SMS auf meinem Handy einging und ich erklärte, dass ich in den Laden zurückmusste.

Ich nannte ihm Namen, Adresse. Ich erzählte ihm von unserer Bemelmans-Schaufensterauslage. Ich erzählte ihm, was mich nach Ménilmontant geführt hatte (ich erzählte ihm von *Der rote Luftballon*, nicht von Robert). Ich spürte, dass ich mich verfranste, deshalb spulte ich vor. Ich schlug ihm vor, doch mal im Laden vorbeizukommen. Ich warnte ihn: »Es ist nicht so, wie du denkst«, doch ehrlich gesagt, hatte ich keine Ahnung, was er dachte. Sein Tonfall war eine Mischung aus Bewunderung, Neid, Staunen, den ich von Amerikanern kannte, doch er fügte noch eine frische, etwas beunruhigende Zutat hinzu: Hunger.

»Es ist genau so, wie ich denke«, sagte er, und ich habe mich seither oft gefragt, was er meinte, ob er wusste, dass sich diese Worte von seinem Mund in mein Ohr stahlen, meinen Hals hinunter über den Rücken und dann überall an mir runterkrabbelten wie Spinnen.

Oh, Miss Feldman, dachte ich.

Aber was dann geschah, ist allein meine Schuld.

Noch unerfreulicher, noch verstörender als Spinnen: Ellies Frage, wie es mir in Ménilmontant gefallen habe. Und das, obwohl ich beschlossen hatte, mein Abenteuer nicht zu erwähnen. Ich sagte, ich hätte mich verspätet, weil ich in die falsche Métro gestiegen sei, eine bekannte Schwäche von mir. (Ich benutze sie zu selten. Ich liebe diese Stadt, und unter der Erde kann man sie nicht sehen.)

Mich festzunageln – zumindest geographisch – gehört nicht zu Ellies Stärken. Woher wusste sie, wo ich gewesen war?

»Hier«, sagte sie, während ihre Finger auf dem Handy Foxtrott tanzten. Ein großer pulsierender roter Punkt erschien. Das lenkte mich so sehr ab, dass ich den Hintergrund erst nicht erkannte – eine Satellitenkarte von unserer Straße, der Rue Sainte-Lucie-la-Vierge mit uns im Fadenkreuz. »Siehst du, es hat dich gefunden.«

Ich brauchte einen Moment. »Du kannst mich orten?«

»Könntest du nicht ganz so überrascht tun?«, sagte sie. »Du hast um diese Funktion gebeten, als wir den Vertrag unterzeichnet haben.«

»Ich?«

»*Oui.* Du hast den *forfait familiale* gekauft, richtig? Damit ist es automatisch auf allen Handys installiert.

Ellie wandte den Blick ab, doch ich war es, die sich schämte. Natürlich ortete sie mich. Sie hatte nur noch ein Elternteil. Sie sah mich wieder an und versuchte zu lächeln: »Und, was hast du gefunden?«

Kapitel Acht

Manchen fällt es schwer, etwas in unserem Laden zu finden, doch andere sagen, genau das gefällt ihnen. Als ich ihn übernahm, gab es dank jahrelanger Vernachlässigung keine erkennbare Ordnung. Mithilfe der Mädchen sortierte ich alles nach Genre und dann alphabetisch nach Autor, doch Ellie beklagte sich, das würde zu lange dauern, und schlug vor, alles nach Farben zu sortieren, wie sie es in einer Zeitschrift gesehen hatte. Daphne sagte, das sei dumm, Ellie sagte, Daphne sei dumm, Daphne sagte, Dad würde es dumm finden, und dann mischte ich mich ein und sagte das Erste, was mir in den Sinn kam: dass wir den Laden nach Ländern ordnen würden. Denn die einzige Ordnung, die wir geerbt hatten, bestand aus einem einzigen Regal mit Büchern über Paris.

Es funktionierte. Das heißt, es brachte die Mädchen zum Schweigen. Es ist eine seltsame Art, seinen Laden zu organisieren, und ich empfehle sie niemandem. Genres werden durcheinander gewürfelt und ständig gibt es Diskussionen: Soll Shakespeare neben Thomas Mann stehen? *Der Kaufmann von Venedig* und *Tod in Venedig* ja. Aber *Hamlet* gehört neben Kierkegaard. Graham Greenes *Stiller Amerikaner* hockt neben Marguerite Duras' *Liebhaber* und ein paar wasserdurchtränkten Lonely-Planet-Vietnamführern. Greenes *Die Kraft und die Herrlichkeit* wiederum gehört neben Octavio Paz zu Mexiko. Kurz gesagt, die Willkür regiert. Schachbücher, Russland. Weltraumforschung, Vereinigte Staaten. Physik, Deutschland. Ellie stellt Bücher, für die sie keinen Platz findet, zur Schweiz und, weil sie immer noch an ihrem ursprünglichen Vorschlag hängt, Bücher mit grünem Umschlag (und gelegentlich auch Graham G.) zu Grönland. Daphnes Auffangbecken ist die Antarktis. Sie ist außerdem Autorin der kleinen Schilder, die im Laden verteilt sind und die Kunden ermutigen, Bücher umzustellen, wie sie es für richtig halten.

Ich glaube, dass unser System, so kapriziös es auch ist, verkaufsfördernd wirkt. Garantiert wollte der Mann, der auf der Suche nach *Dreißig Sekunden über Tokio* war, nicht Bashos *Auf schmalen Pfaden ins Hinterland* kaufen (oder ein zerfleddertes Exemplar von James Clavells *Shogun*), doch er tat es.

In Erwartung von Declans Kommen verspürte ich plötzlich den Drang, den ganzen Laden professioneller zu gestalten, damit es so aussah, als wüsste ich, was ich tat. Er war so beeindruckt gewesen. Peinlich, wenn er den Laden als Performance-Kunst ansehen würde.

Das tat er nicht, es wurde dennoch schnell ungemütlich, als Declan vorbeikam. Daphne leistete mir Gesellschaft, um sich vor den Hausaufgaben zu drücken. (Und um zu kontrollieren, ob Ellie *Betty und ihre Schwestern* wieder mal von Massachusetts zu Paris gestellt hatte, um sie zu ärgern.)

Declan und ich begrüßten uns, und ich erzählte Daphne, wir hätten uns in Ménilmontant kennengelernt.

»Wie?«, fragte Daphne.

Ich glaube nicht an Roberts Telepathie, aber ich glaube an Empathie, und als Declan mich und Daphne ansah, wusste er, was er zu sagen hatte: nichts von Räubern und Bäckern – zum Glück, denn ich hatte den Mädchen nichts von diesem Aspekt meines Ausflugs erzählt –, sondern dass er oder ich oder wir die Métro gesucht hätten. Daphne nickte mir zu und sagte, an ihn gewandt, sie sei noch nie dort gewesen, habe jedoch gehört, dass die Métro-Stationen dort schwer zu finden seien.

Sie sagte es auf Französisch, was ein Test war. Ein ganz schlichter, der überall in Paris täglich angewendet wird. *Sprechen Sie Französisch?* Die Frage wird nie direkt gestellt. Vielmehr spricht dich ein Verkäufer oder Kellner oder Bäcker auf Französisch an, und du antwortest auf Französisch oder eben nicht.

Doch abgesehen vom obligatorischen *bonjour* haben wir es in unserem Laden nie angewendet. Ich jedenfalls nicht. Was hatte Daphne vor? Declan antwortete auf Französisch. Ich hörte zu. Er redete. Was hatte er vor? Daphne antwortete, eine Konversation auf Französisch entspann sich.

»Dein Französisch ist ausgezeichnet«, sagte Declan schließlich zu Daphne, auf Englisch.

Da sie nonverbales Französisch ebenso gut beherrschte, schob Daphne die Unterlippe vor (milde bis mittelschwere Missbilligung) und wandte sich mit gerecktem Kinn an mich, als wollte sie fragen: Was ist hier eigentlich los?

Deshalb sagte ich schnell zu Declan: »Sie sprechen beide gut.«

»Beide?«, fragte er.

Das schlechte Gewissen, das ich verspürte, war ungewohnt. Warum war es mir peinlich zuzugeben, dass ich Kinder hatte? Weil ich dann kein guter Fang war? Mir war nicht klar gewesen, dass ich gefangen werden wollte.

»Meine Kinder«, sagte ich. »Ich habe zwei.«

Daphne beobachtete unseren Wortwechsel äußerst kritisch. Ich konnte sehen, wie sie den Film, in dem wir uns alle befanden, in Zeitlupe ablaufen ließ, damit sie jede Silbe, die aus unseren Mündern kam, und jede Falte in unserer Mimik analysieren konnte. Wir waren kurz davor, ihren Vater zu finden, dachte sie, glaube ich. Sie hatte ihn schon gesehen. Doch hier geschah noch etwas anderes. Aber was?

Das hätte ich auch gern gewusst.

Weil er einen ausgeprägten Sinn für Etikette, für Timing hatte, wandte Declan sich an Daphne und bat sie, ziemlich förmlich, mich für eine Weile ausleihen zu dürfen: Er hätte mir in Ménilmontant geholfen, den Eingang zur Métro-Station zu finden, aber ich hätte ihm geholfen, sein Ticket zu kaufen, als ihm das nötige Kleingeld fehlte. Er wollte sich revanchieren und mich auf einen Kaffee einladen.

Ich war beeindruckt. Er hatte spontan eine absolut glaubwürdige Geschichte erfunden, so getan, als bräuchten er (und ich) Daphnes Erlaubnis und ihr die Ehre erwiesen, in fehlerfreiem Französisch mit ihr zu reden.

Für mich klang es jedenfalls fehlerfrei. Meinen Mädchen war es immer peinlich, dass mein Sprachniveau weit unter ihrem lag. Mir war es äußerst lästig. Ich hatte Unterricht genommen, an der Volkshochschule, bei Leuten, die Zettel an Laternenpfähle klebten, bei einer Frau in Beirut über Skype. Für gewöhnlich hielt ich nur ein oder zwei Stunden durch. Ich war zu fortgeschritten, um dort anzufangen, wo immer angefangen wurde, und zu sehr Anfänger, um Dinge zu tun wie Daphne gerade, die Declan korrigierte: Das Verb, das er für *revanchieren* benutzt hatte, sei nicht korrekt.

»Daphne«, sagte ich. Ich wollte sie tadeln, aber eigentlich empfand ich Neid.

Doch sie hatte nur Augen, klar und wach, für ihn, und er für sie.

»Und«, sagte sie, ohne mich zu beachten, *»nous sommes quatre.«* Damit sagte sie *Adieu* und machte sich daran *Betty und ihre Schwestern* zurück an seinen Platz neben Dickinson, Thoreau und Carl Yastrzemski zu stellen.

»Warum hat sie gesagt: ›Wir sind vier?‹«, fragte Declan, als wir uns in der Nähe in ein Straßencafé setzten.

Robert, das vierte Familienmitglied, tauchte vor mir auf,

doch glücklicherweise auch unser Kellner, der unsere Bestellung entgegennahm und wenige Augenblicke später zurückkehrte. Tassen, Untertassen und Löffel wurden mit der Präzision eines Festmahls in Versailles flink und geräuschlos vor uns hingestellt. Sie müssen kein Trinkgeld geben, behaupten die amerikanischen Reiseführer, die ich notgedrungen vorrätig habe. Amerikaner sollen glauben, dass ein Trinkgeld erwartet wird, doch Sie müssen nichts geben. Die Kellner werden gut bezahlt. Ich gebe immer Trinkgeld. Ich bin Amerikanerin. Das System beruht darauf. Selbst wenn ich schlecht bedient werde – wenn ich ignoriert werde –, bezahle ich auch dafür gern. Einmal kam eine ganze Stunde kein Kellner, sodass ich ein Buch aus unserem Hoosier-Regal zu Ende lesen konnte: *Indiana* von George Sand.

Declans Frage hing noch in der Luft, doch darauf zu antworten hätte eine Straßencaféregel gebrochen: Man redet nicht, jedenfalls nicht gleich. Man akklimatisiert sich erst. Betrachtet die Umgebung. Pariser Cafés zwingen einen dazu. Die Stühle stehen stets zur Straße gewandt. Sie so auszurichten, dass man seinen Begleiter ansieht, ist fast unmöglich, so wenig Platz ist zwischen den Tischen.

Vor uns polterte ein Müllmann in grünem Overall mit einer Tonne vorbei, gefolgt von drei unglaublich großen, alarmierend jungen Frauen – Models? –, alle in weiß. In Paris beobachte ich gern Leute beim Leutebeobachten. Es ist ein Hobby, wie Vögel beobachten, eine Studie des Gefieders, der Gesten. Ich analysiere gern, was anlockt, wer ablenkt. Ich selbst war so abgelenkt von diesen drei – waren es Drillinge? –, dass ich Declans unverwandten Blick erst gar nicht bemerkte, der nicht auf die Frauen gerichtet war, sondern auf mich.

»Tut mir leid«, sagte ich.

»Nicht doch«, sagte er. Ich wartete, dass er zu einem neuen Gespräch ansetzte, aber nein. *Wir sind vier.* Ich würde es ihm vorrechnen müssen, und das tat ich, indem ich erklärte Daphne habe zwei Schwestern und zwei Zwillinge zusammengezählt, und dass es sich anfühlte wie vierzig Kinder, aber eigentlich nicht, weil sie alle so artig waren – meistens jedenfalls, und …

Vielleicht weil er merkte, dass ich ins Stottern geriet, beschloss er schließlich doch, das Thema zu wechseln und ließ sich über all die unartigen Kinder aus, mit denen er als Betreuer von Auslandsstudenten zu tun hatte – sein Job war es, die Studenten vom Flughafen abzuholen, ihnen dabei zu helfen, ohne Anstehen in den Louvre zu kommen, sie aus Konflikten mit Vermietern, Türstehern und gelegentlich auch der Polizei herauszuboxen.

Ich erkundigte mich, welche Art Ausbildung ihn für so einen Job qualifiziere, und er lächelte und sagte, keine, die er besitze. Er habe Jura, Literatur und Französisch auf Lehramt studiert (und abgebrochen). Jetzt war er für ein internationales BWL-Studium eingeschrieben, das ihm besser gefiel als erwartet.

»Wirklich?«, fragte ich.

Er lachte, kein fröhliches Lachen. »Vielleicht nicht«, sagte er und sah sich um. »Aber Frankreich gefällt mir.«

»Selbst wenn das Telefon morgens um zwei klingelt?« Keine Ahnung, warum ich nachhakte. Daphnes latente Feindseligkeit musste mich angesteckt haben. »Klingt höllisch.«

Wir saßen in einem Straßencafé, der Kaffee war gut, wenn wir ihn nicht riefen, würde uns der Kellner die nächsten sechs Stunden in Ruhe lassen, und wenn dann die Rechnung kam, würden es nur wenige Euro sein. Billiger als Starbucks in Milwaukee. Es regnete nicht.

Das ist umständlich ausgedrückt, Declan formulierte es direkter: »Ich habe meine Probleme mit Paris, aber die Hölle ist es nicht.«

Ich mochte ihn. Nicht nur, weil er mich in Ménilmontant gerettet hatte, sondern weil er mich hier, im Marais, erneut rettete. Das Risiko war jetzt geringer, oder höher. Es gab keine unmittelbare Krise, nur einen schwelende. Ich hatte meine Töchter, ich hatte die Zwillinge, ich hatte meine drei Kunden-Schrägstrich-Freunde, ich hatte die alte Madame Brouillard, doch ich war einsam und ich war in Paris.

Paris kann sich wie eine Pärchenstadt anfühlen. Nicht nur romantische Pärchen, obwohl es die im Überfluss gibt, sondern Freunde, die Arm in Arm durch die Straßen gehen, vor dem *tabac* einen kleinen Plausch halten, auf der Treppe der Métro-Station miteinander lachen, an kleinen Tischen wie unserem die Köpfe zusammenstecken. Der Zyniker sagt, die Tische haben den Durchmesser eines Tellers, um möglichst viele unterzubringen. Der Romantiker, oder eher der Realist, hält es für ein lang angelegtes soziales Experiment: Wir zwingen sie, nur wenige Zentimeter voneinander entfernt zu sitzen, und warten ab, ob sie miteinander reden.

Doch meine Smalltalkkünste waren eingerostet. Meine drei »Freunde« waren darin nicht sonderlich gut. Carl war wie Radio, man sollte nur zuhören. Mit Shelley, vielleicht weil sie allein lebte, konnte man gut schweigen, und in manchen Wochen tauschten wir zwar Bücher aber kaum mehr als zehn Worte. Das gefiel mir. Besser als Molly, die unermüdlich plapperte.

Außerhalb des Ladens – ich hätte mir Freunde suchen sollen, hatte ich aber nicht. Mit anderen Auswanderern hätte ich zwangsläufig über das Leben daheim reden müssen, und damit zwangsläufig über Robert. Mit Franzosen hätte ich Französisch reden müssen.

Daher wusste ich nicht, was ich sagen sollte. Ich blickte mich um. Die Stadt sieht anders aus, wenn man in Begleitung ist. Und das war ich. Und das hätte ich einfach genießen sollen. Ich genoss es. Er auch, so wie es aussah. Ich erkundigte mich nach seiner Uni. Des Moines. Seiner Arbeit. Er erzählte mir, dass er nervös war, weil er nicht wusste, was als nächstes kam.

Weil ich aus genau dem gleichen Grund nervös war, nahm ich das als Stichwort und erzählte ihm vom Laden, Milwaukee, meinem Leben. Ich sagte, ich habe meinen Mann verloren. Ich senkte den Blick. Nicht aus Pietät, nicht einmal aus vermeintlicher, auch wenn ich nichts dagegen hatte, dass es so aussah. Die Wahrheit war, dass ich Robert verloren hatte, und dass ich verlernt hatte, an ihn zu denken. Nach meinem Kaffee mit Daphne konnte ich nicht länger so tun, als wäre Robert für immer fort. Ich blickte auf und fragte mich, ob ich die Geschichte Fremden noch verkaufen konnte. Declan wirkte vertrauenswürdig. Ich wollte ihn fragen, ihm sagen: Es ist so. Ich weiß nicht. Bisher habe ich mir eingeredet, er sei tot, weil es einfacher war. Jetzt ist es das nicht mehr.

»Das muss hart sein«, sagte er. »Vor allem mit deinen Kindern.«

Kinder, ja. Die Mädchen. Ständige Sorge, aber auch willkommene Überleitung, und so setzte ich zu der Beichte einer Alleinerziehenden an, von der ich selbst nicht geahnt hatte, dass sie in mir steckte: irgendwas über Mahlzeiten, Kochen, Ernährung, Diäten, alle in Paris aßen gut, außer mir. Meine Mädchen hatten etwas Besseres verdient. Und die Zwillinge.

»Es ist, als würden sie eine andere Sprache sprechen, Kinder«, sagte Declan. »Ich meine, so alt bin ich nicht.«

Er zögerte. Keine Ahnung, ob er wollte, dass ich fragte oder ob er wollte, dass ich ihm mein Alter verriet. Das tat ich nicht.

»Du machst ein komisches Gesicht«, sagte er. Komisch? Ich hätte gern einen Spiegel gehabt, um zu wissen, was komisch hieß. Wie viele Falten meine Augen-, meine Mundwinkel schraffierten.

Declans Mund stand jetzt leicht offen. Er wartete, dass ich etwas sagte. Irgendetwas.

Ich entschied mich für Letzteres.

»Apropos komisch«, sagte ich, »und andere Sprachen. Oben im Park hast du mit den beiden Polizistinnen dieses wunderschöne Französisch gesprochen, und dann hat sich etwas verändert, nicht nur dein Akzent. Es klang plötzlich, als könnest du gar nicht richtig Französisch. Du hast amerikanisch geklungen. Du hast so geklungen wie …« Ich wollte schon »ich« sagen, doch er machte ein komisches Gesicht, der offene Mund jetzt geschlossen, die Lippen eine gerade Linie.

»So wie sie es lieber hatten«, sagte er.

»Warum sollten sie nicht wollen, dass du gut Französisch sprichst? Ich bin sicher, was diese Stadt von mir mehr als alles andere will, ist, dass ich perfekt Französisch spreche.«

Declan lehnte sich zurück. Ich meinte, den Anflug eines Lächelns zu sehen, doch dann wirkte er wieder düster. »Die Stadt will an verschiedenen Orten verschiedene Dinge. Von verschiedenen Menschen.«

»Okay«, sagte ich.

»Nicht okay. Das Problem da oben in Ménilmontant war, dass ich zu gut Französisch gesprochen habe. Als hätte ich es mein ganzes Leben gesprochen, als wäre ich in Afrika aufgewachsen. Und für Afrikaner – selbst für Schwarze, die in Paris geboren sind – kann es hier manchmal ungemütlich werden. Wie du gesehen hast. Deshalb habe ich einen amerikanischen Akzent aufgesetzt.«

Ich nahm meine Tasse und nippte, um Zeit zu gewinnen, doch zu den vielen französischen Fertigkeiten, die ich nicht zu meistern gelernt habe, gehört auch, mir beim Trinken Zeit zu lassen. Kaffee, Wein, egal was, zwei-, dreimal angesetzt und ich bin fertig. Das liegt zum einen am hiesigen Puppengeschirr. Zum anderen an meinem Durst.

»Ich werde ständig für eine Amerikanerin gehalten«, sagte ich, »und das ist auch nicht immer toll.«

»Dein Land hat viel Scheiße gebaut.«

»Aber du bist doch auch Amerikaner.«

»Ich bin ein schwarzer Amerikaner. Paris mag schwarze Amerikaner. Jazz, G.I.s, aber auch schon vorher. Es ist nicht *parfait* …«

»Dein Französisch aber schon«, sagte ich.

»Es ist gut. Ich bin stolz darauf. Ich spreche es fließend. Aber ich mache trotzdem Fehler. Genau wie Frankreich. Genau wie Paris.« Er nahm seinen *café*. »Vermutlich sollte ich es nicht lieben. Und manchmal tue ich das auch nicht.«

»Und jetzt?«, fragte ich.

»Jetzt«, sagte er, »tue ich es.« Er sah mich an.

Ich starrte auf meine Tasse. Leer. Kein Spiegelbild, und kein Bedarf. Ich wusste, wie ich mich fühlte: verlegen. Und erregt.

Und plötzlich ziemlich jung.

»Wie alt bist du?«, fragte ich.

»Vierzig?«, fragte Daphne später am Abend, als ich wieder zu Hause war. Nach Declans Besuch im Laden hatte Ellie gefragt, wie alt er sei, und Daphne hatte geraten (nachdem die Zwillinge hundertundsieben geschätzt hatten).

»Einunddreißig«, korrigierte ich zu hastig.

»Du hast ihn nach seinem Alter gefragt?«, fragte Daphne.

»Es kam zur Sprache«, antwortete ich.

»Das ist eine sehr persönliche Frage«, sagte Daphne.

»Hast du ihm erzählt, wie alt du bist?«, fragte Ellie.

»Wie alt bist du denn?«, fragte Peter.

»Wir schweifen vom Thema ab«, sagte ich.

»Nein, du schweifst ab«, sagte Ellie. »Ich dachte, wir suchen Dad.«

»Unser Dad ist in Peking«, sagte Annabelle.

»Ellie«, sagte ich, »hör zu.«

Ellie schüttelte den Kopf und ging – wie es zur Gewohnheit geworden war, wenn das Gespräch auf den stets abwesenden George kam – mit Peter und Annabelle zu dem alten Globus, der sich in einer Ecke des Ladens drehte.

»Es war kein Date«, sagte ich zu Daphne, obwohl ich es zu Ellie hätte sagen müssen, die jetzt außer Hörweite war.

Daphne schien verwirrt. »Was war kein Date?«

»Kaffee mit diesem Mann, dem Mann, der mir geholfen hat. Declan. Er hat sich nur bedankt.« Oder ich mich? Ich konnte mich nicht an die erfundene Geschichte erinnern.

Daphne nickte, sah zu Ellie hinüber, die uns immer noch den Rücken zuwandte.

»Hast du ihm von Dad erzählt?«

Auch nur den Bruchteil einer Sekunde zu zögern, wäre die falsche Antwort gewesen, deshalb sagte ich sofort ja.

Was sich als falsche Antwort entpuppte.

Daphne lächelte. »Gut«, sagte sie und zog einen mehrfach gefalteten Zettel aus der Tasche. Ein neuer Hinweis? »Denn es klingt, als könnte er uns helfen, ihn zu finden.«

Es war kein Hinweis, sondern eine Karte, von der Daphne glaubte, sie könne uns zu weiteren Hinweisen führen. Sie stammte von einem Flyer, den jemand im Laden abgegeben hatte – Werbung für einen »Spaziergang in den Fußstapfen von *Madeline*«. Auch wenn Ludwig Bemelmans Madeline und ihre Klassenkameradinnen kreuz und quer durch Paris schickt – auf der einen Seite tollen sie in den Tuilerien herum, auf der nächsten drei Kilometer entfernt auf dem Montmartre. Auch wenn die Leidenschaft für Bemelmans in Ellie heißer brannte als in Daphne. Ich war meiner Leidenschaft für Lamorisse nach Ménilmontant gefolgt und ohne ihren Vater zurückgekehrt. Schlimmer noch, ich war mit einem anderen Mann zurückgekehrt.

»Können wir die Tour machen?«, fragte Daphne, fünf Worte, ein Atemzug.

»Daphne«, begann ich. Ellie und die Zwillinge kehrten vom Globus zurück. Gleich würde ich von Ellie zu hören bekommen, dass es ein blöde Idee gewesen sei, nach Ménilmontant zu fahren, so wie es auch eine blöde Idee gewesen sei, dass Ellie selbst hingefahren war, so wie es eine blöde Idee gewesen sei, nach Paris zu kommen, der Globus sei veraltet, es sei bescheuert, den Laden nach Ländern zu gliedern, und Männer seien Idioten.

Doch vorläufig war es noch still, nur Daphne und ich, noch genug Zeit, dass Daphne flüstern konnte, was nur ich hörte: »Ich glaube, er hat die Nachricht gefunden.«

»Wer? Welche Nachricht, Süße?«, fragte ich.

»Die auf dem Kissen.« Die in Milwaukee, meinte sie, die ich nie geschrieben hatte. Die besagte, was Daphne jetzt sagte: »Wir sehen uns in Paris!«

Ich sah sie an. Ich versuchte, in ihr die verlassene Tochter zu erkennen, dich ich selbst nach dem Tod meiner Eltern gewesen war, in meinem Gehirn ein unablässiges Rauschen, wo sind sie wo sind sie jetzt ich will nur fragen nur sagen ich muss nur wissen ob …

Daphne sah nicht so aus. Ihre Augen funkelten, ihre Nase kräuselte sich. Sie habe keinen Grund, zu glauben, was sie glaubte. Sie habe nur ein Gefühl, sagte sie, *verstehst du?*

Sie – das tat sie tatsächlich – lächelte.

Ich konnte nur nicken.

Bestimmt sah es aus, als würde ich einwilligen, doch ich wusste nur, wie viel ich nicht wusste. Ich wusste nicht, warum Ellie sauer auf mich war. Ich wusste nicht, was – oder wen – Daphne in Paris zu sehen glaubte. Ich wusste nicht, warum Declan in Ménilmontant gewesen war, auch nicht, warum sich das Kaffeetrinken mit ihm danach wie ein Date angefühlt hatte, was es definitiv nicht war.

Ich sagte mir, dass die Polizei immer noch keine Hinweise gefunden hatte, keine Spur, nichts. Ich nahm mir vor, weiter auf Beweise zu bestehen. Beweise: kein Vielleicht-gesehen-Haben, kein dumpfes Gefühl, keine Nachrichten auf Kissen oder in Büchern.

Ich nahm mir vor, nicht zu vergessen, was real war und was nicht.

Ich nahm mir vor zu ignorieren, dass ich genau das immer weniger konnte.

Unter dieser Prämisse hätte ich vorsichtiger sein sollen. Doch was war unvorsichtig daran, sich auf eine *Madeline*-Stadtführung einzulassen, die erst in drei Wochen stattfand? Oder mit Declan eine Woche vor der Stadtführung »nett« Essen zu gehen? Seine Idee. Rein geschäftlich. Wir wollten die bevorstehende *Madeline*-Tour besprechen. *So wie der Flyer aussieht, könnten wir das besser*, sagte er. *Meine Ortskenntnis, deine Literaturkenntnis.*

So gut kenne ich mich gar nicht aus, protestierte ich, doch wogegen ich eigentlich protestieren wollte, war ein kleines Wort, wir. Was hatten wir vor?

Genau das fragte ich mich, als sich die dunkle Glastür im 1. Arrondissement öffnete und wir das Ballon Rouge betraten, ein Restaurant, über das ich bisher nur gelesen hatte. Obwohl der Name sich in diesem Zusammenhang auf eine bestimmte Art Weinglas bezog, kam Declan seine Einladung ziemlich clever vor: Nachdem er von meinem Interesse für Lamorisse erfahren hatte, waren Mann und Film ständig Thema. Außerdem schien es Declan diebische Freude zu bereiten, darauf zu beharren, mich einzuladen.

Es war Nachmittag und das Restaurant leer. Wir wurden vom Sommelier platziert, ein Glatzkopf in einem engen schwarzen T-Shirt. Er trug ein Monokel, das, wie mir erst später auffiel, eine Tätowierung war.

Er und Declan waren Kommilitonen, erfuhr ich. Ich fragte mich, ob sie eine Kosten-Nutzen-Rechnung für Blumen erstellt hatten. In der Mitte des Raumes, unter einem zylindrischen Oberlicht, groß genug, um eine Trägerrakete zu beherbergen, blühten gefühlt zehntausend Blumen. Lila, Lila, in jeder Nuance. Lavendelfarbene Hortensien schäumten aus Töpfen. Indigoblauer Rittersporn schoss lanzenartig aus unglaublich hohen, schlanken Glasvasen. Orchideen. Dahlien. Und fette rosa Pfingstrosen mit so runzeligen und großen Gesichtern wie die Mädchen am Tag ihrer Geburt. Der *prix fixe* hier betrug 250 Euro pro Person. Mit Wein, hatte ich gelesen, waren es schnell 1000 Euro. Wie sich herausstellte, würde die heutige Rechnung – wie Declan von vornherein gewusst hatte – *zéro* betragen. Das Restaurant testete sein Frühjahrsmenü an »Freunden und Familie«.

»Sogar der Wein ist gratis«, sagte Declan, als die Flasche kam. Wein? Eigentlich hätte ich ablehnen sollen – Kaffee war eine Sache, Wein eine andere – doch er würde mir helfen, mich zu entspannen.

Der Sommelier zeigte uns das Etikett, das wir brav abnickten. Ich lächelte zu ihm auf, er verzog das Gesicht. Irgendetwas machten wir falsch, aber bei Ritualen dieser Art in Pariser Restaurants, vor allem wenn es um Wein geht, habe ich immer das Gefühl, dass es geradezu meine Pflicht ist, etwas falsch zu machen, damit der Sommelier pikiert sein kann und die Küche etwas zu lachen hat. Der Korken kam mit einem lauten *Plopp* heraus, und Declan schob sein Glas zum Sommelier, der lächelnd den Kopf schüttelte und mir zunickte. Der Sommelier goss mir mit Nachdruck etwas Wein ein. Während ich danach griff, dachte ich darüber nach, dass ich nicht genug weibliche Sommeliers in Frankreich sah, dass mehr gebraucht wurden, dass ich selbst eine Ausbildung machen könnte. Ich betrachtete den Wein, der an den Seiten hochschwappte und das ganze Licht des Raumes einfing.

Der Sommelier hob das Glas an *seine* Lippen, nippte, kostete, nickte und bedachte uns schließlich mit der Andeutung eines Lächelns. Dann dekantierte er den Rest der Flasche in einer bauchigen Karaffe, die aussah, als wäre sie aus einem Labor geklaut.

Ich hob mein Glas. »Auf dein Studium«, sagte ich.

»Und Paris«, fügte Declan hinzu.

»Und Wein.«

»Und Essen«, sagte er, als die ersten Teller kamen.

Abgesehen davon, dass alle es hier besser können, fiel mir das Kochen in Paris unter anderem deshalb so schwer, weil bei uns zu Hause Robert der Küchenchef gewesen war.

Das kam erst in ihm zum Vorschein, als er Vater wurde. Ich kann mich nicht erinnern, was wir vor den Kindern gegessen haben oder dass er sich besonders dafür interessiert hätte. Ich glaube, die meisten Kalorien tranken wir. Doch als ich mit Ellie schwanger war, wurde er – begünstigt durch zu viel Zeit in Frauenarztwartezimmern mit zu vielen Zeitschriften – zu einem dieser Väter, die ihren Frauen damit in den Ohren liegen, dass sie sich gesünder ernähren müssen. Und ich wurde zu einer dieser Frauen, die keine Lust haben, sich ein schlechtes Gewissen machen zu lassen. Ich sagte, wenn er wolle, dass wir – ich und das Baby – besser essen, solle er doch einkaufen und kochen. Er dachte darüber nach und entschuldigte sich, dass er nicht früher darauf gekommen sei. Es gebe keinen besseren Ort als die Küche, um sich als Vater zu beweisen.

Und so aßen wir frisch, wir aßen gesund, wir aßen global. Während die Mädchen heranwuchsen, wurde er immer ehrgeiziger. Als Pausenbrot packte er Banh mi in ihre Brotdosen. Zum Abendessen schöpfte er Borschtsch in ihre bruchfesten Teller. Manchmal kam Eleanor zum Essen, und Robert und die Mädchen spielten Kochshow: Sie waren die Köche, Eleanor der Promi-Gast (ich war das Publikum). Sie aß alles auf. Alle aßen alles auf.

Samstags ging es auf Wochenmärkte und in Bibliotheken. Kochbücher kamen und gingen, und mit ihnen die Trends. Wir aßen vegan, wir aßen paleo, glutenfrei, fischlastig, afrozentrisch. Wir aßen äquatorial. Wir aßen tropisch. Roh. Gegrillt. Eintöpfe. Tapas. Schongegartes. Kurzgebratenes. Ich ließ ihnen gleiche Schürzen anfertigen, und er kaufte den Mädchen weiße Kochmützen. Sie trugen beides voller Stolz. Ich war stolz auf sie – ganz besonders auf Robert. Sie kreierten Mahlzeiten, aber auch Erinnerungen. Ich ignorierte die Stimme in meinem Kopf, für die das Ganze nach Prokrastination schmeckte.

Wenn Robert fort war, aßen wir Reste oder »Mama-Essen«, wie die Mädchen es nicht unbedingt abfällig nannten. Doch seit wir in Frankreich waren, hatten die Mädchen und ich eigentlich relativ gut gegessen, hauptsächlich weil es kaum anders ging. Wir hatten jedoch nicht so gut gegessen wie Declan und ich, und bei dem Preis wusste ich auch, ich würde nie wieder so gut essen. Zuerst hatte Declans Freund Gemüse gebracht – ein winziges Tellerchen nach dem anderen. Weißer und grüner Spargel. Ein cremiges Süppchen, gespickt mit kleinen grünen Juwelen, die sich als gefrorene Erbsen entpuppten. Gurke in Sesamöl. Dann Fisch: Thunfisch mit Zitrone, gefolgt von mit Rauchsalz garnierter Buttercreme. Ein Keramiklöffel mit einem einzigen Bissen Seebarsch, der hier verwegen *loup de mer* hieß. Mangold und Zwiebeln. Eine klare Suppe, Bouillon, langweilig, bis es sich beim ersten Löffel als Kokosnuss entpuppt. Baskisches Kalbsfleisch. Und jetzt Ingwer, zwei Würfel. Einer roh, der andere Sorbet. Erdbeer-*mille-feuille.*

Danach war ich nicht nur voll, sondern erschöpft. Dieses Essen war das Leidenschaftlichste, was ich bisher in Frankreich getan hatte. Mein Verdacht, dass es sich nicht um ein »rein geschäftliches« Essen handelte, lud es zusätzlich auf, und als Declan anbot, mich nach Hause zu bringen, überraschte ich uns beide, indem ich ein Taxi heranwinkte und ihn hineinzog. Wir mussten uns – ein paar Bücher ansehen, sofort.

Doch weil er immer ein Auge auf mich hat, selbst oder gerade, wenn ich wünschte, er würde es lassen, lag Laurent, mein Paketbote schon auf der Lauer. Er hatte versucht, seine tägliche Lieferung zuzustellen, und ich war nicht im Laden gewesen und Madame hatte nicht runterkommen wollen.

Ich entschuldigte mich, doch er hörte gar nicht richtig zu. Er war damit beschäftigt, Declan zu beobachten, der ein Paket in den Laden trug. Ich war einigermaßen sicher, dass es gegen die Vorschriften verstieß, doch er hatte sogar schon Peter und Annabelle Pakete schleppen lassen.

»Es ist gut, dass Sie einen Mann eingestellt haben«, sagte er, sobald Declan im Laden war.

»Das ist nur ein Freund«, sagte ich.

»Es ist gut, dass sie einen Freund eingestellt haben.« Er lächelte. Ich war ein bisschen betrunken. Nachdem er uns das erste Glas eingeschenkt hatte, hatte der Sommelier auf Englisch gesagt, der Wein schmecke, als würde man an Seide lecken. So war es.

»Ist das alles?«, fragte Declan, der schon zurückkam.

»Vielleicht nicht«, sagte Laurent. Er drehte sich um, fummelte eine Weile an der Schiebetür herum – nur damit die Situation peinlich wurde – und nickte dann endlich knapp, zog die Augenbrauen hoch und fuhr davon.

»Er ist interessant«, sagte Declan.

»In der ersten Woche hat er mir Blumen geschenkt«, entgegnete ich. »Zur Eröffnung. Und als er in der zweiten Woche auch mit Blumen kam, bin ich aufgewacht und habe begriffen, dass er mit mir ausgehen will.«

»Oh«, sagte Declan, so verblüfft, wie ich es plötzlich war.

Ich hatte geredet, ohne vorher nachzudenken. In den Gesprächen mit Declan hatte ich eine stattliche Mauer um Robert errichtet. Ich nannte ihn nur meinen Ehemann und blieb bei meiner ersten Geschichte, der einfachen Geschichte: Ich hatte ihn verloren. Damit erzählte ich Declan nur, was ich jedem anderen Fremden erzählte: Ich habe meinen Ehemann sehr plötzlich, sehr jung verloren. Und dann schauten sie auf den Ring, den ich noch trug (nur den schlichten Ehering), sagten: Was für eine Tragödie, und damit war die Sache erledigt. Oder sie fragten: Wie? Und ich sagte: Darüber möchte ich nicht reden, und damit war die Sache erledigt.

Madame Brouillard wusste mehr – ein bisschen mehr. Nicht einmal ihr hatte ich erzählt, dass Robert Schriftsteller war. Ich hatte nur gesagt, dass ich einen Ehemann gehabt hatte, der verschwunden sei. Und als sie fragte wie, sagte ich, die Polizei vermute Selbstmord und ich auch. Sie war es, die mich drängte auszusprechen, was ich bisher nur im Stillen gesagt hatte: Er ist gestorben.

Andernfalls *le récit vous suit*, sagte Madame, andernfalls folgt Ihnen die Geschichte.

Sie hatte recht, doch als ich Declan ansah, wusste ich, dass sie sich gleichzeitig irrte. Die Geschichte folgte mir sowieso. Ziel war es, zu verhindern, dass sie mich überholte.

»Und hast du … bist du …«, begann Declan.

»Nein«, unterbrach ich ihn. Weil es niemanden gab – was würden die Mädchen denken! –, doch kaum hatte ich es ausgesprochen, begriff ich, dass ich es eigentlich zu mir selbst sagte: Nein, nicht bevor du weißt, was mit Robert passiert ist.

Sekunden verstrichen.

»Redest du mit dir selbst?«, fragte er.

»DHL«, stammelte ich.

»Wie bitte?«

»Ich überlege, den Paketdienst zu wechseln.«

»Du bist witzig.«

»Ich halte mir nur alle Türen offen«, sagte ich, was mich auf unangenehme Weise an ein Buch erinnerte, das ich für Ellie bestellt hatte – vorgeblich, um es im Laden zu verkaufen, aber eigentlich für sie –, *Dating für Anfänger: Die Würde des Mädchens ist unantastbar*. Es war an Teenager gerichtet, das Cover punkig und witzig. Madonna empfahl das Buch!

Sie ist eine Großmutter, sagte Ellie und das war das letzte Mal, dass sie sich zu dem Buch geäußert hatte. Ich jedoch las es mit großer Faszination. Hätte ich in der Schule, an der Uni, danach doch auch so einen Ratgeber gehabt. Mein Dating war nicht sehr würdevoll verlaufen. Natürlich hatte ich mir das selbst zuzuschreiben. Ich war schlau und stolz darauf, stand auf Filme mit Untertiteln und spielte drei Wochen lang in einer Blaskapelle (Euphonium, noch etwas, das ich weder Declan, noch Ellie je erzählen werde). Die erste Regel des Buches – eigentlich seine übergreifende These – lautete: *Rede Klartext*. Dafür war es natürlich schon zu spät. Doch eine der davon abgeleiteten Regeln lautete (und das erstaunte mich): *Sag ihm, dass du ihn magst*. Einfach so. Und das Buch warnte auch davor, dass er sagen könnte, er möge dich nicht oder nicht so, und das sei nicht schlimm – es folgte ein ganzes Kapitel darüber, wie man sich so richtig ausheult und wie wertvoll gute Freunde in solchen Zeiten sind, doch das Buch machte auch klar, dass all das normal sei, ja gesund, und dass nichts davon geschehen könne, wenn man nicht bei der Wahrheit anfing.

Das Buch sagte bezeichnenderweise nichts zum Thema verschwundene Ehemänner, die tot sein mochten oder auch nicht. »Ich mag dich wirklich, Declan«, sagte ich und wartete. Dass jemand mit einer Klappe auf uns zukam und *Cut!* rief. Dass Daphne auftauchte und mich fragte, was ich auf Französisch gesagt hatte. Dass Ellie angewidert den Kopf schüttelte. Dass Robert aus der Küche kam und sagte: Aber ich hab doch gesagt, es tut mir leid.

»Ich ... ich mag dich?«, sagte Declan.

Vielleicht hörte nur ich das Fragezeichen. Doch später, als er fragte, ob er einmal vorbeikommen dürfe, während die Mädchen in der Schule seien, verstand ich ihn klar und deutlich. Ich sagte: aber ja, und er kam mit Blumen und Wein, und ich hängte das *fermé*-Schild an die Tür – weil es Mittag und Madame Brouillard an dem Tag nicht zu Hause war –, und wir gingen nach oben.

»Auf den Geburtstag von Lamorisse!«, sagte Declan.

Ich tat nicht, als wäre es kein Date. Ich tat nicht, als wäre es eins. Ich tat nicht, als wäre Robert tot, und ich tat auch nicht, als wäre er unten. Ich tat so, als wäre wirklich der Geburtstag von Lamorisse, dabei hatte Declan sich um vier Monate vertan.

Der Wein war hinreißend. Ebenso wie die Dessous, die Molly Anfang der Woche vorbeigebracht hatte. Ihr Mann schenkte ihr jeden Geburtstag, jedes Weihnachten – jeden zweiten Dienstag offenbar – Dessous, und sie hatte mehr als genug. Mehr als sie nötig hatte. Ich dagegen hätte es nötig, sagte sie, glaube ich. Und: viel Spaß. In der noch ungeöffneten Schachtel befand sich ein Bustier von Gewicht und Größe eines Taschentuchs.

Ich hatte die Schachtel an jenem Morgen geöffnet, bevor Declan kam, bevor ich mich anzog. Ich ging zum Spiegel und starrte hinein: Ich hatte abgenommen, seit Robert verschwunden war, und in Frankreich noch mehr. Ich hatte gedacht, dass ich verhärmt aussah, doch Declan machte mir jedes Mal Komplimente, wenn wir uns sahen, und jetzt betrachtete ich mich kritisch. Noch immer dieselbe Konstellation von Leberflecken, derselbe Bauch, der zwei Schwangerschaften hinter sich hatte, zwei Töchter, derselbe Körper, der all die Arbeit geleistet hatte, die von ihm verlangt worden war, und der, so schien es mir immer mehr, mit einem müden *Und was jetzt?* zurückstarrte.

Das jetzt, offenbar: Der Wein war alle, und wir blätterten in der Küche im Fotobuch zu *Der rote Luftballon.*

Was tat ich mit diesem Mann und diesem Buch in meiner Küche?

Lachen. Zuhören. Sterben. Wir kamen zur letzten Seite. Wir sahen uns an. Er konnte die auf dem Bett arrangierten Dessous im anderen Zimmer nicht gesehen haben, doch er sah mich an, als wüsste er es. Ich senkte den Blick. Ich blätterte zum Anfang zurück.

Du liebst dieses Buch, sagte Declan.

Film, sagte ich.

Luftballon, sagte er.

Ich atmete aus.

Ich mag den Luftballon, sagte ich leise zur aufgeschlagenen ersten Doppelseite, ein Foto von Pascal auf den steilen Stufen von Ménilmontant, der zu seinem Ballon aufschaut, die Katze, die ebenfalls schaut, eine Aufnahme, die nicht aus dem Film stammt. *Ich liebe dieses Paris*, sagte ich.

Declan starrte auf die Seite und rückte näher – zu mir, zum Buch. *Sieh nur*, sagte er, *wir sind auch auf dem Foto!* Er strich die Seite glatt und zeigte auf zwei schwache Schatten in einem Hauseingang. Da war nichts; er machte sich nur einen Spaß. Ich wurde plötzlich ernst. *Ich kann nicht glauben, dass wir ihn nicht gesehen haben*, sagte Declan und meinte Pascal, Ménilmontant, doch alles, was ich sah und was mir, ich schwöre es, zuvor nie aufgefallen war, und Declan auch jetzt nicht zu sehen schien, war eine dunkle Gestalt, die aus einem Fenster schaute.

Wie gesagt, dieses Bild, diese Einstellung gibt es im Film nicht, nur im Buch. Im Film spielt die Szene auf der Treppe unter bewölktem Himmel. Das Titelfoto im Buch ist so sonnig, dass man fast den geisterhaften orangefarbenen Ballon erkennt, den Lamorisse in dem rotlackierten aufgeblasen hat, damit die Farbe knalliger wirkt. Der Trick funktioniert, man nimmt nichts anderes wahr.

Weshalb ich vielleicht auch nie die Gestalt am Fenster gesehen hatte – eine Nase, ein Gesicht, mein Mann.

Incroyable, sagte Declan immer noch im Scherz, weil er nicht sah, was ich sah, weil es niemand außer mir sehen konnte. Das Foto war aufgenommen worden, Jahre bevor mein Mann geboren wurde. Lamorisse konnte unmöglich ein Foto von meinem Mann gemacht haben. Doch das hatte er. Unglaublich.

Unglaublich, und das sagte ich, auf Englisch.

Nur ein Wort von Declan auf Französisch, nur ein Wort von mir auf Englisch, doch Englisch bewirkte, was Englisch in Paris bewirkt, es fügt dem Tagtraum, in dem man sich gerade verliert, einen winzigen Riss zu – das niedliche Café ist jetzt nur noch eine Touristenfalle, der Straßenmaler nur irgendein Amerikaner, der Freund, den du in einer Mauschelei in Ménilmontant kennengelernt hast, nur noch ein Freund. Ich sagte, ich habe noch etwas zu erledigen. Declan wartete, bis ich aufblickte. Ich tat es und entschuldigte mich. Er wirkte traurig, dann lächelte er, und als ich ihn zur Tür brachte – professionell, keine Umarmung außer einem kurzen, festen Trizepsdruck – ließ ich das *fermé*-Schild hängen und schloss die Tür hinter ihm ab. Ich schaute auf die leere Stelle im Schaufenster, wo Roberts Buch gestanden hatte, und dann ging ich durch meine Geheimtür ins Hinterzimmer, setzte mich und tat, was *Dating für Anfänger* empfahl, nämlich *weinen, bis keine Tränen mehr übrig sind*. Und danach, empfahl der Ratgeber, *aufhören*.

Kapitel Neun

Bleiben Sie zusammen, sagte unser Führer, als wir uns auf die »Füßestapfen« von *Madeline* begaben. So weit, so gut. So amateurhaft wie der Flyer gestaltet war, hatte ich nicht viel erwartet, doch hier waren wir: ein Fremdenführer, ein paar Touristen, zwei britische Zwillinge, ein Mann aus Iowa und eine Mutter und ihre zwei Töchter aus Milwaukee, die weit mehr von dieser Führung erwarteten, als sie je bieten konnte. *Festhalten!*, schrie unser Führer, und ich hätte fast zurückgeschrien: Echt jetzt?

An den Händen halten, ergänzte er, mit Blick auf Daphne. Sie stand neben Declan und sah ihn an. Er sah mich an. Sodass niemand Ellie ansah, die Peter und Annabelle losließ, um Daphne weiterzuziehen. Ellie, die Daphne noch nie an der Hand gehalten hatte. Ellie, die – ob sie nun über telepathische Kräfte verfügt oder nicht – es schaffte, Declan anzuschreien, ohne den Mund aufzumachen: Wag es ja nicht.

Doch es war zu spät. Ich hatte es schon gewagt. Ich hatte Declan eingeladen, uns zu begleiten. Weil Daphne es mir erlaubt hatte, weil ich ein schlechtes Gewissen hatte wegen der peinlichen Situation in meiner Küche an Lamorisses Nicht-Geburtstag, und weil – das mag albern klingen, entspricht aber der Wahrheit – ich wollte, dass die peinliche Situation weiterging.

Der Streich, den mir mein Gehirn gespielt hatte, als ich Robert auf dem Foto sah, hatte mich verunsichert. Declan – obwohl oder weil ich mich zu ihm hingezogen fühlte – beruhigte mich. (Fühlte er sich zu mir hingezogen? In *Dating für Anfänger* gab es einen ganzen Abschnitt über *Signale!*, den ich mich nicht traute, zu Rate zu ziehen.) Als ich beim Abschied Declans Arm getätschelt hatte, ging es mir nicht um Körperkontakt – na ja, irgendwie doch –, sondern darum mir zu beweisen, allen zufälligen Zuschauern zu beweisen, dass Declan echt war, aus Fleisch und Blut. Und Robert nicht.

Der Fremdenführer, ein junger Mann, sprach derbes, freudloses Englisch. Offenbar hatte er für Bemelmans' Werk nicht viel übrig. Er tat es nur für's Geld. Peter fragte ihn nach seinem Namen. Er tat, als würde er Peters Französisch nicht verstehen. Annabelle flüsterte Peter den Namen einer Figur aus einem französischen Kinderbuch ins Ohr, die sie hassten. Das verstand er irgendwie und befahl ihnen still zu sein. Dann bat Annabelle mich, auf Englisch, um einen Stock. Keine ungewöhnliche Bitte – sie war unsere kleine Naturforscherin und stocherte in allem herum, egal ob tot oder lebendig –, doch es verhieß nicht Gutes.

Während wir an der Seine entlang Richtung Osten gingen, in entgegengesetzte Richtung von Notre-Dame, konnten meine Mädchen nicht aufhören, all die *erreurs* zu kommentieren.

»Er nennt sie die ganze Zeit Madeleine, Mom«, beschwerte sich Daphne. Peter und Annabelle plapperten den Namen nach. Daphne hatte recht. Sie hatte ihr eigenes Buch mitgebracht und verglich unablässig. »Und es sind zwölf kleine Mädchen in zwei graden Reihen.«

»Vierundzwanzig«, sagte Peter.

»Nein«, begann Daphne, »es sind …«, doch sie gab auf.

Gerade Reihen egal welcher Art waren für meine Mädchen der am wenigsten interessante Aspekt an *Madeline* oder Bemelmans. Sie liebten die Schnörkel, die lebhafte Lockerheit von Bemelmans' Kunst, die Seiten, die aussahen, als hätte er sie in dreißig Sekunden hingekritzelt (obwohl sie oft das Resultat von dreißig Entwürfen waren, sagte Robert), am meisten jedoch, dass, so schön Paris auch war, hinter jeder Ecke Gefahr lauerte: Im ersten Buch der Reihe gibt es in knapp 350 Worten einen Raubüberfall, einen verletzten Soldaten, blutgesprenkelten Atem aus dem Maul eines Tigers, einen Schneesturm, ein Gewitter, eine Fahrt im Krankenwagen durch die Beine des Eiffelturms und natürlich eine Blinddarm-OP in finsterer Nacht. Sowohl Daphne als auch Ellie hatten zu Hause in Milwaukee diverse Male als Madeline Süßes oder Saures gefordert, doch für die Hüte und Schleifen, die ich besorgte, hatten sie wenig übrig: Sie stellten lieber die winzigen Blinddarmnarben zu Schau, die Robert ihnen auf den Bauch gemalt hatte (mit einem Edding, der – wie selbst ich zugeben musste – stark an Bemelmans' Federzeichnungen erinnerte).

Mir gegenüber artikulierten die Mädchen ihre Liebe zu Bemelmans nie, aber das brauchten sie auch nicht. Ich sah, wie sie diese Liebe lebten. Und jetzt, auf diesem Spaziergang, während unser Fremdenführer eine Unwahrheit nach der anderen sprach, sah ich es erneut.

»Wirklich? Bemelmans war Amerikaner?« Ellie sah mich an. Einmal hatte ich den schwerwiegenden Fehler begangen, Bemelmans' Bücher für Erwachsene zu den anderen Autoren aus Manhattan zu stellen. Ellie fand, sein ganzes Werk gehörte zu Paris.

»Er hat in Amerika gelebt?«, sagte ich, fügte das Fragezeichen jedoch nur hinzu, weil Ellies Blick es verlangte.

»War er Belgier?«, wagte Declan zu fragen. Er versuchte nicht, sich einzuschmeicheln, oder doch. Er schien wirklich neugierig. »Der Name ...«

»Belgier«, schnaubte Ellie. »Er war Österreicher – nicht Australier, Daphne« – Daphne hatte Bemelmans einmal heimlich in unser Down-Under-Regal gestellt, um Ellie zu ärgern. »Dort ist er geboren und aufgewachsen. Eine Zeitlang jedenfalls, dann Deutschland.« Alle sahen sie an. »Dann … Amerika.«

Wir erreichten den Pont Neuf, die Brücke, von der Madeline im zweiten Buch in die Seine fällt, nur um von einem Hund gerettet zu werden, den die Klasse adoptiert und Geneviève tauft. Geneviève, die Schutzheilige von Paris. Geneviève, die eigentlich Köter hieß, bis sein Verleger ihn zwang, den Namen zu ändern. Annabelle horchte auf. »Köter!«

»Ich kann mich gar nicht erinnern, dass das in dem Buch vorkam«, sagte Peter.

»Nicht in dem Buch«, erklärte Daphne. »Ellie liest die Bücher für Erwachsene.«

Unser Führer nahm keine Notiz von uns, erwähnte weder Hund noch Heilige noch sonst irgendetwas von Bedeutung.

Ellie hielt es nicht mehr aus. *»Excusez-moi!«*, rief sie. Er blieb stehen. Alle sahen Ellie an. Sie holte tief Luft und erkundigte sich nach dem Sturz in die Seine, dem Hund, der Debatte – für sie und Daphne war es eine Debatte –, von welcher Brücke genau Madeline gefallen sei, denn als Bemelmans die allerersten Zeichnungen für *Madeline* angefertigt habe, habe er sich am Quai Voltaire am Pont du Carousel befunden – *mais* …

Der Fremdenführer schüttelte den Kopf, erbost, dass wir uns anmaßten, Paris besser zu kennen als er. Doch das taten wir, wir kannten dieses Paris, Bemelmans' Paris, Roberts, sehr gut.

Die verbleibenden Touristen – wir hatten an jeder Ecke ein paar verloren –, wandten sich Ellie zu.

»Diese Brücke …«, begann Ellie.

»Diese Brücke!«, brüllte der Fremdenführer Ellie an, auf Französisch, diese Brücke sei eine sehr wichtige Brücke, ja, aber nicht, weil sie irgendwas mit dem blöden Buch zu tun habe – auf dieser Brücke hätten 1968 mutige Anarchisten fast den amerikanischen Botschafter ermordet, und wäre es nicht wundervoll gewesen, wenn es ihnen gelungen wäre, denn dann hätte eins zum anderen geführt und die Welt würde jetzt nicht von ignoranten, dämlichen Amerikanern regiert. Bemelmans sei Deutscher gewesen, und was die Amerikaner der Welt noch nicht an Gräueltaten zugefügt hätten, hätten die Deutschen übernommen und würden es wieder tun.

Seine puterrote Offenheit (und Lüge, zumindest, was das vermeintliche Attentat anging) ließ vermuten, dass er weder Ellie noch Daphne noch irgendjemand sonst des Französischen für mächtig hielt. Und tatsächlich schien auch niemand ein Wort zu verstehen. Daphne jedoch verstand genug, um anzufangen zu weinen, und Ellie fing an zu schreien. Woraufhin Peter und Annabelle schnieften und kreischten. Unser Führer reagierte darauf mit derbem Slang, den ich nicht verstand.

Declan sagte auf Französisch, er solle still sein und sich außerdem schämen, den Leuten das Geld abzuknöpfen und ihnen dann mit dieser fingierten Führung zu kommen und Kinder zum Weinen zu bringen.

Der Fremdenführer schüttelte den Kopf und wich einen Schritt zurück, dann noch einen, und verschwand schließlich in der Menge.

Peter und Annabelle eilten an Declans Seite – entweder, um ihn zu trösten, oder weil sie begriffen hatten, dass er für sie eingetreten war.

Je suis désolé, sagte Declan. Tut mir leid, heißt das, aber ich muss dabei immer an »desolat« denken, und das war ich, oder kurz davor. Daphne schüttelte den Kopf. Peter sah angeschlagen aus, Annabelle, als bräuchte sie jetzt wirklich einen Stock.

Und unsere Führung? Ich wandte mich an die kleine Gruppe und überlegte, was ich sagen sollte. Kommen Sie doch in unserem Laden vorbei, er ist weniger als einen Kilometer entfernt. Kaufen Sie das Buch oder sehen Sie sich einfach nur um. Im Namen von Paris entschuldige ich mich. Ich kenne diesen Mann nicht, aber ich lebe hier und …

»Viele Gebäude oder Schulen in Paris behaupten, die Vorlage für Madelines Schule zu sein. In Wahrheit empfand er sie seiner eigenen Schule in Österreich nach – einer Schule für Jungs.«

Das war Ellie. Alle starrten sie an.

Warum auch nicht? Sie wirkte kompetent. Erhobenen Hauptes. Sicheren Fußes. Auf einem Brückengeländer, zwei Hände lässig an einem Laternenpfahl.

»Er sprach Deutsch. Und viele andere Sprachen.«

Ich sah Declan an. Er deutete mit einem Kopfnicken auf zwei Polizisten, die über die Brücke auf uns zukamen und langsam in einen Trab verfielen.

Die Väter in der Menge unterdessen strahlten dieses weise und begnadete Kind an. Ebenso Annabelle. Die Mütter sahen mich an: Ich würde dem doch wohl ein Ende setzen? Bald?

Ja, aber wie sollte ich das anstellen, ohne der Grund dafür zu sein, dass sie stürzte? Ich starrte sie an. Ellie starrte zurück. Deshalb sah sie nicht, dass Declan sich von der anderen Seite auf sie zu bewegte.

»Und Fräulein Stefanie, wir alle kennen sie«, rief Ellie, »die Frau im Buch, die so etwas wie die Lehrerin oder Leiterin ist. Auch keine Deutsche. Jedenfalls basiert sie auf der Lehrerin seiner Tochter. Bemelmans' Tochter hieß nicht Madeline. Barbara. Seine Frau jedoch lernte er kennen, nachdem sie ihr Leben als Nonne im Kloster (ein bisschen wie die Mädchenschule) aufgegeben hatte, um als Künstlermodell in Manhattan zu arbeiten. Das wichtige daran jedoch ist: Bemelmans' Frau hieß Mimi, ein Kosename für Mad…«

Meine alte Chefin, die Universitätspräsidentin, hat die Bedeutung einer dramatischen Pause nie begriffen. Was genau will man damit bezwecken?, fragte sie immer. Und ich antwortete: Es ist das A und O. Mit einer Pause sagte man den Zuhörern: Aufgepasst!

Der Standpunkt meine Chefin war: Sie wollte gar nicht, dass jemand aufpasste. Eine Pause würde irgendjemandem im Publikum nur die Gelegenheit geben, dazwischenzurufen und sie aus dem Konzept zu bringen.

Und genau das tat Daphne.

Drei Buchstaben, eine einzige Silbe: Dad!

Ellie fuhr herum.

Dad? Das Wort ließ mich die entscheidende halbe Sekunde zögern. Nicht aber Declan, der sich bewegte, als hätte er nichts gehört, als glaubte er wirklich, er würde Ellie auffangen, bevor sie fiel.

Doch er konnte es nicht. Sie fiel zu schnell.

Ich rannte zu der Stelle, wo sie eben noch gestanden hatte. Auf magische Weise war sie nur einen Meter tief gefallen. Unterhalb des Geländers verlief ein breiter Vorsprung, und dort stand sie jetzt, erleichtert. Peter und Annabelle klatschten. Alle klatschten. Ellie blickte auf die Oberfläche aus Stein, die sie gerettet hatte. Sie war etwa einen halben Meter breit, leicht zur Wasseroberfläche gewölbt, grün angelaufen von Schimmel oder Algen oder Moos – irgendetwas Glitschiges, denn in dem Moment, in dem sie die Hand nach mir ausstreckte (obwohl Declans näher war), verschwand sie aus meinem Blickfeld.

Was geschah dann? Jemand schrie (nicht Ellie). Declan hielt Daphne, Peter und Annabelle zurück. Ich rannte los.

Schreie und Hupen und Pfiffe und irgendwo in der Ferne, anschwellend, eine Sirene und dann noch eine, La-Lü-La-Lü, ein Ton, der mich immer daran erinnert, dass wir nicht mehr in Milwaukee sind, und zwar schon eine ganze Weile nicht mehr.

Ellie hatte sich eine gute Stelle ausgesucht, um ins Wasser zu fallen, nur hundert Meter vor einem Löschbootanleger, wo Froschmänner ihre Ausrüstung testeten. Schlauer wäre gewesen, sich von ihrer Mutter retten zu lassen, doch die Stufen, die ich runtergerannt war, führten zur falschen Uferseite, weshalb ich nicht eingreifen konnte, als die Feuerwehrmänner sie der Polizei übergaben, nachdem sie sie aus dem Wasser gezogen hatten.

Declan, Daphne, die Zwillinge und ich trafen Ellie auf der örtlichen Polizeiwache – ein verschnörkelter *petit palais*, der aussah wie ein Nebengebäude von Schloss Versailles –, wo Declan sich, nach einem kurzem Hallo, ans Werk machte. Vorher versicherte er uns noch, er habe schon viele junge Amerikaner aus schlimmeren Situationen befreit. Während wir anderen auf einer Bank in einer zweistöckigen Vorhalle mit Säulengängen warteten, war Declan ein paar Schritte entfernt am Verhandeln.

Ellie weigerte sich, mit mir zu sprechen, murrte nur, es würde hoffentlich nicht Stunden dauern – was ich mir heimlich wünschte. Ich hatte das Gefühl, so lange zu brauchen, um zu verstehen, was eigentlich passiert war. Was hatte Daphne gerufen? Wer hatte was gesehen?

Folgendes hatte ich gesehen: einen Sturz von der Brücke ins Wasser, der tiefer war, als es auf Bemelmans' Zeichnungen aussah, wenngleich nicht so tief, dass College-Studenten (berichtete Declan) und vereinzelte Fünfzehnjährige ihn nicht meistern können. Die einzig wahre Herausforderung – abgesehen davon, dass man den Booten ausweichen musste, was ihr glücklicherweise gelungen war – ist das

Rauskommen. Die Strömung ist schneller, als es scheint. Doch Ellie geriet zu keiner Zeit in Panik. Vielleicht hatte ich sie sogar lächeln sehen, als ihr bewusst wurde, dass ich ihre Showeinlage nie erlaubt hätte. Der Reiz bestand darin, dass sie etwas Verbotenes getan hatte. Von Froschmännern auf einem adretten rotweißen *Brigade-de-sapeurs-pompiers*-Schiff mit Topfpflanzen auf dem Dach gerettet zu werden, war ein zusätzlicher Bonus. (Obwohl ihr vielleicht am meisten gefiel, wie attraktiv ihre jungen Retter waren. Viele, viele Selfies wurden an Bord mit der Besatzung geschossen, die auf den Fotos ein wenig übereifrig wirkte).

Folgendes hatte ich nicht gesehen, weder auf der Brücke, noch im Wasser oder später auf der Polizeiwache: Robert.

Ich tat, als hätte ich Daphne falsch verstanden. Sie hatte nicht *Dad* gerufen – oder wenn, hatten weder Ellie noch die Zwillinge sie gehört, sonst würden sie jetzt über nichts anderes reden. Und ich wollte es nicht zur Sprache bringen – weil ich nicht verrückt klingen wollte, nicht vor der Polizei, nicht vor meinen Töchtern.

Und wenn ich es mir recht überlege, auch nicht vor Declan, der mit einem dünnen Lächeln zu uns zurückkehrte. Er habe erreicht, dass uns die Geldstrafe erlassen werde, sagte er.

»Man muss Strafe zahlen, wenn man aus Versehen ins Wasser fällt?«, fragte ich.

»Nein«, sagte er. »Aber wenn man auf dem Brückengeländer rumturnt. Ist ja auch egal.«

»Danke«, sagte ich und stand auf, um zu gehen.

»Allerdings …«

Es gab also doch eine Strafe. Oder es gab ein Problem mit dem Visum, das George uns auf mysteriösem Wege besorgt hatte. Das wäre schlimmer als jede Strafe.

»Mädchen«, sagte Declan. »Ihr müsst noch mit jemandem reden, okay? Eure Mom ist dabei.«

»Mit wem?«, fragte Daphne, und Sorge breitete sich von ihren Augen über die Stirn, über ihr ganzes Gesicht aus.

»Ein *psychologue*«, sagte Declan zu mir. »Ein Psychologe.«

»Ein was?«, fragte Ellie.

Declan erklärte, er habe mehr als einen seiner Auslandsstudenten auf diese Weise aus der Polizeiwache gelotst. Nur nicht über Politik reden, sagte er: Nur ein einziges Mal habe es Probleme gegeben, und zwar als ein betrunkener Student seine leidenschaftliche Bewunderung für Margaret Thatcher gestanden habe. Ansonsten, sagte Declan, höchstens dreißig Minuten.

Dann sagte Daphne etwas, so leise, dass Declan sie bitten musste, es zu wiederholen. »Hast du ihnen von …« Sie unterbrach sich, und ich wartete, dass sie etwas über ihren Vater sagte, doch das tat sie nicht. »Hast du ihnen von der Stadtführung erzählt?«, fragte sie stattdessen. »Von *Madeline?* Dass wir eine Buchhandlung haben?«

Ellie machte ein entschlossenes Gesicht und stand auf. »Deshalb halten sie uns wahrscheinlich für verrückt«, sagte sie.

Declan bot an, uns zu begleiten, doch die Frauen, die uns abholten, runzelten die Stirn, und außerdem musste jemand auf die Zwillinge aufpassen. Und so gingen Daphne, Ellie und ich in ein Büro, das aussah wie eine Krankenstation. Der Therapeut, bei dem Robert und ich in Milwaukee waren, hatte ein schönes Loft am Wasser gehabt, sauber und ordentlich, klare Linien. Es erinnerte mich immer an eine Wellnessoase, Seelenruhe, Gleichgewicht, plätschernder Frieden. Robert sagte, ihn erinnere es an Ikea, all die unverständlichen Anweisungen.

Doch dieser Raum erinnerte mich und die Mädchen an *Madeline.* Vor allem an das Fünfziger-Jahre-Krankenhaus, wo ihr der Blinddarm herausoperiert wird. An einer Wand ein halbes Dutzend Betten unter einer vier Meter hohen Decke und eine Reihe großer Fenster. Der Raum wirkte museumsreif und unbenutzt, aber auch sauber und still und ruhig. Auf einem Schreibtisch gleich hinter der Tür stand in einer Langhalsvase eine einzelne Rose, gelb, echt.

Selbst die abblätternde Farbe – ebenfalls gelb, ein helles Zitronengelb, dieselbe Farbe wie die Tarte, die den Mädchen später angeboten wurde – war schön. Ellie konnte eine weitere Parallele zu *Madeline* ausmachen, denn die junge Heldin entdeckt, als sie sich von der Blinddarm-OP erholt, in den Rissen an der Decke ihres Krankenhauszimmers die Umrisse eines Kaninchens. Den Psychologen, einen bebrillten älteren Mann, der darauf bestand, Englisch mit uns zu sprechen (mit einem irritierenden schottischen Akzent), bestärkte dies nur in seiner Einschätzung, dass unsere kollektive psychische Verfassung der Behandlung bedurfte.

Erneut erklärte Daphne die Stadtführung, die Buchhandlung, *Madeline*, Bemelmans.

Bemel-mans? Nein, sagte der Mann. *Nicht bekannt.*

Ellie begann von den Büchern zu erzählen, der Brücke, dass Bemelmans selbst einmal selbstmordgefährdet gewesen sei, auch wenn es keinen Hinweis darauf gebe, dass er je von einer Brücke gesprungen sei oder habe springen wollen.

Mademoiselle, unterbrach er.

C'est vrai, bekräftigte Daphne.

Der Mann schaute auf sein Klemmbrett und dann zu mir.

Mädchen, sagte ich.

Ellie ignorierte mich und fuhr fort. Die erste Anregung zu der Buchreihe habe Bemelmans in einem Krankenhaus erhalten, als er nach einer geringfügigen OP auf einer Station wie dieser Freundschaft mit einem kleinen Mädchen schloss, das jeden Tag von einer gütigen Nonne Besuch bekam, mit so einem geschwungenen weißen Ding, der Kopfbedeckung? Ellie sah mich an. *Wimpel?*, sagte ich.

Ellie sah Daphne an. »*Comment dire* Wimpel *en français?*« Daphne schüttelte den Kopf. Der Psychologe sah mich an. Ellie fuhr fort.

Bemelmans und das Mädchen vertrieben sich die Zeit, indem sie sich Geschichten zu den Gestalten ausdachten, die sie in den Deckenrissen erkannten.

Daphne unterbrach sie, um darauf hinzuweisen, dass es damals noch keine Smartphones gegeben habe. Das Leben sei langweiliger gewesen. Das sagte sie auf Französisch.

Benutzen Sie Ihre Handys?, fragte der Mann mich auf Englisch. *Mobiltelefone bergen viele Gefahren. Ich weiß, in Amerika ist das anders, aber wir sind nicht in Amerika.*

Ellie fragte, ob er mehr hören wolle. Ich sagte nein. Der Mann sagte ja.

Das Krankenhaus, in dem Bemelmans und das Mädchen – sie war ungefähr in Daphnes Alter – lagen, befand sich nicht in Paris, sondern in einem anderen Teil von Frankreich. Kannte er die Île d'Yeu in der Biskaya, südlich der Loire-Mündung?

Der Psychologe spitzte die Lippen und murmelte dann etwas auf Französisch. *Gehen wir in getrennte Zimmer*, sagte er. *Verschiedene Zimmer, verschiedene Fragen, die Mutter, die Mädchen, so etwas in der Art.*

Schlägt eure Mutter euch? Das war seine erste Frage, berichtete Daphne, als wir wieder zu Hause waren und die Zwillinge schliefen. Sie und Ellie sagten, sie hätten mit *non* geantwortet.

Und hat er noch etwas gefragt?

Sie und Ellie berieten sich mit Blicken. *Nein.*

Doch bei meinem Einzelverhör sagte der Psychologe etwas anderes. Er erwähnte, dass er sie gefragt habe, ob sie geschlagen würden – er sagte, seiner Erfahrung nach behaupteten Amerikaner, nicht an körperliche Züchtigung zu glauben, doch viele praktizierten sie, sobald sie die Vereinigten Staaten verließen.

Er sagte auch, er habe sie nach ihrem Vater gefragt, und das Gespräch sei so verlaufen:

Wo ist euer Vater, Mädchen?

Il est parti. Er ist weg, sagten die Mädchen. Er fragte, wie lange schon. Sie erzählten es ihm. Er fragte sie, wohin er gegangen sei, und sie erzählten es ihm. Beziehungsweise dass sie es nicht wussten. An dieser Stelle habe er nachgehakt, und »die Jüngere« habe schließlich gesagt: *Manche Leute sagen, er sei tot.*

Madame, sagte der Psychologe naserümpfend, *sie sagte das ohne Tränen. Das ist nicht normal.*

Würde es genügen, fragte ich mich, wenn ich für sie weinte? Keine Tränen war kein Zeichen von Belastbarkeit, wie ich mir seit Monaten vorgemacht hatte, sondern von Verblendung. Es war tatsächlich *nicht* normal, weder dass ihr Vater verschwunden war, noch dass sie so sicher waren, er würde zurückkehren – oder, nach dem zu urteilen, was gerade passiert war und was Daphne mir Wochen zuvor bei einer Tasse Kaffee erzählt hatte, längst zurückgekehrt war. In vielen Nächten verfluchte ich Robert dafür, dass er nicht bedacht hatte, wie sehr sein Verschwinden unseren Kindern schaden würde – doch jetzt fragte ich mich, wie sehr ich ihnen schadete. Nach unseren holprigen ersten Tagen in Frankreich hatte ich mir vorgemacht, dass Paris ihnen gut tat. Denn welches junge Mädchen träumt nicht von Paris? Ich hatte es immer getan. Und jetzt war ich hier, so wie ich es mir immer gewünscht hatte, und sprach auf einer Polizeiwache mit einem Psychologen.

Er fuhr fort: *Und dann sagte die Große: »Aber wir glauben nicht, dass er tot ist.«* Er warf einen Blick in seine Notizen. *Und dann fragte ich sie: »Warum glaubt ihr nicht, dass er tot ist?« Ich frage, weil es wichtig ist, das zu verstehen. Der Tod ist keine Kleinigkeit, wir müssen uns klar ausdrücken, wenn wir darüber sprechen. Und da sieht das kleine Mädchen das große Mädchen an, und das große Mädchen sieht das kleine Mädchen an, und das große Mädchen spricht.*

»Er sucht uns«, sagte er, habe Ellie gesagt.

»Ich verstehe nicht«, sagte der Psychologe, habe er zu ihr gesagt.

»Natürlich nicht«, sagte er, habe Ellie gesagt.

Wirklich nicht, sagte der Psychologe zu mir.

Ich auch nicht, nicht ganz, und deshalb sagte ich zu Ellie, als ich sie ins Bett brachte – genau wie Ellie nutzte ich die Gelegenheit eines außerordentlichen Ereignisses, um etwas zu tun, was sonst nicht erlaubt ist –, dass wir reden müssten. Dasselbe hatte ich zu Daphne sagen wollen, doch ich hatte nicht den richtigen Moment gefunden, bevor sie, erschöpft von der ganzen Aufregung des Tages einschlief.

»Ich höre zu«, sagte Ellie, die auf dem Bauch lag, das Gesicht von mir weggedreht, die Augen geschlossen. Während ihr Atem langsamer und tiefer wurde, während ich ihr Haar streichelte, während das Haus sein abendliches Ächzen ächzte und es auf den Straßen draußen fast völlig still wurde, aber nicht ganz, hörte auch ich zu.

Ich hätte vielleicht die ganze Nacht dort gesessen, hätte ich nicht die wässrigen Signaltöne eines eingehenden Skype-Anrufs von unten gehört. Ich versuchte mir vorzustellen, es sei nicht der Bürocomputer, sondern ein ferner Kirchturm, doch das Signal wiederholte sich, und ich dachte, es wäre …

Eleanor. Ellie hatte die Fotos mit den Froschmännern gepostet, und Eleanor, für die Ellie der einzige Zugang zur weiten, aufwühlenden Welt sozialer Medien war, hatte sie gesehen und wollte wissen, was genau passiert war.

Also erzählte ich es ihr. Alles. Was, in meiner Version, nichts war. Ich erzählte ihr von der Stadtführung, dem unhöflichen Fremdenführer, Ellies Vortrag, ihrem Sturz und der Rettung. Ich erwähnte nicht, dass ein Mann namens Declan uns auf der Polizeiwache geholfen hatte. Ich erwähnte nicht, dass ich meinte, Daphne etwas rufen gehört zu haben. Ich erwähnte nichts davon, doch ich wusste, ich würde es müssen, und zwar bald. Eleanor war eine Art Schwerkraft, wenn es um Wahrheit ging, sie zog sie unvermeidlich an.

»Du wirkst erfreut«, sagte ich, fast ärgerlich.

Eleanor schnaubte. »Ich war nicht mehr erfreut, seit Eugene McCarthy New Hampshire gewonnen hat. Ich bin jedoch erleichtert, ja sogar froh zu hören, dass meine Patentochter sich in den Wogen des Lebens zurechtfindet, metaphorisch und auch sonst.«

»Eleanor, ich kann nicht … Mach dich nicht lustig. Nicht jetzt.«

»Dann bin ich direkt: Warum ist Ellie ins Wasser gefallen?«

»Apropos Wasser«, lenkte ich ab. »Wie geht es unseren Mietern? Wie geht es unserem alten Haus in Milwaukee? Lieb von dir, dass du Hausmeisterin spielst. Im Frühjahr ist der Keller immer feucht.«

»Knochentrocken. Im Gegensatz zu Ellie. Leah, was ist passiert?«

»Sie hat den Halt verloren«, sagte ich. Eleanor wartete. »Etwas hat sie abgelenkt.« Eleanor sah mich an, als wüsste sie schon, was ich sagen würde. Ich glaube nicht wirklich, dass sie es wusste, aber es ist die einzige Entschuldigung dafür, dass ich einknickte. »Okay«, sagte ich schließlich. »Daphne hat *Dad!* geschrien. Jedenfalls klang es für mich wie Dad. Als hätte sie ihn gesehen. Danach hat sie kein Wort darüber verloren, beide nicht, und ich wollte heute Abend mit ihnen darüber reden, aber ich habe den verdammten Mut verloren. Vielleicht ist es besser so. Vielleicht habe ich sie falsch verstanden, vielleicht hat sie nur so etwas wie *Aaaaaaahhhh* geschrien …« Ich unterbrach mich. »Eleanor, was geschieht hier?«

Sie schüttelte den Kopf. »Leah, sie vermissen ihren Vater.« Sie zögerte. »Natürlich tun sie das.«

»Ich vermisse ihren Vater«, sagte ich, was ich überhaupt nicht hatte sagen wollen, was ich so lange nicht gesagt hatte, dass ich kein weiteres Wort mehr rausbrachte, und Eleanor auch nicht. Ich spürte, wie sie mich ansah, und ich spürte, wie ich wegsah.

Ich vermisste Robert. Alleinerziehend zu sein war wie eine Szene, die in einem Take gedreht werden muss. Es lastet so viel Druck auf dem Kameramann, nicht über Kabel zu stolpern, nicht gegen das Mikro zu stoßen, nicht zu verwechseln, welche Fieberkrankheit einen Anruf beim Kinderarzt um vier Uhr morgens wert war und welche nicht. In Milwaukee hatte ich es ganz gut gemeistert – Roberts Schreibfluchten hatten wir schließlich auch überlebt. Doch ich gebe zu, kochen und putzen und Termine planen und schimpfen und aufmuntern – es war schwer ohne Hilfe. Und hier in Paris war es schwer, die unzähligen Ermessensentscheidungen zu treffen, die jede Woche anfielen. Sollten die Mädchen Taschengeld bekommen, und wenn ja, wie viel? Und von welchem imaginären Konto? Sollten sie auf eine internationale Schule wechseln? Sollten wir uns eine Katze anschaffen?

Sollten wir nach Hause zurückkehren?

Man kann auf einem vierbeinigen Stuhl, dem ein Bein

fehlt, sitzen. Es erfordert jedoch mehr Anstrengung, mehr Konzentration. Paris hatte, wie ein Bücherstapel, als Ersatzbein gedient, wenigstens für eine Weile. Nicht so stabil, nicht so robust, keine dauerhafte Lösung, aber wir hielten uns aufrecht. Es war genug Zeit vergangen, um für ein oder zwei Millisekunden zu vergessen, dass er fort war. Zu glauben, dass er tot war, hatte dabei eine Weile geholfen. Doch dann kam jemand und riss ein Buch aus dem Stapel, vielleicht eines, in das jemand *Verzeih mir* gekritzelt hatte, und der Stuhl geriet ins Wanken. Und dann schrie jemand, Daphne zum Beispiel, *Dad* und jemand fiel. Diesmal war es Ellie. Wer würde die nächste sein?

»Ich möchte dich etwas fragen«, sagte Eleanor.

Jetzt spielte ich Eleanors Spiel: Ich schwieg.

»Ich dachte, du unterbrichst mich«, sagte sie.

Ich schwieg weiter.

»Tja, das ist einer der Vorteile von Skype. Zorn oder Zustimmung, alles gratis. Am Telefon fühlt sich Schweigen immer so teuer an.«

Ich schüttelte den Kopf.

»Darf ich eine Expertin zitieren?«, fragte sie. »Ich fürchte, das muss ich, da es um ein Thema geht, von dem ich keine Ahnung habe, nämlich Kinder. Diese Expertin hat mir einmal erzählt, dass die Schwere einer Verletzung bei Kindern proportional zu der Zeit verläuft, die bis zum Schrei verstreicht. Bei kleinen Verletzungen kommt der Schrei sofort. Bei schweren Verletzungen dauert es länger, weil so viel gleichzeitig passiert: Das Kind wird sich erst allmählich bewusst, was passiert ist, es atmet besonders tief ein, um einen besonders lauten Schrei zu erzeugen.«

»Das hab ich dir erzählt«, sagte ich.

»Ich weiß.«

»Hab ich auch den schlimmsten Fall angesprochen, bei dem der Schrei ganz ausbleibt?«

Sie zuckte mit keiner Wimper. »Hast du nicht. Denn wer würde in Bezug auf die eigene Familie schon vom Tod sprechen, und sei es nur hypothetisch.«

Ich zuckte zusammen. Ich musste mich sammeln, bevor ich sprechen konnte. Und als ich es tat, merkte ich, dass ich kaum noch Luft in den Lungen hatte und auch meine Wut verraucht war. Das heißt, ich war noch wütend – auf Eleanor, auf Robert, sogar auf meine Töchter, weil sie ihn wiederauferstehen ließen, wenn auch nur als Hirngespinst – aber ich war vor allem müde. Deshalb sah ich ihn in den Seiten dieses Buches. Deshalb spürte ich seine Blicke auf mir. Nicht weil er am Leben war und in Paris. Sondern weil ich erschöpft und einsam war.

»Er ist kein Kind«, sagte ich. »Er ist nicht hingefallen. Wir warten nicht darauf, dass Robert schreit.«

»Nein, das tun wir nicht«, erwiderte Eleanor. »Wir haben Daphne, die glaubt, ihn gesehen zu haben – ihn zu sehen. Wir haben dich, die eine Nachricht in einem seiner Bücher gesehen hat. Wir haben hundert Seiten eines Manuskripts, das ich gefunden habe, über eine Familie, die verdammt nach einer klingt, die ich kenne.«

Wir haben einen Wendepunkt erreicht. Ich wartete, dass Eleanor es aussprach. Doch sie sagte etwas anderes, und da begriff ich, dass Eleanor und die Mädchen diesen Punkt schon vor langer Zeit erreicht hatten, und es auch für mich an der Zeit war.

»Wir warten nicht darauf, dass er Krach schlägt, denn das hat er längst.«

Kapitel Zehn

Robert war ein stiller Mensch. Das liege am Job, sagte er. Ich glaube, während unserer Ehe hat er insgesamt dreimal geschrien. Einmal, als Daphne, sechs, sich aus dem Gedränge löste und das Siegtor für ihre Fußballmannschaft schoss; ein anderes Mal, als Ellie, zehn, den Buchstabierwettbewerb gewann (mit deliziös); das dritte und ungewöhnlichste Mal am Ende eines Abends mit anderen Fußballeltern. Wie es bei solchen Abenden in Milwaukee gelegentlich passiert, führte ein Drink zu einem Dutzend und gegen dreiundzwanzig Uhr wurden Anrufe bei Babysittern getätigt, um ein bisschen mehr Zeit herauszuschlagen, weil irgendjemand die brillante Idee hatte, tanzen zu gehen.

Ich liebte Tanzen, vielleicht weil ich ein Spätzünder war. Ich hatte erst an der Uni angefangen auszugehen und war noch in meiner Tanz-Pubertät. Vor den Kindern hatte ich Robert ein- oder zweimal mitgeschleift. Danach ging ich meistens mit meinen alten Freundinnen von der Uni aus, und als die älter wurden oder aus der Stadt wegzogen, gar nicht mehr. Und da waren wir, mit unserem beeinträchtigten Urteilsvermögen, und tanzten: nichts Besonderes, nur eine Bar, aber der DJ war bestechlich und die Musik phantastisch. Robert und ich tanzten wie Wäsche auf der Leine bei Sturm. Wir zogen eine Show ab für die zwanzig- bis dreißigjährigen Stammgäste, die uns gnädig gewähren ließen. Vielleicht war es einer von ihnen, der die Polizei rief, die gegen Mitternacht kam und sagte, es gäbe Beschwerden über den Lärm. Die Lichter gingen an, die Musik aus. Robert stand in der Mitte des Raumes und schrie: *Neeeeiiiiiiiinnnn!* Danach herrschte plötzlich totale Stille, ausgelöst durch die Polizisten, die nicht wussten, dass Robert harmlos war, ein Schriftsteller, ein Vater. Sie beobachteten ihn aufmerksam. Wie alle im Raum, wie ich. Ich grinste, weil ich betrunken war und es lustig fand, Robert so animiert zu sehen, doch dann grinste ich nicht mehr, denn während sein Schrei verklang, hörte ich all das, was sich sonst noch in ihm aufgestaut hatte. *Nein* galt nicht nur der Musik, die abgestellt worden war, sondern dem Zauber, der seinem Leben innegewohnt hatte. Vielleicht interpretiere ich zu viel in den Moment hinein, doch so etwas tut eine Schriftstellerfrau eben. Das und zu ihrem Mann gehen, seine Hände nehmen, ihn küssen und sich dann theatralisch an die Polizisten wenden, an die Menge und so tun, als wäre alles nur Show, und sich verbeugen. *Gute Nacht, Leute!*

Noch Monate später erzählten wir am Spielfeldrand von unserer Tanzeskapade, ohne deren vielschichtige Bedeutung. Es war eine von vielen Milwaukee-Geschichten, die sich nicht auf Paris übertragen ließen. Ich versuchte es bei Molly, doch sie runzelte nur die Stirn. Für ihre neuseeländischen Ohren ging es in allen Geschichten aus Amerika um Polizei oder Waffen oder beides. Doch sie sagte, die Teilnehmer des Zumba-Kurses ihrer Kirche wollten zusammen ausgehen. Ob ich mitkommen wolle? Ich schüttelte den Kopf.

Ich kann abends so schlecht weg, erklärte ich. *Ich muss mich um die Mädchen kümmern. Ich muss mich um den Laden kümmern.*

Seit Monaten bat ich die Mädchen um Ideen, wie man mehr Laufkundschaft anziehen könnte. Mir war klar geworden, dass es nicht nur schrullig war, sich auf tote Autoren zu spezialisieren, sondern auch dumm: Tote Autoren gaben keine Lesungen. Außer Molly waren die meisten Kunden über sechzig. Ich schlug Ellie und ihren Freundinnen vor, Veranstaltungen zu großen, verstorbenen Autoren zu veranstalten. »Klar«, sagte sie (ein Wort, das, wie so viele in ihrem schwindenden englischen Wortschatz, immer nur das Gegenteil bedeutete) und machte sich daran, mit Asif einen Abend über die Entwicklung von Apps von und für Teenager zu planen. Zu diesem Thema hatten wir genau gar kein Buch.

Doch am verabredeten Abend war der Laden voller als je zuvor. Selbst Madame kam nach unten (als sie hörte, worum es ging, verzog sie das Gesicht und verschwand wieder). Ich fragte mich, woher Ellie all diese Leute kannte, die so viel älter waren als sie – und dann realisierte ich, dass sie gar nicht älter waren. Die zwanzig oder dreißig Teilnehmer, die Ellie und Asif aufgetrieben hatten, waren Klassenkameraden, Teenager, aber Teenager mit High Heels, Jacketts, Schals, Bärten, Fußballtrikots, Abayas, Jeans, auffälligen Brillen, und überall Lächeln. Auch Daphne und die Zwillinge, die an der einen Ecke des Tresens hockten, auf der kein Essen stand, lächelten, wenn auch vorsichtiger. Ich hatte befürchtet, dass Ellie mich bitten würde, Wein ausschenken zu dürfen, doch das hatte sie nicht, jedenfalls hielt sie einen Becher Tee in der Hand, während sie sich unter die Leute mischte. Sie (und auch Daphne, schien es) hatte eine beginnende Erkältung. Und dann läutete die Glocke über der Tür, als der »Überraschungsgast« – der Redner – eintrat.

Declan.

Es war keine Überraschung, dass sie ihn liebten. Er kannte seine Zielgruppe. Wie sich herausstellte, kannte er sich mit Programmierung nicht ganz so gut aus – doch das gestand er unter Lachen und es wurde mit einem ebensolchem quittiert. Was er im BWL-Studium jedoch lernte, war Marketing, und er war bereit, sein Wissen zu teilen. Als sich die Veranstaltung später auflöste, wurden Fotos gemacht, Adressen ausgetauscht. Kein einziges Buch wurde gekauft – oder auch nur erwähnt – doch Ellie hielt das Ganze für einen so großen Erfolg, dass mir nichts übrig blieb, als zuzustimmen.

Declan blieb noch, um beim Aufräumen zu helfen. Daphne brachte die Zwillinge nach oben. Ellie begleitete Asif zur Métro. Declan erklärte, er habe mir nicht erzählt, dass er käme, weil Ellie wollte, dass es eine Überraschung ist. Er sagte, er hoffe, das sei okay gewesen. Er hoffe, Ellie sei okay. Er hoffe, *alles* sei okay, weil es seit einiger Zeit irgendwie komisch sei.

Ich sagte, es sei nicht komisch, nichts sei komisch, obwohl alles komisch war. In Wisconsin gab es noch immer kein Lebenszeichen von Robert – keine Abhebung an einem Geldautomaten, kein Bild von einer Überwachungskamera, keine Meldung von unseren Mietern, dass sie ihn draußen auf der Veranda gesichtet hätten. In Paris aber gab es Zeichen. Und das erinnerte mich daran, dass ich noch verheiratet war, mit einem Vermissten. Ich hatte die ganze Zeit Roberts kritische Stimme im Ohr: Das *lässt du Ellie anziehen?* Das *lässt du Daphne lesen? Es gibt schon wieder Tiefkühlkost?*

Ja, ja, und definitiv ja (französische Tiefkühlkost ist vielleicht das größte Geschenk dieses Landes an die Zivilisation seit Balzac).

Und jetzt hörte ich mich eine ganz andere Art von Frage stellen. *Declan, hast du Lust, tanzen zu gehen?* Ein paar ausländische Freunde träfen sich heute, sagte ich, und sein Französisch wäre hilfreich. Ehrlich gesagt, sagte ich, wäre es hilfreich, wenn er ein Lokal empfehlen könnte, weil …

Und dann hörte ich Robert *Neeeeiiiiinnnn!* rufen. Aber nur ganz schwach, denn ich hörte vor allem Declan, der gerade *Ja!* gesagt hatte. Und dass er schnell nach Hause laufen würde, sich umziehen, mir eine SMS mit Vorschlägen schicken, es nicht erwarten könne, bis gleich. Dann war er weg.

Die Wahrheit war, ich hatte keine ausländischen Freunde, die tanzen gingen, aber ich hatte einen schönen Abend im Laden gehabt, ich hatte mich gefreut, ihn zu sehen, ich wollte Dampf ablassen – genauer gesagt war ich kurz davor zu explodieren. Ich schrieb Molly schnell eine SMS, um meine Lüge wahr zu machen: *Tanzen? Jetzt?*

Manchmal überlegte ich in Paris, eine SMS an Roberts Handy zu schicken, obwohl ich wusste, dass es irgendwo in einem Asservatenschrank lag, der Akku längst leer.

Molly schrieb zurück: *Leah, es ist fast Mitternacht!*

Hinter mir im Laden ein Husten. Ellie. Wie lange hatte sie da schon gestanden?

Ellie hustete erneut. »Sag es nicht«, sagte sie.

Ich wusste, andere Väter beteten für ihre Söhne, schüttelten den Kopf bei dem Gedanken an ihre Töchter. Robert liebte seine Mädchen. Erzählte anderen gern, dass seine die letzte Generation mit Männern sein sollte. Erzählte mir, dass er stolz sei, seine Waisenkind-DNA »bezwungen« zu haben. Er machte Ellie und Daphne »MiXXtapes« (eigentlich CDs), auf denen nur Künstlerinnen waren. Er wollte, dass seine Mädchen es mit der ganzen Welt aufnähmen. Ich wünschte, er könnte sehen, dass sie bereit dazu waren.

Und dass sie mich als Testlauf sahen. Besonders Ellie.

Ich wollte seine Hilfe. Ich wollte seinen Segen für das, was ich in seiner Abwesenheit tat.

Ich wollte tanzen gehen. »Was soll ich nicht sagen?«, fragte ich.

»Es kommt nicht davon, dass ich Asif geküsst hab«, sagte sie.

»Okay …«

»Der Husten. Unsere Freunde haben uns damit aufgezogen. Er war erkältet. Jetzt bin ich erkältet. Deshalb denken alle … Aber ich will nicht, dass du denkst … Auch wenn es mir egal ist.«

»Asif ist ein reizender junger Mann.«

»Sag das nicht.«

»Der Husten kommt vom Wasser«, sagte ich. Sie zuckte die Schultern. Eine kleine Provokation, aber nicht ausreichend, um mich zu reizen. »Weshalb bist du vom Geländer gefallen?«, fragte ich.

Ein Hüsteln. Diesmal nicht echt.

»Es war keine Absicht.«

»Ich weiß.«

»Es war wegen Daphne.«

Ich nickte. »Sie hat …«, sagte ich, weil ich hoffte, Ellie würde den Satz für mich beenden.

»Sie hat geschrien, was sie immer schreit«, sagte Ellie.

»Sie schreit nie.« Wie der Vater, so die Tochter.

»Wenn man ohne sie die Straße überquert oder vorgeht oder wenn die Zwillinge in eines ihrer Lieblingsbücher kritzeln«, sagte Ellie, »schreit sie *Aaaahhh* oder *Stopp* oder *Seht mich an!*«

»Sie hat nicht *Seht mich an!* geschrien.«

»Aber sie wollte. Sie war eifersüchtig auf mich da oben auf dem Geländer, weil alle nur mich beachtet haben.«

»Sie ist nicht der eifersüchtige Typ.«

»Tja.«

»Tja, was?«, fragte ich.

Ellie zögerte für den Bruchteil einer Sekunde. »Sie ist nicht Declans größter Fan.«

»Du wechselst das Thema.«

»Nicht wirklich. Nicht, wenn wir über Eifersucht reden.«

»Tun wir nicht.«

»Sie hat gesagt, solange Declan da ist, kommt Dad nicht zurück.«

»Was?«

»Er kommt nicht zurück, oder?«, fragte Ellie, die Stimme augenblicklich gedämpft, ernst. »Dad?«

Der ganze Krampf, mir vorzumachen, Robert sei tot, weil ich mir eingeredet hatte, so muss es sein. Doch als ich Ellie ansah, begriff ich, wie wichtig es auch für mich war, dass sie und Daphne daran glaubten, dass er noch lebte.

Ihr rechtes Ohr – das Ohr, das mir am nächsten war und das meine unzureichenden Worte zuerst erreichten –, eine hauchdünne Haarsträhne fiel darüber, und am liebsten hätte ich sie ihr hinters Ohr gestrichen. Als Baby hatte es so lange gedauert, bis ihr endlich Haare wuchsen, und dann wuchsen sie – und wuchsen und wuchsen und wuchsen, und ich kam nicht mehr hinterher. Sie war in Paris erwachsen geworden, und ich war stolz darauf, auf ihren Stil, ihre Haltung, ihr Selbstvertrauen. In ihrem Alter hatte ich nichts davon gehabt. Ich hatte ein Geschirrtuch und einen Raum voll verschnupfter Männer, die mich Kindchen nannten und mir später andere Namen gaben. Nichts, womit ich nicht fertig wurde, doch ich war zu schnell erwachsen geworden. Vielleicht hatten Ellie und ich mehr gemein miteinander, als ich dachte.

Deshalb: fuck. Ich wollte, dass meine Mädchen so lange Mädchen blieben, wie sie Mädchen sein wollten. Dass Ellie es nicht länger war, lag an mir. An Paris. An Robert.

»Ach, Ellie. Ich weiß nicht, ob Dad zurückkommt«, sagte ich, und es war fast eine Erleichterung, endlich etwas über Robert zu sagen, das die volle Wahrheit war.

»Du hast nichts von ihm gehört?«, fragte sie.

»Ellie, das würde ich euch doch sagen.«

»Würdest du?«

»Ellie.«

»Du weißt etwas«, sagte sie.

Ich weiß, dass du von der Brücke gefallen bist, dachte ich. Ich weiß, dass dieser Fluss die Seine ist. Ich weiß, dass der Eiffelturm fünf Kilometer entfernt ist und Milwaukee sechseinhalbtausend. Ich weiß, dass deine Augen, so wie Daphnes, wie seine, grau sind. Ich weiß, dass ich ihn in dir sehe. Ich weiß, dass ich ihn jeden Tag sehe. Jeden Tag sehe ich dich. Ich sehe dich und denke: Wie kann es möglich sein, dass er tot ist?

»Tu ich nicht«, sagte ich, denn tat ich das? Ich wusste nichts. Nichts mit Sicherheit. Nichts, worauf sie ihre Hoffnung stützen konnte. Oder ich meine. Noch nicht.

Sie sah mich eine Ewigkeit an. »Tust du nie«, sagte sie und begann die Stufen nach oben zu steigen.

Wie soll ich erklären, was dann geschah? Ich ging mit Declan tanzen, obwohl meine Tochter krank und sauer auf mich war. Beziehungsweise: Ich ging, weil sie es war.

Declan und ich schrieben uns stundenlang hin und her – was anfangs wie eine witzige, spontane Idee geklungen hatte, erforderte mehr Planung und Warten als gedacht. Declan sagte, natürlich täte es das. Kein Laden, der sich lohnte, lohnte sich vor Mitternacht. Deshalb legte ich mich kurz hin, dann lief ich durch die Wohnung, machte mir Kaffee, lauschte den schlafenden – nicht hustenden – Mädchen und lief erneut durch die Wohnung. Ich hätte nicht gehen sollen. Ich hätte nicht mit Ellie diskutieren sollen. Ich hätte ein ernstes Gespräch mit Daphne führen sollen. Das würde ich, nahm ich mir vor. Morgen. Erst würde ich mit Daphne reden, dann mit Ellie. Und das Gespräch würde besser verlaufen als heute Abend, weil ich vorher beim Tanzen ein bisschen Stress ablassen würde. Robert brauchte Schreibfluchten, ich würde Tanzfluchten einführen.

Endlich schrieb Declan, dass mich in zwanzig Minuten ein dreirädriges Minitaxi – eine sehr inoffizielle Taxi-App, von der er vorhin von einem Jungen im Laden erfahren hatte – abholen würde.

Ich schlenderte durchs Geschäft. Ich hatte den Laden und die Bücher gern für mich allein. Als Kind wurde ich meistens mit einem Küsschen auf die Wange ins Bett gebracht, worauf meine Mutter wieder nach unten ging, um meinem Vater in der Bar zu helfen. Ich vergrub mich in Büchern. Nicht nur mein geliebter *Roter Luftballon*, sondern alles, was die Bücherei zu bieten hatte oder ich für ein paar Cent auf Flohmärkten erstehen konnte. Nancy Drew und die Hardy Boys und *Milos ganz und gar unmögliche Reise* und Olympia-Almanache und eine einsame Enzyklopädie aus den sechziger Jahren, Band K, mit dem ich all meine Aufsätze in der Grundschule bestritt: Käse, Kniffel, Kuba, Kohle, Kalifornien, Kardiologie, Karl der Große, Kino.

Dass Kino später an der Uni mein Steckenpferd wurde, sei nur eine logische Folge, erklärte mir einmal ein blasierter Professor: Meine Kindheit sei ja sehr ärmlich gewesen. Doch das war sie nicht. Ich habe die ganze Welt gesehen, in Frankreich »gelebt«. Ich mochte Filme (doch nur auf großen Leinwänden – Fernseher erinnerten mich an die Bar), aber Bücher werde ich immer lieben.

Kurze Zeit hatte ich befürchtet, dass Roberts Verschwinden mir diese Liebe vergällen würde – ich sah, wie Bücher, das Geschäft mit Büchern, ihn langsam kaputtmachten. Deshalb war es eine große Überraschung, dass mich das Geschäft mit Büchern, so schlecht es auch lief, trug.

Es hätte mich stören sollen, täglich an Roberts Manuskript erinnert zu werden. Daran, dass es in Paris bessere Arten gab, Geld zu verdienen, aber auch Geld zu verlieren. Doch es ist so ein bezaubernder Laden. Es ist so ein intimer Beruf. Ich mag Carl, Shelley, Molly und meine anderen Kunden. Aber ich liebe das schummrig gelbe Licht in dieser einen Ecke, darunter ein Stuhl, und auf dem Stuhl nur ich und ein Buch, in der Welt zu Hause.

Ich habe es den Mädchen nie erzählt, aber ich mag das geographische System unseres Laden unter anderem deshalb, weil es mich an Roberts und meine Abenteuer in Wisconsin erinnert, die Möglichkeit in Nullkommanichts die weitesten Strecken zurückzulegen, von Moskau bis Kuba. Doch was ich an diesen Städten auch mochte, an jedem einzelnen unserer Bücher, ist die Hoffnung, die tief darin begraben liegt. Paris, Frankreich – oder Paris, New York –, hat nicht funktioniert? Nicht schlimm. Versuch's mal mit Paris, Wisconsin. Diese Hoffnung ist unverwüstlich. Jede Stadt, jedes Buch ist eine Art zu sagen: Sieh doch, es gibt einen neuen Weg, einen anderen Weg. Jedes Buch im Laden ist ein neuer Anfang. Jedes Buch ist die Wiederholung einer sehr alten Geschichte. Jede Buchhandlung ist wie ein Tresor für die Zivilisation. Wie diese Höhle in Norwegen – Norwegen, Norwegen, nicht Norwegen, Wisconsin –, wo das Saatgut gelagert wird, das den Planeten retten soll: Tief in meiner Buchhandlung lagern wir eben jenes Saatgut. Es muss kein großer Laden sein, nur ein guter. Unser Laden führt ein paar Tausend Bücher. Sie bewegen sich zwischen 10 und 200 000 Wörtern. Sagen wir, der Durchschnitt liegt bei 50 000. Ich habe Millionen, vielleicht Milliarden Wörter vorrätig. Wenn die Welt untergeht – und das tut sie schließlich ständig –, kommen Sie vorbei. In meinen Milliarden sind bestimmt ein oder zwei Wörter dabei, die alles wieder in Ordnung bringen. Fangen Sie einfach irgendwo an. Fangen Sie mit *bonsoir* an.

So wie Madame es jetzt tat. Sie materialisierte sich wie ein Gedanke, der Gestalt annahm. Sie war in der hintersten Ecke des Ladens gewesen und kam jetzt hervor.

»Oh, Sie haben mich erschreckt«, sagte ich.

Madame reckte das Kinn. *»Bonsoir«*, wiederholte sie.

»Bonsoir, Madame. Je suis désolée. Excusez-moi de vous déranger.« Carl nannte diesen zweiten Satz ein Ab-

rüstungsabkommen in fünf Wörtern. Entschuldige dich immer, dass du gestört hast, selbst wenn du es bist, die gestört wurde.

Es funktionierte. »Nein«, sagte sie, »mir tut es leid. Ich hätte Licht machen sollen. Aber ich wollte nicht von der Straße gesehen werden, und …« Sie ging hinter den Tresen, als wollte sie abkassieren. Das Licht war gerade hell genug, um unsere Gesichter zu erkennen, eine Szene aus einem alten Film. »Früher bin ich immer runtergekommen, wenn ich nicht schlafen konnte. *Et vous?*«

»Und ich«, sagte ich und tat, als hätte auch mich die Schlaflosigkeit hergeführt. Ich würde ihr nicht erzählen, dass ich ausgehen wollte, schon gar nicht, dass ich mit dem Mann ausgehen wollte, der zuvor mit einem Vortrag über Apps eine Horde Menschen in ihren Laden gelockt hatte.

Ich nahm mir vor, wenn das Minitaxi jetzt käme, würde ich es ignorieren, so tun, als wäre es nicht für mich. Ich würde nach oben gehen, Declan eine SMS schreiben, ihm sagen, dass sich der Plan geändert hatte.

Ich setzte erneut an: »Und …«

Doch ich wusste nicht, was ich sagen sollte. Während der Wintermonate hatte Madame sich von uns zurückgezogen und bis zu einem gewissen Grad auch von Annabelle und Peter, obwohl sie die beiden gelegentlich bei George besuchte. Doch im Laden, im Treppenhaus sahen wir sie immer seltener. Anfangs hatte ich ihre Abwesenheit der neu gewonnenen Freiheit zugeschrieben, die sie ausnutzte – und tatsächlich besuchte sie Freunde außerhalb von Paris und fuhr einmal durch den Eurotunnel nach London –, doch in letzter Zeit fragte ich mich, ob sie es bereute, uns aufgenommen und mir die Zügel überlassen zu haben. (Sie schien nicht zu bereuen, unser Geld angenommen zu haben, das ihre Reisen finanzierte.)

»*Oui?*«, fragte sie, abwartend.

»Ich wollte mich bedanken. *Mille mercis.*«

Sie stütze sich auf den Tresen, um mich genauer mustern zu können. Ich habe keine Ahnung, wie alt sie war, siebzig oder achtzig oder eine zwanzigjährige Yoga-Lehrerin, die vorzeitig ergraut war. »Danke, aber wofür?«

»Für … Für die Wohnung, für den Laden. Für die Bücher.«

Sie lächelte. Mit den Augen jedenfalls. Und jetzt zeigte sie auf ihre Augen, ein Hinweis, den ich nicht sofort verstand.

»Die Creme! Ja.«

»Sie funktioniert«, sagte sie.

Das tat sie nicht, ich benutzte sie gar nicht, doch ich nickte. Paris funktionierte. Ich funktionierte. Einen Film hatte ich noch nicht gemacht, doch ich hatte für uns einen Ort zum Leben gefunden, für mich einen Ort zum Arbeiten, für die Mädchen eine Schule. Mein Französisch war dürftig, doch es reichte, um ein Buch zu verkaufen oder ein Baguette oder einen Schal oder Joggingschuhe zu erstehen. Ich benutzte die Schuhe, um an vier Tagen die Woche an der Seine entlangzujoggen, hatte also nicht nur wegen Stress und Sorgen abgenommen. Ich lebte in Paris, Frankreich. Allein das ist eine olympische Leistung. Nur vielleicht zwei oder drei Städte weltweit wecken ähnlichen Neid. Paris, Wisconsin, gehört nicht dazu.

Ich weiß nicht, woher Madame wusste, dass ich log, doch ihre Augen hörten auf zu lächeln. Sie musterte mich, sie schaute nach draußen, sie atmete tief ein. »Ich bin dumm«, sagte sie.

»Madame …«

»Nein«, sagte sie und kam hinter dem Tresen hervor, um ihren Abgang vorzubereiten. Durch die Geheimtür, durch das winzige Büro, die schmale Hintertreppen hinauf. Doch zuvor, eine Erklärung: »Mir war bis eben nicht klar, dass Sie weggehen wollen.«

Einen Augenblick später würde ich begreifen, dass ich sie missverstanden hatte. Sie meinte das lustige dreirädrige Auto, Declans Taxi, das gerade vorgefahren war, doch zuerst dachte ich, sie hätte meine Seele geröntgt und wüsste besser als ich, wann wir Paris verlassen würden.

»Madame!«

»Wissen es die Mädchen?«

Stimmte es, dass wir weggehen würden? War sie Hellseherin? Wie konnte sie so etwas wissen? Sie konnte es nicht.

»*Bonsoir*, Madame«, sagte sie.

»Ich glaube, mein Mann lebt«, sagte ich, so leise, dass ich nicht sicher war, ob sie mich gehört hatte.

»Fährt er das Taxi?«, fragte sie und deutete mit dem Kopf zum Fenster. Und da drehte ich mich endlich um, sah den wartenden Wagen und begriff, dass sie davon redete und sich fragte, ob die Mädchen davon wussten.

Oder auch nicht. *»Bon courage«*, sagte sie und ging. Das bedeutet so etwas wie viel Glück, aber wörtlich übersetzt heißt es guten Mut, was mir als Mahnung diente. *Es gibt verschiedene Arten von Mut, Leah, für verschiedene Situationen. Entscheide dich heute – ausnahmsweise mal – für den guten Mut.*

Das Minitaxi konnte die Adresse, die Declan mir genannt hatte, nicht anfahren, weil die Straße voller Menschen war. Als ich endlich ankam, holte Declan mich draußen ab. Küsschen, Küsschen, eine Wange, die andere, wo waren meine Freunde? Konnten nicht kommen, sagte ich, und er grinste und stellte mich zwei jungen Frauen vor, die in der Nähe standen. Alte Freundinnen? Neue? Verirrte Studentinnen? Ich überlegte, ob ich sie aus dem Laden kannte, aber natürlich nicht. Natürlich hatte Declan ein Leben, das außerhalb von meinem stattfand. Natürlich hatte er andere

Freunde. Und manche Freunde waren Frauen. Jünger als ich. Jünger als er.

Robert hatte immer jünger als ich ausgesehen, und das hatte mir gefallen. Ich fand, es ließ mich begehrenswerter wirken und verwegener, als ich war. Doch jetzt sahen die Leute mich an, und ich sah mich durch ihre Augen und sah, dass ich älter war. Reflexartig knetete ich meine rechte Hand, die Hand, die Robert immer gehalten hatte. Aber Robert hatte meine rechte Hand gehalten, weil sie zu seiner linken passte. Seine rechte Hand schmerzte oft – vom Schreiben, behauptete er. Die ersten Entwürfe schrieb er mit der Hand. Anfangs fand ich das bezaubernd, später war ich genervt. Es müsse doch irgendeinen Aspekt des Schreibens geben, der nicht mit Leiden verbunden ist, sagte ich, und meistens hielten wir dann nicht mehr Händchen.

Von drinnen rief ein Kellner. Declan kippte seinen Kurzen, die Mädchen kippten ihre, ich nippte an meinem – keine Ahnung, was es war – und Declan führte uns hinein. *Dansons!*, rief er, aber drinnen war es noch voller als draußen.

Er zog uns in die Bar, tiefer und tiefer, was nichts nützte, denn es wurde nur immer voller, kein Platz zum Tanzen. Doch dann kamen wir an eine Tür, vor der zwei sehr große Männer standen. Vielversprechend. Sie ließen Declan durch, ohne mit der Wimper zu zucken, doch als ich ihm folgen wollte, hielten sie mich zurück. »Aber das ist mein Freund«, sagte ich auf Englisch. Mein Freund war inzwischen längst in der Menge verschwunden.

»Mon ami«, verbesserte ich mich.

»Non«, sagte einer der Türsteher. *»Toi, c'est non.«*

Und das war's. Der Türsteher rettete mich vor mir selbst. Wie wundervoll für die vielen hilflosen Frauen dieser Welt, dass es so viele Männer gibt, die in gefährlichen Situationen auf uns aufpassen – zum Beispiel, wenn wir einen Nachtclub betreten wollen.

Doch jetzt schlüpften Declans andere »Freundinnen« an mir vorbei, ziemlich unverhohlen nickend und kichernd. Lächelnd ließen die Türsteher sie vorbei.

Auf Französisch zu diskutieren ist mir schon immer schwergefallen, deshalb beschloss ich, den Vorgang zu beschleunigen. Es war eine heikle Angelegenheit mit dem *Bakschisch*, der kleinen Summe, die den Weg freimacht, und ich wusste nie, wie viel ich wem geben sollte. (In Milwaukee war das einfacher gewesen: Wenn ein Schneesturm anstand, musste die Schneefräse repariert werden. Mit einer Flasche Jack Daniels rückte man auf Platz Eins der Warteliste. Hatte ich jedenfalls gehört – um so etwas kümmerte sich Robert.)

Ungeschickterweise hatte ich einen Fünfzig-Euro-Schein in meinen BH gesteckt, bevor ich den Laden verließ, weil ich keine Tasche mitnehmen wollte, und war mir dabei sehr originell vorgekommen. Ehrlich gesagt, hatte ich nicht damit gerechnet, Geld auszugeben, dazu war Declan ja da (und um mein Handy einzustecken, das ich ihm draußen gegeben hatte). Nun stand ich hier und fummelte das Bargeld aus meinem Top – etwas, das ich zuletzt mit neunzehn gemacht hatte.

Leider kam das bei den Türstehern nicht gut an, und dass ich daraufhin nach einem kleineren Schein suchte, machte sie nur noch nervöser, und einer der beiden fing an, den anderen zu bedrängen. Sie sprachen sehr schnell, mit breitem Akzent, doch ich konnte verstehen, was sie sagten: Es war ihnen peinlich, dass ich versuchte, ihnen Geld zu geben. Tja. Nicht nur ihnen. Ihre nächsten Worte verstand ich jedenfalls einwandfrei: *Vite, vite,* sagte der eine und winkte mich schnell durch, ohne mein Geld anzunehmen. Ich beharrte nicht darauf, sondern steckte das

Bargeld wieder ein, blinzelte einmal und ging durch die Tür in eine andere Welt.

Blau, dann lila, dann ein weißer Blitz, dann schwarz. Stufen zu einer schwindelerregenden Wendeltreppe gedrängt, ohne Geländer. Eine winzige enge Bühne. Ein Kronleuchter, von dem Licht tropfte. Videoprojektionen, die von den Wänden über die Decke, den Boden, die Gäste glitten. Ich entdecke Declan an der Bar. Ich schreie ihn an, weil er mich an der Tür hat stehen lassen. Er kann mich nicht hören; ich kann mich selbst nicht hören. Die Musik wummert, umgibt mich, eher Puls als Geräusch, und ich fühle sie dort, genau dort, in meiner Brust und dann tiefer. Declan dreht sich von mir weg, immer noch lächelnd, und dreht sich dann, nur einen Augenblick später, wieder zurück, ein Getränk in der Hand, etwas Klares, Wodka. Ich schüttle den Kopf. Eines der aufreizenden Mädchen nähert sich Declan, und er nickt, lächelt und reicht ihr sein Getränk. Sie verschwindet auf die Tanzfläche. Ich bin auf der Tanzfläche, die von einem klebrig matten Schwarz ist. Alle sind auf der Tanzfläche. Der Raum ist ganz Musik, ganz Tanzen.

Declan ist eine Stimme in einem linken Ohr. Meinem linken, meinem rechten. Er sagt dies, das. Sieh nur dort, hier. Ich weiß nicht, ob er das immer macht, wenn er betrunken ist, oder ob er das immer macht. *Regardez* diese Kirche, die Ecke hier, das Fenster da. Heute Nacht fragt er mich, ob ich den Mann im Smoking dort drüben sehe, wie cool, wie lustig, wie Paris ist der? Ich sehe nicht hin, denn wenn er einen Smoking trägt, ist er nicht Robert. Ich sehe hin. Er ist nicht Robert. Ich nicke, ich lächle, ich tanze. In zwei Ecken des Raumes schaukeln Plattformen an Ketten, oder ich schaukle. Declan neigt sich wieder an mein Ohr: *Der DJ ist der Freund vom Freund eines Freundes.* Neigt sich zurück, tanzt, dreht sich, ist wieder an meinem Ohr:

Ich war Abschlussballkönig. Ich lächle, nicke. Ich kann nicht aufhören zu tanzen. Er kann nicht aufhören zu reden. Ich will genervt sein, schaffe es aber nicht, weil er jeden Satz mit einem Lächeln sagt, mit seinem Atem an meinem Ohr, mit seinen Händen an meinen Armen, um sich abzustützen oder damit ich nicht davontreibe. *Ich kenne in der Nähe ein Café,* sagt er endlich, und ich sage endlich ein Wort an einem Ohr, *sei,* ein Wort an dem anderen, *still.*

Der Ausdruck auf seinem Gesicht, die Lippen geöffnet, zu gleichen Teilen Lust und Verlangen. Das war ich, denke ich. Ich tanze. Ich kann alles tun, denke ich. Ich tanze. Alles. Ich reite die Musik, schweißnass, und beobachte und warte, dass Declan sich wieder zu mir beugt, was er schließlich tut. *Lass uns gehen.*

Wir sind nicht weit genug gegangen. Wir wurden von einem kleinen Café zwei Straßen weiter abgelenkt. Beziehungsweise ich. Ein kleiner Mann, breiter weißer Schnurrbart, zerknitterte Schürze, hielt uns an. Er winkte mit zwei Speisekarten. Declan winkte ab. Doch ich blieb stehen. Die restlichen Cafés in der Stadt – das heißt die Cafés, die so etwas überhaupt nötig haben – beschäftigen junge Frauen, meist Osteuropäerinnen, allesamt hübsch, um Kunden anzulocken. Aber nicht hier. Hier dieser Mann. Aus einer anderen Zeit, aus einer anderen Welt, und er verbeugte sich, nahm meine Hand, küsste sie. Nur den Bruchteil einer Sekunde länger und es wäre zu viel gewesen, doch er wusste das. Er küsste Hände seit Jahrzehnten. Er hob den Kopf, platzierte uns an einem Tisch, zündete eine winzige Kerze zwischen uns an.

Declan bestellte einen Kaffee, doch mir war plötzlich nach Bier zumute, und so änderte er seine Bestellung. In meinem Erinnerungsalbum von Paris – und ich besitze eines, das ich aus meinem eigenen Laden geklaut habe, mit schönen cremefarbenen Seiten und einer kleinen Hülle mit altmodischen Fotoecken zum Einkleben von Fotos, was ich gedenke, eines Tages zu tun, sollte ich je in der Lage sein, in die Vergangenheit zu reisen und all die Fotos zu knipsen, die ich versäumt habe zu knipsen – werde ich eine Seite diesen beiden Bieren widmen, diesem Tisch, diesem Abend. Wir redeten und wir lachten. Lachten laut. Irgendwie war plötzlich alles witzig. Declan war so schön, so schlau, verstand sich so gut auf Kinder – vor allem auf meine Kinder. Und natürlich auf Taxis. Darauf, Clubs zu finden. Ohren.

»Man sollte doch meinen, ein Ring würde Männer fernhalten«, sagte ich und prostete dem schnurrbärtigen Lockvogel zu, der wieder den Straßenrand beackerte und nach anderen Händen griff, die er küssen konnte. Unsere Biere waren in birnenförmige Gläser gegossen worden, doch ich nahm einen Schluck direkt aus der Flasche, während ich meinen kleinen Ring betrachtete. Er zwinkerte mir zu. Ich zwinkerte zurück. Nur zum Spaß.

Doch Declan lachte nicht. Er nippte ebenfalls an seinem Bier und wandte sich ab.

»Was ist?«, fragte ich.

Er betrachtete mich aufmerksam und wartete.

»*Excusez-moi de vous déranger*«, sagte ich und lächelte. Er lächelte nicht. »Carl nennt das ein Abrüstungsabkommen«, murmelte ich.

»Was …? Warte, wer ist Carl?«

»Ach, Carl ist einer meiner drei …« Declans Gesicht, eine besorgniserregende Mischung aus Abscheu und Schmerz, ließ mich verstummen. »Oh, du bist eifersüchtig. Bitte, ich …«

»Bitte«, sagte Declan.

»Carl ist ein Kunde. Aus der Buchhandlung. Einer von drei, ein Witz der Mädchen. Er mag Krimis, er könnte mein Großvater sein.«

»Und ich?«, fragte er.

Ich schüttelte den Kopf. »Nein«, sagte ich. »Nein, ich glaube, du nicht.«

»Leah, mach keine Witze.« Genau das höre ich schon mein ganzes Leben von Männern (vor allem von Psychologen). Außer von Robert. Er hat das nie gesagt. Vielleicht weil er nie begriffen hat, wann ich scherze, aber dennoch mochte ich das an ihm. Von Robert habe ich nie ein Nein gehört. Zu dem Fußballeltern-Abend-DJ, der Menge, den Lärmbelästigungspolizisten und schließlich der ganzen Welt: Ja, zu denen hatte er *Neeeiiinnn* gesagt.

Aber zu mir sagte er das nie, nicht bis zu jenem Abend, als ich sagte: *Du brauchst Hilfe. Professionelle Hilfe.* Keinen Werkzeugkasten, wie ihn uns der Therapeut angeboten hatte, sondern stationäre. *Nein*, hatte er gesagt.

»Ich sollte gehen«, sagte ich zu Declan. »Kein Witz.«

»Bitte geh nicht.«

»Declan.«

»Leah, wir … wir haben viel Zeit miteinander verbracht. Ich mag das. Ich mag dich. Ich möchte gern – nicht heute, vielleicht ist das zu früh oder zu schnell, oder vielleicht auch nicht –, verdammt, warum ist das so schwierig? Ich komm mir vor wie mit fünfzehn.«

»Mit fünfzehn hatte ich keine zwei Töchter«, sagte ich mit Blick auf meine Bierflasche.

»Darum geht es?«, fragte er. »Denn, ich meine, natürlich. Aber vielleicht an einem anderen Abend oder Tag, es sei denn, tagsüber ist seltsam – war seltsam.«

»Nein, das hier ist seltsam.«

Möglicherweise baten mich Männer immer, keine Witze zu machen, weil ich nicht besonders gut darin war. Denn alles was sie wollten, alles was Declan wollte – und vor ihm Robert –, war eine ehrliche Antwort. *Leah, ist zwischen uns alles in Ordnung?*

Declan nahm meine Hand, meine linke Hand. Seine war trocken und glatt und hart. So fühlte sich Declans Hand an. So fühlte es sich an, wieder gehalten zu werden.

»Das ist seltsam«, sagte er und tippte behutsam mit dem Daumen an meinen Ring, einmal, zweimal. Dann ließ er los. Es fühlte sich an, als stünde ich auf einer dieser an Ketten aufgehängten Plattformen im Club und sie würde plötzlich nachgeben. »Ich meine, ich verstehe es«, sagte er, »oder ich habe es verstanden, aber irgendetwas ist passiert.«

»Ich habe dir erzählt, was passiert ist.«

Ich dachte, ich hätte inzwischen gelernt, besser zu lügen, so oft wie ich es in letzter Zeit tat.

»Nein, irgendetwas ist kürzlich passiert. Nicht heute. Davor. Irgendetwas hat sich verändert. Wir haben Zeit miteinander verbracht, wir hatten Spaß.«

»Heute hatten wir Spaß.«

»Du hast gesagt, du magst mich.«

Ich holte kurz Luft. »Stimmt.«

»Und irgendetwas ist passiert. Ich will sagen, irgendetwas ist auf dieser blöden *Madeline*-Führung passiert.«

Ich holte tief Luft. »Offensichtlich.«

Er wartete, schüttelte den Kopf. »Siehst du?«, sagte er. »So wie jetzt gerade, dieser Blick: Du bist gar nicht richtig hier.«

»Ich könnte nicht mehr hier sein. Ich bin genau hier.«

»Du bist abgelenkt.« Ein Rückzug, sagte sein Blick, doch das ignorierte ich. »Ich … ich versteh das nicht«, sagte er sanfter. Es war schrecklich anzusehen. Es musste noch schrecklicher sein, mich anzusehen. »Es sei denn … Gibt es einen anderen?«, fragte er. Er schaute wieder auf den Ring. »Ich meine nicht …«

Es war so wundervoll und grausam zugleich, dass er nicht Robert meinte. Ich aber tat es. Es gab einen anderen. Es gab zwei Wörter in einem Buch: *Verzeih mir.* Es gab hundert

Seiten eines Manuskripts, zwei Töchter auf einer Brücke, einen Ehemann, der vielleicht dort gewesen war.

Ich hörte das Pling meines Handy in Declans Tasche: Und da war es wieder, das Leben, das reale Leben, das ich lebte, nicht das sorglose Pariser Leben, das Declan vermutlich führte. Noch ein Pling und noch eins, ein kleiner Amboss, auf dem Unbehagen zu Wut gebogen werden konnte.

Was, wenn es Ellie war? Oder Daphne? Oder Eleanor, mit Neuigkeiten?

Oder, genau zur richtigen Zeit, Robert höchstpersönlich?

Declan holte mein Handy aus der Tasche und schaute aufs Display. »Mist«, sagte er. Selbst von gegenüber sah ich die Fülle von Nachrichten und Benachrichtigungen. »Tut mir so leid«, sagte er, »ich hab es nicht gehört oder gefühlt.«

Er beugte sich zu mir über den Tisch und legte das Handy behutsam zwischen uns. »Ich glaube, du hast ein paar Anrufe verpasst.«

Das Display gab genauer Auskunft: zehn verpasste Anrufe, sechs Sprachnachrichten und zwölf SMS. Die letzte, von Ellie, wurde automatisch angezeigt.

Die Ärzte sagen, sie müssen mit der Mutter sprechen …

Kapitel Elf

Declan wollte ein »richtiges« Taxi rufen, doch ich lehnte ab und stieg in ein illegales, das neben uns hielt, während wir noch diskutierten.

Ein Riesenfehler. Mein Fahrer war nicht kriminell, doch er sprach weder Französisch noch Englisch und er kannte sich in Paris nicht aus. Außerhalb des Marais ging es mir nicht anders, und deshalb merkte ich nicht einmal, wie weit wir vom Kurs abgekommen waren, bis Ellie – mit der ich hektisch simste – meinte, ich sollte den Fahrer fragen, wohin zum Teufel er fuhr, als sie mich (beziehungsweise mein Handy) am Père Lachaise geortet hatte.

Ich sah aus dem Fenster. *C'est vrai*, der Friedhof. Ich ließ den Fahrer anhalten, und mithilfe meiner Karten-App und etwas Gekreische erfuhr ich, dass er mich zum Flughafen fuhr. Natürlich: Das war das Einzige, was er mit hysterischen Amerikanerinnen anzufangen wusste. Ich sagte ihm, meine Tochter sei krank, sehr krank und stieg aus und ging zu Fuß weiter. Er pöbelte mir nicht einmal hinterher. Oder wenn er es tat, hörte ich es nicht. Doch zwei Polizisten tauchten auf. Entweder hatten sie mich gehört oder es gab einen Fahndungsbefehl für eine Irre, eine Betrügerin, die schlechteste Mutter in ganz Paris.

Nachdem sie mich schließlich überzeugt hatten, dass sie mich nicht verhaften würden, nahm ich ihr Angebot an, mich zum Krankenhaus zu fahren – das Hôpital Necker-Enfants Malades.

Ellie wartete am Ende der Straße auf mich.

»Wo warst du?«.

»Wie geht es ihr?«, fragte ich.

»Ich meine, dein Handy hat mir gezeigt, wo du bist, aber …«

»Ellie, Ellie, Ellie«, sagte ich, während die Welt an mir vorbeiflog. Nicht, dass wir so schnell gingen – ich weiß nicht, ob wir überhaupt gingen. Ich hatte eher das Gefühl zu schweben, zu treiben, schwerelos, alles außer Ellie war verschwommen. Wo war Daphne? Wo war meine Tasche?

Ellie redete. Französisch, Englisch. Sie redete mit mir.

»Die Ärzte müssen eine Spinal… wie nennt sich das? Eine Spinalpunktion machen«, sagte sie.

»Ist das deren Übersetzung oder deine?« Ob das Krankenhaus einen Übersetzer hatte? Daphne war unsere beste Übersetzerin.

»Das ist keine Übersetzung«, sagte Ellie. »Das haben sie gesagt, genau so, dieses Wort, auf Englisch. Auf Französisch haben sie etwas über den unteren Rücken gesagt. Und *ponction.*«

»Wie bist du auf dieses Krankhaus gekommen? Hat Madame euch hergeschickt? Der Laden ist meilenweit entfernt.«

»Ich hab bei ihr geklopft, aber sie hat nicht aufgemacht. Ich habe es nicht weiter versucht. Daphne hat mich geweckt. Sie hat dich gesucht, aber du warst nicht in deinem Zimmer. Sie war … Man hat sofort gesehen, dass es ihr nicht gut geht. Sie redete wirr, dann ist sie zusammengesackt und nicht wieder aufgestanden. Ich hab *les pompiers* gerufen, und als sie kamen, sagten sie, dieses Krankenhaus sei das beste für jemanden wie Daphne«, erzählte sie. »Glaub ich jedenfalls. Sie haben mich nach dir gefragt. Ich habe gesagt, du bist unterwegs, aber inzwischen waren wir hier. Im Kinderkrankenhaus.«

Ellies Stimme, jetzt höher, fing an zu beben. »Sie haben

mir eine englische Broschüre gegeben. Da steht, sie haben das Stethoskop erfunden.«

Der erste Eingang, durch den wir gingen, sah aus, als könnte das stimmen: ein hoch aufragendes, rostiges schmiedeeisernes Tor mit spitzen Zacken. In was hatte das Krankenhaus seit diesem ersten Stethoskop investiert?

»Okay, okay«, sagte ich. »Ellie, wo ist Daphne?«

Sie führte mich durch einen uneben gepflasterten Hof und dann durch noch einen, vorbei an den Rauchern, den Weinenden, einsame Gesichter, von den Displays ihrer Handys grau beleuchtet. Schließlich erreichten wir einen modernen Flügel mit Glaswänden, aggressiv stylischer Einrichtung. Ganz in der Nähe ragte ein Cartoon-Hund mit knallorangem Haarschopf empor. Sicher hatte er schon mehr als einem Kind Angst eingejagt.

»*Daphne, nom de famille, Ea…*«, sagte ich zu der Frau am Empfang, bevor Ellie mich wegzog.

»Das haben wir längst erledigt«, sagte sie und ging voran. »Aber du musst später unsere *carte Vitale* vorbeibringen.«

»Du kannst doch nicht einfach so reinmarschieren«, sagte ich, während wir genau das taten.

»Du kannst doch nicht einfach so deine Kinder allein lassen. Wo warst du?«

»Ellie.«

»Ich hab kein Problem damit, die Verantwortung zu übernehmen, okay? Unter normalen Umständen. Aber was … Was hätte ich tun sollen? Ich wusste nicht mal, welche Nummer ich wählen muss. Asif meinte 112.«

Es war tatsächlich verwirrend, es gab den Notruf hier in verschiedenen Geschmacksrichtungen, und Geschmäcker waren verschieden.

Aber egal. Wo war Daphne? Sollte wirklich eine Spinalpunktion gemacht werden? Ich hatte keine Ahnung, wo wir hin sollten, aber ich hatte halb angefangen zu joggen, sodass ich Ellie überholte, sodass sie sah …

»Was hast du an?«

Ich zog den Rock runter und scheuchte sie weiter. Wir hetzten einen türkisen Gang entlang, dann einen gelben. Die Farbe, das Design, alles war zu laut, umso mehr, als der Rest des Krankhauses viel zu still war. Ein Schrei oder zwei? Ein Weinen? Es schien bitter, sich so etwas zu wünschen, doch das tat ich. Denn wo waren alle? Wo war Daphne? Wir liefen immer schneller. Daphne! Eine Minute folgten wir einer dicken roten Linie auf dem Boden, dann orangefarbenen Pfotenabdrücken. Ellie hatte erwähnt, dass wir unsere Versichertenkarte bräuchten, doch die würde die Kosten nicht abdecken. Die nicht monetären Kosten. Was willst du, Paris?, dachte ich. Gib mir Daphne zurück, dann gebe ich dir mein Leben. Ich hörte Paris verächtlich schnauben. Ich gebe den Laden auf. Ich gebe Paris auf. Eine mächtige Flügeltür öffnete sich, und wir betraten einen riesigen Raum voller Menschen und Lichter und Lärm. Es war, als wären wir auf die Brücke eines Raumschiffs geraten. Kleine kabinenartige Räume hinter Glas umgaben den kreisförmigen Saal.

Ellie führte mich zu Daphne.

Ich zog am Griff der Glasschiebetür. Ellie schrie auf und packte mich. Ich schüttelte sie ab und rüttelte erneut an der Tür. Ellie schrie erneut. Eine Schwester kam. Sie legte eine Hand auf Ellies Arm und eine Hand auf meinen. Sie sah uns abwechselnd in die Augen, dann schloss sie ihre Augen und holte tief Luft. *Atmen Sie*, sagte sie, ohne ein Wort zu sagen. Ellie tat es, ich tat es, und die Schwester, für die ich alles getan hätte, zeigte auf einen Aufkleber an der Tür. *INTERDIT*, stand da. *Verboten.*

»Aber ich bin ihre Mutter«, sagte ich zu der Schwester, die jetzt in die Richtung zeigte, aus der wir gekommen waren. Ich öffnete den Mund, um sie anzuschreien. Ellie trat zwischen uns, Tränen in den Augen, und entschuldigte sich tausendfach bei der Schwester. *Excusez-nous de vous déranger.* Die Schwester nahm die Entschuldigung an, sagte zwei Wörter auf Englisch, *warten Sie*, und verschwand.

Ellie wandte sich an mich. »Wir können reingehen. Sie wollen nicht, dass ich reingehe, aber sie lassen mich, wenn du damit einverstanden bist, was du besser bist, mein Husten ist weg.« Sie hustete.

»Na gut«, sagte ich. »Dann lass uns reingehen.«

Doch ich konnte nicht. Weil ich einen Moment brauchte, um die vergangenen Stunden beiseite zu schieben. Und weil wir erfuhren, dass wir, wenn Ellie zu Daphne wollte, oder ich, einen Mundschutz tragen mussten. Und Latexhandschuhe. Und Hauben. Und leichte flüssigkeits- und tränenresistente mehrlagige Isolierungskittel, die man nicht vorn zuband wie einen Bademantel, sondern hinten, sodass einem jemand helfen musste, wie dein ältestes Kind – was ihr Gelegenheit gab, erneut die Kleider zu begutachten, die ich ursprünglich für den Abend ausgewählt hatte.

»Ist das mein Rock?«, fragte Ellie.

Ich antwortete nicht. Ich war reingegangen. Ich betrachtete Daphne, die nicht mehr wie mein Kind aussah. Dieser Körper hatte die Merkmale meiner Tochter – ihre dunklen, geschwungenen Augenbrauen, ihre Stupsnase, ihr spitzer Haaransatz, ihr allererster Pickel auf ihrem weichen, unbeweglichen Kinn –, doch es konnte unmöglich meine Daphne sein. Ihr Gesicht war wächsern, völlig falsch, unkenntlich. Übelkeit stieg in mir auf wie eine Faust. Wie dumm von mir zu glauben, ich könnte auch nur für eine Minute so tun, als wäre Robert tot. Der Tod hatte nichts mit So-tun-als-ob zu tun. Aber das Leben hatte mit Glauben zu tun. Dieser Körper war Daphnes. Sie lebte und sie würde nur am Leben bleiben, solange ich dort stand und daran glaubte.

Ich hatte das Gefühl, als wären Stunden vergangen, doch es waren nur Minuten. Blut wurde abgenommen. Urin lief durch einen Katheter. Und jetzt tauchte ein Mann in weißem Kittel auf und sprach mit uns. Ich hörte nur Laute. Nach Ellies Geburt übernahm eine Schwester der alten Schule die Nachtschicht, die etwas von enormen Verschwörungen im Gesundheitssystem brummelte, doch vor allem sollte ich mir merken: je kürzer der Kittel, desto neuer der Arzt. Seitdem haben mir viele Ärzte gesagt, das sei nicht wahr, doch ich habe ihnen nie geglaubt.

Der Kittel dieses Mannes reichte nur bis zur Taille wie bei einem Kellner. Das konnte nichts Gutes bedeuten, es sei denn, in Frankreich war das anders. Aber in Frankreich war ja alles anders. Hilflos sah ich Ellie an, die für mich übersetzte.

»Er will wissen, ob sie geimpft ist, gegen …«

Sie unterbrach sich, sagte etwas auf Französisch, während sie in Zeichensprache einen Stift darstellte. Er schrieb etwas auf. Ich finde französische Handschriften kaum lesbarer als Kyrillisch. Die 1en sehen aus wie 7en, und 7en wie wütende Emoticons. Ich konnte sie noch nie lesen.

»Ich weiß nicht, was das ist«, sagte sie und sah den Mann an.

»Sie hatte ihre MMR«, sagte ich. Ellie versuchte zu übersetzen. »Masern, Mumps, Röteln«, sagte ich. Ellie übersetzte. Er schüttelte den Kopf, zeigte auf den Block, sah mich an.

Ellie schaute erneut auf den Block. »Lungenentzündung?«, fragte sie mich und ihn.

»Hat sie nie gehabt«, sagte ich.

Der Mann sprach, ein langes Wort, das ich mit Geduld und Hilfe des Blocks als Pneumokokken-Meningitis entzifferte. Ich hätte nach Hause gehen können und in dem Ordner nachsehen, wo ich ihre Geburtsurkunden und Pässe und Impfausweise aufbewahrte, doch das brauchte ich gar nicht, weil ich es wusste. Damals in Wisconsin hatten die anderen Mütter gemeint, die Impfung sei irgendwie komisch – nicht speziell diese, sondern alle, oder so viele Impfungen auf einmal. Deshalb hatte ich nein gesagt, und Daphne hatte sie nicht bekommen, die Impfung gegen Pneumokokken. Dann war ich mir blöd vorgekommen, und hatte Daphne doch impfen lassen. Nur nicht pünktlich. War das schlimm? *Nein*, hatte Daphnes Kinderarzt in Milwaukee gesagt.

Oder hatte er nicht?

Ich versuchte, all das Ellie zu erklären.

»Heilige Scheiße, Mom!«

»Du hast deine pünktlich bekommen.«

Der Mann sagte etwas in schnellem Französisch zu mir. Meine Sprachkenntnisse kehrten zurück, jedoch langsam, nicht schnell genug.

Er mochte etwas über die verschiedenen Typen von Hirnhautentzündung gesagt haben, dass die Impfung meistens wirkt, aber nicht immer, nicht gegen alles, und sowieso, wer wusste schon, wie die Dinge in Amerika gehandhabt wurden?

Und dann hörte ich *spinal* und *Punktion* und *Risiko* und – das hörte ich definitiv – *reißen Sie sich zusammen*. Ich holte ganz tief Luft und sah Ellie an.

»Er sagt, du sollst dich zusammenreißen, Mom.«

»Ja.«

»Hast du verstanden, dass sie deine Erlaubnis brauchen, um ihren Rücken zu punktieren?«, fragte Ellie.

»Ja«, sagte ich.

»Mom.«

»Wenn es sich um eine Spinalpunktion handelt«, sagte ich – er nickte –, »dann ja. Aber sag ihm, ich will einen echten Arzt, hier und jetzt.«

»Mom!«

»Sein verdammter Kittel ist zu kurz.«

»Wovon redest du?«

Doch er verstand mich. Wie sich herausstellte, verstand er Englisch.

»Der echte Arzt kommt jetzt, zuschauen«, sagte er. »Aber ich echte Punktion machen.«

»Ich will, echter Arzt Punktion machen«, sagte ich in dem gebrochenen Englisch, das ich spreche, wenn mein gebrochenes Französisch versagt.

»Ich bin der Arzt«, sagte er. »Ich schließe Ausbildung ab.« War er dann Arzt im Praktikum? Assistenzarzt? Ich konnte nicht fragen, weil er sich Ellie zuwandte und auf Französisch weitersprach: *Deine Mutter ist verrückt, wenn sie mit diesem kranken Mädchen quer durch Paris zum amerikanischen Krankenhaus in Neuilly fährt, wo der diensthabende Arzt um diese Nachtzeit ein Kieferorthopäde aus Texas ist, der hier Urlaub macht.* Ich nehme an, er meinte Orthopäde, vielleicht aber auch nicht. *Ich bin dafür ausgebildet. So etwas machen wir hier.*

Er musterte mich von oben bis unten und verließ das Zimmer.

»Mom«, sagte Ellie.

»Schatz, tut mir leid. Tut mir so leid. Und es tut mir so leid, dass du mitanhören musstest, wie uns dieser Schwachkopf abkanzelt.«

»Wo warst du?«

Ich sah Daphne an, Ellie sah mich an.

»Ich war nicht da«, sagte ich. Genug damit, die Kosten zusammenzuzählen. Das hatte ich in Paris die ganze Zeit getan. Was Robert für die Flüge bezahlt hatte, was wir für den Laden bezahlt hatten, wie viel das Essen kostete und die Schulsachen und die heimlichen Zigaretten und Kaffees und Fahrkarten für die Métro. Tausende, zehntausende

Dollar, Euro. All das hatte es gekostet, und jetzt kostete es auch das. Daphne wäre nicht krank geworden, wären wir in Milwaukee geblieben. Und wir hätten Milwaukee nie verlassen, wäre Robert geblieben. Wäre er wirklich irgendwo in der Nähe, hätten Daphne und Ellie ihn wirklich gesehen, wäre jetzt, genau jetzt, ein ausgezeichneter Zeitpunkt, um aufzutauchen. Ich dachte diesen Gedanken, bis mir der Kopf wehtat. Ich fragte mich, ob Daphne dasselbe getan hatte, ob es gar keine Hirnhautentzündung war, sondern eine Art Schlaganfall, ein Aneurysma, verursacht durch überstrapazierte Sehnsucht.

»Ich weiß, dass du nicht da warst«, sagte Ellie. »Schon vergessen? Weil ich da war.«

Wir Eltern machen uns so viele Sorgen darüber, dass unsere Kinder die falschen Dinge tun oder sagen. Was wir viel mehr fürchten sollten, sind die Situationen, in denen sie recht haben, in denen wir versagen und uns nur noch entschuldigen wollen – und sie noch nicht alt genug sind, um zu begreifen, dass es genau das ist, was sie von uns wollen und verdienen.

»Es tut mir leid«, sagte ich. Ich wusste um die Menschen hinter dem Glas. Ich wusste, dass sie warteten, wie Ellie, dass ich das Richtige tat. »Es tut mir leid, dass ich nicht da war. Es tut mir leid, dass ich manchmal nicht anwesend war, selbst wenn ich da war. Es tut mir leid, dass ich uns nach Paris gebracht habe …«

Sie winkte ab.

»Es tut mir leid, dass ich dir so viel zugemutet habe …«, sagte ich.

»Und Daphne!«, unterbrach mich Ellie. »Was glaubst du, warum sie krank ist?«

»Das ist nicht der Grund«, sagte ich, obwohl ich es nicht wusste, doch ich sah etwas in Ellies Blick aufflackern – die Hoffnung, dass endlich ein Erwachsener anwesend war, jemand der etwas sagen und wahr machen konnte. Deshalb sagte ich noch etwas, obwohl ich es nicht wusste. »Und sie wird wieder gesund.«

Ellie sah mich an, dann Daphne, sah sich im Zimmer um und sank dann weinend in meine Arme. »Es tut mir leid, Em«, sagte ich und wollte es gerade hundert Mal wiederholen, doch die zweite Silbe war kaum raus, da löste sie sich von mir.

»Und hör zu«, sagte sie. Sie trocknete sich die Augen, so gut es ging mit dem Kittel. »Hör auf, dich mit den Ärzten anzulegen, okay? Wir brauchen hier Freunde.« Obwohl wir nicht einmal nah genug nebeneinander standen, um uns zu umarmen, fühlte ich körperlich, wie sie mich ein zweites Mal zurückwies. Sie ging an Daphnes linke Seite. Ich ging an ihre rechte.

Ich berührte Daphnes Hand, ihr Gesicht, was eigentlich nicht erlaubt war. Durch die Handschuhe fühlte sie sich warm an, aber nicht heiß. Ihre Farbe war diese jenseitige Abwesenheit von Farbe, und ihr Atem ging schnell. Sie lag am Tropf, und ein Monitor an der Stange zeigte ein Labyrinth aus Zahlen an. Ich wusste nicht, ob es gut oder schlecht war. Nur, dass Daphne sich nicht rührte. Ich wollte sie wachrütteln. Ich wollte schreien. Ich wollte mich übergeben. Ich wollte all diese Dinge tun, doch ich wusste, wenn ich auch nur eines davon tat, würde man mich rauswerfen, und Ellie würde wieder allein und verantwortlich sein.

Warum war jetzt kein Arzt hier? Warum war nicht die ganze Zeit eine Schwester bei ihr? Ich drehte mich um, um jemanden zu suchen, auf den ich wütend sein konnte, und als ich mich zurückdrehte, kroch Ellie gerade zu Daphne ins Bett.

»Ellie«, zischte ich. »Das kannst du nicht machen.«

»Ich bin geimpft«, sagte sie. »Hast du gesagt.« Sie lag jetzt neben ihrer Schwester, die Augen weit geöffnet, und starrte Daphne an, nur wenige Zentimeter von ihr entfernt.

»Ellie, das ist … Du kannst doch nicht … Wir bekommen … Was, wenn Daphne …«

Ellie schwieg. Ich schaute mich um, auf der Suche nach einem Arzt, einer Schwester oder, ein letztes Mal, nach Robert. Auf ihn würde Ellie hören.

Und er – das konnte er – würde auf sie hören.

Und er würde sich dazu legen.

Ich schaffte es, das Geländer runterzulassen, ich legte die Hüfte auf die Matratze, ein Bein, ich schlüpfte, ein Zentimeter, zwei, neben sie. Ich war kurz davor, aus dem Bett zu fallen und alles umzureißen – Tropf, Monitor, Schläuche, Vorhang – doch ich fiel nicht. Endlich lag ich neben Daphne, die sich zu ihrem dreizehnten Geburtstag vor gerade mal zwei Monaten *ein Buch meiner Wahl* sowie *etwas Besonderes* gewünscht hatte, was für sie zwei Croissants waren. Eins war Standard in unserer Familie. Zwei waren unerhört. Ich hatte ihr sechs gekauft, und sie hatte gesagt: »Zu viele.« Doch sie hatte gelächelt, und ich hütete dieses Lächeln wie einen Schatz.

»Daphne«, flüsterte ich, während das stillste Krankenhaus der Welt um uns herum klirrte und klapperte und murmelte.

»Ellie«, sagte ich. Ihr Haar passte kaum unter die Haube. Es bauschte sich hinter dem Horizont von Daphnes Profil, eine dicke gekräuselte blaue Wolke.

»Schon gut«, sagte sie, so leise, dass ich mir nicht sicher war, ob ich mir die Worte eingebildet hatte.

»Danke.«

»Wofür?«, fragte sie, ihre Stimme weit weg, schläfrig. Dies war kein Ort zum Schlafen, doch es war so spät, sie hatte so viel durchgemacht.

Ich antwortete nicht. Ich dachte daran, wie wir früher

zusammen im Bett gelegen hatten, Flüstertheater, und dass ich mir in all meinen Träumen nie erhofft hatte, irgendwann hier zu landen. Ich lauschte Daphnes flachen, schnellen Atemzügen und ihrer Schwester, die versuchte, möglichst gar nicht zu atmen. Sei's drum. Ich musste auch nicht atmen.

Wenige Augenblicke später öffnete sich die Tür, und die Stille wurde gebrochen, als man Ellie und mich hinter die Glasscheibe verbannte, von wo aus wir zuschauten, wie unser sehr junger Arzt – jetzt in einem Kittel mit angemessener Länge – die Prozedur vorbereitete, während ein älterer Arzt – einen langen weißen Kittel locker über den Schultern, einen Mundschutz mit Purzelbaum schlagenden orangefarbenen Hunden – müde und gelangweilt zusah. Dann wurde der Vorhang zugezogen.

Als Daphnes Diagnose bestätigt wurde, waren die nötigen Antibiotika schon der Infusionslösung hinzugefügt worden. Ihr Atem beruhigte sich, ihre Farbe kehrte zurück. Und das war so wunderbar anzusehen, dass mein Telefon, das vibrierend eine Nachricht nach der anderen verkündete, sich sehr anstrengen musste, um mich abzulenken. So viele Nachrichten, dass ich es schließlich ausschaltete. Ellie und ich wechselten einen Blick.

Der junge Arzt sagte eine vollständige und schnelle Genesung voraus und verabschiedete sich mit einem Grinsen, als hätte er gerade das Stethoskop erfunden.

Als der nächste Morgen kam, wollte Ellie unbedingt bleiben, doch ich konnte sie überreden, nach Hause zu fahren, um sich umzuziehen und ihr Handy aufzuladen. Madame Brouillard Bescheid zu sagen. Mir Kleidung zu holen. *Ich habe eine schöne neue Jeans, die dir stehen würde*, stichelte Ellie und da wusste ich, dass alles gut war. Ich durfte sie sogar hinausbegleiten, während Daphne schlief. Das größte Geschenk: eine feste, unbefangene Umarmung am Ausgang bei dem Hund.

Nachdem Ellie verschwunden war, nutzte ich die Gelegenheit, um draußen mein Handy anzuschalten und nachzusehen, was ich verpasst hatte, angefangen bei Bluetooth-Marketing – das ich Ellie gebeten hatte auszustellen – von einem Klamottenladen in der Nähe. *Gute Neuigkeiten!* war alles, was ich las, bevor ich die Nachricht löschte. Nicht nur missfiel mir, dass der Laden, wie viele französische Ladenbesitzer, automatisch auf Englisch mit mir kommunizierte, ich hatte auch eine Abneigung gegen das Wort *Neuigkeiten* – eine Marotte von Eleanor und mir. (Wehe denen, die E-Mails mit dem Betreff »Fachbereichs-Neuigkeiten« verschickten.)

Was hatte das Telefon sonst noch für mich? Einen Anruf von Declan, eine Sprachnachricht von ihm und dann eine SMS, in der er fragte, ob alles okay sei.

Ein Anruf von George, keine Sprachnachricht.

Eine Benachrichtigung von United Airlines, die ich zunächst für Werbung hielt, bis ich sah, dass jemand namens ELEANOR mich über ihre Reiseroute informierte: *Ankunft Paris (CDG) am …*

Da rief George erneut an. Ich wusste, er wollte in den Frühlingsferien mit den Zwillingen verreisen. Vielleicht war er schon auf dem Weg zum Flughafen und hatte ihre Pässe vergessen – die Zwillinge hatten Daphne erst neulich Abend ihre diversen Visa und Stempel gezeigt. Oder sie hatten ihre Bücher mit den Gutenachtgeschichten vergessen. Oder irgendein Kleidungsstück. Oder er hatte vergessen, mir etwas zu sagen: Dass ich eine furchtbare Mutter sei.

Ohne Hallo zu sagen, setzte ich zu einer Entschuldigung an. Er schwieg, dann sagte er: *Leah?* Und ich lauschte – im Hintergrund waren Geräusche, die vertraut klangen –, es war kein Flughafen, es war kein Strand. Stand er vor der

Buchhandlung? Ich fragte ihn, entschuldigte mich erneut, falls er damit gerechnet habe, mich dort anzutreffen, weil …

Er schnaubte und sagte, er sei auf dem Gang – oder *einem* Gang im Krankenhaus. Wo ich sei?

Weinroter Schal, dunkellila Hemd, kombiniert mit Nadelstreifenanzug und Socken, die dazu passten und auch wieder nicht. Abgesehen von dem Hund in der Eingangshalle war George die bunteste Erscheinung im Krankenhaus. Er trug zwei Kaffeebecher, was seinen Versuch, mich zu umarmen und Küsse auszutauschen, etwas erschwerte. Einer der Becher glitt in meine Hand, als wir uns vor Daphnes Zimmer auf eine Bank setzten. Ellie hatte mit Madame gesprochen, Madame hatte ihn angerufen, er hatte die Reise abgesagt. Die Zwillinge hatten darauf bestanden. Und sonst hätte er darauf bestanden. Sie liebten Daphne! Wie es ihr gehe?

Ich erklärte, dass wir in achtundvierzig Stunden nach Hause konnten, wenn alles glatt lief, doch bis dahin galten die Quarantänevorschriften.

»Was ist das?«, fragte ich mit Blick auf den Becher, den er mir gegeben hatte. Ich hatte so viel geredet, dass ich noch gar nicht dazu gekommen war, ihn an die Lippen zu setzen.

Er drehte meinen Becher, damit er lesen konnte, was darauf geschrieben stand. »Scotch«, sagte er. »Wie geht es ihr?«

Ich trank einen Schluck und prustete: »Oh Gott!«.

»Pur schmeckt er besser. Verzeih, dass ich ihn mit Kaffee gepanscht habe, aber ich dachte, du brauchst das Koffein.«

Ich stellte den Becher ab und wunderte mich, über den Scotch und über George. »Du hättest die Reise nicht absagen müssen«, sagte ich schließlich. »Sie wird wieder gesund. Es gibt noch Wunder auf dieser Welt. Selbst für Mütter wie mich.«

»Du meinst hübsche?«

Ich schnaubte. Ich war einmal Power-Point-Expertin einer Universitätsprofessorin in Milwaukee gewesen und Spielfeldrandmutter *par excellence* bei diversen amerikanischen Sportarten. Jetzt saß ich in Paris, in einem Krankenhaus, im Rock meiner älteren Tochter, vor dem Zimmer meiner jüngeren Tochter, erschöpft von einer Clubnacht und trank Scotch mit dem bestangezogenen Engländer in Paris.

»Ich bin eine furchtbare, furchtbare Mutter, George«, sagte ich. »Es tut mir so leid … Ich verstehe, wenn du dir für die Betreuung der Zwillinge jemand anders suchst. Ich empfehle dir, jemand anders für die Zwillinge zu suchen.«

»Typisch amerikanisch«, sagte er. »Eine unvollständige Entschuldigung, eine absichtliche Falschauslegung und ein schlechter Rat, alles in einem Atemzug.«

»George.«

»Trink deine Medizin«, sagte er.

Ich lächelte, oder versuchte es wenigstens. »Du bist ganz schön in Fahrt, heute«, sagte ich. Ich warf einen Blick auf sein Getränk. »Liegt das an deiner Medizin?«

»Meiner ist *sans*«, sagte er und schwenkte seinen Becher. »White Chocolate Mocha mit diesem neuen Vitamindings. In Vietnam schmeckt er besser, aber das gilt auch für Baguette. Die bekommen den Bogen hier schon noch raus.«

»Ich hoffentlich auch«, sagte ich nach einer Pause.

»Bitte sei nicht albern, Leah. Wenn überhaupt, dann bin *ich* …«

»Sag nicht, dass du als Vater noch schlimmer bist«, unterbrach ich ihn. »Denn …«

»Denn das bin ich nicht. Ich bin ein phantastischer Vater. Ich hab viel zu tun, ich sehe meine Kinder nicht täglich, aber sie sind wohlgenährt und umsorgt, sie hassen mich nicht, und sie hassen ihre Mutter nicht. Das ist alles mein Verdienst. Ich habe Annabelle und Peter Geschmack und

Manieren und korrektes Englisch beigebracht. Es gibt jede Menge suboptimale Eltern auf der Welt. Ich kenne eine Mutter, die mit einem Scheich verheiratet ist, und eine andere, viel ältere, der ein Haus gehört, das eine Buchhandlung beherbergt. Aber du und ich, wir sind keine schlechten Eltern, keineswegs. Dein jüngstes Kind erholt sich von einer Krankheit, für die du nichts kannst. Dein ältestes Kind hat dafür gesorgt, dass ihre Schwester mitten in der Nacht in einem bürokratiebesessenen, fremden Land die nötige medizinische Versorgung erhält. Du hast dir und deinen Kindern in Paris ein Leben aufgebaut und darin Platz für meine geschaffen. Unterschätze das nicht. Leah, du gehörst für den Elternnobelpreis nominiert.« Er nahm einen Schluck aus meinem Becher.

»Aber ich ...« Ich wusste nicht, was ich sagen wollte. Ich denke, ich dachte, irgendetwas zu sagen, würde Tränen verhindern. Tat es jedoch nicht.

Er reichte mir sein Einstecktuch, das ich nahm und sogar benutzte, obwohl sich der Stoff teurer anfühlte als alles, was ich besaß, zusammen.

»Hierher zu ziehen ... Ich wusste, Paris ist hart, aber nicht so hart«, sagte ich. »Nicht nur das hier ...« Ich verstummte.

Er wartete, bevor er etwas sagte. »Wusstest du, dass ich eine Weile in den Staaten gelebt habe? Ich habe dort Wirtschaft studiert. In Kalifornien. Schockierend, ja. Schockierend war für mich auch, dass ich es dort geliebt habe. Das Leben, die Uni, alles war so leicht. Ich wohnte zwei Straßen von einem Drugstore entfernt – wie heiß er noch? CVS? –, wo es Whiskey und Medikamente und Kondome und Lebensmittel gab, ganz zu schweigen von einem ganzen Sortiment an Batterien. Socken. Er hatte vierundzwanzig Stunden am Tag geöffnet, sieben Tage die Woche. Praktisch. In Paris dagegen wohne ich, wie du auch, weniger als einen Kilometer vom Ufer der Seine entfernt. Karl der Große wandelte hier. Jedenfalls bis er in die Hauptstadt des Heiligen Römischen Reiches, nach Aachen, zog, doch das war sein Fehler. Nicht meiner. Nicht deiner.« Er blickte auf. »Vielleicht ist es hier an einigen Tagen härter. Aber es ist jeden Tag besser.«

Ich gestattete mir ein Lächeln. Ich blickte auf meinen Becher. Er gab ihn mir zurück. »Hat Karl der Große auch schon am Vormittag getrunken?«

Jetzt lächelte er. »Erst nachdem er Paris verlassen hat.« Er hob seinen Becher, um mit mir anzustoßen. »Auf deine Gesundheit.«

Erst nachdem George gegangen war, widmete ich mich wieder meinem Handy. Was wollte United Airlines mir mitteilen? Irgendetwas über Eleanor.

Eleanor?

Ja, bestätigte das Handy, und zeigte ihre aufgestauten Nachrichten, die ich anklicken musste, um sie ganz zu lesen.

Bitte ruf mich an, wenn …

Löschen.

Falls du eine …

Löschen.

Wo bist du …

Löschen.

Und schließlich: *Leah, ich habe …*

Ich klickte die Nachricht an.

… Neuigkeiten.

Kapitel Zwölf

Normalerweise erforderten »Neuigkeiten« von Eleanor einen sofortigen Anruf. Doch ich wollte noch nicht gleich mit ihr sprechen, und schon gar nicht über ihre »Neuigkeiten«, deshalb kam ich ihren mit meinen zuvor, per SMS. Ich erklärte, Daphne sei im Krankenhaus, auf dem Weg der Besserung und würde, wenn alles gut lief, bald entlassen werden und …

Ich weiß, antwortete Eleanor. *Ich bin unterwegs.*

Ellie war mir zuvorgekommen und hatte Eleanor von Daphne erzählt.

Sie erklärte, die »Neuigkeit«, die sie uns so dringend habe mitteilen wollen, sei, dass sie einen Flug gebucht habe, um uns zu besuchen, doch als sie von Daphne erfuhr, habe sie ihre Reisepläne *dramatisch* vorverlegt.

Das Adverb, die implizierte Kursivierung, das Drama: typisch. Oh, was musste sie alles anstellen, um den Flug umzubuchen! Doch was sollte sie sonst tun? Wo wurde sie schließlich am meisten gebraucht? Und so weiter. Während des ganzen Krankenhausaufenthalts erschütterten SMS und E-Mails mein Handy, und zu Hause ging es weiter. Es hätte mich genervt – die Schwestern hatte es genervt –, wenn sich dadurch nicht Daphnes Gesicht zusehends aufgeheitert hätte.

Es ging ihr besser. Vielleicht durch die Aussicht auf Eleanors Ankunft. Vielleicht weil ich nicht von ihrer Seite gewichen war. Vielleicht durch die Medizin. Vielleicht war der Arztkittel doch lang genug gewesen.

Dramatisch vorverlegen heißt für jeden etwas anderes. Für Eleanor hieß es, dass sie an einem Vormittag eine Woche später landete.

An einem Schultag, mit anderen Worten. Ellie bat darum, zu Hause bleiben zu dürfen, nicht nur um sie zu begrüßen, sondern auch, um sich um Daphne zu kümmern. Doch diese bestand stur darauf, in die Schule zu gehen – die Ärzte hatten zögernd das Okay für einen verkürzten Stundenplan gegeben –, und ich hatte stur darauf bestanden, dass Ellie auch in die Schule ging, falls irgendetwas passierte. Aus demselben Grund fuhr ich auch nicht zum Flughafen, sondern blieb in der Nähe, im Laden, auf Abruf.

»Vielleicht kann Declan Eleanor abholen?«, fragte Daphne verlegen.

Man hatte uns angehalten, auf ihren Hörsinn zu achten, unter anderem, doch bisher schien Daphne ganz ihr altes Selbst, wenn auch eine blassere Version.

»Der ist beschäftigt«, sagte ich.

Das war er, und zwar damit, mir eine besorgte Nachricht nach der anderen zu schreiben, die ich alle ignorierte: *Ist alles in Ordnung? Kann ich helfen?*

Jeder auf der Welt versteht mehr vom SMS-Schreiben als ich, aber niemand konnte mir bisher sagen, wie man nachträglich Nachrichten verschickte, eine, wie ich sie jetzt gern schicken würde und die Declan erreicht hätte, als Eleanor in Paris ankam. Ich hätte die erste Frage mit *nein* und die zweite mit *ja* beantworten sollen.

Denn Eleanor hatte mehr Neuigkeiten, als sie uns anfangs verriet.

Ihre Unterkunft war dem Flug in der Business-Klasse, den sie sich gegönnt hatte, nicht angemessen, aber komfortabel und ganz in der Nähe. Drei Häuser weiter, um genau zu sein: das Hôtel du Cinéma.

In der ganzen Zeit, die wir schon in dieser Straße wohnten, war mir nicht bewusst gewesen, dass es sich tatsächlich um ein Hotel handelte. Zu meiner Verteidigung sei gesagt, dass die Ladenfront genauso schmal war wie unsere und auch aussah wie eine Ladenfront – große Schaufenster, auf denen zwar HÔTEL DU CINÉMA stand, doch dahinter Stapel von Hüten und Perücken und alten Filmkameras. Klassische Filmposter an den Wänden. Irgendwie deprimierend. Niemand ging dort jemals ein oder aus. Ich nahm an, es handelte sich um einen weiteren Pariser Laden, dessen Rentabilität, zukünftig oder gegenwärtig, schwer vorstellbar war.

Ich spähte gerade durchs Fenster, als Eleanors Wagen davor hielt.

»Na sieh mal einer an, wer da ist«, rief Eleanor, während sie ausstieg.

»*Bienvenue en France*«, sagte ich. Ich wollte sie umarmen, doch sie war schon dabei, dem Fahrer zu viel Trinkgeld zu geben, der sich dankend verbeugte und aufmerksam den Kofferraum aufmachte, damit Eleanor selbst ihre fünf Koffer herausheben konnte. Kaum war Eleanor fertig, raste er davon und wir sahen uns an.

»Du siehst gut aus«, sagte sie abschätzend.

»Womit du das Gegenteil meinst.«

»Du bist dünn.«

»So dünn auch wieder nicht«, sagte ich. »Vielleicht das erste Mal, dass ich höre, wie jemand diese Bemerkung von sich weist. Oder wie zwei Universitätsfrauen wenige Sekunden nach der Begrüßung Figurprobleme thematisieren.«

»Wohl kaum«, sagte Eleanor und dann grinste sie und packte mich und umarmte mich lange und fest und durch und durch amerikanisch. Wir lösten die Umarmung, aber nicht ganz, begutachteten die Bestürzung des jeweils anderen.

»Oh, was für eine abscheuliche Geschichte«, sagte sie.

»Was meinst du?«

»Daphne, krank …«

»Daphne geht es besser.«

»Robert …«

»Robert?«

»Oh«, sagte Eleanor. »Ich meine, nun, wo ich hier bin und dich sehe, dachte ich nur …«

»Robert ist noch immer verschwunden.« Wir ließen einander los.

»Aber …«

Aber es war ein langer Flug, dachte ich – zu lang, wenn sie währenddessen nichts anderes getan hatte, als im Kopf immer wieder die Ereignisse der letzten dreizehn Monate durchzugehen. Es war Mai. Es war etwas über ein Jahr her, seit er verschwunden war. Weniger als ein Jahr, seit wir hier lebten. Nur ein paar Wochen, seit ich Robert Buch mit dem gekritzelten *Verzeih mir* gefunden – und verloren – hatte. »Können wir … können wir nicht … nicht gleich jetzt?«, fragte ich. Ich deutete mit einer Geste die Straße rauf und runter, die aussah wie an den meisten Wochentagen, grau und düster und perfekt. »Eleanor«, sagte ich, »du bist in Paris.«

Sie lächelte. Es sah aus, als würden sich ihre Augen mit Tränen füllen. Ich versuchte, mich zu erinnern, ob sie jemals zuvor in Paris gewesen war.

»Das bin ich«, sagte sie. »Und mein Gott, du auch!« Sie schaute sich um. »Und wo sind die beiden bemerkenswertesten jungen Amerikanerinnen in Frankreich?«

»In der Schule, aber sie kommen bald nach Hause. Bringen wir dich erst einmal ins – Hotel?« Wir nahmen dies als Stichwort, die seltsame Fassade zu begutachten. »Jedenfalls glaube ich, dass es ein Hotel ist.«

»Wagen wir einen Versuch«, sagte sie.

Wir brauchten mehr als einen Versuch, um alle Koffer reinzutragen, und als wir es schließlich geschafft hatten, wirkte drinnen alles noch bizarrer, weniger wie ein mit Kino-Motiven dekoriertes Hotel als wie ein Filmset.

Ein schmaler junger Mann mit einem so dünnen Schnurrbart, dass er wie aufgemalt wirkte, trat aus einer Tür. *»Bonjour«*, sagte er feierlich.

»Bon-*jour*«, sagte Eleanor. »Ist das hier ein Hotel?«

Er musterte Eleanor eingehend, und dann mich. *»Oui.«*

»Sind Sie sicher?«, frage Eleanor leise. »Es ist so ungewöhnlich.« Sie betrachtete eine Büste von Charlie Chaplin mit grell geschminkten Wangen. »Ich wette, Kindern gefällt es hier.«

»Madame?«

Ich beeilte mich, ihm auf Französisch zu erklären, dass Eleanor zwar keine Kinder, aber eine Reservierung habe und einchecken wolle.

Er antwortete mir auf Englisch. »Reservierung ist gut.«

»Nun, dann legen wir doch los«, sagte Eleanor.

Es tauchten weitere Angestellte in 30er-Jahre-Filmpalast-Livree auf – Uniformröcke mit angelaufenen Knöpfen, winzige Hüte – und entschwanden mit Eleanors Gepäck. Sie erhielt eine »Filmstar-Sonnenbrille« – ein Geschenk des Hotels – die nach Audrey Hepburns, ca. 1961, aussah. Ich schüttelte den Kopf. Sie setzte die Brille auf. Ich folgte ihrem Gepäck die Treppe hoch, doch Eleanor nahm die Brille ab, sank schwer auf einen Stuhl in der Lobby und klopfte auf den Stuhl neben sich.

»Du musst erschöpft sein«, sagte ich.

»Das bin ich.«

»Warum gehst du nicht nach oben und ruhst dich aus? Wir lassen es heute ruhig angehen und feiern das große Wiedersehen morgen.«

»Wir feiern das große Wiedersehen hier und jetzt.

Glaubst du, sie haben hier Wein zum Popcorn?«, fragte sie. Ich schüttelte den Kopf. »Schade«, sagte sie zur Luft. Und dann zu mir: »Leah, setz dich. Man könnte meinen, du bist nervöser als ich.«

»Ich bin nicht nervös«, sagte ich, obwohl ich es war. Ich hatte gedacht, dass die ganzen Skype-Gespräche genauso intensiv waren, wie Eleanors persönliche Verhöre. Waren sie aber nicht. »Warte«, sagte ich und setzte mich. »Warum bist du nervös?«

Sie holte tief Luft, dann hustete sie. Um uns herum wirbelte Staub auf. »Weil ich über Robert reden möchte. Und dann möchte ich mit deinen Mädchen über ihn reden. Er ist schon so lange fort. Es ist Zeit, dass …«

»Eleanor …«

»Leah …«

»Eleanor, worüber reden wir je sonst?«

»Das ist etwas anderes.«

»Das ist etwas anderes«, sagte ich. »Du bist erschöpft. Ich bin erschöpft. Und wenn du denkst, du sagst auch nur eine Sache zu dem armen Kind, das gerade erst ein paar Tage aus dem Krankenhaus raus ist, oder zu ihrer Schwester …«

Eleanor lächelte, so sehr ihre Erschöpfung es zuließ, und das war nicht viel. »Du klingst wie ich«, sagte sie.

Ich schaute auf die Straße, wo ein Schal nach dem anderen vorbeilief. Niemand schaute herein. Dieses Phänomen beobachtete ich auch, wenn ich in meinem eigenen Laden stand, und es ärgerte mich jedes Mal. All die Wunder, die die Pariser Straßen säumten, kitschige Wunder wie die überfüllte Lobby des Kino-Hotels, wie meine baufällige Buchhandlung – und niemand außer dem gelegentlichen Touristen drehte auch nur den Kopf zum Fenster. Ich selbst schaute nur selten geradeaus, seit ich in Paris war, sondern hatte den Blick stets nach links oder rechts gerichtet. Dort war die Pizzeria, die kaum breiter war als ein Pizzakarton.

Dort eine Ladenfront aus Puzzles. Eine andere, mit Aluminiumgehstöcken und Rollatoren und Sauerstoffflaschen im Schaufenster, war in einem Blau gestrichen, auf das Yves Klein neidisch gewesen wäre. Ein Stück weiter Madame Grillos Weltklasse-Wischmopps. Die vom Maler zurückgelassene Trittleiter im Laden am Ende der Straße.

Ich dachte, ich hätte mich gut in Paris eingelebt, doch daran erkannte mich die Stadt wohl als das, was ich war: ein Gast, ein Tourist, jemand, der in die Fenster sah. Eine Witwe.

»Darf ich einen Vorschlag machen?«, fragte ich.

»Wahrscheinlich nicht, aber du kannst es ja versuchen.«

»Lass uns nicht heute darüber reden. Du bist müde, und ich will die Mädchen nicht damit überfallen, nicht jetzt, nicht so. Ich möchte erst mit dir darüber reden, worüber wir reden wollen.«

Eleanor schloss die Augen und lehnte sich in ihrem Regiestuhl zurück. »Die Sache ist, ich habe euch beide geliebt. Ich habe euch als Vorstellung geliebt und in Wirklichkeit. Dass es euch gab, euch beide, und die Töchter, die ihr gemacht habt, und die Kochshows, denen ich als Promi-Gast in eurer Küche beiwohnen durfte – ihr wart wie ein Lieblingsbuch. Verzeih mir. Verzeih mir, dass ich so bezaubert von deiner Familie war.«

»Ich dachte, wir wollten jetzt nicht darüber reden.«

»Tut mir leid. Ich bin so müde, dass ich nicht weiß, was ich rede.«

Ellie rettete uns. Sie kam die Straße entlang, und sie schaute ins Fenster. Weder ganz ich noch ganz Robert. Ich bewunderte diese Kreation hinter Glas für ein oder zwei Sekunden.

Eleanor betrachtete sie auch, jedoch geistesabwesend.

»Es stimmt, was man sagt«, sagte Eleanor. Entweder war sie noch erschöpfter als ich dachte, oder sie erkannte Ellie wirklich nicht. »Einfach jeder in Paris ist schöner als irgendwo sonst auf der Welt. Sieh dir nur dieses Mädchen an.«

Ich lachte. »Das tue ich, jeden Tag.«

Eleanor sah mich an, dann stand sie auf und starrte aus dem Fenster.

»Gütiger Gott. Ist das Ellie?«

Ellie entdeckte Eleanor und stürmte ins Hotel. Zum ersten Mal seit Monaten verhielt sie sich wie die Tochter, die ich einmal in Amerika gehabt hatte.

»Tante El!«, rief sie.

»Mein Mädchen«, sagte Eleanor.

Sie umarmten sich so lange, dass es fast wie ein Wettbewerb auf mich wirkte – hatte Eleanor mich länger umarmt oder Ellie? –, sie ließen einander überhaupt nicht mehr los, und ich begriff, dass Ellie gewonnen hatte, und zwar um Längen.

Dann öffnete Eleanor die Augen, sah mich an und gab mir mit einem kaum merklichen Kopfschütteln zu verstehen, dass ich ebenfalls gewonnen hatte. Heute würden wir nicht über Robert reden.

Eins nach dem anderen. Eleanor machte sich nicht einmal die Mühe, ihrem Gepäck aufs Zimmer zu folgen. *Man kann sich doch vorstellen, wie es aussieht*, sagte sie, *klein, ein Poster von Chaplins* Der große Diktator, *aber auf Französisch.* (Wie sich herausstellte, irrte sie: Ein Poster gab es, doch es war *Le Magicien d'Oz.*) Stattdessen marschierte sie Arm in Arm mit Ellie aus dem Hotel und ging zwei Häuser weiter, um den Rest der Familie zu sehen. Und die Buchhandlung.

Eleanor bewunderte den Laden zunächst von außen. Sie reckte den Hals, um das Schild zu lesen, und überquerte dann die Straße, wobei sie nur knapp einer eiernden Vespa auswich, die sie fast überfahren hätte. Ellie folgte ihr, und ich beobachtete, wie die beiden, Patentante und Patentochter, auf die verschiedenen Stockwerke zeigten: *Da schlafen wir, da essen wir, da wohnt die Vermieterin.* Arm in Arm kamen die beiden zurück – diesmal schauten sie in beide Richtungen – und gingen ins Haus.

Ellie hatte Daphne die Verantwortung für die Kasse übertragen, und Daphne saß dahinter wie ein Geist, erschöpft von der Schule, ihrem Krankenhausaufenthalt. Sie hätte oben im Bett liegen und sich ausruhen sollen, doch das hatte sie versucht, und es hatte ihr nicht gefallen. Sie behauptete, der Laden würde sie beruhigen. Und da zuverlässig keine Kunden kamen, war es hier fast so ruhig wie in ihrem Zimmer. Dennoch zuckte ich innerlich zusammen, als ich Daphne mit Eleanors Augen sah. Es ging ihr besser, aber nicht gut. Deshalb hatte ich mich auch nicht bei Declan gemeldet. Ich wollte erst sagen können, dass alles gut war. Und das war es nicht.

»Tante Eleanor! *Bienvenue!*«, rief Daphne und ließ sich hochheben.

»Sieh an, sieh an«, murmelte Eleanor in Daphnes Haar, das für mich noch immer nach Krankenhaus roch. Ich fürchtete, mein Gehirn könnte bewerkstelligen, dass es für immer danach riechen würde. »Eine französische Begrüßung. Wie extravagant.«

»Les jumeaux sont où?«, fragte ich. Weil ich wenigstens in einem winzigen Teil meines Lebens auch ein wenig Kompetenz demonstrieren wollte. Französisch reichte.

»Peter und Annabelle sind oben in der Kinderabteilung«, sagte Daphne. Die Zwillinge waren auf ihren ausdrücklichen Wunsch wieder bei uns, und ich war nicht in der Position, Daphne irgendetwas abzuschlagen. Ich würde lügen, wenn ich behauptete, ich hätte sie nicht auch gern um mich. Ihre Liebe war unbefangen, stark, pauschal.

»Ach ja«, sagte Eleanor. »Die Findelkinder. Ich bin schon gespannt darauf, sie kennenzulernen.«

»Daphne«, sagte ich, »du hast sie *tous seuls* da oben gelassen?«

»*Ma mère*«, sagte Ellie, »auch wenn wir in einem Haus aus dem neunzehnten Jahrhundert wohnen, besitzen wir manche Technologien des einundzwanzigsten Jahrhunderts.«

»*Qu'est-ce que c'est?*«, fragte ich.

Daphne hielt ein kleines Tablet hoch, eine iPad-Billigkopie, mit der ich die Anschaffung eines richtigen Handys für sie hinauszögerte. Ich hatte eines mit guter Kamera besorgt, weil ich heimlich damit herumexperimentieren wollte, wenn Daphne in der Schule war. In meiner Schulzeit musste man sich noch eine Ausrüstung leihen, wenn man Filme drehen wollte, bei der immer etwas Entscheidendes fehlte oder die abgegeben werden musste, bevor man fertig war. Heute hatte jeder die nötige Ausrüstung. Jeder konnte damit umgehen. Sogar ich. Vor allem ich. Ich würde endlich meinen Film drehen.

Jetzt erfuhr ich aber zunächst, dass jemand Filme von mir drehte. Von uns allen.

»Asif hat eine Kamera angebracht«, erklärte Ellie, »nur aus diesem Grund.«

Eleanor sah mich mit hochgezogenen Augenbrauen an. Ich dachte, sie sei wegen der Kamera beunruhigt – das versetzte mich jedenfalls gerade in Panik –, doch dann begriff ich, es ging um Asif.

»Asif hat was?«, fragte ich.

»Asif ist ihr *petit ami*«, sagte Daphne zu Eleanor.

»So *petit* ist er gar nicht«, sagte ich zu Eleanor. »Größer als ich. Gutaussehend.«

»Er ist nur ein Freund«, sagte Ellie. (Sie wurde sogar rot, was Eleanor alarmierte und mich beruhigte. Ich hatte schon befürchtet, sie würde wegen gar nichts mehr rot.)

»Aber warte. Warum installiert er Kameras in meinem Haus?«, fragte ich.

Ellie seufzte. »Du weißt doch, dass uns immer mehr Bücher aus der Kinderabteilung abhandenkommen. Jetzt müssen wir uns keine Sorgen mehr machen. Du kannst einfach die Kamera anschalten und gucken. Über jedes Gerät. Sogar über dein Handy.«

»Das ist faszinierend«, sagte Eleanor.

Alle schauten mich an. In meiner Vorstellung schwenkte die Kamera in diesem Moment in meine Richtung. Totale, Nahaufnahme, Stille.

Niemand sagte etwas, bis Daphne, meine Linguistin, mein weises jüngeres Kind, sagte: *Un ange passe*, ein Engel fliegt vorbei, ein Ausdruck für peinliche Pausen während einer Unterhaltung. Hier passte er nicht ganz, aber ich war trotzdem dankbar dafür, jedenfalls bis Annabelle, die genau diesen Moment gewählt hatte, um die Treppen hinunterzukommen, Daphne erschrocken ansah.

»*Un ange?*«, fragte Annabelle. »Ist es dein *papa*?«

Non.

Eleanor konnte es nicht glauben. Das ganze Essen vor uns auf dem Tisch war Tiefkühlkost?

Oh, aber *oui*.

Chefkoch Picard war uns von Molly vorgestellt worden, die uns ganz am Anfang ein oder zwei Mahlzeiten »zubereitet« hatte. Damals dachte ich, sie hätte sich selbst übertroffen: Entenbrustscheiben mit marinierten Pilzen, Schweinefilet in einer Senfsauce, Seeteufel, zarte grüne Butterbohnen, knuspriger Apfelkuchen aus Blätterteig, eher herzhaft als süß. Doch wie wir bald erfahren sollten, hatte sie – und jede zweite Frau, jeder zweite Mann in Paris und nicht wenige Restaurants – nicht mehr getan, als die Verpackung zu entfernen und den Ofen anzustellen.

Chefkoch Picard war unser Spitzname dafür. Die Mahlzeiten verdanken wir einer Tiefkühlkostmarke namens

Picard, um deren Filialen ich einen großen Bogen gemacht hatte, bis Molly endlich die Quelle ihrer Gourmetküche preisgab. Mein erster Eindruck, als ich endlich einen Laden betrat, war antiseptisch: Überall Vitrinen, der Raum von grellem weißen Licht durchflutet und die Wände zwar fröhlich bemalt, aber kahl. Die Packungen selbst jedoch sind mit Fotografien geschmückt, die fast Museumsqualität besitzen und, anders als in Amerika, akkurat darstellen, was sich darin befindet. Manchmal mache ich Picard-Gerichte nur, weil ich sie so gern anschaue. Und dann denke ich oft an Roberts Kreationen. An die »Kochshows« mit Eleanor.

Tiefgefroren oder frisch, Eleanor war jedenfalls begeistert – für sie, Ellie, Daphne und mich gab es Rindercarpaccio mit Olivenöl und Basilikum, für Peter und Annabelle *épites de poulet panées* – Chicken Nuggets. (Molly sagt, das Geheimnis sei, Picard als Grundlage zu nehmen und individuell abzuwandeln, aber mir schmeckt es auch so.) Eleanor horchte die Mädchen nach der Schule aus (sehr schwer, sodass sie den Eindruck hätten, die Schule in den Staaten sei zu leicht gewesen), nach dem Leben in Paris (sie wünschten, die Kirchenglocken würden nicht so früh und so oft läuten) und schließlich nach der Buchhandlung.

»Als ich ein kleines Mädchen war«, sagte Eleanor, »habe ich davon geträumt, in einer Buchhandlung zu wohnen.«

»Echt?«, fragte Peter. Ich sah, dass er Eleanor großmütterlicher fand als seine richtige Großmutter, Madame Brouillard. »Was für eine Buchhandlung?«

»Ach«, sagte Eleanor, während sie Messer und Gabel ablegte und eine Serviette nahm, »ich glaube, es war eine rote Buchhandlung an einem fernen Ort.«

»Unser Vater ist oft an fernen Orten«, sagte Peter.

»Diese Buchhandlung ist rot!«, sagte Annabelle.

»Und ich habe mir vorgestellt, dass über der Buchhandlung eine kleine Wohnung ist«, sagte Eleanor schnell.

»Über dieser ist eine Wohnung!«, rief Peter.

»Und dass ich mir die Bücher jederzeit ansehen kann.«

»Das können wir nicht«, sagte Annabelle. »Unser *papa* sagt, das lenkt uns ab.«

»Ich kann mir keine schönere Ablenkung als Bücher vorstellen«, sagte Eleanor.

»Mais oui«, sagte Daphne.

»Ich glaube du hast von dem Laden *ici* geträumt!«, sagte Peter. So wie Fragezeichen Robert ausmachten, machten Ausrufezeichen Peter aus.

»Ici bedeutet *hier«*, erklärte Daphne.

»Ja, ich glaube, ich habe von genau diesem Laden geträumt«, sagte Eleanor.

»Manchmal«, sagte Ellie, »ist es ein Albtraum.

Peter verzog das Gesicht. Annabelle quälte ihn gern, indem sie verlangte, vor dem Schlafengehen aus *Mon premier Cauchemar* – ein französisches Bilderbuch über Albträume – vorgelesen zu bekommen. Ellie knuffte Annabelle. Daphne unterdrückte ein Lachen. Ich betrachtete ihre Gesichter – wir waren eine Familie, eine nette Familie, wir fünf. Selbst ohne Vater, selbst mit zwei geliehenen Kindern von einem anderen Vater, waren wir eine Art intakte »normale« Familie. Und wieder einmal dachte ich: Robert hätte es geliebt. Keine Vermutung. Es stand in seinem Manuskript. Die Familie liebt Paris. Und die Stadt erwidert diese Liebe meistens.

»Lasst uns so kurz vor dem Schlafengehen nicht über Albträume reden«, sagte Eleanor.

»Ich meinte nur, dass es nicht leicht ist, einen Laden zu betreiben«, sagte Ellie. »Manchmal ist es hart. Manchmal klauen die Leute.«

»Wie die Zigeuner!«, sagte Peter.

»Peter!«, ermahnte ihn Ellie. Nur einen Monat zuvor war Ellie (mit Asif) auf einer Demo für die staatenlosen Roma im Hôtel de Ville gewesen, auf der es darum ging, dass die Roma pauschal für Verbrechen beschuldigt wurden, die sie nicht begangen hatten. Ellie ordnete an, dass wir das Wort *Zigeuner* nicht mehr benutzen durften, nicht einmal, um Bemelmans' *Madeline und die Zigeuner* zu lesen. Für Peter war das am schwersten, da in dem Buch ein Zirkus vorkam. (Er fand, in allen sollte einer vorkommen.)

»Einmal hat jemand eins von meinen Büchern geklaut«, sagte Annabelle.

»Oje«, sagte Eleanor.

»Na ja, wenn du deine Bücher überall rumliegen lässt«, sagte Ellie, »was erwartest du?«

»Dass die Leute ehrlich sind«, sagte Daphne.

»Tun wir das nicht alle?«, fragte Eleanor. »Und wann ist eigentlich Schlafenszeit?«

»Gerade heute waren ein paar Kinder hier«, erzählte Daphne. »Als Ellie euch vom Hotel abgeholt hat. Ein paar kamen in den Laden, und ich weiß, einer hat was geklaut.«

»Ellie«, sagte ich, »deshalb hab ich es nicht gern, wenn Daphne ganz allein im Laden ist.«

»Ich hab gern die Verantwortung«, sagte Daphne.

»Ich war nur zwei Häuser weiter«, sagte Ellie. »Genau wie du.«

Wir hatte eine einfache Verhaltensregel bei Ladendieben: Lass sie klauen. Manchmal, wenn der Ladendieb jünger war als Ellie, brach sie die Regel und stellte ihn oder sie (zu meiner Überraschung meist Letzteres) vor dem Laden. Oft sabotierte ich Ellies Polizeiarbeit, indem ich ihnen das Buch schenkte. Einmal hatte Ellie ein junges, sommersprossiges, übergewichtiges Mädchen beim Klauen von *Dieu tu es là? C'est moi Margaret!* erwischt. Meine Entschuldigung an Judy Blume, aber ich finde, dieses Buch sollte ein junges

Mädchen geradezu klauen (deshalb führe ich es, obwohl Judy Blume noch lebt – und möge sie ewig leben). Erwachsene klauten die Bibel und billige Shakespeare-Ausgaben, Backpacker klauten Karten.

Und ein sehr besonderer Dieb ein sehr besonderes Exemplar von Robert Eadys *Central Time*.

»Ich glaube, ein paar davon habe ich von Ellies App-Abend wiedererkannt«, sagte Daphne.

»Nett«, sagte Ellie. »Gib mir die Schuld.«

»Tu ich ja gar nicht!«, erwiderte Daphne. »Und vielleicht habe ich mich auch geirrt. Es waren nur so viele, und ich dachte: komisch – es fühlte sich einfach komisch an. Vielleicht nur weil dieser Junge, und ich weiß nicht mal, ob es ein Junge war … Er trug Sonnenbrille und Hut.«

»Was hat er eingesteckt?«, fragte Annabelle.

»Wahrscheinlich das Albtraum-Buch«, sagte Ellie.

»Ellie«, sagte ich, doch Annabelle lief sofort nachschauen. Dann flüsterte Peter *Tintin* und verschwand ebenfalls.

»Super, Mädchen«, sagte ich. »Daphne, es tut mir leid, dass das passiert ist, und ich sorge dafür, dass du nie wieder in so eine Lage kommst, ganz allein im Laden, aber denkt daran, nicht vor den *jumeaux* über so etwas zu reden, *d'accord*?«

»Mir geht es gut«, sagte Daphne.

Jetzt stand Ellie auf und verschwand.

»Tja«, sagte Eleanor.

»Immer etwas los in der Late Edition«, sagte ich.

»Das beunruhigt mich.«

»Muss es nicht. Ladendiebe sind unerfreulich, aber normal. Vielleicht erinnerst du dich, dass ich auch einmal etwas aus einer Buchhandlung geklaut habe.«

»Davon hab ich gehört. Aber ich dachte wir wollten nicht über …«

Ellie kehrte zurück und starrte auf Daphnes Tablet.

»Das ist meins«, sagte Daphne.

»Ich weiß«, sagte Ellie. »Darauf ist es nur besser zu erkennen. Warte.«

»Keine technischen Geräte am Essenstisch, Ellie, du kennst die Regeln«, sagte ich.

»Ich habe nur den Schluss«, entgegnete Ellie, den Blick immer noch starr auf den Bildschirm gerichtet. »Es werden nur die letzten beiden Stunden gespeichert, dann wird die Aufnahme überspielt, also verpassen wir das meiste, und ich kann nicht mal sehen, was oder ob der Typ überhaupt was gestohlen hat, aber da verlässt er gerade den Laden.«

Aus irgendeinem Grund zeigte sie es zuerst Eleanor. Die neigte ihren Kopf zurück. »Ehrlich gesagt, ohne Brille kann ich nichts erkennen.«

Ellie reichte mir das Tablet. Daphne kam herum und schaute mir über die Schulter. »Das ist er«, sagte sie, und wir musterten ihn. Ellie drückte auf Pause und zoomte näher heran, und wir waren uns alle einig, dass ja, in der Gruppe, die Daphne gesehen hatte, ein Junge gewesen war, der ein Buch gestohlen hatte. (Die Kamera ermöglichte uns sogar, den Titel zu lesen: *Der Wolkenatlas.*)

Doch etwas anderes war weit bemerkenswerter.

Ich schien als Einzige zu bemerken, dass jemand anderes sich aus der Menge gelöst hatte und sich genau im Moment des »Raubs«, wie Ellie es nannte, in die gegenüberliegende Ecke des Bildschirms bewegte. Er verschwand rasch aus dem Bild, als Ellie auf den Dieb zoomte, und er befand sich in der gegenüberliegenden Ecke von dort, wo der Raub geschehen war. Weshalb ihn niemand bemerkte.

Außer mir natürlich.

Ich würde meinen Ehemann überall erkennen.

Das hier war etwas anderes, als ihn auf den statischen Seiten eines Buches zu sehen oder mir einzubilden, ihn auf einem Foto zu entdecken, das vor einem halben Jahrhundert aufgenommen worden war. Das hier war ein Film von vor zwei Stunden. Das hier war Robert. Das hier war das Leben, das meine Phantasie einholte, oder andersrum.

Seit ich nach Paris gekommen war, fiel es mir immer schwerer, mir vorzustellen, dass er tot war, weil er hier war.

Er war in unseren Laden gekommen.

Wir hatten ihn gefunden. Ich hatte ihn gefunden.

Er hatte uns gefunden.

Ich sah zu den Mädchen, doch die waren schon mit den Zwillingen auf dem Weg in die Kinderabteilung, um nachzusehen, was sonst noch fehlte. Ich sah zu Eleanor, doch die schüttelte nur müde den Kopf. Ich spürte, wie mein Blick einfror und verschwamm, als wären meine Augen ein bockiges technisches Gerät.

Robert war am Leben.

Kapitel Dreizehn

Ellie hatte das Tablet zurückgelassen, und ich nahm es und bewegte langsam den Finger hin und her, ZURÜCKSPULEN, PLAY, links, dann rechts, ein bisschen wie Roberts damaliges Experiment, das Buch, das sich selbst löschte, nur anders. Mit jedem Schritt wurde die Geschichte klarer.

Er war es.

Er war nicht gut zu erkennen. Die Kamera zeigte nie sein Gesicht. Er schien ziemlich abgenommen zu haben, aber in diesem winzigen, körnigen Film sah man seine Gestalt, sein Profil, wie er sich bewegte. Wie er sich zwischen Büchern bewegte, war das Charakteristischste für mich. Daran erinnerte ich mich aus jedem Buchladen, den wir je irgendwo besucht hatten. Er bewegte sich mit angespannter Scheu oder Anmut durch die Reihen, wie ein Stier in einem Porzellanladen, der befürchtet auszurutschen. Ich wusste, Bücher zogen ihn an, nicht nur als Dinge, die man lesen konnte, sondern als Dinge an sich. Ich kenne keinen Schriftsteller, der ein Buch nicht einfach gern hält, es in den Händen wiegt. Und ich habe festgestellt, dem Kunden das Buch in die Hand zu legen, es ihn fühlen zu lassen, ist eine todsichere Methode, den Verkauf abzuschließen. Ich kann das nachvollziehen: Ein richtiges Buch aus Papier vermittelt seinen Wert durch Gewicht. Die Leute haben ihre Regale früher nicht mit Enzyklopädien gefüllt, um sie täglich zu konsultieren, sondern weil ihnen die Buchrücken täglich Sicherheit gaben: Die Welt ist kompliziert, und die schiere Masse war ein Festungsgraben.

Doch obwohl Robert Bücher so sehr liebte, hatte er angefangen, sie zu hassen, vor allem in Läden, die ihn nicht auf Lager hatten, doch auch in den anderen: Was hatte er auf dem Ramschtisch zu suchen? Er hasste es, wenn andere Leute Bücher veröffentlichten, die er nicht veröffentlicht hatte. Er hasste die Bücher von Autoren, die er hasste, und er hasste sogar die Bücher von Leuten, die er liebte. Am Ramschtisch in unserer Pariser Buchhandlung tat er genau dasselbe, was er an jedem zweiten Ramschtisch in jeder zweiten Buchhandlung tat: Er nahm ein Exemplar in die Hand und warf einen flüchtigen Blick darauf. Wenn die gebundenen Seiten unten schwarz markiert waren – unsichtbar für den Rest der Welt außer Autoren und Buchhändler –, waren es Remittenden. Das hieß, das Buch hatte sich nicht zum ursprünglichen Preis verkauft. Das hieß, ein anderer Schriftsteller hatte die Erwartungen nicht erfüllt. Für Robert waren diese Markierungen ein Trost. Und selbstverständlich waren sie ein Schnäppchen. Auch das gefiel ihm daran. Denn so sehr er Bücher inzwischen auch hasste, konnte er letztlich doch nicht anders, als sie zu lieben. Als er in Milwaukee verschwand, war mein erster Gedanke, dass er in der Bibliothek sein musste. Das sagte ich der Polizei, sie fuhren hin und fanden ihn nicht, deshalb fuhr ich selbst hin und obwohl ich ihn auch nicht fand, sah ich ihn, konnte ihn mir in jeder Ecke vorstellen, unter einem umgekippten Regal, tödlich getroffen von einem dicken Wörterbuch oder vielleicht gar von einem dieser mechanischen Akkordeonregale zerquetscht. Das war das Ende, das ich für ihn voraussah, obwohl ich sicher bin, dass er es sich anders vorstellte. So ein Tod wäre zu schillernd, zu passend gewesen.

Eleanor bot mutig an, die Kinder ins Bett zu bringen, was reichte, damit alle die Wendeltreppe hochrannten. Mich schickte sie solange in die Hotellobby: Später, sagte sie, würden wir reden.

Das Gespräch verlief nicht so wie geplant. Nachdem ich eine Stunde auf sie gewartet hatte – natürlich hatten alle eine Gutenachtgeschichte verlangt – und nachdem ich diese Stunde damit verbracht hatte, zurückzuspulen, ranzuzoomen, wegzuzoomen, meinen Augen zu beweisen, was ich intuitiv wusste, erzählte ich Eleanor von meiner Entdeckung. Sie reagierte verhalten. Erst dachte ich, ihre Haltung liege in ihrer allgemeinen Haltung gegenüber Technik, der man nicht trauen konnte, begründet. *Aber hier*, zeigte ich ihr. Ich spielte die Aufnahme in Zeitlupe ab, Bild für Bild. Ich sagte: *Nein, man kann sein Gesicht nicht sehen, aber man sieht seine Schultern, seine Hüften, wie er sich bewegt.* Ich erzählte ihr, wie er sich bewegte – sah sie es denn nicht auch? Ich musste ihn trotzdem in echt sehen, irgendwie, irgendwo, doch bis dahin …

Sie schüttelte den Kopf.

»Was meinst du?«, fragte ich. »Warum siehst du es nicht?«

Ihre Augen waren gerötet, wässrig, aber wach. »Weil ich weiß, was mit Robert passiert ist«, sagte sie und setzte neu an. »Leah, das versuche ich dir die ganze Zeit zu erzählen. Ich weiß, er ist es nicht, weil er vor ein paar Monaten, vor ein paar Tagen sogar …«

Ich wartete.

»Es tut mir so leid, Liebes«, sagte Eleanor. »Ich habe sie angerufen.«

Sie: Bevor wir nach Paris gingen, traf ich mich mit der Polizei für ein letztes »Update«. Ich setze das Wort in Anführungszeichen, weil es kein Update gab. Es gab gar nichts. Das war vielleicht nicht ihre Schuld, doch es gab mir den Rest, versetzte mich in Wut. Ungerechtfertigte Wut. Es gab Geschrei, einen Stuhl, der durch mein Zutun umkippte, eine Tür, die ich zuknallte, deren Scheibe, wie ich behaupte, schon vorher kaputt war. Und weder ich noch die Polizei hatten etwas dagegen, als Eleanor vorschlug, von nun an als Vermittlerin zu fungieren. Wir unterschrieben sogar ein Formular.

Es gefiel mir, einen Puffer zu haben. Es gefiel mir bis zu genau jenem Moment, als mein Puffer mir erzählte, dass Robert, mein Ehemann, der Schriftsteller, Daphnes und Ellies Vater, tot sei.

Weil die Polizei das sagte. Weil die »erdrückende Last der Beweise« das sagte. Eleanor hatte sich brav am Tag ihrer Abreise erkundigt, und das hatte man ihr, meiner offiziellen Stellvertreterin, gesagt. Dies sei das Ergebnis, zu dem sie kommen würden. Der Bericht sei noch in Arbeit, aber …

Aber ich hatte ihn gerade gesehen.

Eleanor redete immer noch: »Es gibt keine … Ich möchte, dass es wie ein Trost klingt, aber ich weiß, das ist es nicht, und eigentlich möchte ich das Wort nicht benutzen. Es gibt keine …«

»Es gibt keine Leiche«, sagte ich leise.

Sie wirkte überrascht, dann nickte sie. »Tut mir leid, Leah.«

Ich musterte sie einen Moment.

»Nicht leid genug.«

»Leah.«

Doch es stimmte. Eleanor hatte Roberts Manuskript an die Mädchen geschickt. Davor hatte sie uns nach Paris geschickt. Und davor hatte sie geglaubt. Dass Robert am Leben war. Dass ich auch daran glauben sollte. Und jetzt, jetzt wo ich wusste …

»Mir tut es leid«, sagte ich. »Mir tut es leid, dass du dich irrst.« Denn sie musste sich irren, ebenso wie die Polizei. Es gab keine Leiche, weil Robert hier in Paris war, und ich hatte ihn gerade eben gesehen, nicht tot, sondern lebendig, wie er keine dreißig Meter entfernt von dort, wo Eleanor und ich saßen, in einer Buchhandlung stöberte.

Ich nahm das Tablet, konnte jedoch nur auf den schwarzen Bildschirm starren. Ich war zu müde oder verwirrt oder aufgebracht, um es anzuschalten.

»Manchmal sehen wir Dinge, die …« Sie presste die Lippen aufeinander.

»Was haben sie gesagt?«, fragte ich. »Was haben sie gesehen?«

»Da war ein Boot. Der College-Segelclub.«

Ich wartete, dass sie sagte, man hätte an einer Brücke ein Paar Schuhe gefunden und eine Nachricht. Oder ein verlassenes Mietauto eine Stunde westlich von Green Bay. Oder Montego Bay. Irgendetwas so Klischeehaftes, dass ich sagen könnte: *Er doch nicht. Das kann er nicht sein.* Er war Vieles, doch er war niemals banal.

Doch der Segelclub war seine Zuflucht gewesen. Er ging nicht wegen des Segelns dorthin, sondern weil er raus wollte, allein sein, und Wasser funktionierte. Ursprünglich war er hingegangen, um für ein frühes Buch zu recherchieren, in dem eine zu junge Heldin von Miami nach Kuba segelt. (Klar, dass Robert die übliche Richtung umkehrte.) Er lernte schnell, erinnerte ich mich, dass der Michigansee nicht der Golf von Mexiko war. Keine Haie, aber auch nicht warm. Er war ein Binnenmeer, das Wetter änderte sich schnell. Unter seiner Oberfläche lagen mehr Schiffwracks als die Historiker zählen konnten. Doch mit etwas Übung und Mumm und vor allem bei gutem Wetter konnte man ihn befahren. Solange man vorbereitet war. Solange man das richtige Boot hatte. Solange man einen Partner hatte, doch er hasste es, mit jemandem zu segeln. Es wäre typisch für ihn, diese Regel zu umgehen. Vor allem, wenn er nicht vorhatte zurückzukommen.

»Die Küstenwache hat vor kurzem ein Boot auf der

Michigan-Seite des Sees gefunden, der nicht nur einer der Großen Seen ist, sondern tatsächlich riesig«, sagte sie. »So riesig, dass dieses Boot – das Boot – so lange verschollen bleiben konnte. Und wir wissen, dass es das Boot ist, weil es im Segelclub ein Logbuch gibt.« Ich wartete, sprachlos. »Was ich damit sagen will, ist: Du wirst einen langen Brief von der Polizei bekommen, und du solltest rangehen, wenn sie das nächste Mal anrufen. Es gibt ein paar Formalitäten, die eine Tortur sein mögen, aber letztlich werden sie dir das Leben erleichtern.« Sie machte eine Pause, damit ich antworten konnte. Als ich schwieg, fuhr sie fort. »Der Beamte hat gesagt, du wirst sehen, dass Robert sich in das Buch eingetragen hat. Er hätte an dem Tag nicht allein rausfahren dürfen. An keinem Tag. Aber vor allem nicht an so einem Tag, irgendwas von wegen Wind mit Alarmstufe Gelb oder was weiß ich. Heutzutage wird Sicherheit mit Kindergartenfarben gewährleistet. Jedenfalls hat er sich mit dem Boot abgemeldet. Es war nicht stürmisch, aber es herrschte starker Wellengang, sagt der Wetterbericht. Das Boot war ein gutes, aber ungeeignet für dieses Wetter. Viel zu klein.«

Aber stabil genug, um ein ganzes Jahr auf dem gewaltigen See herumzutanzen?

»An welchem Tag war das?«

»An dem Tag, an dem er verschwand. Vor etwa einem Jahr.« Sie taxierte mich. »Das ist viel.« Das war es. Ich glaubte ihr nicht, und dennoch …

»Der Segelclub?«, fragte ich. »Bist du sicher, dass …«

»Nein. Ich meine, ich nicht, aber die Polizei ist sich sicher. Es ist schwer vorstellbar, dass die Idioten im Segelclub nicht bemerkt haben, dass es fehlt. Damals haben sie der Polizei sogar gesagt, es sei alles in Ordnung. Und jetzt findet die Küstenwache ein Jahr später ein Boot, jemand forscht nach – klingt ziemlich willkürlich, wenn du mich fragst. Ich bin auf dem Weg zum Flughafen vorbeigefahren, um mich zu vergewissern, und … Ich weiß nicht, ob du je da gewesen bist.«

War ich nicht. Das war Roberts Ding. Sein heimlicher Stolz, sein Trost.

»Das reine Chaos, natürlich. Von Studenten betrieben. Ich meine, es gibt Boote, Dutzende, in verschiedenen Stadien des Verfalls, überall Rettungswesten.«

Eleanors Abschweifungen, ihre Nebenbemerkungen, ihr Groll – auf die Polizei, den Club und, wie ich heraushörte, Robert – milderten den Schock über ihre Neuigkeiten. Und ich hatte immer noch meinen eigenen Trost, meine Selbsttäuschung. Ich hatte meine eigenen Indizien, auch wenn sie unter diesem Beschuss bröckelten. Vergesst Küstenwache, Polizei und College-Segelclub: Was mich beunruhigte, war, dass Eleanor glaubte, Robert sei tot.

»Aber von ihm keine Spur?«, fragte ich.

»Schatz«, sagte sie und wandte sich ab, das Gesicht gerötet. »Ich wusste, es wird schwer.« Sie sah mich wieder an. »Wie gesagt, es wird einige Formalitäten zu erledigen geben, und du musst dich darauf vorbereiten. Ich werde dir helfen, dich darauf vorzubereiten. Dazu gehört aber auch, mit den Mädchen zu sprechen.«

»Vorbereiten?«

»In Wisconsin und den meisten anderen Staaten wird man erst für tot erklärt, wenn man mehr als sieben Jahre spurlos verschwunden ist.«

»Es sind kaum sieben Minuten!«

»Wir haben Juni.«

»Anfang Juni!«

»Was macht das für einen Unterschied, Leah? Jedenfalls muss man unter gewissen Umständen nicht so lange warten. Die ganze Zeit gab es keine Spur von ihm, keine Spur von seiner Kreditkarte, nirgendwo in Milwaukee eine Spur von ihm.«

»Weil er verdammt noch mal hier ist«, sagte ich und zeigte aufs Tablet. »Ich habe ihn gerade gesehen.«

Eleanor schaute sich hilfesuchend um, fand jedoch keine. »Und wer noch?«, fragte sie, nicht verärgert, aber mit Nachdruck. »Wir alle haben das Video gesehen, deine eigenen Töchter haben es gesehen, aber niemand hat ihn gesehen.«

»Daphne hat ihn auf der Brücke gesehen.«

»Auch da, niemand sonst.«

»Ich habe das *Verzeih mir* gesehen, das er ins Buch geschrieben hat. Das weiß ich mit Sicherheit.«

»Natürlich weißt du das, aber weißt du auch, wann er das geschrieben hat? Vielleicht war das vor vielen Jahren in einer anderen Buchhandlung. Kannst du überhaupt sicher sein, dass er es geschrieben hat?«

Konnte ich nicht. Weil ich nicht nachsehen konnte. Weil er es geklaut hatte.

»Ich bin sicher, dass er das Manuskript geschrieben hat«, sagte ich. »Und du kannst mir nicht erzählen, dass du es nicht bist. Hundert Seiten, und er ist auf jeder einzelnen, wie du selbst gesagt hast.«

»Und jetzt sage ich: Lies die erste Seite. Da steht nämlich: *Ein Roman.* Was, wie ich meine Studenten leider jeden September wieder erinnern muss, bedeutet, dass die folgenden Seiten Dichtung sind.«

»Es ist wahr. Du warst doch im Laden.«

»Ich war in deinem Laden. Aber ich habe dort nicht – wie hieß die Ehefrau noch? Callie? – getroffen und ich habe ganz sicher nicht den Ehemann getroffen.«

In der schlecht beleuchteten Lobby sah Eleanor alt aus. Ich selbst sah wahrscheinlich noch älter aus. Der Raum schluckte auch den Ton: Mein Hals fühlte sich an, als hätte ich den ganzen Abend geschrien, doch ich hatte mich selbst kaum gehört.

»Tut mir leid, Leah«, sagte Eleanor. »Ich bin wütend. Nicht auf dich. Na ja, ein bisschen auch auf dich, weil du mich nicht helfen lässt. Und weil ich dir deine Fragen nicht so beantworten kann, wie ich es sollte: Bin ich sicher, dass die Polizei recht hat? Bin ich sicher, dass Robert tot ist? Bin ich sicher, dass er auf dem Grund des Michigansees liegt? Ich weiß es nicht. Ich weiß nur, was ich glaube, nämlich, dass er nicht mehr unter uns ist.«

Ich sah immer noch nicht auf. Ich spürte, dass sie mich ansah, dass sie wartete, dass ich ihr in die Augen schaute, doch ich konnte es nicht.

»Du musst dir eine Zukunft ohne ihn vorstellen, Leah.«

Und das war das Problem, und auch der Grund, warum ich so wütend war. Ich lebte diese Zukunft längst. Doch es war eine sorgfältig konstruierte Zukunft, die auf gewissen elastischen Unklarheiten basierte – ungefähr so wie die Zwischenräume auf Gehwegen zuließen, dass sich das Straßenpflaster im Lauf der Jahreszeiten ausdehnte und zusammenzog. Ich hatte gute Tage und schlechte Tage, doch mit jedem Tag, der verstrich, lernte ich, ohne Robert zu leben. Und einem Teil von mir gefiel das Leben ohne ihn. Ich vermisste den Autor, aber nicht die Angst. Ich vermisste den Vater, aber nicht den Verzweifelten. Ich vermisste den Jungen, der mir nachgelaufen war, doch ich vermisste nicht den Mann, dem ich fast zwanzig Jahre hatte hinterherlaufen müssen.

Ich wusste nicht, was ich zu ihm sagen würde, wenn ich ihn fand.

Warum bist du verschwunden? Warum haben wir so lange gebraucht, nach Paris zu fahren?

Und dann? Schön, dass du wieder da bist? Mach's gut?

Deshalb wollte ich nicht hören, was Eleanor sagte. Deshalb wollte ich nicht, dass er tot war. Nicht mehr. Wenn er tot war, konnte ich ihn nicht verlassen. Wenn er tot war, würde ich mich vielleicht wieder in ihn verlieben. Ich wollte, dass er wieder da war. Für die Mädchen. Für Eleanor. Und vielleicht – wenn ich den Jungen wiederhaben könnte und seine Bücher und sein Lächeln und seine Augen und sein Paris und seine Wisconsin-Weltkarte – auch für mich.

Doch mehr als alles andere wollte ich, dass es meine Entscheidung war. Nicht die der Polizei. Nicht Eleanors. Nicht Roberts. Wenn ich ihn in den Seiten eines Buches sehen wollte oder im Hintergrund eines körnigen Videos, dann würde ich das tun.

Denn das hatte ich.

Ich hatte das Glück, oder das Pech, ihn als Letzte lebendig gesehen zu haben, an seinem letzten Abend bei uns in Milwaukee, als Robert gesagt hatte: Nein, er habe die Tickets nach Paris nicht gekauft, er könne die Vorstellung nicht ertragen, das Projekt, er könne ohnehin gerade wenig ertragen, und …

Und ich hatte Robert gesagt, wenn er sich nicht zusammenriss, Projekt hin oder her, würde ich ihn verlassen.

Würde ich gehen, fortgehen und erst wiederkommen, wenn er etwas dafür tat, dass es ihm besserging, egal ob mit oder ohne Medikamenten, mit oder ohne Therapeut, mit oder ohne einer Karriere als Schriftsteller.

Ich wartete, dass er etwas sagte, doch er schwieg. Stattdessen stand er auf, so wie Eleanor jetzt, und ging ohne ein weiteres Wort nach oben.

Als Eleanor verschwand, beschloss ich, dass Roberts unvollendetes Manuskript nicht unvollendet war, sondern unterbrochen. Das Problem war nicht, dass wir nach oder in Roberts Manuskript lebten. Sondern, dass uns die Seiten ausgingen.

Als Paris am nächsten Morgen erwachte, schüttelte es sich einmal kurz, fegte seine Parks sauber, ließ Wasser durch seine Rinnsteine strömen, bevölkerte seine Straßen, putzte seine Ladenfronten und tat, als sei in der Nacht zuvor nichts passiert, als hätte ich nicht gehört, dass mein Mann tot sei, als hätte ich nicht gerade den Beweis dafür gesehen, dass er am Leben war. Vielleicht tut das jede Stadt nach verborgenen Tragödien, doch Paris tat es an jenem Morgen mit besonderem Funkeln und ignorierte mich mit besonderer Intensität. Es erinnerte mich an die Begegnungen – viel zu viele inzwischen – mit Soldaten in Paris, stets zu dritt oder viert, stets die Hände an den Waffen, die mir in irgendeiner Straße entgegenkamen. Amerikanische Buchhändlerinnen sind für sie unsichtbar. Eine reife Leistung, denn sonst entging ihnen nichts: das geparkte Auto hier, die geschlossenen Fensterläden dort, der Lieferwagen, die Männer, die Tasche, das vorbeifahrende *moto*. Nichts außer mir. Einmal war ich so perplex – die Straße war ansonsten leer, und sie gingen nur wenige Zentimeter neben mir vorbei –, dass mir ein *bonjour* herausplatzte. Sie gingen stirnrunzelnd weiter, als wären sie durch das Set des falschen Films gelaufen.

Tfk?

Declan und Ellie versuchten schon eine ganze Weile, mir SMS-Französisch beizubringen, doch ich hatte schon genug Probleme mit gesprochenem Französisch, und die SMS-Variante kam mir unnötig kompliziert vor, für jeden außer für Teenager undurchschaubar: *tfk* beispielsweise ist nichts Unanständiges, obwohl ich, als ich es das erste Mal auf Ellies Handy aufleuchten sah, fest davon überzeugt war. Es bedeute: *Tu fais quoi*, was machst du, was geht? Und das war es, was Declan mich jetzt fragte.

Ich war an dem Morgen nach meinem Gespräch mit Eleanor früh aufgewacht und durchstreifte den Laden, nachdem ich alle in die Schule gebracht hatte.

Ich starrte auf mein Handy. Die wenigen Abkürzungen, die ich gelernt hatte, halfen mir hier nicht weiter: *tg*, halt die Klappe; *t où*, wo bist du; *mdr*, lol. Nichts von dem, was sie mir beigebracht hatten, hieß: *Von dir zu hören, Declan, erinnert mich daran, dass wir uns treffen und reden und uns wahrscheinlich eine Auszeit nehmen müssen von unserer wie auch immer gearteten Quasi-Beziehung, weil mein Leben gerade furchtbar kompliziert ist.* Fast wollte ich Ellie schreiben: *Wie sagt man »Es liegt nicht an dir, es liegt an mir?«*, doch es hätte keinen Sinn gehabt. Ellie hatte Abkürzungen inzwischen zugunsten von Emojis aufgegeben, vor allem augenrollenden.

Deshalb schrieb ich einen einzigen Buchstaben zurück, Y, für *Yes, ich bin hier*, so schien es jedenfalls.

Einen Moment später klingelte das Handy. Ich sah aufs Display. Es war Declan.

»*Why?*«, fragte er. Ich begriff nicht, dass er meine SMS zitierte.

»Wovon redest du?«, fragte ich. »Und guten Morgen übrigens, wofür ich die Abkürzung vergessen habe.« Meine Stimme klang seltsam, als würde ich mich als eine weniger verstörte Version meiner Selbst ausgeben.

»Der Buchstabe Y«, sagte Declan. »Du hast mir eine SMS geschickt.« Dann Schweigen. »Hey, was machst du? Geht's dir gut?«

»Y heißt yes, ich bin hier«, sagte ich. »Aber es heißt auch, dass ich ein schlechtes Gewissen habe, weil ich mich nicht gemeldet habe. Es ist viel passiert, zu viel, und es tut mir leid. Und ich …«

Warte, dachte ich, soll ich das am Telefon machen? Ich musste Declan treffen. Vielleicht war das komisch, vielleicht aber auch nicht. Er war schließlich ein Freund, ein einfühlsamerer als Eleanor. Ich musste ihm ja nicht von der Entdeckung der Polizei erzählen. Oder meiner.

»Hast du Zeit?«, fragte ich. »Nur zwanzig Minuten, eine Stunde? Wir müssen uns treffen.«

»Ich habe nicht nur Zeit, ich habe auch eine tolle Flasche Wein, die mir die Eltern eines Studenten geschenkt haben, weil ich sie an der Schlange vorm Louvre vorbeigelotst habe.«

Ich lächelte, oder versuchte es, obwohl er es nicht sehen konnte, oder hören. Oder vielleicht doch.

»Leah?«, sagte er. »Es ist schon eine Weile her.«

»Das ist es«, sagte ich und dann schwieg ich wieder, weil dieses Treffen eine furchtbare Idee war. Was ich brauchte, war Zeit – eine Woche, ein Monat, mehr –, um über alles nachzudenken.

»Die Schlange war sehr lang«, sagte Declan schließlich. »Und sie waren sehr dankbar. Und sehr reich.«

»Declan. Ich kann nicht. Ich meine, das klingt toll aber … Lass uns einen Kaffee trinken, okay? Ist trotzdem gratis, ich lade dich ein.«

»Davon rede ich nicht.«

»Ich weiß. Ich rede auch nicht davon, wovon ich rede.«

Das klang noch unsinniger als meine schlimmsten SMS-Ausrutscher, doch während wir uns am Place des Vosges verabredeten, konnte ich an seiner Stimme – traurig, schwer, erschöpft – hören, dass er mich genau verstanden hatte.

Bises, eine Wange, die andere, und der Geruch, das Lächeln hätten mich fast dazu verführt, ihn auf den Mund zu küssen. Doch dann vibrierte mein Telefon, und am Apparat war mein anderes Leben.

Guten Morgen meine Liebe tut mir leid wegen gestern Abend brauche KAFFEE und zwar sofort. Eine Nachricht von Eleanor, wichtig zwar, doch ich fragte mich, ob ihr bewusst war, wie viel es kostete, ihr amerikanisches Handy in Frankreich zu benutzen. Ich schüttelte den Kopf, entschuldigte mich bei Declan und antwortete Eleanor: *Treffe mich gerade mit einem Freund.* Natürlich schrieb ich ihr auf Englisch, doch ich fragte mich, wie sie das Wort *Freund* übersetzen würde.

Wir müssen REDEN, schrieb sie. *Im Laden in einer Stute.*

»Ellie?«, fragte Declan.

Juhu, schrieb Eleanor.

»Tut mir leid«, sagte ich, »ich hab weniger Zeit, als ich dachte.«

STUNDE, schrieb Eleanor.

Declan und ich brauchten deutlich kürzer, bis die Höflichkeiten in Wut umschlugen.

»Dann war's das?«, fragte er. Die Kellnerin brachte unseren Kaffee. Eigentlich wollte ich gar keinen Kaffee. Ich wollte einen Schnaps oder ein Bier. Ich wollte, dass es unser erster gemeinsamer Drink wäre, dass wir tanzen gingen, ich wollte wieder in meiner Küche sitzen und *Der rote Luftballon* durchblättern, und diesmal, statt Roberts Gesicht auf einem Foto zu betrachten, wollte ich das Buch zuklappen und Declans Gesicht betrachten.

»Tut mir leid«, sagte ich erneut.

»Ich habe seit über einer Woche nichts von dir gehört. Es tut mir leid, dass wir an dem Abend tanzen waren, als deine Tochter krank geworden ist, aber es war deine Idee.«

»Declan. Es tut mir leid, dass ich nicht angerufen habe. Es tut mir leid, dass ich nicht auf deine Nachrichten geantwortet habe. Du warst sehr lieb. Ich war sehr abgelenkt. Ich bin sehr abgelenkt. Es ist eine Menge passiert.«

»Sicher. Ich meine … Ich weiß. Das Krankenhaus. Daphne. Das muss beängstigend gewesen sein.«

Nachdem ich so lange mit Tasse und Untertasse herumgespielt hatte, bis meine eigene Wut einer tiefen Traurigkeit wich, erzählte ich ihm von Eleanor, und den ganzen Rest. Alles was ich ihm schon längst hätte erzählen sollen. Ich erzählte ihm, dass ich keine Witwe war, aber jetzt vielleicht schon – nur dass ich immer mehr davon überzeugt war, dass mein Mann am Leben war. Da war die Notiz in einem Buch. Da war Daphnes Schrei auf der Brücke. Da war ein Hinterkopf im Hintergrund eines körnigen Videos einer Überwachungskamera, die der kanadische Freund meiner Teenagertochter installiert hatte.

Ich erzählte ihm, dass meine schönsten Erinnerungen an Paris mit ihm, Declan, zu tun hatten.

»Wie der Überfall in Ménilmontant?«, fragte er. »Oder der Tag, an dem du das französische Wort für Polizeipsychologe gelernt hast? Oder als du mich zum Kaffee eingeladen hast, um – was genau zu tun?«

»Wie ein Fünfzig-Gänge-Menü am Nachmittag inmitten von Millionen Blumen. Wie ein Was-auch-immer in meiner Küche am helllichten Tag mit Wein statt Kaffee. Wie der Abend, als wir tanzen gegangen sind und du danach immer wieder gefragt hast, ob alles in Ordnung sei – immer wieder, obwohl ich nie geantwortet habe.«

»Du antwortest mir schon wieder nicht.«

»Was meinst du?«

»Ich weiß nicht«, sagte er. »Wenn ich dich richtig verstehe …«

»Tust du.«

»Das kann nicht sein. Du sagst, eine Frau aus Milwaukee ist zu Besuch, und sie hat dir erzählt, die Polizei glaubt, dein Mann sei tot. Da ist ein Boot, und irgendein Bericht. Deine Töchter wissen noch nichts davon.«

»Und werden es auch nicht erfahren.«

»Du tust, als würde ich sie nicht kennen, deine Mädchen«, sagte Declan. »Aber ich kenne sie gut genug, um zu wissen …«

»Na gut, ja, ich muss es ihnen sagen, aber das ist mein Problem, nicht …«

»Ich glaube kaum, dass Problem das richtige Wort ist.«

»*Problème* ist ein ausgezeichnetes Wort. Auf Englisch und auf Französisch.«

»Das Problem ist: Du glaubst, dass er lebt. Und du glaubst, du hast ihn gesehen. Du hast schon vorher geglaubt, dass du Nachrichten von ihm erhalten hast. Du hast schon vorher geglaubt, du hättest ihn gesehen, aber jetzt bist du dir sicher.«

»Ich glaube, ich weiß es.«

»Okay«, sagte er, doch das bezog sich auf etwas, das er dachte, nicht auf das, was ich dachte, denn ich dachte: *Kannst du warten? Kannst du ein Freund sein, nur ein Freund, bis ich verstehe, was gerade passiert?* Doch als ich aufsah, war er verschwunden. Er saß noch da, doch er war verschwunden, verloren für mich, und ich würde ihn nicht zurückbekommen. Die unkomplizierten Gespräche, seine Augen, seine Schultern, Beine, Hände, alles fort. Mein Handtaschenretter, Tanzverbündeter, Gefährte bei Tage, fort.

»Declan«, sagte ich.

»Es tut mir wirklich leid«, sagte er. »Und das meine ich so, in jeder Hinsicht. Es tut leid für dich, es tut mir leid für mich.« Er drehte sich suchend nach einem Kellner um.

»Declan, ist das … Ich hoffe, das ist kein Abschied.«

»Ist es nicht. Dafür ist es viel zu seltsam.«

Laurent war ebenfalls der Meinung, dass etwas Seltsames vor sich ging. Jedenfalls berichtete das Madame Brouillard, als ich in den Laden zurückkehrte. Ich war nicht zur morgendlichen Lieferung da gewesen, weshalb Laurent Madame aus dem Bett geklingelt hatte, um die Pakete entgegenzunehmen (und, so wie ich Laurent kannte, in den Laden tragen zu lassen). Madame gefiel Laurent nicht (er hatte ihr einmal erzählt, dass er Bücher nicht mochte, sie seien zu schwer, er liefere lieber Wischmopps aus). Madame gefiel es nicht, aus dem Bett geklingelt zu werden. Madame gefiel es nicht, dass der Laden in letzter Zeit nicht zu den üblichen Zeiten geöffnet war – mittags bis abends – und dass sie deshalb *ständig* belästigt wurde. Sie erwartete nicht *viel*, schließlich hatte sie den Laden Amerikanern überlassen, aber sie hatte doch mehr erwartet. Das Allerschlimmste jedoch war, dass der Laden *gefährliche* Gestalten anzuziehen schien.

Erst dachte ich, sie meinte die Gruppe, die Ellie, Asif und Declan neulich zusammengetrommelt hatten, aber nein: Laurent sagte, er habe jemanden *herumschleichen* sehen. Ich war nicht so überzeugt wie Madame, dass herumschleichen das richtige Wort war, doch Laurents Kernaussage war klar.

Ebenso wie Madames Kernaussage: Entweder fand ich eine Lösung, wie ich mich besser um den Laden kümmern konnte, oder sie würde eine Lösung finden. Schließlich konnte ich nicht Mitinhaberin eines Geschäfts sein, wie es unser Visum verlangte, wenn es keine Geschäfte machte.

Natürlich nahm ich Madame ihre Drohung übel –, doch ich wollte mich bessern. Nicht zuletzt, um Eleanor zu beeindrucken. Alles andere in meinem Leben mochte chaotisch sein, doch ich wollte ihr beweisen, dass ich es immerhin schaffte, in Paris zu überleben.

Und das taten wir irgendwie. Wir hatten Roberts Preisgeld fast aufgebraucht, doch wir kamen zurecht. Trotz Madames Drohung. George hatte uns nicht nur geholfen, das magische Visum, sondern auch eine von der Regierung bewilligte Unterstützung für unabhängige Buchhandlungen zu beantragen. Schulgeld oder Krankenversicherung hätte ich von den Büchern tatsächlich nicht bezahlen können. Doch das musste ich auch nicht. George entlohnte uns großzügig, und auch wenn Madame Brouillard mich wegen meines mangelnden Geschäftssinns unter Druck setzte, unternahm sie nichts, wenn ich mit meinen monatlichen Zahlungen im Rückstand war (verwirrend war, dass sie auf Englisch von einer »Hypothek« sprach, auf Französisch jedoch das Wort für »Miete« benutzte).

Ursprünglich hatte ich gedacht, Eleanor und ich würden an ihrem ersten Tag durch die Stadt bummeln – die beste Kur gegen Jetlag –, doch das hätte bedeutet, den Laden erneut zu schließen. Hätte ich genug Geld gehabt, um jemanden anzuheuern (und Molly flehte mich geradezu an), hätten die Dinge anders gelegen.

Ich schleppte gerade die letzten von Laurents Paketen ins Hinterzimmer, als ich die Glocke über der Tür hörte, die mich daran erinnerte, dass ich vergessen hatte abzuschließen, bis ich offiziell öffnete. Zu spät, aber umso besser. So konnte ich gleich verlorenen Boden wiedergutmachen. Vielleicht war es sogar der Mann, der wegen einer Erstausgabe von Sophie Calles kryptischem Foto-Essay *Suite Vénitienne* von 1979 angerufen hatte, den wir führten, aber nie verkaufen durften, da er Madame Brouillard gehörte und sie fünfhundert Euro dafür haben wollte. Wenn ich ihn heute zu diesem Preis verkaufte, konnte ich den Laden am Nachmittag schließen oder sogar Molly anheuern.

»*Bonjour. Bienvenue, bienvenue*«, rief ich.

»Guten Morgen«, entgegnete Eleanor, in einem Tonfall, der nicht danach klang.

»Ah, da bist du ja. Ich wollte mich melden, sobald ich hier ein paar Dinge in Ordnung gebracht habe. Hast du nicht gut geschlafen?«

»Das Bett war schrecklich«, antwortete sie. »Und ich möchte mich für gestern Abend entschuldigen.«

»Ich auch«, sagte ich. Ich zögerte.

Vermutlich dachte ich, Eleanor würde den Anfang machen. Doch sie schwieg. Und so schwieg ich ebenfalls.

»Nun, ich bin froh, dass wir das geklärt haben«, sagte ich schließlich.

»Nicht ganz«, sagte sie und zog einen Ordner aus ihrer Tasche. »Für das, was die im Hotel fürs Ausdrucken verlangen, sollten die sich was schämen.«

»Oh, das hätten wir dir doch kostenlos ausdrucken können.«

»Ich wollte erst einen Blick darauf werfen.« Sie sah mich an. »Das ist der Polizeibericht. Ich weiß nicht, ob mein Anruf die Sache beschleunigt hat oder ob es Zufall ist, aber hier ist er. Es steht nichts Neues darin, nur das, was ich dir erzählt habe.«

Ich starrte den Ordner an. Der Stapel wirkte unverschämt dünn. Dünner als Roberts Manuskript.

»Wie gesagt«, sagte ich ruhig. »Ich brauche Zeit.«

»Leah …« Sie streckte die Hand aus, und ich wich reflexartig zurück. Sie versteifte sich, dann legte sie den Ordner beiseite. »Leah, Zeit ist genau das, was ich versuche, dir zu verschaffen.«

Sie sah mich erwartungsvoll an.

»Was?«, fragte ich.

»Ellie hat mir erzählt, dass du einen Verehrer hast.«

»Was habe ich? Das hat sie ganz sicher nicht.«

»Sie hat Augen im Kopf.«

»Wenn Ellie Augen im Kopf hat, weiß sie, dass ich getan habe, was du mir aufgetragen hast: Freundschaften schließen. Ich bin jetzt bei vier. Fünf, wenn ich dich noch mitzählen kann.«

»Zähl mich als Nummer Eins«, sagte sie.

»Nun, Nummer Fünf ist nur ein Freund. Sein Name ist Declan. Er ist sehr süß und sieht gut aus. Aber mehr nicht. Das ist klar.«

»Ist es das? Allen Beteiligten?«, fragte Eleanor. »Du hast es verdient, dass das Leben weitergeht. Das ist es, wobei ich dir zu helfen versuche. Ich will genauso wenig wie du, dass der Polizeibericht stimmt. Aber begreife doch bitte, so schmrzlich es auch sein mag, was für ein Geschenk der Bericht ist.«

»Der Paketbote sagt, er hat einen Mann herumschleichen sehen.«

»Hat er die Polizei gerufen?«

»Dazu gab es keinen Anlass, glaube ich«, sagte ich und versuchte, nicht den Ordner anzusehen.

»Hast du die Polizei gerufen? In Paris oder in Milwaukee?«, fragte Eleanor jetzt sanfter. »Als du Robert auf dem Video gesehen hast? Als Daphne ihn auf der Brücke gesehen hat? Als *er* sich mit einem gekritzelten *Verzeih mir* ohne Unterschrift in einem Buch, das du zufällig gefunden hast, bei dir entschuldigt hat?«

Nur eine PAUSE-Taste. Mehr wollte ich nicht von den Wissenschaftlern dieser Welt. Eine STOPP-Taste wäre zu viel verlangt. Doch eine Pause, nur eine Pause, wenn man nicht zuhören will.

»Er ist gestorben, Leah«, sagte Eleanor. »Es ist an der Zeit, dieses Wort zu benutzen, das richtige Wort. Und ich weiß, es fühlt sich an, als wäre er jetzt erst gestorben, doch er ist schon eine ganze Weile tot. Lange genug, um ein paar Schritte in die Wege zu leiten.«

Wie machte sie das? Mit ihrer Stimme, ihrem Blick, ihrem Gesichtsausdruck warf sie etwas, wovon ich noch vor wenigen Stunden, ja Sekunden, felsenfest überzeugt gewesen war – nämlich, dass ich Robert auf diesem Video gesehen hatte –, über den Haufen. Das Leben hatte keine PAUSE-Taste, doch Eleanor besaß offenbar eine Vorspultaste, und ich hatte das Gefühl, als würde mich etwas ziehen, vorbei an traurig dreinblickenden Polizisten, vorbei an Anwälten, vorbei an den betrübt nickenden Freunden in Milwaukee, den wehklagenden Mädchen. Allem, was dann begann.

Kapitel Vierzehn

Doch es begann mit mir. Damit, mich davon zu überzeugen, was die Wahrheit war und was Erfindung. Für die Theorie, dass er tot war, gab es jede Menge Beweise, außer Roberts Leiche. Für die Theorie, dass er am Leben war, gab es keine Beweise, außer Roberts – was? Mir fiel keine Bezeichnung für seinen kleinen Gastauftritt und den ganzen anderen Spuk ein.

Ich spürte, dass Eleanor mich beobachtete, mich taxierte. *Ich habe Leah gerade erzählt, dass ihr Mann tot ist, doch es scheint sie nicht zu bewegen.* Doch ich war bewegt oder hatte mich bewegt, von einem Glauben zum anderen.

Drücke PLAY.

»Ich hab dich ausreden lassen, Eleanor, aber lässt du mich auch ausreden?« Ich wusste noch nicht, was ich eigentlich sagen wollte.

Das Ladentelefon begann zu klingeln.

»Bitte geh du ran«, sagte ich. Es war das erste, was mir einfiel.

Eleanor nahm den Hörer ab. »*Allo*«, sagte sie und sah mich fragend an. Ich nickte. »Buchhandlung Late Edition.«

Sie lauschte.

»Sprechen Sie Englisch?« Sie lauschte einen Moment, dann fuhr sie fort. »Ich spreche kein Französisch. Dies ist eine englischsprachige Buchhandlung.

Sie lauschte erneut, diesmal kürzer. »Lee-kol? Heißt so der Autor?«

L'école. Die Schule. Die Schule rief an. »*Allo, allo*«, sagte ich und nahm ihr den Hörer weg. Die Schule jagte mir mittlerweile noch mehr Angst ein als die Mädchen. »*Je suis désolée. Mon assistante ne parle pas français. Ça va bien, les enfants?*«

Les enfants, die Kinder, meine. Doch es stellte sich heraus, dass es um die von George ging.

In der Schule fühlte ich sofort ihre Stirn – bitte, lieber Gott, nicht wieder in das Krankenhaus, wo das Stethoskop erfunden wurde –, doch sie war kühl. Die Frau erklärte auf Englisch, dass die Klasse heute einen Ausflug in den Park unternahm, die Zwillinge jedoch nicht mitkonnten, weil die Erlaubnis nicht unterschrieben war. Ich bot an, es nachträglich zu tun. Die Frau schüttelte bedächtig den Kopf. Ich sei nicht die Mutter. Aber von der Schule abholen durfte ich sie?

Wir waren schon draußen, und sie war dabei, die Tür hinter uns zu schließen. Es gebe nicht genug Personal, um Kinder ohne unterschriebene Erlaubnis zu beaufsichtigen, sagte sie. *Je suis désolée.*

George schrieb mir, es täte ihm leid. Doch Eleanor freute sich. Sie war ganz bezaubert von den Zwillingen. Warum gehen wir nicht selbst mit ihnen in den Park? Würde der Jardin du Luxembourg genügen? Im Hotel hatte man ihr gesagt, dort gebe es jede Menge Vergnügungen für Kinder.

Aber wir müssten natürlich nirgendwohin gehen, falls ich jemanden erwartete, sagte sie.

Tat ich das? Mir gefiel nicht, wie sie den Satz betonte, aber ich hatte auch keine Lust, im Laden eingesperrt zu sein, deshalb stimmte ich ihrem Plan zu. Ich rief Shelley an, um sie zu bitten, auf den Laden aufzupassen. Sie sagte, ich solle schließen. Carl rief ich gar nicht erst an, denn jedes Mal, wenn er mir seine Nummer gab, löschte ich sie gleich wieder. Schließlich rief ich Molly an. Sie sagte, sie würde kommen, sobald ihr Spinning-Kurs zu Ende war. Als sie auftauchte, hatte Eleanor schon ihre Sonnenbrille aufgesetzt und bedachte Molly mit kaum mehr als einem ungeduldigen Kopfnicken.

»Das ist diese Schauspielerin, oder?«, flüsterte Molly, während ich ihr lauter überflüssige Dinge erklärte, zum Beispiel wie man die Kasse bediente.

»Das darf ich nicht sagen«, flüsterte ich zurück.

Molly grinste. »Ich liebe Paris.«

Meine neue Angestellte knipste heimlich ein Foto von uns als wir gingen.

Der Weg, der vor uns lag, war nicht kurz – drei Kilometer, vierzig Minuten, wahrscheinlich mehr –, doch mit der Métro hätte es kurioserweise fast genauso lange gedauert. (Was Peter, für den die Métro der längste und bequemste Vergnügungspark der Welt war, nicht davon abhielt, darum zu betteln, dass wir sie nahmen.) Ich rief Madame Brouillard an, um ihr von Molly zu erzählen. Sie antwortete nicht. Ich bat Eleanor, unser Gespräch über du weißt schon zu verschieben. Sie antwortete nicht.

Deshalb war ich für jede Ablenkung dankbar. Wir kamen an einem Karussell vorbei, das es irgendwie geschafft hatte, sich auf eine schmale Verkehrsinsel neben einem Métro-Eingang zu quetschen. In der Stadt sind Dutzende von Karussellen verstreut, eine unglaubliche Zahl. Aus der Luft muss Paris aussehen wie eine wirbelnde Maschine mit unzähligen Zahnrädern. Es grenzt an eine Wunder, dass die Gehwege nicht von Kindern blockiert werden, die nach Karussellfahrten davontaumeln. Ich sah jedoch, dass Peter ein klares Ziel vor Augen hatte: ein Karussell und ein Métro-Eingang? Der Jardin du Luxembourg mit seinen Schaukeln (und vor allem seinen Segelbooten) konnte warten.

Doch Annabelle musste auf die Toilette. Eine kleine Krise wuchs sich zu einer größeren aus, da die ersten beiden selbstreinigenden öffentlichen Toiletten in der Nähe vom Karussell außer Betrieb waren. Jetzt musste auch Peter. Wir gingen weiter. Und weiter. Wir waren noch immer ein gutes Stück vom Park und seinen Toiletten entfernt, deshalb lotste ich uns in die erstbeste winzige *crêperie*. Eine Touristenfalle, kaum breiter als ein Billardtisch, mit Verkaufsfenster zur Straße und einer willkürlichen Auswahl an Coca-Cola-Produkten. Die Tresenkraft war nur angestellt und sah genauso wenig nach Pariser aus wie ich. Trotzdem wäre ich nicht, wie Eleanor, davon ausgegangen, dass er Englisch sprach, aber die beiden kamen sofort ins Gespräch.

Ehe ich mich's versah, durften wir eine makellose Toilette hinter einer unbeschrifteten Tür benutzen. Dann wurden wir durch eine weitere unbeschriftete Tür in einen winzigen Hof hinter dem Restaurant dirigiert. Dort befanden sich ein Tisch, zwei Stühle und ein kleiner Spielplatz.

Spielzeug.

Das war sein Garten. Die Spielsachen seiner Kinder. Ich wollte etwas zu Eleanor sagen, doch sie war in Verhandlungen mit dem Crêpe-Mann vertieft.

Als er ging, räusperte sich Eleanor. »Der Jardin du Luxembourg muss warten. Heute essen wir im Garten Erdem.« Peter und Annabelle sahen sie verständnislos an. »Mein neuer Freund, Erdem – der Türke ist und von der Kunst des Kochens mehr versteht, als Amerikaner und vielleicht sogar Franzosen sich träumen lassen –, wird etwas Köstliches für uns zubereiten«, sagte sie. »Kinder, seht her!« Und da Peter und Annabelle ohne Frage leicht von besonderen Gesten zu beeindrucken sind – wenn ihnen ein Fremder mit verkniffenem Lächeln bei Picard die Tür aufhält, erröten sie –, sprangen sie auf.

»Des jouets«, riefen sie.

»Eleanor«, sagte ich, während die Zwillinge sich über das Spielzeug hermachten. »Du bist mir ein Rätsel.« Und das war sie. Sie hatte kein weiteres Wort über Robert verloren. Ich fragte mich, wie viel Zeit mir noch blieb.

»Hört, hört«, sagte Eleanor. »Und dabei ist der Wein noch nicht mal serviert.«

Wein: So viel Zeit hatte ich also. Erdem brachte eine Flasche Prosecco. Beim ersten Glas sahen wir den Zwillingen zu, die die Geräte hin- und herschleiften und die kleineren Spielsachen sorgfältig arrangieren. Ab und zu reichte einer dem anderen ein Spielzeug, Worte wurden gewechselt und alles neu geordnet.

»Sie betreiben einen kleinen Laden, oder?«, fragte Eleanor schließlich. Sie griff nach der Flasche und schenkte sich drei Zentimeter nach.

»Das ist das Elend, wenn man über und in einer Buchhandlung lebt«, sagte ich. »Wenn sie spielen, spielen sie das. Ich fürchte, sie sehen ihren Vater nicht oft genug, um zu wissen, wie man Unternehmensberater spielt.«

»Von wegen Elend. Das ist doch ein Privileg.«

Wir waren noch beim zweiten Glas, als die Zwillinge die kleine Pizza verschlungen hatten, die Erdem gebracht hatte, und wieder spielen gingen. Kurz darauf servierte Erdem das mit Eleanor abgesprochene Gericht, das nicht auf der Karte stand. Nichts Raffiniertes, aber exotisch – ein Tomaten-Gurken-Salat, in dem die Tomaten und Gurken zum Großteil durch gewürfelte Orangen und Oliven ersetzt wurden. Eleanor behauptete, Koriander herauszuschmecken. Ich sagte Paprika. Sie fragte, ob Declan aus Irland sei. Ich sagte nein, hätten wir nicht.

»Wie bitte?«, fragte Eleanor, und da fiel mir auf, dass ich eine Frage beantwortet hatte, die ich mir in meiner verdorbenen Phantasie nur eingebildet hatte, nämlich ob ich mit dem Mann geschlafen hatte. Sie sah, wie ich begriff, und dann begriff sie auch. »Um Himmels Willen, Leah.«

»Bitte.«

»Oh Gott, du hast. Ich höre es an deiner Stimme.«

»Haben wir nicht. Was du hörst … Ehrlich gesagt, weiß ich nicht, was du hörst. Was ich höre, ist diese andere Frau, dieses andere Ich, das ein neues – anderes – Leben kennengelernt hat.«

»Das Singleleben?«, fragte Eleanor.

»Ein unabhängiges Leben. Ein Auf-eigenen-Füßen-Leben. Keine Ahnung. Es war interessant.«

»Und das ist ein Code wofür?«

»Vielleicht für lustig, obwohl es das kaum war. Es war manchmal verwirrend und manchmal schön, aber vor allem war es, als hätte ich eine neue Brille aufgesetzt. Weißt du, wie anders eine Stadt aussieht, wenn du mit jemandem die Straße entlang gehst, wenn du mit jemandem an der Seine sitzt, wenn du mit jemandem ein Glas Wein trinkst?«

Eleanor hob ihr Glas. »Ich wusste nicht, dass ich neugierig bin«, sagte sie. Ich sah sie an. »Ich meine, klar. Aber eigentlich wollte ich nur wissen, ob er aus Irland ist, weil …«

»Iowa. Er studiert in Paris, aber er kommt aus Iowa.«

»Ach, Herrgott noch mal«, sagte Eleanor und lehnte sich zurück. »Warum hast du das denn nicht gleich gesagt? Da habe ich mal ein Jahr unterrichtet. Die Welt wäre ein besserer Ort, wenn die Iowaner das Sagen hätten. Dann gäbe es keine Kriege mehr, alle würden rechtzeitig ins Bett gehen, auf sehr sauberen Straßen fahren und den gelegentlichen Kutschen mit stolzen, tüchtigen Amish Vorfahrt gewähren. Natürlich würden wir auch mehr Schweinefleisch essen, aber ich habe festgestellt, wenn man es richtig zubereitet, schmeckt es ganz lecker.« Sie spießte ein fleischiges Quadrat orange-geflecktes Rot auf. »So wie das hier«, fügte sie hinzu. Sie deutete mit einem Kopfnicken auf die Flasche, und ich schenkte ihr einen letzten Schluck ein, und mir selbst auch. Wir würden es unmöglich schaffen, rechtzeitig zu Hause zu sein, wenn die Mädchen aus der Schule kamen.

Ich holte mein Handy heraus, um Ellie zu schreiben, dass wir uns verspäteten, dass Molly mich im Laden vertrat und sie als erstes ihre Hausaufgaben erledigen sollten.

Ich spürte, dass Eleanor mich beobachtete, sah jedoch erst auf, nachdem ich SENDEN gedrückt hatte.

»Nur Ellie«, erklärte ich und schwang das Telefon. Ich wollte Eleanor und nicht zuletzt mir selbst beweisen, dass ich die Art Mutter war, die ihre Kinder darüber auf dem Laufenden hielt, wo sie sich herumtrieb.

»Redest du mit ihr über Robert?«, fragte Eleanor. »Sie war nie der zerbrechliche Typ, meine Patentochter, aber dennoch.«

»Sie kann nichts aus der Ruhe bringen«, sagte ich. »Ganz anders als Daphne.« In meiner Erinnerung blitzte ein Bild von ihr im Krankenhaus auf, vor Fieber glühend.

»Das mag ja sein, aber das bedeutet nicht, dass sie nicht reden will.«

»Das wollen beide«, sagte ich kategorisch, obwohl ich es eher spürte als wusste. An manchen Tagen hatte ich das Gefühl, als hätten wir die Phasen der Trauer aus den Büchern untereinander aufgeteilt: Daphne hatte – ihrer Schweigsamkeit und den gequälten Blicken nach zu urteilen – die Traurigkeit übernommen, Ellie die Wut und ich das Nichtwahrhabenwollen.

Eleanors Gesichtsausdruck verriet mir, dass sie meine Unsicherheit durchschaute. »Darf ich dir etwas zeigen?«, fragte sie und wischte sich die Hände ab.

»Bitte nicht.«

Sie griff nach meinem Handy und gab es mir dann zurück. »Mach mal das Internetding an.«

»Was?«

»Den – ich hasse das Wort – Browser. Öffne den Browser.« Ich tat es und sie griff erneut nach dem Handy und tippte gewissenhaft etwas ein und wartete, dass es lud. »Kennst du Ellies Schulprojekt? In Fotografie.« Ich schüttelte den Kopf. »Das habe ich mir schon gedacht. Natürlich ist sie sehr talentiert.« Sie gab mir das Handy zurück. Ellie betrieb einen Foto-Blog – Pariser Straßenszenen, Nahaufnahmen diverser Adressen. Ich seufzte erleichtert. Es ging also nur um ein Blog (auch ein schlimmes Wort), ein verborgenes Talent von Ellie, das mir nicht verborgen geblieben war: Am Abend bevor ich nach Ménilmontant gefahren war, hatte ich mir schließlich ihr Handy angesehen. Ich wusste, dass sie begabt war, dass sie ein gutes Auge hatte.

»Sie ist sehr talentiert«, sagte ich, während ich mir die Fotos ansah. Mir gefiel, wie Ellie die üblichen Verdächtigen aussparte – weder Eiffelturm noch Sacre Cœur, nur beliebige Läden und Schilder in Paris. Die Aufnahmen durchzog eine gewisse Trostlosigkeit. Ein Mädchen nach meinem Geschmack. Und nach dem von Lamorisse, auch wenn sie das bestreiten würde. Doch darauf wollte Eleanor nicht hinaus.

»Leah«, sagte sie sanft und nahm mir das Handy aus der Hand. Sie legte es flach auf den Tisch zwischen uns und begann erneut, die Fotos durchzugehen. »Siehst du es nicht?«

Ich beugte mich vor. Hatte Eleanor – hatte Ellie – ihn auch auf einem Foto entdeckt?

Es dauerte einen Moment, doch dann sah ich, was Eleanor sah. Nicht auf jedem Foto, nicht immer in der Mitte, aber – das war es. Ich nahm das Handy. Und da. Das Schuhgeschäft. Das Restaurant. Der Möbelladen. Auf der Tür. Der Markise. Dem Schild. Der Speisekarte. *Boutique Robert. Restaurant Robert & Louise. Robert Four. Chez Robert. Editions Robert. Robert et fils.*

»Oh, mein Gott«, sagte ich zum Telefon, zu Ellie, wo auch immer sie gerade war. Ich betrachtete den sonnigen Garten, die glücklichen Zwillinge, die Wäscheleine dahinter. Ich sah alles. Doch ich hatte nicht gesehen, wie sehr mein Kind litt. Ich hatte nicht gesehen, wie oft sie sah.

»Wie furchtbar«, sagte ich, nachdem ich meine Stimme wiedergefunden hatte.

Eleanor schüttelte den Kopf. »Es ist wunderschön.« Ich legte das Handy wieder hin. Ich musste aufhören, mir das anzusehen. »Aber das bedeutet, sie vermisst ihn«, sagte Eleanor.

»Ich weiß. Das wusste ich. Eleanor, ich bin kein Monster.«

»Ich weiß, dass du das weißt«, sagte sie. »Aber ich weiß auch, dass die Mädchen nicht wissen, was mit ihrem Vater passiert ist. Und das ist das Ergebnis.« Sie drehte das Telefon mit dem Display nach unten, bevor sie weitersprach. »Ihnen zu sagen, dass die Polizei glaubt – weiß –, dass er tot ist, wird nicht leicht, vor allem am Anfang, aber letztendlich ist es besser.«

»Und wenn wir ihnen erst gesagt haben, dass er tot ist, hört Ellie auf, Fotos von Robert in Paris zu machen?«

»Gut möglich, dass sie die für den Rest ihres Lebens macht. Du solltest ihr wenigstens eine anständige Kamera kaufen. Sie hat eine Zukunft. Ihr habt alle eine Zukunft. Aber wenn du nicht akzeptierst, dass er tot ist, akzeptiert sie es auch nicht, und Daphne auch nicht, und das Geheimnis wird euch für immer in seinen Fängen halten.« Sie nahm das Handy und tippte zusehends frenetisch, bis es ihr gelang, das Blog zu schließen. »Und alles in allem vielleicht nicht immer auf so schöne Weise wie hier.«

Es war also Zeit.

»Dann halte dein Plädoyer«, sagte ich ruhig, »dafür, dass er tot ist.«

Eleanor holte tief Luft. Ich auch, aber mir stockte der Atem und es dauerte einen Augenblick, bevor ich ausatmen konnte.

»Es ist nicht meins«, sagte sie und holte den Ordner aus ihrer Tasche. Der Bericht darin war schlecht geschrieben, doch ansonsten war alles so, wie sie gesagt hatte. Besagtes Boot sei gefunden worden. Eine Leiche gebe es nicht, doch seit Verschwinden des »Subjekts« gebe es auch keinerlei »Lebenszeichen«, on- oder offline. Die behördliche Empfehlung laute daher, dass die überlebende Ehegattin das Gericht ersuche, »die vermisste Person« für tot erklären zu lassen, angesichts der Tatsache, dass diese »unmittelbarer Gefahr ausgesetzt« – einem 281 Meter tiefen Großen See – und »nicht zurückgekehrt war«.

Ich schob den Ordner zurück. Ich sagte nicht, dass mich am meisten seine Fingerabdrücke verstörten. Keine Abdrücke, die sie von irgendeiner verdächtige Oberfläche genommen hatten, sondern aus den Akten – von seinem Führerschein oder Reisepass, glaube ich. Keine Ahnung, aber die gekringelten Linien, die Unterbrechungen und Risse, die feinen Konturen schienen so eindeutig er zu sein, obwohl ich seine Fingerabdrücke vorher nie gesehen hatte. Sie erinnerten mich an seine Augen, den Farbkleckser in dem einen. Sie erinnerten mich an ihn.

»Ich weiß nicht, was ich denken soll, Eleanor.«

Sie bückte sich, kramte in ihrer Tasche und tauchte mit einem Taschentuch wieder auf, das sie mir reichte. Ich hatte keine Ahnung, was ich damit sollte. *Ring, ring:* diese Warnklingel der Busse. Jetzt hörte ich ihn, den Ordner auf Ellies Handy. Der, den ich nicht geöffnet hatte. »Dad.«

Eleanor tat, als würde sie ihre Wangen abtupfen. Ich weinte.

Ich bückte mich und kramte in meiner Tasche nach Taschentüchern, die ich, wie ich wusste, nicht dabeihatte. Doch ich kramte weiter, um mein Gesicht zu verstecken, und ich hörte, wie Eleanor vom Tisch aufstand, irgendetwas von Nutella zu den Zwillingen sagte und dann zurückkam. Ich hörte, wie die Tür zum Restaurant sich quietschend öffnete, zufiel, und dann war es still. Ich richtete mich auf.

Eleanor betrachtete mich aufmerksam. »Okay, Tränen getrocknet, Kinder satt, Paris auf Pause«, sagte sie. »Jetzt ist deine Gelegenheit. Halte dein Plädoyer. Die Polizei hat ihre Argumente vorgelegt. Du hast das Wort.«

Nach einer Pause begann ich.

»Ich weiß nicht, was ich sagen soll. Monatelang habe ich so getan, als sei er tot. Und bis zu den Hinweisen oder Zeichen oder Halluzinationen – wie auch immer man es nennen will –, bis die anfingen, hatte ich mich selbst fast davon überzeugt, dass er tot ist. Ich habe es nie geglaubt, nicht im Herzen, nur vom Kopf her. Vom Verstand. Es passte.«

»Es passte«, wiederholte Eleanor.

»Bis es nicht mehr passte. Bis es nicht mehr leichter war, so zu tun, als sei er tot, sondern befremdlich. An diesem Punkt bin ich jetzt. Dieser Bericht …« *Greift nicht*, wollte ich sagen, als wäre es eine Frage der Rechtsprechung, als hätte, was in Milwaukee passiert war, in Paris keine Bedeutung.

»Leah, es ist nur … Ich mache mir doch nur Sorgen, dass …«

»Wenn du nach Paris gekommen bist, damit ich irgendein Formular unterschreibe, und wenn du glaubst, sobald ich das Formular unterschreibe, verschwindet Robert, dann unterschreib ich. Wir streichen ihn. Im Moment ist er nicht mehr als der Protagonist in einem Manuskript, oder? In einem Film.«

»Leah«, sagte Eleanor.

»Weil es leichter ist, als zu fragen, was für ein Mann so seine Familie verlässt? Ich rede nicht allein von der Bürde des Verlassenwerdens – die Verdopplung elterlicher Pflichten, der Stress, nicht nur die Wäsche allein zu machen, sondern mit jeder beschissenen Krise klarzukommen, die Kinder eben mit sich bringen – ich rede vom Liebesentzug.

Du verliebst dich in jemanden, er verliebt sich in dich, ihr heiratet, und dann hat er es irgendwann satt und besitzt nicht den Anstand, es dir zu sagen. Oder zu sterben. Stattdessen versteckt er sich, er lauert, er verfolgt dich, hält dich davon ab, alles hinter dir zu lassen, obwohl du es wirklich versuchst. Er beschließt einfach, sein altes Leben weiterzuleben, nur diesmal auf der anderen Seite des Fensters, und schaut von draußen hinein. Die Polizei sagt, er ist tot. Kann sie auch dafür sorgen, dass er nicht mehr aufkreuzt?«

»Leah«, sagte Eleanor wieder und die Unterbrechung genügte, um innezuhalten und mich zu fragen: Warum tauchte er eigentlich immer wieder auf? Doch ich konnte Eleanor schon sagen hören: *Deinetwegen, Liebes. Wegen der Mädchen. Er taucht immer wieder auf, weil er euch liebt.*

Doch das sagte sie nicht. Sie sagte, er sei tot.

»Ich verstehe schon. Sie halten ihn für tot. Jetzt hältst du ihn für tot. Und ja, ich kann das verstehen. Ich kann nur nicht mehr so tun als ob. Wo ist der Beweis? Ich weiß, der Beweis ist, dass es keinen Beweis gibt, aber …«

»Aber es gibt das.« Sie zog einen weiteren Ordner hervor, zögerte, dann öffnete sie ihn und breitete den Inhalt vor uns aus. »Ich wechsle das Thema«, sagte sie. »Andererseits, vielleicht auch nicht.«

Etwa eine Minute später sahen wir einander an, verzogen die Gesichter, schnappten uns die Zwillinge, zahlten die Rechnung und liefen den ganzen Weg wieder zurück, wobei wir kaum ein Wort wechselten. Sie ging ins Hotel und ich nach Hause, und ich kümmerte mich allein ums Abendessen und Zubettbringen, und dann ging ich runter, in das kleine Büro hinter dem Laden, schaltete die Schreibtischlampe an, saß dort umgeben von Staub und Dunkelheit und schlug den Ordner erneut auf.

Doch all das sollte erst kommen. Dort, in Erdems Garten, schaute sie mir zu, während ich mir anschaute, was sie ausgepackt hatte – und dann entschuldigte sie sich hastig und begann, alles wieder in den Ordner zu stopfen. »Verdammt«, sagte sie. »Das war furchtbar dumm.«

Das war es. Doch es war eher meine Dummheit als ihre, und sie begann, beziehungsweise endete, vor über einem Jahr, an dem Tag, als Robert aufhörte zu schreiben.

Es war im März, nur wenige Wochen bevor er unsere Familie verließ. Ich erinnere mich noch genau an den Tag, den Augenblick, denn es war Daphnes zwölfter Geburtstag. Wir gaben ein ungewöhnlich großes Fest. Er verkündete es mir wenige Stunden, bevor die Feier losging. *Ich mache Schluss. Ich mache Schluss mit dem Schreiben. Mit Papier, Stiften, Tastaturen, mit …*

Schön, sagte ich. Es folgte eine Pause. Er sagte: *Ich weiß nicht, ob du mir zugehört hast.* Obwohl ich das hatte, hielt ich inne und wartete, weil ich es wiederum auch nicht hatte. Ich stellte nur einen sehr kleinen Prozentanteil meines Gehirns zur Verfügung, um Robert zuzuhören. Einerseits, weil ich es mir in letzter Zeit so angewöhnt hatte, andererseits, weil ich mich auf den Inhalt des Kühlschranks konzentrierte: Was mussten wir noch einkaufen, was konnte weg, was sollte ich sagen, wenn der Fotograf auch davon ein Foto machen wollte?

Der Fotograf. Über den gleich mehr, aber einstweilen sei gesagt, dass Roberts Agent – den es längst nicht mehr gab – irgendwann einmal gesagt hatte, ein Problem meines Mannes sei, dass er keinen »Wiedererkennungswert« habe. Nicht genug Leser wüssten, wer er sei.

Ich hatte brav die Augen gerollt, meinen Text aufgesagt, doch er hatte den Kopf geschüttelt und gesagt: *Leah?*

Das war alles, doch es war genug. Ich gewöhnte mich an den Tonfall, irgendwo zwischen Frage und Klage, einen

Tonfall, der Ehepaaren in aller Welt vertraut ist. Doch in Roberts Variante schlich sich etwas Neues, das ich damals nicht benennen konnte, doch das ich inzwischen als Nostalgie, Wehmut, Einsamkeit erkenne. So wie er manchmal meinen Namen sagte – wie er ihn jedes Mal sagte, wenn ich nicht angemessen auf irgendeine existenzielle Bitte reagierte –, hatte ich manchmal das Gefühl, dass wir nicht im selben Zimmer miteinander sprachen, sondern über eine Telefonverbindung, dass wir ein Ferngespräch führten, so wie damals, als das noch teuer war: die Stimmen verzerrt und auf jede kostbaren Sekunde bedacht, die verstrich. Ich war noch da, doch selbst für mich fühlte es sich an, als wäre ich weit weg.

Deshalb lauschte ich konzentriert, als er am Morgen von Daphnes Geburtstag meinen Namen sagte, weil es auf die Betonung ankam. *Leah* konnte bedeuten: *Was hältst du von dem Times-Artikel, den ich dir geschickt habe, über diesen (erfolgreichen / berühmten / reichen / gepriesenen) Autor?* oder *Ich habe letzte Nacht nicht geschlafen und kann die lästige Hausarbeit, um die du mich gerade gebeten hast, nicht erledigen* oder, wie an jenem Morgen, *Was ist los?*

Eine Nachbarin, die mit einem Nachbarschafts-News-Blog Erfolg hatte – hauptsächlich weil es dort Fotos von einfach jedem aus der Nachbarschaft gab –, sammelte Geld, um daraus eine Zeitung zu machen. Als (vermeintlichen) B-Promi, der er war, hatte sie meinen Mann zum Aufhänger gemacht und einige Tage zuvor einen unglaublich jungen Reporter vorbei geschickt, um ihn zu interviewen. Heute kam der Fotograf.

Schlechtes Timing, nicht nur weil es Daphnes Geburtstag war, sondern weil es ihr Goldener Geburtstag war, das magische Datum, an dem sich dein Alter mit dem Kalendertag deiner Geburt deckt, und Eltern in Wisconsin sich genötigt sehen, ein gewaltiges Brimborium zu veranstalten. Gewaltig. Es sollte ein Tag ohnegleichen werden, so etwas wie Weihnachten und der 4. Juli gepaart mit der seltenen Rückkehr des Halleyschen Kometen, nur dass der Goldene Geburtstag sich niemals wiederholen würde. Ich kannte Eltern, die Restaurants und Ponys mieteten, und Geschichten von Einundzwanzigjährigen, die nach Las Vegas fuhren (und nie zurückkehrten). Ellie hatte sich, als sie am Neunten neun wurde, einen Erste-Klasse-Flug nach Disneyland gewünscht. Doch damals konnten wir uns das nicht leisten, und jetzt hatten wir noch weniger Geld. Daphne wollte auf einem Pony reiten. Robert organisierte ihr stattdessen eine »Mach dein eigenes Buch«-Party. Er würde seinen Dreißig-Dollar-Tintenstrahldrucker auf den Esstisch stellen und alles!

Deshalb war es kein guter Tag für den Besuch des Fotografen. Doch es war der einzige Tag, an dem die Blogger-Nachbarin ihn bekommen konnte, weshalb sie es mit Bestechung versuchte: Was, wenn uns einer ihrer Werbekunden mit Blumen ausstatten würde? Ich zögerte. Vielen Blumen, sagte sie. Ich merkte an, das Haus sei an diesem Goldenen Geburtstag schon voll genug – und dann kreischte sie: Eine Idee! Ein neues Nagelstudio brauche Publicity – wie wäre es mit einem Wellness-Tag für Daphne und ihre kleinen Gäste? Der Fotograf würde Robert knipsen, dann Daphne und ihre Gäste für eine spätere Story und …

Und so wurden Einverständniserklärungen in die Umschläge mit den Einladungen gesteckt. Mütter riefen mit Fragen an, aber die meisten fanden Auftritte im Blog lustig. Niemand verweigerte sich.

Außer Robert an jenem Morgen.

Ich schloss den Kühlschrank.

Seine heutigen Aufgaben: Torte (ging auf uns) und Blumen (kostenlos, aber nicht die Lieferung) abholen und die

Veranda fegen. Leicht. Jedenfalls leichter, als im Garten einen kleinen Stall für ein Pony zu bauen, worauf Daphne wider jede Vernunft noch immer hoffte. Das Pony könnte doch eine Pediküre bekommen. Sie würden seine Mähne flechten.

»Über so etwas scherzt man nicht«, sagte ich, um ihm einen Rückzieher zu ermöglichen. Ich wartete, doch es kam nichts. Ich konnte stolz darauf sein, wie beherrscht meine Stimme klang. Robert hatte nicht den geringsten Sinn für Timing. Er konnte dich anbaggern, wenn du gerade dabei warst, ein Kinderbuch zu klauen, er konnte Jahre später beim Joggen einfach aus deinem Leben verschwinden, er konnte dir ausgerechnet an dem Tag, als ihn jemand für eine Story über sein Leben als Schriftsteller fotografieren wollte, beschließen, dass er mit dem Schreiben aufhören würde.

»Das ist kein Scherz«, flüsterte er.

»Mom!« Ellies warnende Stimme ertönte aus dem ersten Stock: Daphne experimentierte mit Kleidern, schließlich kam ein Fotograf. (Wie uns Ellie nie vergessen ließ, waren wir an Ellies Goldenem Geburtstag in einer Pizzeria gelandet, weit und breit kein Fotograf.)

»Ich werde euch nicht den Tag ruinieren«, sagte Robert, weiter im Flüsterton, obwohl außer uns niemand da war. »Ich wollte es dir nur sofort erzählen, als ich es wusste.«

Ich starrte ihn an, fassungslos über das, was ich hörte, fassungslos über seinen fast freudigen Gesichtsausdruck.

»Du weißt, dass ich stolz auf dich bin«, sagte ich, obwohl das nicht stimmte. »Egal, was passiert«, sagte ich, obwohl es in diesem Moment überhaupt nicht egal war.

»Leah« – wieder diese Stimme. »Kein Werkzeugkasten.« Der Werkzeugkasten des Therapeuten. Zu dem Zeitpunkt hatte ich den fast schon vergessen. Ich war überrascht, dass er sich daran erinnerte. Er hatte mir beispielsweise keine

»Vorwarnung« gegeben, dass er beschlossen hatte, mit dem Schreiben aufzuhören. Ich versuchte mich zu erinnern, ob sich ein Hammer im Werkzeugkasten befand. Wenn ja, war ich kurz davor, ihn rauszuholen. Musste ich alles ins Lächerliche kehren? Nein, denn das war nicht lustig. Kein Hammer also, doch ich erinnerte mich, dass wir einander »positiv bestärken« sollten.

»Schön«, sagte ich.

Ein letztes Element des Werkzeugkastens: »Händchenhalten in schwierigen Augenblicken oder Gesprächen« (nicht bei Streit). Er streckte seine Hand aus und ich nahm sie.

»So streiten Paare nicht«, sagte ich.

»Wir streiten nicht«, sagte er. »Und ich dachte, du wärst ... Ich dachte, du wärst glücklich darüber.«

»Glücklich?« Ich war nicht sicher, ob dies ein Werkzeugkastengespräch war. Der Therapeut hatte es nicht so mit Glück, für ihn ein falscher Gott, ein falsches Ziel, so etwas in der Art. Zufriedenheit, Gleichgewicht, das war es, was man anstreben sollte.

»Ich bin glücklich, wenn du arbeitest.«

Ein Atemzug.

»Ich bin nicht glücklich, wenn ich arbeite.«

»Vielleicht merkt man daran, dass es Arbeit ist?«, fragte ich.

»Das leuchtet mir nicht ein.«

»Ach, nein? Was mir nicht einleuchtet, ist, was ich deiner Meinung nach sagen oder tun soll. Soll ich sagen: *Hurra, du gibst dich auf!* oder: *Nein, Schatz, nicht doch, tu's nicht?* Sag es mir, und zwar schnell, denn die nächste Szene in diesem Drehbuch handelt von einem glücklichen Kind.«

Er wandte sich ab.

Er rang mit sich. Das verstehe ich. Das verstanden wir. Doch er schien nie zu verstehen, wie hart es für uns war.

Er sah sich als einsamer Sisyphos, der jeden Morgen den Felsen den Berg hoch wälzt. Doch er war zu erschöpft, um zu bemerken, dass er uns drei, die unten warteten, unter sich zu begraben drohte, wenn der Felsen den Berg jeden Abend wieder hinunterrollte.

»Mom!« Jetzt war es Daphne, die mich rief. Der Anthropologin in mir war schon lange aufgefallen, dass sie nie nach Dad riefen, außer er kehrte von einer seiner Fluchten zurück, egal wie lange er fort gewesen war. Eine Stunde, ein Tag, eine Woche. Seine Rückkehr war stets Anlass für Begeisterung.

»Ich weiß nicht, woher diese Krise rührt«, sagte ich, »aber wenn es um den blöden Artikel geht – niemand wird ihn lesen. Ein paar Leute werden sich die Fotos ansehen. Und mit ein paar meine ich uns.«

»Darum geht es nicht«, sagte er. »Ich bin es leid.«

»Es leid sein«: Das war ein Begriff aus einem anderen Kasten, den jedes Paar am Hochzeitstag erhält, und in den man alles hineinfüllt, Gutes und Schlechtes, was sich Tag für Tag im Leben ansammelt. Eine Art emotionale Aussteuer, nur dass man immer mehr dazugibt. Und wenn man von einer Sache zu viel dazugibt – zu viel Angst oder Melancholie oder Erschöpfung – und zu wenig von einer anderen, wie stressfreie Goldene Geburtstage oder erfolgreiche Manuskripte, die erfolgreiche Bücher werden oder erfolgreiche Experimente, die neue Perspektiven eröffnen, explodiert er und der ganze Inhalt fliegt einem um die Ohren, nur wenige Stunden, bevor die Gäste kommen.

»Genau das ist der Punkt«, sagte ich. »Ich weiß, was du leid bist. Ich weiß nur nicht, was ich tun soll.«

Eine Sekunde verstrich, in der niemand im Haus irgendetwas sagte oder rief. Der Kühlschrank summte, und draußen wurde eine Autotür geöffnet und wieder geschlossen. Vielleicht war das der Augenblick, in dem Roberts nächstes Buch, sein letztes Buch, begann, in dem er endlich zu schreiben begann, wirklich zu schreiben, obwohl er damit aufhörte, dort in jenem Zimmer, hinter den Augen, die mich ansahen, in der rechten Iris der Farbblitz, in den ich mich als erstes verliebt hatte, der ihn für mich von allen anderen unterschied, diesen Mann, den ich liebte, weil er all diese Fragezeichen hatte, auch jenes, das er einst an dieses außerordentliche Wort gehängt hatte: *Heiraten?*

Ja, hatte ich damals gesagt, in seine Schulter, und ihn ganz fest umarmt. Ich war so glücklich gewesen.

Und vielleicht hätte ich ihn auch jetzt umarmen sollen, seine Hand halten, wie aufgetragen. Doch dann hätte ich verpasst, was er als nächstes tat, etwas, wofür ich zu dem Zeitpunkt unendlich dankbar war, auch wenn ich das nicht hätte sein sollen. Ich hätte es als das erkennen sollen, was es war: der Anfang von etwas, das sich nicht rückgängig machen ließ, nämlich das Auspacken besagter Aussteuer, bis nichts mehr davon übrig war.

Doch das sah ich nicht. Ich sah das: ein Lächeln. Seins. Ein schwaches Lächeln, ein halbes Lächeln, vielleicht sogar ein Lächeln aus dem Werkzeugkasten, denn dort hieß es, wenn man seine Gesichtsmuskeln zwinge zu lächeln, löse dies manchmal eine entsprechende Reaktion in der Psyche aus.

Ich war sauer, genervt, hatte ihn gefragt: *Was soll ich tun?* Und jetzt sagte er: *nichts.* Ich lächelte (weil er lächelte). Er wandte sich ein wenig ab, und die kleinen Iris-Kaleidoskope wandten sich ebenfalls ab. Dann drehte er sich mir wieder zu. Die Farbe kehrte zurück. »Tut mir leid«, sagte er. »Nichts.«

Und dann holte er die Torte und die Blumen und – keine Ahnung, wie er das hinbekommen hat – ein Pony, das Daphne und ihre Freundinnen direkt aus unserem Garten auf die Druckfahnen einer Zeitschrift trug, die Eleanor mit nach Paris gebracht hatte und mir in einem vollgestellten grünen Hof hinter einer türkischen *crêperie* zeigte. Ich dachte, sie hätten den Artikel nie veröffentlicht. Ich hatte gehört, dass die Zeitung nie erschienen war. Ich hatte ein- oder zweimal in das Blog geschaut, seit wir in Paris waren, und gesehen, dass es brachlag. Und die Herausgeberin und ich hatten uns zerstritten, als sie nach der Feier E-Mails mit Rechnungen schickte: ein »Missverständnis«. Ich hatte protestiert, sie hatte protestiert, und schließlich sorgte ich dafür, dass ihre E-Mails direkt im Spam-Ordner landeten. Das war's, hatte ich gedacht.

Aber nein, *das* war's, sah ich, als ich in meinem Büro saß und die Seiten hervorholte, die Eleanor ausgedruckt hatte. Die Herausgeberin hatte Eleanor gemailt: *Ich habe gehört, Sie wissen vielleicht, wie ich Leah & Robert erreiche.* Sie erklärte, sie habe mal eine Zeitschrift herausgegeben, diese sei eingestellt worden, wir hätten uns zerstritten – die Rechnungen erwähnte sie nicht – und das Ganze sei ihr furchtbar peinlich, sie wolle uns aber gern die unveröffentlichten Druckfahnen dessen, *was hätte sein können*, zukommen lassen.

Einen ersten Entwurf hatten wir gesehen – nur den Text, und der war nicht besonders vielversprechend gewesen. Doch dies war der ganze Artikel. DER AUTOR VON NEBENAN zwitscherte die Überschrift auf dem Titelblatt. Roberts Verschwinden wurde mit keinem Wort erwähnt. Das war das eine, was mich erschütterte. Es war gleichzeitig ein Blick in unsere Vergangenheit und der Schnappschuss einer imaginären Gegenwart: eine Familie in Milwaukee. Ein Haus, eine Mutter, ein Vater.

Was mich noch mehr verstörte, was mich später in Paris wachhielt, waren nicht die Worte, sondern die Fotos. Sie waren hinreißend. Ich weiß nicht, ob er eine spezielle Kamera oder ein Computerprogramm benutzt hatte oder ob der Fotograf sonst für die *Vogue* arbeitete, aber die Farben, unsere Gesichter, die Details, alles war wie erstarrte Flüssigkeit. Das Porträt von Robert war gelungen, doch es gab noch mehr Fotos. Von der Feier. Dem Pony. Von Daphne rittlings auf dem Pony, ängstlich aber grinsend, ein Grinsen, das sie und ich noch tagelang im Gesicht hatten.

Und schließlich ein Foto von unserer ganzen Familie, eine Aufnahme, auf der wir darüber diskutieren, wie wir uns aufstellen sollen. Wir sind im Wohnzimmer und überlegen, ob wir uns hinsetzen oder stehen sollen, eng beieinander oder verteilt, lächelnd oder ernst. Daphne scheint die Einzige zu sein, die auf die Anweisungen des Fotografen hört: Sie steht gerader als wir, doch sie findet, was wir treiben, lustig, und das sieht man ihr an. Und vielleicht liegt es an der Schminke von den Wellness-Leuten, aber sie sieht zehnmal gesünder aus, als sie es hier in Paris je getan hat. Ellie dagegen findet das Ganze peinlich, aber auch spannend. Sie hat eine Hand auf Daphnes Schulter, die andere bewegt sich auf die Kamera zu. Entweder sagt sie *Warte!* oder *Jetzt!* Ich stehe hinter ihnen, und sehe hochzufrieden aus, als wäre etwas vollbracht, und das war es ja auch. Wir hatten unseren Streit überstanden. Das Pony war da. Robert war da, nicht nur körperlich. Und das Ergebnis? Die Mädchen sehen hübsch aus. Robert wirkt entspannt. Möglicherweise ist er sogar glücklich. Er ist eindeutig stolz auf seine Familie. Seine Lippen sind ganz leicht geöffnet, er will gerade etwas sagen.

Was?

Ich weiß es nicht. Nur dass ich einen Monat später drohte, ihn zu verlassen. Und er uns verließ.

Auch Eleanor hat einen Werkzeugkasten für Auseinandersetzungen. Ich weiß nicht, ob sie sich dessen bewusst ist, aber ich bin es, genauso wie ich mir der Tatsache bewusst bin, dass er nur zwei Werkzeuge enthält: einen geduldigen, durchdringenden Blick und für Notfälle Ablenkung.

Der Weg von Erdem nach Hause verlief fast wortlos, aber nur fast: Nachdem ich ihr Antworten auf die simpelsten Fragen verweigert hatte – *Ist in der Stadt immer so viel los? Ist das Wetter oft so maritim?* –, stellte Eleanor endlich eine Frage, von der sie wusste, dass ich sie nicht ignorieren konnte, da es um eine Buchhandlung ging.

»Würde es zu viele Umstände machen, wenn … Ich kann nicht gut mit Stadtplänen umgehen, aber ich schwöre, es muss hier irgendwo in der Nähe sein … Könnten wir bei Shakespeare and Company vorbeigehen? Nur mal gucken?«

Rückblickend ist es interessant sich vorzustellen, was wir gesehen hätten, wenn wir vorbeigegangen wären, doch ich log und sagte, der Laden sei am anderen Ende der Stadt. Eleanor zog die Augenbrauen hoch, doch das war das Letzte, was ich von ihr hörte, bis wir unsere Buchhandlung erreichten.

Ich neide Shakespeare and Company nicht den Erfolg. Es ist die einzige Pariser Buchhandlung, ob englischsprachig oder nicht, die Amerikaner kennen (wenn sie überhaupt eine kennen), und seinem Manuskript nach zu urteilen, ist es auch die einzige, die Robert kannte. Obwohl die Beschreibung des Ladens in Roberts Manuskript auf gespenstische Weise die Late Edition vorwegnimmt, ist es in Wahrheit eher eine Beschreibung von Shakespeare and Company. Er beschreibt den Laden als grün, mit einem kleinen Brunnen in der Nähe. Und er beschreibt ihn als geschäftig, etwas, das man über Madames Laden nun wirklich nicht sagen konnte. Shakespeare and Company ist natürlich geschäftig. Der Laden hat eine Geschichte – Sylvia Beach, die den ursprünglichen Laden gründete, war die Herausgeberin von James Joyces *Ulysses*, eine Hemingway-Verfechterin, und ihr Geschäft blühte, bis der Zweite Weltkrieg sie zwang zu schließen. Später beanspruchte ein anderer Laden den Namen, und ein endloser Strom von Backpackern und Touristen (und einigen Einheimischen) streift seither durch die Regalreihen.

Ich jedoch nicht. Ich war ein- oder zweimal vorbeigegangen, aber nie hinein, da ich die Parallelen zu Roberts Manuskript gruselig fand – und vielleicht auch an einer milden Form von Konkurrenzneid litt.

Fünfhundert Meter weiter jedoch befand sich das weniger bekannte Wahrzeichen, zu dem Ellie Daphne und mich (und Asif) einst geführt hatte: Bemelmans' alte Bar in der Rue de la Colombe, ein Stück nordwestlich von Notre-Dame. Ich dirigierte uns jetzt in diese Richtung, zuversichtlich, dass Eleanor Shakespeare and Company darüber vergessen würde.

Doch als wir die Ecke erreichten, überkamen mich die Erinnerungen. Inzwischen hatte ich aus Neugier ein wenig recherchiert, welche Art *chagrin d'amour* Bemelmans bewogen hatte, die Bar zu verkaufen. In seinen eigenen Aufzeichnungen war darüber nichts zu finden. Er schreibt, er sei 1953 vom *Holiday*-Magazin nach Paris geschickt worden, um die Clochards der Stadt zu zeichnen, und habe sich dann in eine Bar verliebt, die diese frequentierten. Er kaufte sie, in der Absicht, das Lokal – und die Kundschaft – zu sanieren. Das erwies sich finanziell als fatale Entscheidung, doch sein Essay über diese Episode liest sich heiter und zärtlich. Irgendwann stellte sich heraus, dass die Rohrleitungen nicht modernisiert werden konnten, weil man inzwischen das unterirdische Aquädukt von Notre-Dame entdeckt hatte. Daraufhin besorgte Bemelmans für die große Wiedereröffnung zwei Limousinen – auf der einen stand MESDAMES, auf der anderen MESSIEURS –, die seine Gäste zu benachbarten Wohnungen chauffierten, um dort ihr Geschäft zu verrichten.

Beim Lesen klang es lustig, doch als ich mit Eleanor und den Zwillingen im letzten Tageslicht vorbeiging, wirkte die Ecke trostlos. Wir liefen weiter.

Als wir die Seine zum Marais überquerten, dachte ich an Sylvia Beach und ihre schöne Buchhandlung, geschlossen, so heißt es, weil sie sich weigerte, ihr letztes Exemplar von *Finnegans Wake* einem Nazi-Offizier zu verkaufen. Sie selbst trug nicht den gelben Judenstern, jedoch ihre junge Freundin und Assistentin Françoise, und wenn sie als Paar durch die Stadt gingen, waren sie denselben Restriktionen wie alle Juden ausgesetzt – keine Cafés, kein Kino, kein Theater, keine Verkehrsmittel außer Fahrräder, kein Sitzen auf Bänken. Eines Tages, als sie draußen picknickten, setzten sie sich extra auf den Boden statt auf die Bank daneben. Es war eine angespannte Mahlzeit. Der Offizier bekam das Buch nie. Oder den Laden. Innerhalb weniger Stunden nach dem wütenden Abgang des Offiziers hatten ihr Freunde geholfen, alles abzutransportieren und zu verstecken. Sie übermalten sogar das Ladenschild. Sylvia aber fanden die Nazis und steckten sie sechs Monate in ein Internierungslager. Hemingway selbst behauptete später, den Laden »befreit« zu haben, als die Nazis flohen, doch Sylvia war gebrochen. Obwohl sie weitere achtzehn Jahre lebte, machte sie den Laden nicht wieder auf.

Ludwig Bemelmans und Sylvia Beach starben im Abstand von nur vier Tagen. Manchmal frage ich mich, ob sie sich je begegnet sind. Müssen sie eigentlich, selbst wenn sie die meiste Zeit auf verschiedenen Kontinenten gelebt haben. Es ist unmöglich sich vorzustellen, dass zwei Menschen, die sich finden sollen, es in einer so intimen Stadt nicht tun.

Kapitel Fünfzehn

Am nächsten Morgen schlief Eleanor noch, was mir ganz recht war. Ich hatte eine Art Kater, den ich vor den Kindern zu verbergen versuchte, als ich sie in die Schule schickte. Einerseits lag das am weinseligen Nachmittag in Erdems Garten, andererseits aber auch an dem Artikel. Er hatte mich traurig gemacht – als ich ihn mir erneut ansah, entdeckte ich ein oder zwei Tränenpocken auf den Seiten.

Milwaukee.

Ich betrachtete die Seiten.

Milwaukee verblasste neben Paris in so vielerlei Hinsicht, dass klammheimlich auch meine Erinnerungen an unser Leben verblasst waren. Doch dort, auf jenen Seiten, war der Beweis: Milwaukee war wundervoll gewesen. Genau wie unsere Familie. Wir wussten, wie man lächelt. Selbst nach einem Streit, selbst an diesem verrückten, schrecklichen, komischen Tag schafften wir vier es zu lächeln. Und der Fotograf schaffte es, uns so zu zeigen, wie wir wirklich waren – nicht gestresst von Schachturnieren und unberechenbarem Wetter und einem Schriftsteller, der sich verfranst hatte, sondern eine harmonische Familie, die herumalberte.

Es war uns gut gegangen.

Nach Roberts Verschwinden suchte ich ein letztes Mal unseren Therapeuten auf. Ich wollte ein Geständnis ablegen. Es wurden zwei. Das erste war, dass Roberts Verschwinden ein furchtbares Gefühl in mir auslöste – so schwer es auch war, so zermürbend, es gab Minuten am Tag, manchmal sogar ganze Stunden, in denen ich Erleichterung empfand.

Das Leben mit Robert konnte hart sein. Das Leben ohne ihn auch, aber man musste nicht ständig fürchten, dass die Welt unterging, weil er an einem Absatz von 150 Wörtern scheiterte. Ich wartete, dass der Therapeut die Kappe vom Stift zog und das große rote Buch hervorholte, in dem er eine Liste der schlechtesten Ehefrauen führte. Doch das tat er nicht. Stattdessen sagte er: »Das ist nur logisch.« Und da ich grundsätzlich niemandem gern recht gebe, schon gar nicht Therapeuten, sagte ich: »Dann will ich Ihnen mal sagen, was unlogisch ist, nämlich dass ich es trotz allem nicht bereue, ihn geheiratet zu haben.« Mein zweites Geständnis überraschte mich selbst. Doch als ich es aussprach, wusste ich, dass es stimmte, und nicht nur, weil unsere Ehe zwei wunderbare weibliche Wesen hervorgebracht hatte, die, davon bin ich fest überzeugt, eines Tages den Planeten retten werden. Ich hatte unsere Ehe geliebt, ich hatte uns geliebt. Ich hatte unser knarrendes Haus geliebt. Ich hatte Milwaukee geliebt, seine Bars und seine Buchhandlungen. Ich hatte Roberts Kochshows geliebt. Ich hatte es geliebt, dass aus dem Anhänger, in dem das Pony kam, auch eine Ziege stieg, denn, wie Robert sagte: »Was ist ein Pony ohne eine Ziege?« Ich wusste es nicht, doch es stellte sich heraus, dass ein Pony mit Ziege und die Freude, die das auf alle Gesichter zauberte, ein Hauptgewinn war. Genau wie der eine von tausend Tagen, an denen es für Robert gut lief – eine positive Kritik, ein Auftrag, oder dass das verdammte Komma, das er seit einer Woche hin und herschob, endlich den richtigen Platz gefunden hatte. Doch das Allerbeste war, verheiratet zu sein.

»Sie sind ja noch verheiratet«, sagte der Therapeut, und das war der Moment, in dem ich beschloss, nicht wieder hinzugehen.

Im überfüllten USA/New-York-Regal unseres Ladens steht Grace Paley (eine Autorin, deren Bücher Robert mir so oft gab, dass ich manchmal vergaß, dass ich sie nicht persönlich kannte). Seine Lieblingsgeschichte von ihr, »Wünsche«, wurde auch meine. Darin wird in knappen 819 Wörtern Aufstieg und Untergang einer Ehe geschildert. Anfangs sind Mann und Frau jung und arm und wohnen in einer Wohnung, deren Wände so porös sind, dass sie den Frühstücksspeck der Nachbarn riechen. Jahre später begegnen sie sich unerwartet wieder. Der Ehemann, jetzt ihr Ex, brüstet sich mit seinen Plänen – darunter ein Segelboot – und meint bitter: »Du wirst immer nichts wollen.«

Vom Segeln einmal abgesehen, war Robert nie dieser Ehemann. Und ich war nie diese Ehefrau, doch wie die Ehefrau in der Geschichte protestierte, protestiere auch ich: Ich wollte, will sehr wohl etwas, viele Dinge, wie eines Tages einen Film gedreht zu haben, in dem es nicht um Synergie geht, meine Töchter zu mutigen, unabhängigen Frauen erzogen zu haben, jedes Buch in den Regalen meines Ladens gelesen und geliebt zu haben.

Doch mehr als alles andere wollte ich, dass Robert gesund und glücklich ist. Dass er bei mir ist.

Er wollte woanders sein.

Ich glaube, Robert für tot erklären zu lassen, widerstrebte mir, weil es nicht nur bedeutete, mit Robert abzuschließen, sondern auch, dass etwas Entscheidendes zwischen uns nicht gestimmt hatte. Was auch immer er von uns gebraucht hatte, wir hatten es ihm nicht gegeben. Was auch immer wir von ihm gebraucht hatten …

Doch er hatte Daphne ihr Pony verschafft. Und den Fotografen, das Bild. Ich hatte noch andere Bilder. Ganze Kartons. Ich hatte Erinnerungen. Die Druckfahnen der Zeitschrift waren nur einer von vielen, vielen Beweisen für ein glückliches Leben. Ihm aus der ersten Bar zu folgen, nachdem er mir und dem geklauten Buch gefolgt war, das war kein Fehler gewesen.

Genauso wenig wie so zu tun, als sei er tot. Genauso wenig wie so zu tun, als sei er am Leben. Ich war nicht verrückt, ich durchlief verschiedene Phasen. Und irgendwann würde es aufhören und ich zur Ruhe kommen. Allein. In den Regalreihen einer Buchhandlung in Paris.

Also übte ich dieses Leben: Ich stand im Laden und verkaufte Karten von Frankreich, London, Europa und den baltischen Staaten an ein goldgebräuntes Paar aus Napa und empfahl ihnen Restaurants. Ich verkaufte einem jungen Mann, den ich dabei erwischte, wie er ein paar Seiten herausriss, eine Ausgabe von Hemingways *Paris. Ein Fest fürs Leben.* Ich verkaufte einer jungen Frau, die angeblich Privatlehrerin bei einer amerikanischen Filmproduktion war, zehn Exemplare von *Der große Gatsby.* Ich bat sie, wieder vorbeizuschauen. Sie versprach, die jungen Stars mitzubringen, und ratterte deren Namen runter. Ich nickte und lächelte höflich, kannte jedoch keinen einzigen.

Ich war keine Buchhändlerin *authentique*, aber ich lernte, eine zu spielen. Manchmal übte ich an Shelley, dem geduldigsten meiner drei Kunden. Einmal drehte ich ihr Tove Janssons *Fair Play* an, die Geschichte zweier Künstlerinnen, die im selben Haus leben. Shelley kennt Janssons Kinderbücher über die Mumins, wusste jedoch nicht, dass Jansson auch für Erwachsene geschrieben hatte.

»Nicht für alle Erwachsenen«, sagte ich. »Nur für Künstler.«

In der Woche darauf kam Shelley wieder und, zur Hölle mit dem Hausboot, kaufte alles, was ich von Jansson führte, einschließlich einiger verstreuter Bücher auf Schwedisch.

Heute fehlte es mir an Künstlern, nicht aber an seltsamen Kinderbüchern. Ich sah, dass jemand *Le poids d'un chagrin* – Das Gewicht eines Kummers – aus der französischen Kinderbuchabteilung befreit und an die Kasse gelegt hatte. Das Buch faszinierte Peter, und mich gruselte es: Auf schlammgrünen Seiten beschreibt es Kummer als riesengroßen Haarball, ein Kummer so *gros qu'il m'a dépassé, submergé, dévoré, un chagrin si lourd, à porter que pour m'en sortir, j'ai dû le grignoter à mon tour.* Oder, wie Peter es einmal voller Ernst für mich zu übersetzen versuchte: *Manchmal ist die Traurigkeit so groß, dass sie mich verschlingt, ähm, eine schwere Tür, die ich nicht aufkriege, und deshalb nasche ich? Nein, knabbere ich etwas …* Ich bat ihn aufzuhören.

Jetzt stellte ich es mit einem kleinen Aufkleber, auf dem GRATIS stand, ins Fenster.

Ich schaute auf die Uhr. Zeit für einen Tee, am Computer vielleicht. E-Mails aus den USA kamen für gewöhnlich erst ab dem späten Nachmittag Pariser Zeit, was mir gefiel – es gab mir Gelegenheit, die erste Ladung abzuarbeiten, bevor die nächste kam. Das meiste war ohnehin Spam. Ich bekam wenig E-Mails aus Paris. Frankreich schien, wie Ellie, längst nur noch per SMS zu kommunizieren. Dennoch erhielt ich jeden Tag ein paar französische E-Mails, hauptsächlich von *Electre,* diesem magischen Online-Service, der Läden wie unserem hilft, Millionen Leser mehr zu erreichen (jedenfalls wenn ich wüsste, wie es funktioniert).

Und heute eine E-Mail ohne Betreff.

E-Mails zählten als »Vorwarnung«, hatte der Therapeut damals gesagt. *Darüber würde ich gern mit dir reden.* Ich sagte, das klinge nach einer Vermeidungstaktik – es ist eine Vermeidungstaktik –, aber es stimmt schon, während man die Betreffzeilen der eingegangen E-Mails überfliegt, hat das Auge, der Kopf Zeit zum Nachdenken.

Manchmal, vor allem, wenn die Betreffzeile leer ist, hat man nicht genug Zeit.

Leah, es ist so lange her, zu lange, so lange, dass ich nicht weiß, ob ich es erklären kann

Oder man beschließt, sie gar nicht zu lesen, weil man vor Fassungslosigkeit völlig neben sich steht und nur hilflos zusehen kann, wie man LÖSCHEN drückt.

In meinem Postfach war eine Nachricht von Robert und ich löschte sie.

Der Kessel pfiff, und ich stand auf und nahm ihn vom Herd. Ich stöberte nach Tee und entschied mich für Kamille. Erst als das Wasser auf dem Boden eine Lache bildete und mir den Fuß verbrannte, merkte ich, dass ich die Tasse verfehlte, und dann stellte ich den Kessel ab und entdeckte auf dem Boden die Tasse in Scherben. Sie musste runtergefallen sein – wann, konnte ich nicht sagen.

Vielleicht war die E-Mail ja auch gar nicht von Robert, sondern von jemandem, der sich als er ausgab – die Adresse enthielt seinen richtigen Namen, aber es war keine seiner alten E-Mail-Adressen –, und dann wäre es nur richtig gewesen, sie zu löschen.

Doch es war kein Fake.

Es war Robert.

Ich wusste es, weil ich, als ich mich wieder an den Computer gesetzt hatte, den sonst von mir wenig beachteten Ordner mit den gelöschten E-Mails suchte und fand, und seine daraus rettete und öffnete. Sie war kurz, so kurz, dass man argumentieren konnte, nichts darin beweise, dass sie von ihm war. Man konnte so argumentieren, doch das tat ich nicht. Weil es endlich zu viel war. Und weil niemand mehr Grund hatte als Robert selbst, sich als Robert auszugeben.

Es war also Robert, und er schrieb mir, und er versprach, dass wir uns bald sehen würden.

Robert.

Was mich überraschte, war, wie sehr es schmerzte.

Wo war Freude, Erleichterung oder meinetwegen auch ein bisschen Entrüstung? Ich hatte recht gehabt. Die Mädchen hatten recht gehabt. Er war am Leben!

Er war am Leben, und das schmerzte, weil es bedeutete, dass er die ganze Zeit am Leben gewesen war. Es bedeutete, dass er uns erneut verlassen würde. Denn er schrieb:

Leah, es ist so lange her, zu lange, so lange, dass ich nicht weiß, ob ich es erklären kann, ob ich es mir überhaupt selbst erklären kann. Aber ich weiß, ich möchte es versuchen. Und obwohl es sehr kurzfristig ist und wahrscheinlich zu viel verlangt, glaube ich, wir sollten uns treffen, bevor ich gehe. Glaube ich wirklich …

Ich konzentrierte mich auf diese letzten drei Wörter, *glaube ich wirklich*, denn das war es, diese plumpe Ernsthaftigkeit, die mich überzeugte. Es war Robert. Und indem ich mich auf die letzten drei Wörter konzentrierte, konnte ich die drei Wörter davor im Moment noch ausblenden: *bevor ich gehe.*

Ich öffnete ein Fenster, um zu antworten, und schloss es wieder.

Wie schreibt man jemandem, der nicht mehr existiert? Er war nicht tot – Eleanor konnte mir widersprechen und vielleicht auch die Polizei, aber ich wusste es, so wie die Mädchen es in den letzten Monaten in Paris gewusst hatten. Er war am Leben. Hier war seine E-Mail. Doch ich wusste auch, dass es den Robert, den ich gekannt hatte, den Mann, den ich geheiratet hatte, selbst wenn er sein Gesicht zeigte, selbst wenn ich ihn berührte, dass es den Robert nicht mehr gab. Das klingt jetzt ein bisschen nach Physik, aber das ist es nicht. Es ist Zeit plus Entfernung mal Paris minus Liebe.

Vielleicht ist es doch Physik. Physik ist die unbegreiflichste aller Wissenschaften, und mein Verstand hatte Schwierigkeiten, diese Tatsache zu begreifen: Robert, am Leben.

Nicht nur am Leben, sondern offenbar auch dreist genug, für einen kurzen Moment wieder in unser Leben zu huschen.

Erneut öffnete ich das Antwortfenster. Der Cursor wartete.

War er in Paris?

Es klang so.

Obwohl Chicago mit dem Flugzeug auch nur acht Stunden entfernt war.

Timbuktu nur sieben.

Er konnte überall sein.

Er war hier.

Er war hier, und ich würde ihn treffen.

Nein. Nein?

Nein, beziehungsweise noch nicht, denn zuerst musste ich Eleanor anrufen.

Eleanors erster Gedanke war, die Botschaft anzurufen. Die konnte die *Marines* schicken. Denn die rief ein Botschafter im Notfall, und wenn dies keiner war, was dann?

Aber was war das hier? Zu dieser Frage kehrte Eleanor zurück, nachdem sie es sich gemütlich gemacht hatte. Nachdem ich im Hotel angerufen hatte, war sie in den Laden geeilt, hatte schroff einen Kunden rausgeworfen, mit Lesebrille die E-Mail studiert und dann ohne.

»Online geben sich ständig Leute als jemand anders aus«, sagte sie.

»Er war die ganze Zeit am Leben. Ist am Leben.«

»Keiner von uns kennt sich besonders gut mit Computern aus«, sagte sie, während sie auf den Bildschirm starrte. »Wir können wirklich nicht beurteilen, ob er es wirklich ist.«

»Ich kann es beurteilen. Ich bin seine Frau. Eleanor? Ich habe lange genug gebraucht, um die Wahrheit zu akzeptieren, doch ich habe sie akzeptiert. Ich hatte recht.«

Eleanor, die schon bei ihrer Ankunft völlig aufgelöst gewesen war, wurde jetzt noch blasser. »Und wenn ich es richtig erinnere, hatten die Mädchen vor dir recht. Oder besser gesagt: Sie hatten nie unrecht. Weil sie sich nie eingeredet haben, dass er tot ist.«

Ich schüttelte den Kopf. Ich wusste nicht, worauf sie hinauswollte, aber ich wollte sie vorsichtshalber stoppen. »Eleanor …«

Ich musste den Gedanken gar nicht zu Ende führen.

»Natürlich. Auf gar keinen Fall. Sie dürfen ihn nicht sehen. Nicht beim ersten Treffen. Nicht bevor wir sicher sind, dass er es wirklich ist.«

»Er ist es!«

»Willst du, dass ich mich mit ihm treffe?«, fragte sie und klang ungewöhnlich unsicher.

»Willst du dich mit ihm treffen?«

Sie schüttelte den Kopf. »Nein, will ich nicht. Ich würde es für dich tun, weil ich alles für dich tun würde, aber ich möchte mich nicht mit ihm treffen, weil ich sauer auf ihn bin. Ich kann mir diesen Luxus leisten. Ich bin nicht seine Frau. Ich bin nicht die Mutter seiner Kinder. Ich kann der reinen, unkomplizierten Wut frönen.« Ihre Nasenflügel bebten. »Doch das tut nichts zur Sache. Wie geht es dir?«

Mir war übel. Ich war nervös, wütend, traurig, ich hatte Angst. Und ganz unerwartet verspürte ich tief in meinem Innern ein Beben, ein Flattern, das unmöglich Vorfreude sein konnte. Und doch.

»Ganz komisch«, sagte ich.

Eleanor sah sich noch einmal die E-Mail an, scrollte hoch und runter, nachdenklich. Sie fragte, ob ich noch andere E-Mails erhalten habe. Ich sah nach, nein. Sie sagte, ich solle nochmals nachsehen. Ich sagte, wenn ich das nächste Mal meine Mails öffnete, dann um ihm zu antworten.

»Okay«, sagte Eleanor. »Vielleicht rufen wir nicht die Marines und auch noch nicht gleich die Polizei. Aber wir brauchen einen Plan.«

Also entwarfen wir einen, und fingen damit an, was wir den Mädchen erzählen sollten: nichts, waren wir uns einig. Möglicherweise nie. Auf jeden Fall nichts, bis wir mehr wussten. Um das herauszufinden, musste ich mich mit ihm treffen. Eleanor bestand auf einem öffentlichen Ort, damit sie in der Nähe bleiben konnte, gemeinsam mit …

Ob ich sicher sei, dass ich nicht die Botschaft einschalten wolle? Vielleicht könne die wenigstens »ein paar Marines« schicken, in zivil.

»Die Marines haben Wichtigeres zu tun«, sagte ich.

»Gibt es denn niemanden?«, fragte Eleanor.

Ich dachte an Laurent. George. Meine drei Kunden. Declan.

»Nein.«

»Dann muss es so gehen.« Ein Park, nicht zu groß, nicht zu klein, mit Leuten. Und Bänken. Ich würde auf einer Bank sitzen und Eleanor und/oder die Kavallerie auf einer anderen Bank in der Nähe.

Ich sagte, dass Ehemann und Ehefrau doch wohl etwas Zeit *à deux* zugestanden werden sollte.

»Aber«, sagte Eleanor, »ich will doch nur da sein, um zu sehen …«

Ich wartete.

Doch sie wiederholte nur dieselben Worte. »Um zu sehen«, sagte sie leise zu sich selbst.

Und das gab den Ausschlag. Natürlich wollte sie für mich da sein, aber sie wollte auch für Robert da sein. Dass sie da sein würde, in nächster Nähe, um mich, nach allem, was passiert war, zu unterstützen, war ein Segen. Doch der wahre Grund, warum sie in den Park kommen wollte, war, dass sie ihn dann auch sehen würde.

Ich erkannte jetzt auch den wahren Grund, warum sie nach Paris gekommen war. Wäre sie wirklich, aufrichtig, vollständig davon überzeugt gewesen, dass er tot war, hätte sie mir die Formulare einfach zugeschickt, so wie das unvollendete Manuskript, die Seiten, die ihr bewiesen hatten, dass er lebte.

»Meinetwegen«, sagte ich. »Aber du darfst ihn nicht erschrecken. Ich bin sicher, wenn er dich sieht – oder einen Polizisten oder einen feschen Marine mit Bürstenhaarschnitt und Bajonett –, läuft er weg.«

»Er wird mich nicht erkennen. Ich trage die Sonnenbrille, die ich im Hotel bekommen habe.«

»Parfait«, sagte ich und fühlte mich zuversichtlich. Doch nur bis ich stand. Mir war schwindelig.

»Warum jetzt?«, fragte Eleanor. »Ich kann fast alles verstehen, aber das nicht. Warum kommt er ausgerechnet jetzt zurück und will mit dir reden?«

Vielleicht wollte er wissen, warum die Zeitschrift so lange für den Artikel gebraucht hatte. Damals hatte man uns gesagt, er würde ein paar Wochen später erscheinen. Robert, der sich mit dem Veröffentlichen von Texten auskannte, glaubte nicht daran, und wenn man die wehleidige E-Mail meiner alten Nachbarin an Eleanor bedachte, hatte er wohl recht damit gehabt, ihr nicht zu glauben.

Doch damals war alles zack, zack, und der Reporter, ungemein eifrig, ungemein jung, schickte Robert – seinen Helden, wie sich herausstellte – nur wenige Tage nach seinem Besuch jenen frühen Entwurf, *sans* Fotos.

Robert hasste den Artikel, vor allem den Ton.

Nun, mir gefiel Roberts Ton nicht. Es war spät in der Nacht, ich hatte schon geschlafen.

Es klingt, als würde der Autor glauben, mich zu kennen! Nach einem einzigen Nachmittag!

Und einem Pony, sagte ich. Ich ließ die Augen geschlossen. Ich spürte, wie er sich auf den Bettrand setzte. Die Matratze neigte sich in seine Richtung.

Woher nimmt sich jemand das Recht zu sagen, wer man ist, was man ist?, fragte er.

Ich machte die Augen auf. *Ich habe dich geheiratet*, sagte ich.

Leah …

Weil du der bist, der du bist.

War, sagte er.

Ehemann, Vater. Bist. Ich machte die Augen wieder zu.

Du hast einen Schriftsteller geheiratet. Und ich glaube, das bin ich nicht mehr.

Ich habe einen Ladendieb-Rehabilitationisten geheiratet. Einen kinderlieben Küchengott. Einen Connaisseur in Paris spielender Kinderbücher.

(Und all das war er. Und mehr. An manchen Tagen war der Gedanke, ihn zu verlassen, unmöglich. An anderen Tagen dachte ich an nichts anderes.)

Ich meine, sagte er.

Ich wartete.

Im Herzen, sagte er.

Ich wartete.

Ich habe dich wegen deines Herzens geheiratet, sagte ich. *Du, dein Herz, meins. Deine Träume, unsere. Das ist es, was ich gemeint …*

Ich verstummte, weil gemeint plötzlich so klang, als hätte ich gemein gemeint.

Ich spürte, hörte, wie er aufstand.

Ich vermisse, als … als wir … Ich vermisse dich, sagte er sanft.

Jetzt frage ich mich, ob er »sie« meint, diese andere Frau, die ich mal war, die sich in das Flackern in seinen Augen verliebt hatte, die sich keine Gedanken um das Feuer gemacht hatte, das so ein Flackern entfachen konnte, darum, was es alles verbrennen würde, darum, wie lange es dauern würde, lichterloh zu brennen.

Oder die Frau, die er später erfand, aus diesem anderen Leben, diesem anderen Paris.

Diesem anderen Buch.

Aber ich bin doch hier, sagte ich und drehte mich um.

Das macht es ja so schwer, antwortete er.

Widerwillig ging Eleanor zurück ins Hotel, um alles vorzubereiten. Sie hatte mir über die Schulter gucken wollen, während ich die Antwort verfasste, doch ich sträubte mich und traf endlich einen Ton, den sie respektierte.

Nach zwei Minuten vor einem leeren Bildschirm war ich noch froher, dass Eleanor nicht neben mir stand. Ich hatte befürchtet, sie würde an allem herummäkeln, was ich sagte. Stattdessen stellte ich fest, dass ich überhaupt nichts zu sagen hatte. Ich hörte die Glocke über der Tür bimmeln. Zum ersten Mal reagierte ich nicht. Beziehungsweise zum ersten Mal hatte ich kein schlechtes Gewissen, dass ich nicht reagierte. Sollte die Kundin doch das Gefühl haben, ignoriert zu werden. Sollte die Kundin den Laden doch plündern, wenn sie wollte. Ich würde Molly ganztags anstellen.

Allo, allo?, hörte ich, nachdem eine Minute verstrichen war. Dann knarrte der Boden sein Piratenschiffknarren. Murmeln. Dann wieder die Glocke, und die Kundin ging.

Robert litt nie an einer Schreibblockade, so hatte er jedenfalls in einem fünf Jahre alten Interview behauptet, das auch abgedruckt wurde: *Ich verstehe nicht, was die Leute mit Schreibblockade meinen, es sei denn, es ist etwas Echtes, Körperliches. Wenn es im Kopf ist, großartig – da sind ja auch die Worte. Guck einfach über die Mauer.* Danach bekam er jede Menge hämische Hassbriefe. Ein Student schenkte ihm einen Ziegelstein, auf den er mit Edding *Writer's Block* geschrieben hatte. Robert benutzte ihn als Buchstütze.

Während zwei Minuten vor dem Computer zu zwölf wurden und dann zwanzig, begann ich mich zu fragen: Ist es das, was passiert ist? Dass Robert schließlich doch von einer Schreibblockade befallen wurde, und zwar so, dass nichts mehr ging. Dass er eines Tages über die Mauer geguckt und nichts gefunden hatte, jedenfalls nichts von Wert. Was das anging, war Robert Pedant. Wenn er so etwas wie eine Schreibblockade hatte, war es nur ein anderes Wort für Perfektionismus. Worte waren Worte. Kreativität war Kreativität.

Doch zu dem Zeitpunkt hielt ich es eher mit Roberts Gegnern als mit seinen Bewunderern. Es gibt Tage, an denen das Chaos aus Worten genau das zu sein scheint: ein hoffnungsloses Chaos.

Ich tippte: *Erinnerst du dich an unsere Kontroverse über Schreibblockaden?*

Ich löschte es und tippte: *Kontroverse – Es fällt mir schwer, mich zu erinnern, welche französischen Worte ich schon zu Hause benutzt habe, und welche ich mir erst hier angeeignet habe. Aber erinnerst du dich an unsere Kontroverse über …*

Ich zögerte, weil mir Schreibblockaden inzwischen scheißegal waren.

Über den Gebrauch von Kraftausdrücken in den Hausarbeiten der Studenten, und …

Auch das war mir egal. Ich wollte Zeit gewinnen. Ich schrieb und blockierte gleichzeitig, denn eigentlich wollte ich schreiben: *Erinnerst du dich an unsere hitzigen Diskussionen über Schlaf, über plötzlichen Kindstod, über* Jedes Kind kann schlafen lernen, *darüber, dass wir Ellie eigentlich auf den Rücken legen sollten, und dann flüsterte uns im Krankenhaus eine Schwester zu, wir sollten sie auf die Seite legen, und du hast genickt und die Schwester ging, und dann haben wir es versucht, wir gingen zu dem Bettchen, wo die Schwester Ellie gerade auf die Seite gelegt hatte, und Ellie war … sie war noch so winzig und sie wackelte und legte sich auf ihr Gesicht. Und du hast sie dir geschnappt und sie wachte auf und schrie, und es kam mir vor, als wären Stunden vergangen, bis sie an deiner Brust endlich wieder einschlief, das Gesicht vergraben, und wir sahen uns an und ich schwöre, wir hatten beide Tränen in den Augen, doch dann hat einer von uns – warst du es? Du musst es gewesen sein, ich war zu müde – angefangen zu lachen. Nur ganz leise, aber dann haben wir beide gelacht, und du konntest gar nicht mehr aufhören, und du hast so gelacht, dass sie wieder aufgewacht ist. Aber sie hat nicht geweint, sie hat nur die Augen aufgemacht und einen Arm gestreckt, so wie du nach einem kleinen Nickerchen, und du hast so etwas gesagt wie: »Von Lachen aufzuwachen kann nicht so schlimm sein.« Und das war es wirklich nicht. Ich kann mich nicht erinnern, je wieder jemanden so geweckt zu haben oder selbst so geweckt worden zu sein, aber ich erinnere mich an jenen Augenblick im Krankhaus, an jedes kleinste Atom dieses Augenblicks. Ich weiß noch, wie unsicher du warst, ob wir überhaupt Kinder bekommen sollen, und ich weiß noch, wie du sie auf dem Arm hattest und meinest: »Du hattest recht.« Ich erinnere mich an sie und dich und das Halbdunkel und unser Kichern und wie ich dachte, wie ich sagte: »Ich würde alles opfern. Egal welche Wunder das Leben für mich bereithält, egal welchen Frieden, ich gebe alles dafür, dass ich das hier erleben darf.« Und du sagtest – Gott, wann hast du das gesagt? – »Nein, Leah, gib nichts davon auf.« Ich erinnere mich an das Flüstern, daran, wie du es geflüstert hast.*

Vielleicht war es also dort im Krankenhaus. Unser Baby schlief und du sagtest: »Gib nichts davon auf.« Und ich weiß noch, dass ich dachte, du hast recht, dass ich unsere Tochter nicht in irgendeinen übernatürlichen Handel hineinziehen sollte, und ich weiß noch, wie ich dachte, du irrst dich, dass ich alles für sie opfern würde, alles, egal, was es kostet. Und Jahre später, als du verschwunden bist – als du mich verlassen hast, als du uns alle verlassen hast, während wir schliefen –, fragte ich mich, ob nun Zahltag war.

Jetzt liege ich wach, einen Ozean entfernt von jenem Leben, und wundere mich über diesen Handel, darüber, wie bereitwillig ich ihn abgeschlossen habe, wie lange er hielt. Und ich frage mich, ob ich die guten Dinge, die das Leben für mich bereithält, erneut verpfänden kann. Denn das will ich, ich will es sagen, ich will noch einmal sagen, dass ich alles opfere, um dich zurückzubekommen, um uns zurückzubekommen, um unsere Familie zurückzubekommen und dein Leben, so wie es mit uns war.

Ich will dich so sehr wiedersehen. Aber mach dich darauf gefasst, dass ich dich frage: Was hätte ich tun können? Denn unsere Kinder bringen mich immer noch zum Lachen. Und Ellie ist immer noch wunderschön, wenn sie schläft, und sie schläft nur auf dem Bauch.

Und Paris besitzt so viel Magie, dass man vielleicht gar nicht merkt, welchen Preis man zahlt.

Ich zögerte.

Wenn du dachtest, wir können uns nicht ändern, wir können. Wir haben uns geändert. Wir werden uns ändern.

Und dann schrieb ich: *Hast du dich geändert?*

Und dann: nichts.

Und dann: *Komm zurück. Sag nur wie. Sag nur wann.*

Ich gebe keine Interviews über das Schreiben, doch wenn ich es täte, würde ich sagen: Was Schriftsteller am meisten fürchten sollten, ist nicht die Schreibblockade, sondern die Scharfzüngigkeit, teils gewetzt an eben jenen Blockaden, die alles erbarmungslos durchdringt.

War es falsch, erbarmungslos, alles, was ich gerade geschrieben hatte, bis auf die letzten sechs Wörter zu löschen?

Alles. Sogar: »Lieber Robert« und »Deine Leah«. Ich löschte: »Komm zurück.«

Ich löschte alles, bis mir nichts mehr blieb, außer den sechs Wörtern, die ich abschickte.

Sag nur wie. Sag nur wann.

Kapitel Sechzehn

Nachdem eine Minute ohne Antwort verstrichen war, lenkte ich mich ab, indem ich Eleanor eine SMS schrieb: *Geantwortet, warte auf Antwort.* Sie rief sofort an und wollte Details, doch ich sagte, es gebe keine. Ich habe keinen Treffpunkt vorgeschlagen, ich habe ihn darum gebeten. Eleanor begann, mir einen Vortrag über Verhandlungsgeschick zu halten, darüber, dass es Frauen daran häufig mangele und wie sie es verbessern könnten – der Tenor war, dass sie Initiative ergreifen müssten, und das tat ich, indem ich auflegte. Ich hatte ein schlechtes Gewissen und entschuldigte mich per SMS. Sie schrieb zurück: *Genau das meine ich: Nie entschuldigen.*

Ich überprüfte erneut meinen Posteingang – das französische Wort *boîte de réception* ist so umständlich, so hübsch –, nichts. Die Glocke über der Tür läutete. Ich wünschte, ich hätte den Laden abgeschlossen.

Jetzt klingelte mein Telefon. Robert? (Wie ist das möglich?)

Nein, nur Eleanor. Doch wenn ich ihren Anruf nicht entgegennahm, würde sie es wieder versuchen. Und wieder.

Ich rief der unsichtbaren Frau (nur eine Vermutung, sie war leise, Männer sind laut) ein *bonjour* entgegen. Keine Antwort. Sie musste am anderen Ende des Ladens oder die Treppe zur Kinderabteilung hochgegangen sein. »*Je suis désolée*, ich muss diesen Anruf entgegennehmen«, erklärte ich, während ich aus dem kleinen Hinterzimmer trat. »*Une minute.*«

Ich ging ans Telefon. »*Bonjour*«, sagte ich. »Tut mir leid, hallo. Ich muss hier gerade mehrere Sachen unter einen Hut bringen.«

»Wie viele Sachen?«, fragte Eleanor.

»Eine Kundin …«

»Ich hab nachgedacht, über deinen Plan, die Mädchen außen vor zu lassen. Ich halte das für falsch. Hier geht es nicht nur um dich – es geht um euch alle, als Familie. Das muss er begreifen.« Sie zögerte. »Das musst du begreifen.«

»Eleanor …«

»Nein«, unterbrach sie mich. »Ich bin mir ganz sicher. Ich denke, es gibt eine Möglichkeit, es so zu inszenieren, dass du ihn erst allein triffst. Ihr trefft euch auf einer Bank, und die Mädchen und ich gehen mit den Zwillingen auf einen Spielplatz in der Nähe, es sei denn, und das wäre mein Ratschlag, wir überlassen die zwei Kleinen für den einen Tag ihrem eigenen Taugenichts von Vater. Jedenfalls, sobald der Kontakt hergestellt ist, sobald du absolut sicher bist, dass er es ist, läufst du mit ihm in unsere Richtung.« Die Zwillinge abzugeben, war eine gute Idee, doch ansonsten hasste ich diesen Plan. »Verstehst du?«, fragte sie.

»Eleanor …«, sagte ich erneut und verstummte, als ich endlich meine Kundin entdeckte.

»Sag ihm, du triffst dich nach der Schule mit ihm, heute. Und weißt du was? Es macht nichts, wenn wir die Zwillinge dabei haben. Soll er ruhig sehen, dass du ein eigenes Leben hast. Denn das hast du. Und glaube nicht eine Sekunde daran, dass du halluzinierst, wenn – falls – du ihn siehst, denn ich bin ja da.«

Ich hatte eine ganze Weile nicht geatmet und holte nun endlich tief Luft, um etwas zu sagen. Doch ich konnte nicht.

»Schätzchen, du vergisst, dass ich mit Schweigen wunderbar umgehen kann. Also ist es abgemacht. Ich hole die Mädchen und die Zwillinge von der Schule ab, Ellie und ich besprechen alles, und dann gehen wir direkt in einen strategisch günstigen Park. Ich habe einen Stadtplan. Ich habe deine brillanten Mädchen. Okay, Leah?« Ich schwieg. »Oh, du bist unmöglich. Du musst jetzt sagen: *Danke, Eleanor, klingt gut, bis später.*«

»Bis ... später«, brachte ich heraus, meine Stimme heiser und piepsig.

Vielleicht hat sie noch etwas gesagt. Keine Ahnung, denn ich legte das Telefon hin, als wäre es ein altmodisches Modell mit Schnur und Gabel und seriösem, erwartungsvollem Freizeichen.

So einen Ton hörte ich jetzt, das war alles, was ich hören konnte, und es war so laut, dass es sich anfühlte, als würde ich vibrieren, als würde der ganze Laden vibrieren, als würde ich umkippen, wenn ich mich nicht an irgendetwas festhielt, und so tat ich das – das heißt, ich hielt mich an meinem Kunden fest, keine Frau, sondern ein Mann, der genauso fassungslos schien wie ich. Also umarmte ich ihn. Ich hielt ihn fest und ließ ihn nicht mehr los, bis Robert ganz langsam, vorsichtig, als könnte einer von uns zerbrechen, die Umarmung erwiderte.

Ich umarmte einen Fremden. Seine Schultern waren breiter, seine Brust dicker. Sein Kinn fand die richtige Stelle an meiner Schulter, doch es passte nicht. Sein Haar, dünner, roch nicht nach ihm. Er roch nicht nach ihm. Doch als er sprach, war es seine Stimme, und es waren seine Augen.

Es war keine Halluzination. Es war real. Es war Robert, und er war nicht mehr mein Mann.

»Willkommen zurück«, sagte ich, kaum hörbar.

Er schüttelte den Kopf, kaum sichtbar.

»Willkommen in Paris«, sagte er.

Und ich lachte, ein Lachen, das in Weinen überging, das in hemmungsloses Schluchzen überging. So hatte ich seit den Beerdigungen meiner Eltern nicht geheult, und vielleicht nicht einmal damals. Ich heulte so heftig, dass es wehtat, dass meine Kehle brannte, meine Bauchmuskeln, meine Rippen.

Er wusste nicht, was er tun sollte. Er sagte leise meinen Namen, er legte mir zaghaft eine Hand auf die Schulter, er begab sich auf die Suche nach Taschentüchern, und schließlich kam ich wieder zu Atem. Ich schloss die Augen und öffnete sie wieder. Robert war immer noch da. Und auch das Rauschen in meinen Ohren, obwohl es nachließ. Nicht genug allerdings, um zu verstehen, was er sagte, doch genug, um mein eigenes Herz schlagen zu hören, *bumm, bumm, bumm*, genug, um mich sagen zu hören: *Robert?* Und dann ließ das Rauschen weiter nach und ich hörte ihn.

»Verzeih mir«, sagte er.

Ich nickte.

»Geht es … Geht es dir gut?«, fragte ich.

Ich sah, wie er mich ansah. Er war es, und er war es nicht. Er wirkte betroffen, aber auch neugierig.

»Sollen wir vielleicht ein bisschen laufen?«, fragte er.

Ich fühlte mich schwach. Ich brauchte etwas, das mich beruhigte, und dann schaute ich auf und sah, dass wir in einer Buchhandlung waren. Meiner Buchhandlung. Meine Bücher. Mein Leben, jetzt.

»Willst du erst den Laden sehen?«, fragte ich, meine Stimme klang hohl. Er nickte. Ich hatte auf dem Boden gesessen. Jetzt stand ich auf, wobei ich so tat, als würde ich die Hand nicht sehen, die er mir anbot.

Wir schritten vorsichtig nebeneinander her, als wären wir soeben aus einer Mondfähre gestiegen. Oder vielleicht eher, als wären wir Taucher, ein seltsames Gefühl, als wären wir vollkommen untergetaucht, vollkommen ummantelt, und zugleich voneinander getrennt. Nur so kann ich mir erklären, dass wir nicht sofort über die Mädchen sprachen, darüber, wo er gewesen war und wo er hinwollte. Wir sprachen nicht, weil wir nicht konnten. Noch nicht.

Und so ergriff die Buchhandlung das Wort. Um uns herum tobten tausende Seiten. Geschichten. Reisen. Ehemänner und Ehefrauen und Spinnen in Klassenzimmern in Connecticut. Ich erzählte ihm, Alice Mattison verkaufe sich gut, und er lächelte. Ich zog Grace Paley für ihn aus dem Regal, und er wurde traurig. Er schlug »Wünsche« auf und begann zu lesen, ich auch, und dann konnten wir es beide nicht. Er klappte das Buch wieder zu. Ich beschrieb ihm unser skurriles geographisches Ordnungsprinzip, und er fand es brillant. Ich zeigte ihm Schweden, Tove Jansson, und ehe ich erklären konnte, wer sie war, rief er: *Mumins!* Robert kannte sich mit Büchern aus. Er liebte sie, und konnte der Anziehung des Ladens nicht widerstehen.

Es tut mir so leid, sagte er, nicht weil er fortgegangen war, ich wusste, es war, weil er zurückgekommen war und wieder fort wollte.

Ich ging nach England. Er folgte mir, blieb jedoch mitten im Laden stehen, als habe er Angst davor, welches Buch ich als nächstes aus dem Regal ziehen würde. Ehe ich wusste, was ich tat, griff ich nach einem Armvoll billiger Shakespeare-Taschenbücher und warf sie nach ihm. Und den Rest der Regalreihe. Und noch eine. Und ein paar Hardcover. Und noch mehr Taschenbücher. Und dann Kanada, ein Riesenbildband, *Eskimo-Skulpturen*, der ihn mit einem dumpfen Aufprall traf. Alice Mattison flog gut, Grace Paley ebenso. Ich ging zur Schaufensterauslage. Die *Madeline*-Bücher flogen leicht und schnell wie Frisbees, wie feines Porzellan, wie Sägeblätter. *Der rote Luftballon* konnte ich nicht finden, doch es gab ein Buch über Lutscher. Manche Bücher waren zu schwer, um sie zu werfen – sie plumpsten auf den Boden. Die anderen prasselten auf ihn ein. Eine Weile ließ er es einfach geschehen, doch als der Beschuss anhielt, duckte er sich, und ich ließ sie von seiner Schulter, seinem Rücken, seinem Kopf abprallen. *Bitte hör auf*, sagte er, und ich tat es, nicht weil er mich darum gebeten hatte, sondern weil ich erschöpft war. Die Tür öffnete sich bimmelnd. Eine französische Stimme sagte: *Bonjour?* Ich brüllte zurück: *Fermé!* Die Person ging wieder. Robert schloss die Tür ab und drehte das Schild um. Ich ging hinter den Tresen, setzte mich, den Kopf in die Hände gestützt, und ließ ihn tun, was immer er tat. Aufräumen, so wie es klang. Als er fertig war, herrschte Stille, als wartete er, dass ich aufschaute, doch ich konnte nicht. Ich hörte das leise Trampeln seiner Schuhe die Treppe hinauf in die Kinderabteilung. Für fünf Minuten oder eine Stunde war er verschwunden. Als er wieder runterkam, hob ich endlich den Kopf. Sein Gesicht war rot vom Weinen, vor Scham oder von den Büchern. Ein Exemplar hatte ihm eine Schramme quer über die Wange verpasst, ein anderes hatte ihn am Auge erwischt.

»Können wir reden?«, fragte er und klang wie der alte Robert, mit den alten Fragezeichen.

Und ich klang wie mein altes Ich: »Okay.«

»Hier?«

»Hier«, sagte ich und wartete, dass er mir erzählte, warum er verschwunden war.

Stattdessen erzählte er mir wie.

Am jenem Morgen Anfang April in Milwaukee war er ganz normal wie jeden Tag in der Dämmerung joggen gegangen, ohne ein großes Abenteuer im Sinn zu haben. Dann war er am Hafen vorbeigekommen, er hatte die Boote gesehen. Der Tag war windig gewesen, aber die Zeiten waren sowieso stürmisch, jedenfalls für ihn, jedenfalls was seine Kreativität anging. Zu stürmisch, und es dauerte schon zu lange. Ludwig Bemelmans hatte in der letzten Phase seines Lebens die Ölmalerei für sich entdeckt. Er malte fast zähneknirschend, die Arbeit forderte ihn wie nichts anderes zuvor, doch wenigstens hatte er etwas gefunden, das ihn inspirierte, das ihn befreite. Dort in Milwaukee knirschte Robert noch immer mit den Zähnen und sah sich um.

Sah sich an jenem Morgen vor allem am Hafen um. Da war das Wasser, die Boote, die Lösung: Bevor er irgendetwas anderes tat, wollte er bei einem morgendlichen Segeltörn den Kopf freikriegen. Es war niemand da, doch er hatte den Code für das Tor, wusste, wo der Schlüssel zum Bootsschuppen versteckt war. Er nahm alles mit, was er brauchte (außer der vorgeschriebenen Begleitperson), trug sich in die Liste ein, schipperte aus dem Hafen, und all das fühlte sich so gut an, dass er eine wilde Idee hatte: Ich segle über den ganzen See bis nach Michigan! Ein Schreibtörn. Es war ein kleines Boot – zu klein –, doch er wäre nicht der Erste, der das tat. So wie der Wind stand, würde er es in weniger als einem Tag schaffen. Doch dann erfasste eine verirrte Welle den Bug und das Boot kippte. Bevor er ins Wasser fiel, schlug ihn der Mast bewusstlos.

Der See weckte ihn auf, doch Robert schaffte es nicht, das Boot wieder aufzurichten. Er verbrachte die Nacht auf dem umgedrehten Schiffsrumpf, manchmal spülten ihn Wellen zurück ins Wasser. Es war Frühling, doch das Wasser fühlte sich an wie Winter. Mit jedem Mal, das er hineinfiel, wurde er kälter, schwächer, unsicherer, ob er es schaffen würde, wieder hochzuklettern, unsicherer, ob er das wollte.

Doch dann kam der Morgen, und mit dem Licht kam Land. »Ich erreichte das flache Wasser, den Strand und da fing es an – dass die Welt und ich –, dass nichts mehr einen Sinn ergab. Ich stolperte aus dem Wasser, klitschnass, und lief durch diesen kleinen Park, dann durch eine Wohnwagensiedlung. Es sah nicht aus wie Wisconsin – es war definitiv nicht Milwaukee –, doch ich dachte, ich kann es doch nicht bis Michigan geschafft haben. Es war gespenstisch. Ich sah Menschen, doch es war, als würden sie mich nicht sehen.«

Ich fragte mich, was diese Menschen gesehen hatten. Einen triefend nassen Fremden, der an ihren Fenstern vorbeilief. Ich hätte vermutlich auch lieber so getan, als würde ich ihn nicht sehen. Wenn er weitergeht, müssen sie gedacht haben, verschwindet er vielleicht einfach wieder aus unserem Leben. Und so war es.

»Ich ging weiter, bis ich trocken war, was mich nur noch unsichtbarer machte. Das brachte mich auf eine Idee. Auf die Idee. Ich meine, ich hab nicht ans Segeln gedacht, als ich morgens zum Joggen aus dem Haus ging, und ich habe nicht an Michigan gedacht, als ich ins Boot stieg.«

Doch er habe darüber nachgedacht, viel sogar, wie sehr er »unser Leben überschattet«, und deshalb ging er einfach weiter. Weil er beim Joggen plötzlich Angst davor gehabt hatte, was passieren würde, wenn er umkehrte und wieder nach Hause lief, oder wenn er nach einer Stunde mit dem Segelboot umgekehrt oder in jenem Moment nach Milwaukee zurückgekehrt wäre.

Auch wenn er nicht wusste, was, es wäre nichts Gutes gewesen. Er war an »diesen Ort« gelangt. Er sagte nicht, wo dieser Ort war oder was er damit meinte, doch das musste er nicht. Der Ort befand sich auf keiner Karte. Er war in seinem Kopf, hatte seinen Kopf vereinnahmt, und jetzt stahl er sich auf schreckliche Art und Weise in meinen. Ich sah, was er gesehen hatte, was er durchgespielt hatte, was damit endete, dass er bäuchlings irgendwo auf dem Boden lag oder von Feuerwehrleuten von einem Dachsparren geknüpft wurde. Oder etwas anderes. Es waren zu viele Möglichkeiten.

Doch es gab so viele Gründe, drei, um genau zu sein, es nicht zu tun, nicht zu denken.

»Du hättest doch niemals …«, setzte ich an, doch ich unterbrach mich, denn er hatte es natürlich nicht getan. Ich wollte einen Beweis, dass er die Mädchen liebte. Das war er. Und auch nicht.

Er schüttelte den Kopf. »Und ich wollte nicht … Ich wollte keine Medikamente, Ärzte, ein Krankenhaus. Ich wäre sicher ins Krankenhaus gekommen, oder?« Er zeigte auf seinen Kopf. »In die …?« Er konnte es nicht aussprechen. »Irgendwohin jedenfalls. Irgendwohin, wo es nur schlimmer geworden wäre. Und ich war ja nicht … Ich war nicht krank, ich war nur …«

Egoistisch, dachte ich. Oder anders gesagt, krank. Krank genug, um eine Familie zu verlassen, die ihn liebte.

Doch er war gesund genug gewesen, um dort in Michigan einen Unterschlupf zu finden. Und wäre er länger dort geblieben, hätte die Polizei ihn wahrscheinlich gefunden, doch am nächsten Morgen kam jemand, der Erntehelfer suchte. Beeren. Erst eine Sorte, dann eine andere. Ich wartete, dass er von verzweifelten Versuchen erzählte, uns zu erreichen, stattdessen erfuhr ich von sechs Wochen Hochofensonne, schwarzen Nächten in Betonbaracken. Er war nicht der Einzige dort, der keine Papiere hatte, der nicht reden wollte, der (deshalb) bereit war für den halben Lohn zu arbeiten, in bar. Und dann war die Ernte eingebracht. Die Männer zogen weiter nach Süden. Eigentlich wollte er mit ihnen gehen. Aber vorher nach Hause. Er wollte ja nicht für immer Beeren pflücken, doch er beschloss, eine Weile unterwegs zu sein. Eine Art langfristige Schreibflucht. Neues Material, ein neues Projekt.

Und deshalb, sagte er, »musste ich dich finden. Um es dir mitzuteilen. Persönlich.«

Ich versuchte, mir vorzustellen, wie sich diese groteske Szene abgespielt hätte. Genau so, dachte ich, wie sie sich jetzt abspielte.

Eine andere Szene, gespenstischer, eindringlicher: seine Rückkehr nach Milwaukee, in unser Viertel, zu unserem Haus. Seine Entdeckung, dass wir verschwunden waren.

Er sagte, er sei die kleine Einkaufsstraße in der Nähe von unserem Haus entlanggegangen, seine Identität verborgen hinter einer Sonnenbrille, langen Haaren, einem wochenlang gewachsenen Bart, und war niemandem aufgefallen. Er war niemandem aufgefallen und ihm waren keine *Vermisst!*- oder *Haben-Sie-diesen-Mann-gesehen?*-Poster aufgefallen, und wir waren fort. Er hatte sich erneut triefend nass gefühlt.

Es fiel mir schwer, ihm zu glauben. Noch schwerer fiel es mir, ihm nicht zu glauben. Dennoch versuchte ich es.

»Du bist zurückgekommen? Du hättest nur klingeln und die neuen Mieter fragen müssen oder die Nachbarn«, sagte ich. »Oder Eleanor.«

Er schüttelte den Kopf. »Eleanor hätte mich in der Luft zerrissen.«

»Und dir dann geholfen.«

Doch er habe Eleanor nicht gebraucht, sagte er. Er sei selbst drauf gekommen. (Er sprach jetzt schneller, leiser, als würde er mit sich selbst reden.) Wir waren fort. Endgültig fort. Und es gab nur einen Ort, wo wir sein konnten. Paris. Die Tickets. Er hatte gesagt, er würde sie nicht kaufen, doch dann hatte er es doch getan. Er hatte den Code in der Müslipackung versteckt, und wir mussten ihn gefunden haben. Wir hatten unseren Part erfüllt. Jetzt musste er seinen erfüllen.

Ich sah ihn an. Er hatte sich Geld besorgt, einen Pass, ein Ticket – all das, ohne dass auch nur auf einem einzigen Computer ein einziger Alarm ausgelöst wurde. Vielleicht hatte die Polizei ihn auch gar nicht auf die Fahndungsliste gesetzt. Vielleicht hielten die Behörden seit irgendeinem kritischen Augenblick mich für die Lügnerin. Die Ehefrau ist die Durchgeknallte. Wer würde vor dieser Lady nicht davonlaufen?

In Paris führte ihn sein Weg natürlich zu einer Buchhandlung. Er hatte gehört, dass Shakespeare and Company Übernachtungsmöglichkeiten für Bücherwürmer auf der Durchreise anbot, wenn diese bereit waren, im Laden zu helfen. An seinem ersten freien Nachmittag machte er sich auf die Suche, obwohl er sich innerlich darauf einstellte, uns niemals zu finden.

Er brauchte eine Stunde.

Er fand uns, doch er kam nicht herein, weil er glaubte zu halluzinieren. Er sei an unserem Haus in Milwaukee vorbeigegangen, nur dass es jetzt nicht mehr unser Haus war. Es war vermietet. Ich hätte einmal gedroht, ihn zu verlassen, sagte er – ich nickte nicht, zuckte nicht mit der Wimper, hörte nur zu –, hatte ich das? Was passierte wann? Was war passiert? Er wisse es nicht mehr. Zu Hause, bevor alles den Bach runterging, habe er dieses Manuskript angefangen über eine Familie in Paris. Und in Paris ging er zu dieser Straße, die er sich beim Schreiben aus dem Stadtplan rausgesucht hatte – Saint Lucy, die Schutzheilige der Schriftsteller –, weshalb ihn Madames Laden nicht überraschte, so einen hatte er im Internet gesehen, deshalb hatte er die Geschichte dort angesiedelt, aber drinnen, diese Leute, die sahen aus wie wir.

Er habe auf der gegenüberliegenden Straßenseite von unserem Laden gestanden und hineingestarrt, ergriffen von Ehrfurcht, von Entsetzen. Sein unvollendetes Manuskript war zum Leben erwacht: Dass er uns gefunden hatte, war der Beweis dafür, dass er endgültig den Verstand verloren hatte. Er rannte weg, schaffte es jedoch nicht, sich fernzuhalten. Er hatte hunderte von E-Mails an mich, an Eleanor angefangen, aber alle wieder gelöscht. Wir hätten ihn für verrückt gehalten, sagte er. Eines Tages – von uns keine Spur, nur eine alte Dame an der Kasse – war er reingegangen und hatte *Verzeih mir* in eines seiner Bücher geschrieben. Immerhin stand eines seiner Bücher im Regal.

»Und ich habe es danach ins Schaufenster gestellt«, sagte ich.

»Wusstest du, dass ich es war?«

Ich schwieg.

»Du wusstest es.«

»Ich wusste es«, sagte ich. »Aber ich dachte auch, dass du es nicht gewesen sein konntest.« Oder solltest.

»So geht es mir mit allem. Die Mädchen … Ellie, Daphne« – er konnte ihre Namen kaum aussprechen –, »ich war nicht einmal sicher, dass sie es waren. Sie sind so …« Ich wollte sagen: *Wir waren auch nicht sicher, ob du es bist*, aber natürlich waren es die Mädchen gewesen, lange vor mir. »Ich dachte, das konnten sie nicht sein, hinter der Scheibe, du konntest das nicht sein, hinter der Scheibe.«

»Und trotzdem hast du nicht versucht, auf uns zuzugehen.«

Er schüttelte den Kopf. »Ich dachte, ihr würdet … es würde alles verschwinden. Samuel Taylor Coleridge – es gab da diesen Preis – egal. Coleridge, dieses berühmte Gedicht, das er im Kopf hatte und nur noch aufschreiben musste. Und nach vierundfünfzig Zeilen kam jemand rein und – der Traum war verschwunden.«

»Wir sind nicht verschwunden.«

»Ich war mir sicher, das würdet ihr. Ich kam so nah an die Seifenblase heran, wie es ging, ohne dass sie platzt.«

»Bis jetzt.«

»Leah, ich weiß nicht, wie ich es sagen soll.« Er malte einen kleinen Kreis auf den Tresen. Genau wie Daphne. »Aber ihr saht, ihr seht hier so glücklich aus.«

»Glücklich?«, fragte ich pikiert, denn so Pariserisch war ich inzwischen geworden. Glück ist ein amerikanisches

Gefühl, oder eher ein Leiden. Es hält Amerikaner davon ab zu sehen, wie kompliziert diese Stadt ist, ihre Menschen, ihre Vermieter, ihre Paketboten und Ärzte, wie gefährlich ihre Brücken, ihr Fluss, ihre Buchhandlungen. Wie zerbrechlich jeder ihrer Steine, Geschichten, Filme.

Und doch war Karl der Große hier gewandelt. Und Bemelmans und Lamorisse und Gertrude Stein und Pablo Picasso und Johanna von Orléans und Marie Curie und Edith Wharton und Janet Flanner und James Baldwin und James Joyce und Sylvia Beach. Und jetzt ich. Und Robert.

»Wir sind glücklich«, sagte ich langsam. »Nicht die ganze Zeit, aber die Mädchen haben ein paar Dinge verstanden. Es war eine Umstellung. Wir sind immer noch dabei, uns umzustellen.« Ich sah, wie sich die Worte vor mir stapelten, und ich stolperte bei dem Versuch, sie nicht auszusprechen: »Und, und jetzt, jetzt, wo du wieder da bist, wird es, werden wir …«

Da war es. Das Schweigen. Der Moment, als sein Blick meinen endlich fand – und er stutzte. War das die echte Leah?

War das der echte Robert? War dies unser echtes Leben? Wie viel besser wäre es mit ihm? Er konnte – wir konnten ihm eine Wohnung in der Nähe besorgen. Wir würden uns etwas einfallen lassen.

Dieses Schweigen, und dann sprach Robert.

»Das hab ich mir gedacht.«

»Nein«, sagte ich. »Nein, hör zu, Robert. Die Mädchen …« Hatte er mich deshalb mitten am Tag überrascht, weil die Mädchen in der Schule waren?

»Es geht ihnen besser ohne mich.«

»Das kannst du von der gegenüberliegenden Straßenseite aus beurteilen? Indem du uns stalkst?«

»Leah, es tut mir leid. Ich vermisse … Es gibt kein Wort für das, was ich empfinde.«

»Schuld? Scham?« Er nickte, doch ich schüttelte den Kopf. »Wieso kämpfst du nicht?«, fragte ich, und ich meinte mit mir, gegen mich, aber natürlich auch um mich.

»Leah, diese ganzen Schreibfluchten, ich dachte, die sind genauso für euch wie für mich.«

»Fick dich.«

»Ehrlich! Ich brauchte das – ja. Absolut. Immer mehr. Aber ich brauchte sie, weil ich – wenn ich zu Hause gearbeitet habe oder euch sah, nachdem ich den ganzen Tag zu Hause gearbeitet hatte – sah, wie du mir ins Gesicht gesehen hast, und mir gefiel nicht, was ich darin sah. Leah, wenn die Mädchen Hilfe brauchten, haben sie nie nach mir gerufen.«

»Dad! Daddy!, hallte durchs Haus, sobald du zur Tür reingekommen bist!«

»Aber sie …«

»Aber sie sind dir in die Arme gefallen.«

»Und jedes Mal dachte ich, ich lass sie fallen. Ich dachte, ich enttäusche sie. Ich wusste, dass ich dich enttäusche.«

»Das hast du nicht.«

Er starrte mich an, wartete auf die Lüge, die ich plötzlich nicht aussprechen konnte.

»Du hast erzählt, ich sei tot«, sagte er.

»Was?«

»Die Dame, die ein paar Häuser weiter Wischmopps verkauft? Ich habe sie gefragt, wann die Buchhandlung öffnet und sie sagte, sie wisse es nicht, *manchmal auf, manchmal zu, aber sie hat es nicht leicht, die Buchladenlady, ihr Mann ist tot.*«

»Eine Weile habe ich versucht, mir das einzureden.«

Er lachte, oder versuchte es. »Eine Weile dachte ich das selbst. Ich meine, bis vor fünf Minuten, als du angefangen hast, die Bücher nach mir zu werfen.«

»Tut mir leid.«

»Nein, das war … Ich hab es verdient.«

Schweigen.

»Du schreibst wieder«, sagte ich.

Schweigen.

Er neigte den Kopf nach links, dann nach rechts. Ja und nein.

»Das ist super. Du …« Doch ich wusste nicht, was ich sagen sollte, weil es schien, als würde ich auf eine Gleichung zusteuern: Du hast uns verlassen, und das Schreiben, die Kunst, das Leben wurde wieder möglich.

»Robert, ist alles in Ordnung?«

»Es ist alles okay«, sagte er. »Nur okay, aber okay ist um Einiges besser als vorher. Eine Zeitlang war nichts okay.«

»Auch hier gibt es Ärzte. Medikamente. Psychologen. Ein oder zwei haben wir sogar kennengelernt.«

»Nein. Ich meine, ich bin nicht … Das ist es nicht. Im Moment jedenfalls nicht. Als ich an jenem Morgen joggen, segeln gegangen bin, da war es schlimm. Ich wollte nicht ertrinken, aber mir lag auch nichts daran zurückzukommen. Ich dachte, ich lasse das Universum entschciden.«

»Lass das Universum aus dem Spiel.«

»Dann eben den See.«

»Den See?«, fragte ich. »Und ich werde nicht gefragt?«

»Ich wusste, was du sagen würdest.«

»Hast du deshalb nicht angerufen?«

»Ich habe angerufen! Aus der letzten Telefonzelle der Welt. Lange bevor ich nach Milwaukee zurückgekehrt bin. Wenige Stunden nachdem ich aus dem Wasser gekommen bin. Auf dem Weg zum Schuppen. Vor den Beeren. Ich hab die Vorwahl gesehen, da wusste ich, dass ich in Michigan bin. Niemand hat abgenommen.«

»Du hast es einmal versucht? Du hättest es noch mal versuchen müssen. Oder eine gottverdammte Bücherei suchen und eine E-Mail schicken können.«

Er schüttelte den Kopf. »Ich habe keine Entschuldigung, beziehungsweise habe ich sie dir gerade gegeben. Ich war nicht ganz richtig im Kopf. Ich wollte nicht sterben, aber ich wollte allein sein. Ich wusste, wenn ich zurückkomme – *Robert, Daddy*« – und jetzt endlich füllten sich seine Augen mit Tränen – »würdet ihr mich nur retten wollen. Und ich wollte nicht …«

»Schluss«, sagte ich.

»Es war schon zu viel.«

Es war zu viel. Ich erinnere mich an Robert in unseren ersten gemeinsamen Tagen in Milwaukee, in seiner fast leeren Wohnung, wie er an seinem billigen Schreibtisch kauerte, umgeben von Bücher-Stalagmiten, wie einsam er ausgesehen hatte, wie allein. Doch das war nichts im Vergleich dazu, wie er sich jetzt fühlte, da draußen in der Welt. Ich wollte die Antwort auf meine nächste Frage gar nicht wissen, doch ich konnte nicht anders, als sie zu stellen.

»Die Mädchen? Wie kannst du es ertragen, von ihnen getrennt zu sein, sie nicht zu riechen, nicht ihr Lachen zu hören.« Während ich das sagte, bewegten sich seine Lippen, doch ich konnte nichts hören. Es war wie das alte Flüstertheater der Mädchen, nur tuscheln und zischeln, jede Silbe so wichtig, so gespannt, so unverständlich. Und dann doch.

Ich habe euch geliebt. Ich liebe euch. Ich liebe sie. Ellie, Daphne. Euch. Und dich, Leah. Dich.

Ich glaube, das hörte ich. Ich weiß es, und ich beugte mich vor, um ihn besser zu verstehen, und daraus wurde eine Umarmung, die ihn zum Schweigen brachte. In der Stille dachte ich an die Flüstergeschichten der Mädchen, an unseren Gute-Nacht-Kokon, und ich fragte mich, was er an all jenen Abenden gesehen hatte, wenn er seinen Kopf zur Tür reinsteckte, was er gehört hatte.

Was konnte ich sagen, damit er blieb? Wollte ich das überhaupt? Ich wusste es nicht. Wenn ich ihn davon abhielt zu gehen, wäre es der größte Liebesbeweis, den ich je erbracht hatte. Und das Grausamste, was ich den Mädchen antun konnte. Denn sobald wir ihn wiederhätten – ich konnte es sehen, fühlen, in meiner Kehle schmecken –, würde er uns wieder verlassen. Vielleicht für Jahre. Vielleicht für immer.

Trotzdem sagte ich es: »Bleib.«

Er schüttelte den Kopf. »Leah, ich kann nicht.«

»Triff dich mit den Mädchen«, sagte ich.

Er ließ die Schultern sinken, als hätte ich ihn geschlagen.

»Sie sind fast erwachsen«, sagte ich.

»Sie sind so schön.«

»Das ist Paris.«

»Das bist du«, sagte er.

Ich dachte, das ist wie das Ende eines Films, keine DVD, sondern ein Fünfunddreißig-Millimeter-Film, vierundzwanzig Bilder pro Sekunde, bis die Spule zu Ende ist, *klack, klack, klack*.

Doch das war es nicht. Es war ein Buch, und es ging zu Ende.

»Eltern bleiben in der Nähe«, sagte ich.

Er schnaufte.

Der veränderte Tonfall, das Versiegen der Tränen kam so plötzlich, dass ich es nicht sofort bemerkte.

»Okay, nein, deine nicht, *meine* nicht.« Er starrte mich an, in die Enge getrieben. Trotzig. Ich musste mich anstrengen, seinem Blick nicht auszuweichen. »Ich weigere mich zuzugeben, dass wir schlechte Eltern waren. Dass ich eine schlechte Mutter war. Dass du ein schlechter Vater warst. Wenn du da warst, warst du toll. Und du warst oft da.«

»Vielleicht zu oft.«

»Wie bitte?«

»Meine Arbeit, das Schreiben in all den Jahren? Es wurde immer schlimmer.«

Ich sah ihm in die Augen. »Dafür kannst du, dafür wirst du uns nicht verantwortlich machen.«

»Kann ich nicht, tu ich nicht, werde ich nicht. Es war meine Schuld. Ich habe die Arbeit nicht geschafft.«

Ich meinte, was ich dann sagte: »Robert, die Arbeit? Okay, ich weiß, aber wen interessiert das? Werde Klempner. Oder Maler. Oder koche einfach für die Kinder. Die Welt hat genug Bücher. Darunter auch ein paar tolle von dir. Es ist okay, wenn es nicht mehr werden.«

Als ich sein Gesicht sah, versuchte ich zurückzurudern, doch er winkte ab, nicht verärgert, sondern nur noch erschöpft. »Ich weiß«, sagte er. »Ich weiß, dass es für die Welt okay ist.«

Er atmete tief durch und schaute nach draußen.

»Ich vermisse den Picknicktisch. Die Mülltonne. Die leere Landstraße.« Er sah mich wieder an. »Ich vermisse Paris, Wisconsin.«

»Robert«, sagte ich. »Das ist …«

»… Jahre her. Aber ich bin noch mal hingefahren, bei einer meiner Schreibfluchten. Ich habe es dir nie erzählt. Ich hätte es dir erzählen sollen. Ich hätte nie hinfahren sollen. Der Tisch ist weg. Die Tonne ist weg. Der Mais ist weg.« Er atmete aus. »Ich war nicht einmal sicher, ob es die richtige Stelle war, aber laut Karte war es das.«

Ich brauchte keine Karte, um das zu wissen. Er war dort gewesen, war jetzt dort. Ich sah es in seinem Gesicht. Und ich erinnerte mich an den Abend, den Mond, die Küsse, die Hitze.

»Das Ticket ist weg.«

Seine Stimme war jetzt ganz leise. »Ticket?«, fragte ich.

»Das Ticket, das …« Er unterbrach sich. »Ich hatte dir ein Ticket nach Paris gekauft. Nach Paris, Frankreich. Damals. Noch bevor wir nach Paris, Wisconsin gefahren sind. Du warst nie in Paris gewesen, und ich wollte es dir dort geben, in jener Nacht, in jenem Paris. Meine Ersparnisse reichten nur für ein Ticket, aber ich dachte, das reicht, fürs erste, sie fährt nach Paris, sie fährt endlich nach Paris, und dann dachte ich …«

»Robert …«

»Dann, in jener Nacht, schaute ich dich an und ich dachte: *Sei nicht blöd! Paris? Sie wird nie zurückkommen.* Und ich habe dich angesehen und du hast mich angesehen und dann hast du ununterbrochen vom Heiraten geredet und ich konnte mein Glück nicht fassen – diese unglaubliche, verrückte Frau –, sie will, dass ich ihr hier und jetzt einen Heiratsantrag mache? Und ich wollte sie ins Flugzeug setzen? Sie wegfliegen lassen? Und wir liebten uns und besiegelten unseren Deal, und als du eingeschlafen bist, habe ich das Ticket zerrissen und mir geschworen, dass ich es irgendwie irgendwann wiedergutmache, dass ich schreibe oder irgendetwas Unglaubliches mache, das unser Leben verändert. Dass wir eines Tages hinfahren.«

»Robert«, flüsterte ich.

»*Verzeih mir.* Das wollte ich dir sagen. Schon seit Jahren.«

»Robert, wir sind hier. Wir haben es geschafft.«

Er schüttelte den Kopf. »Du hast es geschafft.«

Mein Handy klingelte. Er blickte zur Tür.

»Bleib«, sagte ich.

Er starrte mich an.

»Nur heute Nacht.«

»Ich muss los.«

»Hör mir zu.«

»Leah, ich kann nicht.«

Seine Stimme wurde lauter und meine auch. »Ich kann nicht glauben, dass wir diese Unterhaltung führen«, sagte ich. »Dass du hier bist. Dass du wieder versuchst, mich – uns – zu verlassen, nachdem du mir gerade mal zwanzig Minuten Zeit gelassen hast, das alles zu verstehen.«

Das Telefon hörte auf zu klingeln.

»Ich hatte genug Zeit nachzudenken.«

»Ich nicht! Wie wäre es mit einer Stunde? Einer Woche?«

Ich schaute jetzt ebenfalls zur Tür. Warum konnten die Mädchen nicht jetzt kommen?

Da schloss er seine Augen, und ich weiß nicht, was er sah.

»Leah, vielleicht können wir …«

Das Telefon klingelte erneut. Zweimal in zwei Minuten?

Eleanor. Auf dem Display erschien ein Foto, für den Fall dass ich vergessen hatte, wer die unvergessliche Eleanor war. Ich zeigte es Robert. Er rang sich ein Lächeln ab.

»Sie ist in Frankreich, weiß du«, sagte ich.

Das Lächeln erstarb.

Dann erschienen Ellies Nummer und Gesicht auf dem Display neben Eleanors. Robert wich zurück.

Ich bin technisch nicht versiert genug, um das, was ich als nächstes tat, absichtlich zu tun, doch irgendwie gelang es mir, den Anruf so entgegenzunehmen, dass ich mit beiden sprach.

»*Oui?*«, sagte ich, den Hörer am Ohr.

»Peter …«, sagte Ellie.

»Annabelle …«, sagte Eleanor.

»Wo seid ihr?«, fragte ich. Die Panik in ihren Stimmen ließ das Telefon verschwinden. Es war, als würden sie direkt neben mir stehen. Doch da stand nur Robert. »Was ist los?«, fragte ich.

»Mom!«, rief Ellie.

»Sie sind verschwunden«, sagte Eleanor.

Kapitel Siebzehn

Peter und Annabelle besaßen eine, wie nennt man das noch – Zwillintelligenz, diese besondere Verbindung zwischen Zwillingskindern. Das verschaffte ihnen gewisse Überlebensfertigkeiten. Hoffte ich jedenfalls, nachdem ich die Einzelheiten erfahren hatte. (Zu viele Einzelheiten, doch Eleanor und Ellie korrigierten und ergänzten einander ständig.)

Nachdem Eleanor Ellie, Daphne und die Zwillinge abgeholt hatte, erklärte sie, den Sonnenschein – den ersten seit Tagen – ausnutzen und in einen kleinen Park gehen zu wollen. Peter witterte in meiner Abwesenheit seine Chance und schlug den Square du Temple vor, einen kompakten Park etwa einen Kilometer vom Laden entfernt, mit einem verbotenen Teich. Annabelle stimmte bereitwillig zu.

Ellie wollte davon nichts wissen, schlug Grenoble vor und stapfte davon, sodass Daphne Eleanor erklären musste, dass es nicht der Name eines Parks sei, sondern eine Stadt in den französischen Alpen, mit dem Bus etwa acht Stunden entfernt (sie hatten einmal eine Klassenfahrt dorthin gemacht) oder drei Stunden mit dem TGV (eine Option, für die mir das Geld gefehlt hatte).

Eleanor schlug einen Kompromiss vor. Sie würden erst in den Park gehen und dann, falls noch Zeit war, zum Bahnhof, um sich so einen TGV anzusehen. Peter rührte sich nicht von der Stelle, bis Eleanor sich laut fragte, ob man nicht die Métro zum Park nehmen könne. Bingo. Selbst Daphne war einverstanden.

Ellie nicht. Sie prüfte die Route auf ihrem Handy und erklärte, die Métro mache keinen Sinn: Um dort hinzukommen, brauche man drei Züge und dreißig Minuten, zu Fuß knapp die Hälfte der Zeit.

Eleanor versprach, Ellie zu kaufen »was sie sich am meisten auf der Welt wünschte«, wenn sie mit in die Métro käme. Nach einiger Überlegung stimmte Ellie zu.

Ich frage mich, woran Ellie oder Daphne dachten, als sie zur Métro hinabstiegen und sich durch die Menge zum Bahnsteig schlängelten. Was sie sich wünschten, konnte man nicht kaufen.

Das, was Peter sich wünschte, auch nicht – im TGV unter dem Meer hindurch nach New York zu fahren –, doch bevor Eleanor erklären konnte, dass das unmöglich war, verschwanden Peter und Annabelle.

Nicht *Puff*, wie Magie, sondern *Zisch*, wie die U-Bahntüren, die sich unter dem Andrang des späten Nachmittags schlossen und die Gruppe teilten: die Zwillinge in der Bahn, Eleanor, Ellie und Daphne auf dem Bahnsteig, kreischend.

Während der Zug davonfuhr, begann der Streit. Daphne sagte, alles würde gut. Der Plan hatte gelautet, nur eine Station zu fahren und dann umzusteigen. Ellie sagte, Peter wolle nach New York, der Plan hätte lauten sollen, zu Fuß zu gehen. Daphne wies darauf hin, dass es gegenüber vom Eiffelturm eine Avenue New York gebe. Ellie sagte, dort fahre kein TGV hin.

Daphne sagte, es gebe ein System, einen Familiennotplan für diese spezielle Situation, nach dem derjenige im Zug an der nächsten Station aussteigen solle, egal welche das war, und dort warten, egal wie lange.

Ellie sagte, Daphne habe etwas, das sie in einem Buch gelesen habe, mit der Realität verwechselt, was nur logisch sei, da Daphne Dad am ähnlichsten sei und im Krankenhaus ihren Bezug zur Wirklichkeit ein Stück weit eingebüßt habe.

Und dann hatte Daphne etwas Schreckliches getan.

»Was ist los?«, flüsterte Robert.

»Die Zwillinge …«, sagte ich. Ich hielt das Telefon an die Brust, um es stummzuschalten. »Sie sind … Sie wollten mit dem TGV fahren, aber dann sind sie in die Métro gestiegen und …«

»Zwillinge?«, fragte er.

»Kinder. Klein. Wir passen auf sie auf. Für Geld. Weil …«

»Die Mädchen wollten herkommen? Um mich – uns – zu sehen? Hier?«

»Verdammt noch mal, Robert. Eleanor wollte sie an einen neutralen Ort bringen, einen Park. Sie dachte, wenn wir alle uns dort treffen …«

»Jetzt?«, fragte er, während er sich mit neuer Panik im Laden umschaute und sogar einen Schritt zurückwich.

Ich schüttelte den Kopf. Mein großes moralisches Dilemma von eben löste sich in Logistik auf. »Sie wollten mit der Métro zum Park, die Türen haben sich zu schnell geschlossen, und die Bahn ist mit den Zwillingen losgefahren.«

»Wie alt sind sie?«, fragte er.

»Du erinnerst dich nicht einmal«, sagte ich.

»Die Zwillinge«, sagte er und fügte leise hinzu: »Ellie wird im Herbst sechzehn. Daphne ist im Frühling dreizehn geworden.«

Ich hörte, wie Ellies Stimme mich durchs Telefon anschrie. Ich hob es wieder ans Ohr, um etwas zu sagen, doch ich hörte Eleanor.

»Okay, okay.« Ihre Streitschlichter-Stimme. »Ellie geht es gut, okay? Weiter geht's.«

»Warte, was ist mit Ellie?«

»Daphne hat sie geschubst, sie ist hingefallen. Neben die Gleise, ein bisschen dramatisch.«

»Oh, mein Gott!«

»Nicht auf die Gleise, aber an der Bahnsteigkante, was Daphne nicht hätte tun dürfen, worauf uns eine Menge Leute in diversen Sprachen hingewiesen haben. Aber Daphne war wütend und verstört, und mein Patenkind hat sich nicht gerade von seiner besten Seite gezeigt. Jedenfalls, um es zusammenzufassen: Ellie geht es gut, und das Ganze hatte einen Vorteil, weil dadurch endlich ein Polizist auf uns aufmerksam wurde. Er hat eine Vermisstenmeldung rausgegeben, so habe ich es jedenfalls verstanden.

Ellie redete dazwischen. »Mom, die Zigeuner …« Ihr Ausrutscher verriet mir, dass sie ebenso in Panik war wie ich.

»Ellie«, sagte ich. »Wussten Peter und Annabelle, wo ihr hinwollt? Wissen sie, wo sie aussteigen müssen?«

»Das war so dumm. Zweimal umsteigen für fünfhundert Meter«, sagte sie. »Keine Ahnung. Er hat über den TGV geredet und über Grenoble« – *und New York*, rief Daphne aus dem Hintergrund. »Keine Ahnung, ob sie überhaupt unsere Telefonnummern kennen.«

»Ich komme zu euch.«

»Die Polizei sagt, wir sollen nach Hause gehen«, sagte Eleanor.

»Bitte steig ihnen aufs Dach«, sagte ich. »Ellie, ruf auf keinen Fall George an.«

»Leah«, sagte Eleanor. »Ich weiß, du hast in letzter Zeit viel durchgemacht, aber es liegt jetzt nicht mehr in unserer Hand.«

»George ist ihr Vater«, rief Ellie.

»Leah«, sagte Eleanor. »Ich muss dich fragen, …«

Ich drückte die rote FERMÉ-Taste auf meinem Handy.

Und dann eine andere Überraschung, leiser, doch auf ihre Art nicht weniger erschütternd. Vor mir stand der alte Robert, in voller Größe. Ruhig und allzu ernst, alle Aufmerksamkeit nüchtern auf die anstehende Aufgabe gerichtet.

»Leah, was sollen wir tun?«

Fast funktionierte es. Die plötzliche Rückkehr des Mannes, den ich geheiratet hatte und mit dem ich gestritten hatte und geschlafen und Kinder bekommen und Geschenke eingepackt, Geburtstagspartys gefeiert und auf einen Erfolg nach dem anderen nach dem anderen nach dem anderen angestoßen, bis nichts mehr zum Anstoßen da war – wäre ich mit diesem Mann nach Paris gegangen, statt auf der törichten Suche nach ihm, wäre dies der Moment, in dem wir uns umarmt hätten und geweint und uns dann auf die Suche nach den Kindern gemacht hätten.

Fast funktionierte es, aber eben nur fast. Statt zu weinen, begann ich zu rennen. Aus der Tür, die Straße hoch.

Vor Madame Grillos Laden holte er mich ein. »Okay«, sagte er. »Ich sage dir nicht, dass du nicht rennen sollst.«

»Du sagst mir gar nichts.«

»Was haben sie gesagt?«, fragte er.

»Sie haben gesagt … Wer? Die Polizei? Die Polizei hat wohl gesagt, sie sollen nach Hause gehen, als würde das etwas nützen.«

»Kennen diese Zwillinge deine Adresse?«

»Ja, und wenn sie die Adresse nicht kennen, wissen sie, wie der Laden heißt. Sie sind ja keine Idioten. Genauso wenig wie ihr Vater. Oder vielleicht doch, sonst hätte er sie uns nicht überlassen. Mir. Scheiße.« Ich blieb stehen.

»Sollte nicht jemand zu Hause sein?«, fragte er.

Zu Hause. »Nein. Ich geh zur Métro-Station am Ende der Straße. Falls sie nach Hause kommen oder falls sie jemandem gesagt haben, wo sie hinwollen.«

Ich sah ihn an. Ich schloss die Augen.

»Wir gehen zurück«, sagte er. »Wir gehen zurück zum Laden, du und ich, und wir warten.«

Ich lauschte, ich hörte das *du und ich*, und die drei Worte – das eine Wort, *und*, beschwor fast zwanzig Jahre herauf, eine ganze Welt. Ich hörte es, sah es, und dann nicht mehr. Ich war mit der Familie nach Paris gezogen, ich hatte zwei Töchter bekocht, eingekleidet und erzogen und mich, bis heute, erfolgreich um zwei weitere Kinder gekümmert, und ich hatte es allein geschafft, mit der gelegentlichen Hilfe eines hübschen, jungen Studenten und einer Neuseeländerin und einer spröden alten Frau, die Bücher einst liebte. Einst liebte ich Robert. Einmal drohte ich, ihn zu verlassen. Doch ich hatte es nicht getan, und hätte er es nicht getan, hätten wir weiter daran arbeiten können, zusammen zu bleiben, er und ich. Ich öffnete die Augen.

»Du gehst zurück zum Laden«, sagte ich. »Ich gehe zur Métro. Ich rufe Ellie und Eleanor und Daphne an und sage ihnen, sie sollen die beiden suchen.«

»Suchen?«, fragte er.

»Darin sind die Mädchen gut.«

Und ich vermute, weil dieser Teil der Geschichte noch geschrieben werden musste, war seine Antwort Schweigen.

Und weil ich nicht wusste, um welchen Teil der Geschichte es sich handelte, sagte ich nicht *Adieu*.

Peter und Annabelle waren nicht an unserer Haltestelle, Saint-Paul, deshalb rannte ich zu dem Park, zu dem sie unterwegs gewesen waren, Square du Temple. Keine Spur von ihnen – und glücklicherweise auch keine *Pompier*-Froschmänner, die den Teich ausbaggerten. Ich ging zur Métro-Station zurück und stieg in die Bahn Richtung Osten, um bis zur Endstation zu fahren. Eleanor hatte gesagt, sie wolle Richtung Westen fahren, fuhr aber schließlich Richtung Süden – Ellie musste später auf der Suche nach ihrer Patentante weit fahren, weil die sich verlaufen hatte, als sie versuchte, einer unsichtbaren Spur aus Brotkrumen zurück zu Erdems Lokal zu folgen.

Davor war Ellie am Gare du Nord, von wo aus der TGV nach Grenoble fährt, aus einer Reihe von Fernzüge geflogen. Sie war durch Reihen der Wagons gelaufen und hatte dabei gerufen: *Quelqu'un a vu des jumeaux, des faux jumeaux – très jeunes?*

Daphne fuhr wie ich zur östlichen Endstation unserer Linie, Château de Vincennes, wo die Zwillinge spätestens hätten aussteigen müssen. Ich war sicher, dass sie auf dem Bahnsteig standen. Sie nicht, aber Daphne, deshalb fuhren wir zurück, Station für Station, nach Saint-Paul und zu unserem Laden in der Rue Sainte-Lucie-la-Vierge und hielten auf jedem Bahnsteig nach ihnen Ausschau. Wir sahen etliche Polizisten, und Daphne fragte, ob sie nach den Zwillingen suchten. Sie antworteten ihr freundlich, mich jedoch, die amerikanische Mutter, die zwei Kinder verloren hatte, bedachten sie mit verächtlichen Blicken.

Ich erhielt einen Anruf und wurde aufgefordert, umgehend auf der Préfecture de Police zu erscheinen – sie hätten die Zwillinge zwar noch nicht gefunden, doch es gebe Papierkram zu erledigen, und der werde am besten sofort erledigt. Ich legte auf, ohne sie ausreden zu lassen. Der nächste Anruf kam aus der amerikanischen Botschaft: Carl. Ich war verblüfft über seine hellseherischen Kräfte. Woher wusste er, dass ich in Schwierigkeiten steckte? Hatte er wie Asif heimlich Kameras installiert? Aber nein, Eleanor hatte die Botschaft angerufen. Carl hatte davon Wind bekommen und war besorgt: Eine Frau namens Eleanor habe behauptet, ich habe einen Ehemann? Und dass ich zwei britische Kinder adoptiert habe? Ich solle so bald wie möglich in die Botschaft kommen und mit dem zuständigen Beamten reden. Carl versprach, bei dem Verhör dabei zu sein.

»Danke«, sagte ich. »Aber ich muss erst die Kinder finden.«

Carl erwiderte: »Wir führen eine Liste englischsprachiger Berater.« Und ich dachte, nicht noch ein Berater. Doch dann begriff ich, dass er von einem Anwalt sprach. Ich legte auf.

Daphne und ich stiegen an unserer Haltestelle aus. Wir schauten bei der *boucherie* und der *boulangerie* und dem *chocolatier.* Wir gingen zum Karussell und zu Chefkoch Picard. Wir gingen zurück zum Square du Temple, zur Schule der Zwillinge und dann zur Schule der Mädchen und umrundeten den Block zu Eleanors Hotel. In jedem Laden machten wir Halt.

All das brachte nichts, außer unsere Rückkehr zum Laden so lange hinauszuzögern, dass wir lange nach den Zwillingen eintrafen. Sie hatten allein nach Hause gefunden, wo sie ein netter Mann empfangen hatte, der ihnen aus einem Buch und noch einem und dann aus *Der rote Luftballon* vorgelesen hatte und sie dann im warmen, hell erleuchteten Laden allein gelassen hatte, behütet von Büchern.

Ich umarmte die Zwillinge so lange, dass Daphne mich fragte, was ich tat, und dann umarmte ich auch sie. Da fing sie an zu weinen und entschuldige sich dafür, dass sie Ellie so nah an den Gleisen geschubst hatte. Ich sagte, ich verstünde es – denn das tat ich. Ich genoss sogar die Verbrüderung mit jemandem, dessen Wut ebenfalls übergekocht war – und sagte ihr, dass der Mensch, bei dem sie sich eigentlich entschuldigen müsse, ihre Schwester sei.

»Mais Zeus!«, sagte Annabelle, die zufällig zuhörte. Zeus war Daphnes Name für den auf ewig vom Blitz getroffenen Mann, dessen Bild man von elektrischen Gleisen kennt. NE PAS DESCENDRE SUR LA VOIE, DANGER DE MORT stand auf den gelben Schildern. Ziemlich deutlich, aber für mein Gefühl dennoch sehr französisch: Die Schilder sind dezent, die serifenlose Schrift ruhig und freundlich,

es gibt kein *point d'exclamation*. Keine Großbuchstaben. Entweder man passt auf oder, wie Daphne, kurz mal nicht.

»*Ecoutez!*«, sagte Peter. »*Qui est le nouveau monsieur à la librairie? Il est très gentil.*«

Da sei ein neuer Mann im Laden gewesen, sehr nett. Wer er sei.

»*Nouveau monsieur?*«, fragte ich. »*Qui est-ce?* Wovon redest du?«

Als Daphne und ich in den Laden kamen, war er leer – jedenfalls sah er leer aus. Das Schild war auf FERMÉ gedreht, und die Tür war abgeschlossen. Ich hatte sie aufgeschlossen, und sobald die Glocke über der Tür ertönte, kamen Peter und Annabelle die Wendeltreppe heruntergerannt.

»Oh, jetzt ist er weg«, sagte Annabelle. »Er hat gesagt, du würdest bald nach Hause kommen.«

»Hast du jemanden eingestellt? *Est-il le nouveau Declan?*«, fragte Annabelle.

Daphne schaute mich mit ihren großen, weisen und, wie ich jetzt erkannte, immertraurigen Augen an. Ich fragte mich, ob sie es wusste. Wer sich um die Zwillinge gekümmert, sie um eine Führung durch den Laden gebeten, sie nach ihren Lieblingsbüchern gefragt, zwei Schokoriegel angeboten hatte, die sie sogleich verzehrten. Doch sie schwieg. Und so betrachtete ich nicht die leuchtenden Gesichter der Zwillinge, sondern ihres. Wären Ellie oder Eleanor da gewesen, wäre alles anders gewesen. Doch Eleanor hatte sich verlaufen, und Ellie war unterwegs, um sie abzuholen, und ich war mit Daphne und den Zwillingen allein. Und Daphne schwieg, deshalb schwieg auch ich.

Ich erzählte den Zwillingen nicht: *Das war der Vater der Mädchen!* Ich fragte nicht, was er sich nur dabei gedacht hatte, die beiden im Laden allein zu lassen, nachdem sie gerade erst wieder aufgetaucht waren. Ich fragte nicht, wie der Mann ausgesehen hatte, was er gesagt, was er angefasst, wo er gesessen hatte, wo er Fingerabdrücke hinterlassen haben könnte. Die Zwillinge sagten, er habe ihnen vorgelesen und sei dann nach unten gegangen, während sie allein weiterlasen.

»Wo sind Ellie und Tante Eleanor?«, fragte Peter.

»Kommt der Mann wieder?«, fragte Annabelle.

Bevor ich antworten konnte, mischte Daphne sich ein.

»Nein«, sagte sie.

Das ließ mich verstummen – weil es die Wahrheit war, und dass es jemand anders als ich selbst aussprach, machte es noch wahrer – doch die Zwillinge zuckten nur mit den Schultern und fragten, ob sie nach oben in die Kinderabteilung dürften. Ich nickte. Daphne und ich schauten ihnen nach.

»Er war es nicht, Mom. Dieser Mann, der bei den Zwillingen war.«

Ich wusste nicht, ob ich etwas sagen sollte, ob es nicht ein Dialog war, den sie mit sich selbst führte – denn wenn ja, war es besser, mich nicht einzumischen. Ich senkte den Blick. Doch als ich aufblickte, sah sie mich noch immer abwartend an.

»Ich weiß«, sagte ich.

»Wenn er es gewesen wäre, wäre er nicht gegangen.«

Ich schüttelte nur den Kopf.

»Nicht, ohne einen Zettel zu hinterlassen«, sagte sie, doch sie sagte es anders: Sie fügte ein Fragezeichen hinzu, das zwischen uns in der Luft hing wie eine winzige verbogene Nadel, nutzlos, gefährlich. Hatte er einen Zettel dagelassen? Was hätte diesmal drauf gestanden? Was für eine Nachricht hätte ich mir gewünscht?

Ich konnte es nicht sagen, nur dass es statt der kleinen Zettel von damals viele, viele Seiten hätten sein müssen. Was für eine Nachricht hätte Daphne sich gewünscht? Ich wusste es genau. Nicht sechs Buchstaben, sondern drei Worte.

Bald wieder da!

Sie sah mich immer noch an. Ich war so mit meinen eigenen Fragen beschäftigt gewesen, dass ich ihre ganz vergessen hatte: *Würde mein Vater mich verlassen, ohne eine Nachricht zu hinterlassen?*

»Nein«, sagte ich und ertappte mich dabei, dass ich die Stimme hob, sodass ein weiteres Fragezeichen zwischen uns hing. »Auf keinen Fall.«

Ich rief die Polizei an, um sie zu informieren, dass alles gut war. Die Polizei rief die Botschaft an. Carl rief mich an und wollte wissen, ob wirklich alles gut sei. »Das war knapp«, sagte er, und für eine Sekunde dachte ich, er redet von Robert.

Ellie wollte ausgehen und feiern, natürlich wollte sie das: Sie hatte auf eigene Faust Eleanor gerettet, sie war nicht auf die Bahngleise gestürzt, sie hatte eine Art Annäherung mit Daphne erreicht, und die Zwillinge waren wohlbehalten und in Sicherheit.

Und der größte Triumph (auch wenn ihr das nicht bewusst war): Sie hatte ihren Vater nicht zu Gesicht bekommen. Sie hörte sich die Geschichte der Zwillinge über den zuvorkommenden Mann an und war sofort überzeugt, dass es sich um Carl handeln musste. Peter und Annabelle widersprachen zwar, aber nur halbherzig. Ellie war *la grande sœur*, und sie hatten schnell gelernt, dass sie immer recht hatte, selbst wenn sie völlig falsch lag.

Ich hatte keine Lust essen zu gehen, und Eleanor auch nicht. Ich wollte mich verkriechen. Ich wollte die Ladentür abschließen und dann die Tür zu unserer Wohnung und uns hinter ein oder zwei Bücherkisten verbarrikadieren. Ich wollte ein tiefgefrorenes *fête de Picard* und dazu sehr viel Wein. Als wir nach oben gingen, blieb Eleanor stehen und flüsterte, vielleicht könne Ellie babysitten, während wir beide ein kleines *tête à tête* hatten. Ich stand eine Treppenstufe über ihr, und als ich mich umdrehte, um abzulehnen – irgendwann ja, aber nicht jetzt –, küsste ich Eleanor aus Versehen auf die Stirn.

»Werde bloß nicht frech«, sagte Eleanor, und irgendwie brachte mich das zum Lachen.

Ich lockerte die Gegessen-wird-nur-in-der-Küche-Regel und wir verschlangen gierig eine von Picards amerikanischeren Kreationen – *Penne rigate au jambon et fromage*, laut mehrsprachiger Verpackung Makkaroni mit Käse und Speck – während wir *Le Voyage du ballon rouge* sahen, eine Hommage des taiwanesischen Regisseurs Hou Hsiao-Hsien an Lamorisse von 2007, die Eleanor in der Videothek ihres Hotels ausgeliehen hatte.

Wir sahen ihn nicht zu Ende. Mitten im Film – das Essen entsorgt, Gabeln auf Kissen und Teppich verstreut, Annabelle und Peter eingeschlafen, Daphne vom Film gebannt und Eleanor von uns – stand Ellie auf und schaltete ihn aus.

»Das ist zu wenig Luftballon«, sagte sie.

Unter anderem gibt es in Hou Hsiao-Hsiens Film einen abwesenden (wenn auch nicht unerreichbaren) Vater. Keine Ahnung, ob das der wahre Grund ist, warum Ellie ausgeschaltet hat. Ich kenne auch nicht den wahren Grund, warum Robert verschwunden ist. Doch ich weiß, was ich gesehen habe, und zwar jemanden, der große Angst hat. Vielleicht hatte er nur Angst vor mir, doch ich glaube, er hatte Angst vor uns allen, vor unserer Liebe. Davor, dass diese Liebe nach seiner Anwesenheit verlangt. Und ich glaube, er hatte auch Angst vor Paris. Er hatte Angst vor der Magie, die nicht nur seine Frau in die Besitzerin eines Buchladens verwandelt hatte und seine Töchter in *Parisiennes*, sondern seine Dichtung in Wahrheit.

Obwohl das nicht stimmte, nicht wortwörtlich. Zum Beispiel macht die Familie in Roberts Manuskript kurz nach ihrer Ankunft in Paris einen Stadtbummel. Irgendwann beim »Schaufensterlecken« in einem namenlosen Viertel bleibt die Ehefrau zurück, die Kinder und der Vater gehen weiter.

Eine Vorahnung. Ungefähr zwanzig Seiten später wird der Ehemann verschwinden.

Doch vorher passiert Folgendes: Die Frau beendet, was auch immer sie aufgehalten hat, und folgt ihrer Familie. Es dauert eine Weile, aber dann entdeckt sie die anderen im erleuchteten Schaufenster einer Eisdiele, mit dem Personal ins Gespräch vertieft. Diese Sorte oder jene Sorte oder beide?

Die Frau war eine ganze Weile verschwunden, deshalb müsste sie eigentlich hineingehen und sich entschuldigen. Doch das tut sie nicht. Sie bleibt draußen stehen und beobachtet die Szene. Der Laden strahlt, ihre Familie auch. Wäre sie hineingegangen, wäre das Gleichgewicht gestört worden, die Seifenblase wäre, so Roberts Worte, geplatzt. Im Text steht, dass sie förmlich sieht, fühlt, wie die Welt und damit auch der Laden kippt.

Die Frau betrachtet die Szene so lange, dass sie noch vor dem Laden steht, als die Familie herauskommt. Es folgen Überraschung und Freude. Die Kinder halten ihre Eisbecher hoch, ihre Löffel: *Probier mal! Probier mal! Probier mal!*

Der Mann sagt: *Ich gehe noch mal rein und hole dir auch eins, was willst du?*

An dieser Stelle endet die Szene. Es ist an uns, uns die Antwort der Frau auszumalen, ihren Gesichtsausdruck, die Form ihres Mundes, als sie ihn aufmacht, oder ob sie ihn überhaupt aufmacht.

Robert hat etwas gesagt, als er mit den Zwillingen im Laden war. Das sah ich auf dem Überwachungsvideo. Nicht zu den Zwillingen: Während er ihnen oben vorliest, kommt ein Kunde, und Robert muss wohl die Glocke gehört haben – Asifs Überwachungssystem hat keinen Ton – und geht zur Wendeltreppe, bleibt aber oben stehen. Er muss gedacht haben, dass ich mit den Mädchen zurückgekommen war. Er zögert, er sieht zu den Zwillingen, die jetzt allein weiterlesen, er sieht sich im Laden um, als suchte er einen Hinterausgang. Er sieht nach unten. (Wer auch immer dort war, ist wieder gegangen, wahrscheinlich weil ihm kein *Bonjour* zuteilwurde.)

Robert sagt etwas, dann geht er einen Schritt nach unten.

Die Zwillinge blicken nicht auf, also kann er nicht mit ihnen gesprochen haben. Vielleicht hatte Robert auch nicht laut gesprochen. Doch irgendetwas hatte er sagen wollen, ein Wort, mehrere. Ich sah, wie sich seine Lippen bewegten. Ich konnte die Worte ums Verrecken nicht ablesen.

Als Robert die Treppe runtergeht, bewegt er sich schneller. Er blickt sich im Laden um, sieht niemanden, formt mit den Lippen ein leicht zu entzifferndes »Fuck!« (sind Leah und die Mädchen wieder gegangen?, denkt er wohl), stürzt zur Tür. Ein Satz, zwei, stößt sich an der Tischkante, drei, er ist an der Tür. Er reißt sie auf. Oben scheinen die Zwillinge das wilde Gepolter nicht zu hören, sie sind zu sehr in ihre Bücher vertieft. Unten lehnt sich Robert aus der Tür. Er schaut die Straße hoch in Richtung Madame Grillo und Métro. Er schaut die Straße runter Richtung Hotel du Cinéma und Seine. Hin und her, hin und her. Jetzt tritt er vor die Tür. Wegen der Sonne im Fenster ist er schwer zu sehen. Er schaut auf die Uhr, späht in den Laden, in den ersten Stock. Er schaut die Straße hoch, runter, und dann justieren sich Licht und Objektiv und die Kamera fängt sein Gesicht ein. Seine Augen blitzen auf. Er wendet sich ab.

Er scannt ein letztes Mal die Straße. Und dann trifft er eine Entscheidung und geht.

Ich habe immer wieder zurückgespult und mir diesen letzten Moment angeschaut. Hin und her.

Ich ließ meinen Finger auf dem Bildschirm verweilen, der mir eine Funktion anzeigte, die ich noch nicht kannte: *Aufnahme löschen?*

Meine Entscheidung fiel wesentlich schneller als Roberts.

Was wollte Robert? Ich frage mich das immer seltener. Nicht, weil ich eine Antwort darauf hätte, sondern weil die Suche danach mich ausgelaugt hat. Mein Denken versagt, vielleicht weil seins versagt hat. Vielleicht weil er, so banal das auch klingt, keine Eltern als Vorbilder hatte. (Ich auch nicht, aber ich hatte Eleanor.) Ich wusste, dass er sich nach Erfolg sehnte und der damit verbundenen Anerkennung, ein gewisses Maß jedenfalls, wobei er den Maßstab ständig änderte – junge Leser, alte Leser, Leser, die seine Worte löschten –, sodass er dabei immer schlecht wegkam. Und sein Frust – seine Angst – schwoll so stark an, dass ihm offenbar nichts anderes übrig blieb, als sich selbst aus seinem Leben zu redigieren.

Mein einziges Indiz für diese Theorie ist seltsamerweise, wie er sich selbst in sein Manuskript *hinein*redigiert hat. Es hat mich lange verwirrt, dass er in seiner Zusammenfassung für den Wettbewerb die Ehefrau verschwinden lässt. Denn offensichtlich war und bin ich nicht verschwunden. Genauso offensichtlich war für mich, dass ich der Ehemann war, der Redenschreiber, und er sie war, Callie. Die Frau ist schließlich Schriftstellerin, oder wäre es gern. Sie ist rastlos, nervös und vielleicht zu einundvierzig Prozent verrückt. Freilich ist sie (auf dem Papier) in besserer Verfassung als er, forsch, stark, schlau. Doch das sind Abwandlungen oder Verbesserungen, die ich auch vorgenommen hätte.

Ein anderer Gedanke verfolgte mich jedoch, etwas noch Offensichtlicheres: dass die Ehefrau die Ehefrau war, dass sie ich war. Denn ich war verschwunden. Er war geblieben. Nicht im eigentlichen Sinn, sondern im Sinne des Traumes, den wir gehabt hatten, beziehungsweise er. Wir hatten angefangen, uns darauf zuzubewegen, als ich ihm an jenem ersten Abend von der Bar nach Hause folgte. Und ich folgte ihm immer weiter, Seite für Seite, Jahr für Jahr, bis ich irgendwann anfing, nein zu sagen. Auf unzählige Arten. Nein, wir können heute Abend nichts trinken gehen – wir helfen bei diesem Training oder jener Probe. Nein, du solltest keine Experimente mehr machen, die dich Geld kosten, denn es scheint dich auch den Verstand zu kosten.

Nein, du bist kein Versager. Das sagte ich. Doch er selbst glaubte etwas anderes.

Und ich weiß nicht, was dann geschah oder wann genau es geschah. Ob das Familienleben ihn einfach überforderte oder ob er dachte: Ich bin der einzige wahre Träumer in dieser Ehe, ich muss den nächstbesten Luftballon, der vorbeifliegt, ergreifen, selbst wenn er mich fortträgt. Oder ob ihm das Ganze, die Kunst, das Leben, deren Überschneidungen, schließlich albern vorkam.

Ich weiß jedoch, dass ich, wie die fiktive Callie, sauer wurde, ich wurde frustriert, ich floh.

Ich floh, ohne irgendwo hinzugehen. Ich floh vor der Fiktion ins wirkliche Leben, so blass es daneben auch erschien. Ich schrieb Reden, ich machte Videos. Meinen Film drehte ich nicht, doch ich hörte nicht auf zu lesen – ich las die Bücher, die er mir gab. Ich las regalweise Bücher, die ich selbst fand. Ich hatte den Glauben an die Phantasie nicht verloren. Doch er musste etwas anderes geglaubt haben, und musste geglaubt haben, dass ich ihm die Alleinherrschaft über ein Phantasieland überlassen hatte, in dem er nur durch Abwesenheit anwesend sein konnte. Deshalb konnte er uns nicht durch so etwas Profanes wie Scheidung verlassen. Deshalb konnte er sich in Paris nicht von uns fernhalten.

Wir waren seine Kreation. Und er, auf ewig, unsere.

Kapitel Achtzehn

Eleanor reiste ab. Ein Jahr verging. Der Frühling kehrte zurück. Robert nicht.

Und dann …

Aber der Reihenfolge nach.

Was passierte, war Folgendes.

Ich verlor meinen Ehemann.

Diesmal war Roberts Verschwinden tiefgreifender. Als er verschwand, verschwand er auch aus meinen Gedanken. Ich meinte nicht mehr, ihn aus dem Augenwinkel zu sehen oder auf den Fotos in *Der rote Luftballon* oder den Seiten seiner Bücher. Es tauchten keine Botschaften, schriftlich oder sonstwie, mehr auf. Es fühlte sich an, als wäre es unsere Schuld. Als hätten wir ihn allein durch die Kraft meiner Gedanken und die Sehnsucht der Mädchen in Paris erscheinen lassen. Als wäre er nur deshalb überhaupt achtzehn Jahre bei uns gewesen. Das stimmt natürlich nicht, aber von Rechts wegen …

Von Rechts wegen. Nachdem ich lange mit Eleanor diskutiert hatte, erzählte ich den Mädchen, was die Polizei mir gesagt hatte. Oder vielmehr einen winzigen Teil davon. Ich sagte, laut Polizei könne jemand für tot erklärt werden, wenn es sieben Jahren lang kein Lebenszeichen gegeben habe. Mit anderen Worten, ich ließ die Segelbootgeschichte weg, die die Polizei sich zusammengereimt und die Robert zum Teil bestätigt hatte. Und ohne diese Geschichte blieb nichts von ihm übrig. Weder in Paris noch in Milwaukee –

noch in ihren Gesichtern. Ich hatte Geschrei oder Tränen erwartet, Hände an meiner Gurgel. Nichts, nur Ungläubigkeit.

»Dann müssen wir warten?«, fragte Ellie.

»Na ja, es kann beschleunigt werden.« Was redete ich da? Ich lauschte meinem Gestotter. »Wenn die Polizei glaubt ... Eleanor sagt ... Da gibt es dieses Verfahren.«

Daphne schien verwirrt. »Und durch dieses Verfahren ist er dann ...« Ich wartete, dass sie das Wort aussprach, doch das tat sie nicht. »... nicht mehr am Leben?«

»Na ja«, sagte ich, »von Rechts wegen schon, nehme ich an.«

»Von Rechts wegen?«, fragte Ellie. Als ihr Schönstes in Paris hatte sich die stetige Parade an *Manifestations* entpuppt – Demonstrationen und Streiks für die Rechte der Arbeiter, Roma, Immigranten, Studenten.

»Aber wenn er doch zurückkommt?«, sagte Daphne.

Das Fragezeichen, die verbogene Nadel.

»Dafür gibt es vermutlich auch ein Verfahren«, sagte ich.

»Was bedeutet Verfahren«, fragte sie. Molly hatte mich mal gewarnt, dass wir alle unser Englisch verlieren würden, Wort für Wort. Tage zuvor, als ich versuchte, ein paar Touristen das Fahrradleihsystem zu erklären, war mir das Wort *Fahrradständer* nicht eingefallen.

Doch es gab noch ein Wort, das wir alle verloren hatten, auf Französisch wie auf Englisch: *Père*, Vater, *Papa*, Dad. Mir fiel auf, wenn wir über Robert redeten, hieß es immer nur *er*: »Er kommt nicht zurück.« Das war Ellie, und es war ein Satz, der – als ich ihn in den folgenden Tagen immer wieder drehte und wendete – jedes Rechtsbegehren überflüssig zu machen schien.

Wir verloren den Laden.

Ich kann nicht sagen, dass Madames Ansage, fast auf den Tag genau ein Jahr nach Roberts endgültigem Verschwinden, überraschend kam. Sie und ich hatten immer weniger miteinander geredet, und wenn sie mit mir redete, dann oft durch George. Tu dies, tu das. Ich wusste, sie erwartete, dass ich mehr Umsatz machte – nachdem ich nicht in der Lage war, die ursprünglich vereinbarten Zahlungen zu leisten, sollte ich jeden Monat einen gewissen Prozentsatz unserer Verkäufe abgeben, um unsere Schulden zu begleichen und sie war schockiert, wie schlecht der Laden lief. Sagte George jedenfalls. Ich bat ihn um seinen fachkundigen Rat. *Du solltest keinen Buchladen besitzen*, sagte er. Ich erinnerte ihn daran, dass es nicht anders ging.

Er sagte, obwohl er es geschafft habe, unser Visum um ein zweites Jahr zu verlängern, stünde der Tag der Abrechnung möglicherweise bevor.

Und so war es.

An einem ruhigen Morgen kam Madame zu mir in den Laden und bat mich nach oben. Seit unseren ersten Absprachen war ich nicht mehr bei ihr in der Wohnung gewesen. Und natürlich war ich nie im Dachgeschoss gewesen, dem »Bücher-Stockwerk«, das Madame anfangs oft versprochen hatte, mir zu zeigen. Doch sie hatte nie gesagt wann, und es befand sich hinter einer verschlossenen Tür, der ich mich nicht zu nähern wagte (Ellie hatte sich genähert, daher wusste ich, dass sie abgeschlossen war).

Madame schloss sie auf, und ich folgte ihr.

Die blaue Seidentapete mit Jägern und Hirschen kräuselte sich an den Rändern. Durch das einzige runde Fenster von der Größe eines Tabletts sah man ein Stück grauen Himmel. In der Mitte des kleinen, unter das Dach gezwängten Raumes lag ein durchgescheuerter orientalischer Teppich. Auf dem Teppich stand ein Holztisch, fast so groß wie die Tür, durch die wir gerade gekommen waren, sowie ein Stuhl. Auf dem Tisch ein Löschblatt, Stifte, ein paar Seiten. Manche beschrieben. Manche nicht.

Bücher gab es keine.

Das heißt, es gab keine Regale voll mit Büchern, so wie ich es mir vorgestellt hatte. Stattdessen gab es einen einzigen niedrigen Bücherschrank, fast leer, weniger als einen halben Meter breit und nicht mal halb so hoch. Darauf lag ein gelbes Larousse-Wörterbuch und das Kamee-Porträt eines Mädchens. Auf dem Regal darunter ein Dutzend Bücher, alle identisch bis auf die Zahlen auf den Buchrücken. Madame reichte mir eines. Der Einband war aus glattem, weichem grünen Leder. Die Seiten hatten einen Goldschnitt, Altgold.

Innen ein einzelnes Wort auf einer einzelnen Seite: *Un*. Eins.

Sie schaute mich an, um zu sehen, ob ich verstand.

Ich verstand sie. Ich war einmal die Frau eines Schriftstellers gewesen. *Un*. Eins. 1. Kapitel. Sie brauchte mir die anderen ordentlich gestapelten Bücher nicht zu zeigen. Ich wusste auch so, dass die Seiten leer waren.

»Madame«, sagte ich. »Ich hatte ja keine Ahnung.« Sie nahm mir das Buch ab und stellte es weg. »Ich wusste nicht, dass Sie Schriftsteller sind. *Un écrivain?*«

Sie rümpfte die Nase. Ich fragte mich, ob ich es falsch gesagt hatte. *Masculin ou féminin?*

»*Un écrivain écrit*«, sagte sie. Ein Schriftsteller schreibt.

Und das tat sie nicht. Sie hatte es immer gewollt, seit ihrer Kindheit, seit sie jünger war als Annabelle. Aber so vieles war dazwischen gekommen. Das Leben, ihre Tochter Sylvie. (Nur Sylvies Vater nicht, der hatte sich noch vor Sylvies Geburt aus dem Staub gemacht, war verschwunden. Kein Wunder, dass Madame glaubte, mich und meinen unsichtbaren Ehemann zu verstehen.) Die Notwendigkeit, den Lebensunterhalt für sich und das Kind zu verdienen, war dazwischen gekommen. Und so hatte sie einen Job in einer Buchhandlung angenommen, in einer Straße, die nach der Schutzheiligen der Schriftsteller benannt war. Irgendwann gehörte ihr der Laden, die Wohnungen darüber, das Haus. Sie hatte alles.

Sie hatte zwölf goldgeränderte, grün gebundene Bücher mit Nichts.

Sie dachte, die Buchhandlung würde sie inspirieren. Stattdessen fraß der Laden ihre Zeit.

Und dann seien wir gekommen, sagte sie.

Sie schaute mich an, um sich zu vergewissern, dass ich verstand. Sie sprach Französisch, doch das war nicht das Problem. Ich starrte sie ausdruckslos an. Sie seufzte und fuhr fort, genervt, dass sie es erklären musste.

Wir seien das Problem.

»Ich dachte, wenn ich Ihnen den Laden verkaufe, habe ich mehr Zeit. Die Zeit, die *liberté*, die ich so viele Jahre vermisst habe. Aber Sie haben mir die Zeit nicht gegeben. Stürze in Flüsse, Krankenhäuser, Polizei. Immer was los! Immer Lärm. Im letzten Jahr war es ruhiger, aber im Laden zu ruhig. Und die Bücher.« Sie zögerte, als überlegte sie, wie sie es auf Englisch sagen sollte. »Das ist das *problème*. Die Bücher da unten, lauter und lauter, jeden Tag. *Was haben Sie heute geschafft, Madame?*, fragen sie. *Wo ist das Buch?*«

Und ich dachte: Wo ist der Ausgang?

Ich spürte noch etwas anderes: Dass ich Roberts Schreibfluchten endlich verstand. Für Klaustrophobie gab es viele Auslöser. Wir waren nur einer davon.

Doch es war der eine, auf den Madame sich jetzt einschoss.

»Leah, was ich sagen will, ist: Sie müssen gehen.«

»Tut mir leid«, sagte ich und wandte mich um. »Natürlich!«

Madame schüttelte den Kopf. »Nein. Aus der Wohnung, dem Laden. Tut mir leid.«

»Madame?«

»Sie haben das Geschäft gekauft, ja«, sagte sie. »Aber nicht das Haus. Und jetzt ziehen Sie aus.«

Ich hatte von anderen Ausländern gehört, die von ihren französischen Vermietern von heute auf morgen vor die Tür gesetzt worden waren. Solche Verhandlungen waren geradezu Declans Spezialität gewesen. Doch ich hätte nie gedacht ... Wir hatten eine Abmachung, eine Vereinbarung, einen Vertrag. Hier ging es nicht um ... hier ging es um Bücher. Oder? »Wir sollen uns neue Räume für den Laden suchen? Eine neue Wohnung? Was ist mit unserem Visum?«

»Keine Ahnung«, sagte Madame. »Vielleicht kann George helfen. Vielleicht können Sie nach Amerika zurückkehren. Ich kenne Leute, die den Bestand kaufen würden, die Bücher, alle. Es ist an der Zeit«, sagte sie und seufzte. »Als Sie herkamen, dachte ich, das ist genau das Richtige für Sie, dieser Laden.«

»Und die Zwillinge?«, fragte ich.

»Die sind inzwischen größer. George braucht Sie nicht mehr so oft.« Das stimmte. »Und Sie brauchen mehr. Ich brauche mehr.«

»Ich verstehe nicht«, sagte ich, obwohl ich es nach und nach tat, während ich mich in dem leeren Zimmer umschaute.

Madame blickte auf den winzigen Bücherschrank und dann wieder zu mir. »Viele Jahre und jetzt wenige. *Je suis à cours de temps.* Verstehen Sie, was das heißt?«

Ich verstand es. Es hieß, ich konnte mir den Rest des Tages freinehmen. Ich ging nach unten, nahm von Laurent ein Paket entgegen und ertrug seinen Händedruck, bevor ich das Schild vorzeitig auf FERMÉ drehte.

Im letzten Jahr war ich endlich mit ihm ausgegangen, da es unvermeidlich schien. Es lief bescheiden, ebenso unvermeidlich. Er führte mich in ein Kettenrestaurant, das auf Hamburger spezialisiert war, und meinte, ich müsse kochen lernen, bevor wir heirateten. Er würde zahlen, er würde zahlen, wiederholte er, als hätte ich ihn bedrängt. Schließlich zahlte ich das Essen und ließ ihn am Tisch sitzen. Zwei Wochen bekam ich keine Lieferungen. Als er wieder auftauchte, meinte er, er vergebe mir: Wenn ich bezahlen wolle, sei das völlig okay. Ich meinte, wenn wir Freunde blieben, nur Freunde, sei das völlig okay.

Ich sagte es auf Französisch, und er sah mich an, als hätte ich einen entscheidenden Syntaxfehler gemacht, was ich vermutlich auch hatte. Ich hatte keine Freunde mehr.

Als Robert das zweite Mal verschwand, war es, als hätten alle nur auf sein Stichwort gewartet. Carl kam vorbei, um mich zu informieren, dass er an die Elfenbeinküste entsendet wurde. Er gab mir einen brieftaschengroßen Abzug seines offiziellen Porträts – brauner Blazer, rechts neben ihm die amerikanische Flagge – und küsste mich auf beide Wangen. Als ich behutsam zurückwich, fasste er meine Ellbogen. *Bleib stark*, sagte er. Ich versuchte es, doch dann reiste auch Shelley ab, die stille Seniorin aus New Orleans. Kein Kuss, nur ein Seufzen. Ihr Ehemann habe sie nach Hause zitiert. *Es ist wohl an der Zeit*, sagte sie.

Als Molly verkündete, sie und ihre Familie würden Paris verlassen, sagte sie, es sei höchste Zeit. Und das war es – höchste Zeit, sie zu feuern. Sie war eine unglückselige Angestellte gewesen und – wie sich herausstellte – eine schlechte Kundin. Die Woche vor ihrer Abreise brachte sie zwei Kisten mit Büchern zurück, die sie ohne mein Wissen gekauft hatte. »Erstatte mir den Betrag einfach zusammen mit meinem letzten Gehaltsscheck.«

»Aber bei uns bekommt man kein Geld zurück«, sagte ich.

Sie sah mich verständnislos an. »Aber ich habe den Kunden immer ihr Geld zurückgegeben!«

Ich erwog, Declan anzurufen, ließ es aber. Wir hatten uns im letzten Jahr zwei oder drei Mal auf einen Kaffee getroffen, aber nur Kaffee. Niemals Wein. Niemals danach in die Wohnung. Wir redeten uns ein, es sei zu hektisch, wir seien zu hektisch, Paris sei zu hektisch. Wenn wir uns trennten, sagten wir *à bientôt*, bis bald.

Und so ging ich nach meinem Treffen mit Madame allein die Straße rauf. Rauf, nicht runter zur Seine, Richtung Notre-Dame, zum hübschen Paris. Ich wollte das hässliche.

Nur war es nicht hässlich. Wo ich auch hinging, war es furchtbar schön, und ich meine furchtbar, denn manchmal möchte man, dass die Umgebung die eigene Seele widerspiegelt, man möchte, dass Himmel und Straßenlaternen und die Eingänge der Häuser, an denen man vorbeigeht, finster dreinblicken, blass und ausgemergelt. Doch Paris, selbst wenn der Himmel grau ist – heute schien die Sonne, der Himmel so blau, dass Touristen und Einheimische immer wieder stehen blieben, um nach oben zu sehen –, verbreitet ärgerlicherweise unablässig und mühelos Magie. Ich senkte den Blick. Aus irgendeiner Spalte stieg ein schwacher Uringeruch.

Komme in drei Tagen nach Hause, schrieb Napoleon bekanntlich Josephine, *wasch dich nicht*.

Bevor ich nach Paris kam, hatte ich das für nichts weiter als die Bitte eines liebeskranken, sexbesessenen Soldaten mit einer kleinen Macke gehalten. Seit ich in der Stadt lebte, sah ich das anders, und nicht nur, weil ich länger als drei Tage gewartet hatte. Das Ideale und das Reale sind hier vermischt, es gibt keinen Grund, sie zu trennen. Sie würden nur wieder miteinander verschmelzen.

Als ich schließlich umkehrte, kam ich an meiner verlassenen Lieblingsladenfront vorbei, der mit der Leiter, dem Apfel, den Farbklecksen. Seit einem Jahr lag sie im Dunkeln, und einmal hatte ich es gewagt, mein Gesicht an die Scheibe zu drücken, und gesehen, dass der Apfel verschwunden war. Natürlich. Doch heute Abend war Licht und da war eine neue Leiter und darauf ein neuer Apfel. Grün. Und über der Tür ein Schild, auf Englisch: THE APPLE STORE. Es war nur eine Frage der Zeit, bis Apple Wind davon bekommen und ihn dicht machen würde. Doch hier und jetzt glänzte der Apfel, und da die Tür nicht verschlossen war, trat ich ein. Ich rief *bonjour* und erhielt keine Antwort. Alles roch sauber und leicht. Ich nahm den Apfel. Ich nahm einen Bissen. Ich schaute mich nach einer versteckten Kamera um, während ich kaute, konnte jedoch keine entdecken, worum es beim Verstecken ja geht. Ich lief nach Hause.

Wir hätten eine Möglichkeit finden können, in Paris zu bleiben, doch beim letzten Mal hatte uns das in diese Sackgasse geführt. (Auf Französisch *impasse.*) Kinder großzuziehen bedeutet Erwachsenwerden, und ich war inzwischen erwachsen genug, im Gegensatz zu Robert, um zu wissen, wann es Zeit war zu gehen.

Ich schleifte Daphne in die Rue de Rivoli, um bei der *boucherie* ein Brathähnchen zu kaufen. Ich fragte mich, ob FedEx die Hähnchen, noch heiß, nach Milwaukee liefern würde. Ich glaube nicht, dass diese Vorstellung der Grund war, warum ich mit den Tränen kämpfte, doch als ich meine Bestellung aufgab, sah mich der Metzger an, als wüsste er, dass etwas nicht stimmte. Das Einfühlungsvermögen von Metzgern und Apothekern in Paris ist nicht zu unterschätzen, und tatsächlich hatte der *boucher* ein Rezept parat: Ich solle einen *rôti* kaufen, einen Braten, Schwein, er habe einen da, mit Aprikosen und Pflaumen, den müsse ich nur in den Ofen schieben.

Ich muss benommen gewirkt haben, denn er wandte sich an Daphne, um Temperatur und Backzeit zu erklären, woran sie sähe, dass der Braten fertig war, dass es eine echte Tragödie wäre, wenn wir ihn zu lange im Ofen ließen. Dann erklärte er noch, wir sollten nebenan ein paar Schalotten und *haricots verts* – grüne Bohnen – kaufen und einen Laden weiter einen guten Burgunder. »Madame«, sagte er und wandte sich wieder an mich, »ein bisschen Wein für das Mädchen *aussi*. Sie ist eine gute Hilfe.« Daphne zog lächelnd die Augenbrauen hoch und wandte sich ab, und obwohl mich eigentlich nichts mehr überraschen konnte, war ich bestürzt über das, was ich gerade gesehen hatte: Daphne flirtete. Der Metzger gab uns dann noch sechs erschreckend fette Streifen Speck umsonst und ein kleines Kräutersäckchen, das sie nach Bedarf über ihre *mère* streuen solle, da die bezaubernde Dame ein wenig betrübt wirke. Daphne lachte auf, sagte *merci* und verabschiedete sich. Ich lächelte ihm zu, als wir den Laden verließen. Er zog die Augenbrauen hoch – er dachte, ich flirtete –, doch das tat ich nicht. Ich war stolz. Auf Daphne, und über die Maßen auf mich selbst. Ich hatte sie so weit bekommen. Physisch, emotional. Stark genug, um in Paris zurechtzukommen. Lieb genug, um Nachsicht mit mir zu haben.

»Ich verstehe nicht, warum nicht alle hier leben«, sagte sie, als wir – mit Päckchen behängt, als wären es Ornamente – nach Hause gingen.

»Es ist auch so schon ziemlich voll«, sagte ich, als mich jemand anrempelte, doch Daphne hörte mich gar nicht. Sie ging vor mir, manövrierte sich geschickt durch die Menge. Sie ähnelte immer mehr Ellie, und beide ähnelten immer weniger ihren Eltern. Ich war froh, dass es nicht zu einem Treffen mit ihrem Vater gekommen war. Ich war am Boden zerstört darüber, dass er nicht hier war, um die jungen Frauen zu sehen, die aus ihnen geworden waren.

Als wir die Tür zur Buchhandlung öffneten, war es dunkel, was gut war, denn so sah man nicht mein Gesicht. Daphne meinte, Eleanor solle uns bald mal wieder besuchen. Ob ich das Schild im Hotelfenster gesehen habe, auf dem stand, es sei »aufgepeppt« worden?

Hatte ich, doch ich hatte an meinen Französischkenntnissen gezweifelt, denn als ich hineinspähte, war die Lobby noch immer verstaubt und muffig, voll mit Nippes, die Wände von einem Rotbraun, dass man sich in einem dunklen Winkel des menschlichen Herzens wähnte.

Allerdings war mir aufgefallen, dass das Filmplakat von *Der rote Luftballon* verschwunden war und an seiner Stelle das von einem anderen Lamorisse-Film hing, *Bode Saba – Wind der Wüste.* Daphne hatte es auch gesehen. »Nie davon gehört«, sagte sie. Ich sagte, ich würde ihr nach dem Essen davon erzählen. Doch bis dahin hatte sie es zum Glück vergessen.

Teile von *Der rote Luftballon* waren trostlos, doch insgesamt war es ein erbaulicher, ja inspirierender Film. Das Ende von Lamorisses Leben war es nicht.

1968, knapp ein Dutzend Jahre nach seinem berauschenden Erfolg, ist es mit der Karriere von Albert Lamorisse so weit bergab gegangen, dass er einen Film für den Schah produziert.

Lamorisse schläft schlecht und hat Albträume vom Sterben, vom Stürzen, von Wasser.

Und genau das passiert, als sich bei einer komplizierten Aufnahme der Amir-Kabir-Talsperre, die Lamorisse eigentlich vermeiden wollte – doch der Schah bestand darauf, um zu zeigen, wie modern, wie fortschrittlich sein Königreich sei –, Lamorisses Hubschrauber in Stromkabeln verfängt und abstürzt, wobei er im Alter von achtundvierzig Jahren ums Leben kommt. Marinetaucher suchen nach den Leichen.

Das Filmmaterial hat jedoch überlebt, und acht Jahre

später schnitten Lamorisses Witwe und Sohn – Pascal, einst Kinderstar in *Der rote Luftballon*, inzwischen Mitte zwanzig – das Filmmaterial mithilfe seiner Notizen zusammen. Der Film enthält die langen, langsamen Panoramaaufnahmen, die Lamorisse so liebte, und fast nichts von dem, was der Schah wollte. Am 16. Januar 1979 floh der Schah aus dem Iran. Fast auf den Tag einen Monat später wurde Lamorisse erneut für den Oscar nominiert, posthum, diesmal für den Besten Dokumentarfilm, *Bode Saba – Wind der Wüste.*

Umso eindringlicher ist, so argumentierte ich in meiner unvollendeten Abschlussarbeit, der siebzigminütige Film, den die Überlebenden seiner iranischen Crew als eine Art Nachtrag zur Dokumentation aus den Outtakes zusammenschnitten. Er enthält alles, was der Schah wollte, und schafft es mit jeder Einstellung, dem Schah die Schuld an Lamorisses Tod zu geben.

Es ist nicht notwendig, Lamorisses Lebensgeschichte zu kennen, um den Film zu verstehen, doch es hilft, vor allem an Stelle 00:02:30, wo die Filmmontage abrupt zu Schnittbildern aus irgendeinem Labor überblendet. Kurz bevor sich ein Reagenzglas mit etwas zu füllen beginnt, das aussieht wie verdünntes Blut, greift ein Mann im weißen Kittel nach einem dünnen Glasröhrchen. Und dann bläht sich unerwartet, oder erwartungsgemäß, ein roter Ballon auf.

Und so erinnerte mich das Filmplakat, obwohl es nicht der Erinnerung hätte bedürfen sollen, daran: Es gibt immer Hinweise, wenn man nur danach Ausschau hält.

Ich ging nach unten, um aufzuräumen, während die Mädchen Hausaufgaben machten. Das würde ich nicht vermissen, wenn ich keine Buchhandlung mehr hatte. Leuten hinterher zu räumen bringt nie Spaß. Egal ob der Familie oder dem Strom (oder Rinnsal) an Kunden. Zugegeben, unser Laden war eigenwillig sortiert, aber warum die Kunden die Bücher verkehrt herum ins Regal zurückstellen mussten oder mit dem Buchrücken nach hinten oder horizontal statt vertikal, war mir ein Rätsel.

Ich begann mit der Schaufensterauslage für *Madeline*, die schon länger unordentlich war. Viele der Puppen fehlten. Verkauft, hoffte ich, obwohl wahrscheinlich auch ein paar Madelines und Pepitos auf andere Art den Laden verlassen hatten. Ich gestehe, dass unsere Bemelmans-Bücher insgesamt etwas weniger Aufmerksamkeit von mir erfuhren, seit Robert die Zwillinge und den Laden verlassen hatte. Es war nicht unbedingt Absicht. Oder vielleicht doch. Oder vielleicht war es heute Abend das Glas Wein, das ich vom Essen mit runtergenommen hatte.

Die Straße draußen war menschenleer, und dafür war ich dankbar. Ich hatte nicht gern Zuschauer, wenn ich die Schaufenster neu dekorierte. Die Madeline- und Pepito-Puppen hatten kleine Klettverschlüsse an den Händen, und das machte ich mir zunutze. Ich klemmte Pepitos Beinchen unter einen *Madeline*-Sammelband, den ich auf einen Stuhl gestellt hatte, und ließ die Puppe nach unten greifen, um Madeline zu retten. Ihre Köpfe ließen sich nicht bewegen, deshalb schaute Madeline lächelnd aus dem Fenster, während Pepito auf sie herabschaute. Das gefiel mir. Und dann sah ich es mir noch einmal an und tauschte die Puppen, sodass Pepito derjenige in Not war. Das gefiel mir noch besser. Ich legte ein Exemplar von *Der rote Luftballon* in seine Nähe, als Fluchtweg.

Ich sah unser Paris-Regal durch. Hemingways *Paris. Ein Fest fürs Leben* stellte ich nach Illinois. Dort würde er sich zwar schlechter verkaufen, aber das war mir egal. Im Mittlerer-Westen-Regal entdeckte ich einen falsch einsortierten James Baldwin, den ich nach Frankreich zurückstellte. Und M. K. A. Fisher stand in Michigan – ihrem Geburtsort, doch es war höchste Zeit, dass auch sie nach Paris zurückkehrte. Sie liebte diese Stadt – und sonderbarerweise das Bahnhofsrestaurant im Gare de Lyon, durch das Ellie bei ihrer Suche nach den Zwillingen gerufen hatte. Ich wusste, Fisher hätte geholfen, wäre sie dort gewesen. Fisher schrieb über Essen, und das brachte mich auf Julia Child, die ich aus dem Boston-Regal verbannte – wo sie sowieso einen unbequemen Platz hatte –, um sie neben Fisher nach Frankreich zu stellen. Und Monique Truong! Ich holte sie aus New York. Gott sei Dank noch nicht verstorben, aber für sie machte ich eine Ausnahme, weil ich ihr Buch über Gertrude Steins vietnamesischen Koch so liebte – *Das Buch vom Salz* gehörte einfach nach Paris. Ich holte diese Frauen aus ihren diversen Regionen und schuf Platz im Paris-Regal, indem ich so viele Männer wie möglich woanders hinstellte. Auf Wiedersehen, F. Scott! *Adieu*, Ford Madox! *Au revoir*, Robert Eady!

Robert Eady?

Ich stutzte. In unserer Milwaukee-Abteilung – und wir hatten eine – stand keines mehr von Roberts Werken, nur Bücher über Schreibmaschinen (dort erfunden) und Carl Sandburg (einst, wie ich, Redenschreiber).

Doch dieses stand in Paris. Es war nicht *Central Time*.

Ich nahm das Buch. Es war neu.

Ein neuer Roman von Robert Eady.

Ein neuer Roman, *Ich erfinde dir Paris*. Kein Pseudonym. Von Robert Eady.

Es war nicht hell genug, um zu lesen. Es war gerade hell genug.

Ich schlug das Buch auf.

Robert hatte das Manuskript überarbeitet und vollendet.

Es fing immer noch so an wie in meiner Erinnerung.

Sie liebten ihr Leben und den Ort, an dem sie lebten, aber dennoch fragten sie sich, was kommt als Nächstes?

Und dann klappte ich das Buch zu und betrachtete das

Cover. Kein Eiffelturm, mutige Entscheidung seitens des Verlegers für ein Paris-Buch, nur die Nahaufnahme von einem Laden wie unserem. Es war unser Laden, doch irgendjemand hatte sich in Photoshop ausgetobt, und die Weinranken (vgl. *Madeline*) waren ein hübscher Zusatz. Der Name des Ladens war derselbe: The Late Edition. Ich konnte nicht erkennen, was im Fenster lag – das hätte einen Hinweis darauf gegeben, von wann das Foto war –, doch es war eindeutig unser Laden.

In Frankreich gibt es einen Begriff, *self-fiction*, was so viel heißt wie autobiographische Literatur, aber nicht ganz. Ich fand immer, der englische Ausdruck klingt einen Hauch herablassend oder kritisch, ganz im Gegensatz zu *self-fiction*. *Self-fiction* klingt eher nach etwas, das wir alle tun oder tun sollten, und zwar ständig, nämlich unser Leben überarbeiten und gestalten, bis wir eine Erzählung finden, die zu uns passt, die uns vervollständigt. Bis jetzt habe ich nicht erwähnt, dass Robert, als er behauptete, das *Verzeih mir* ins Buch geschrieben zu haben, meinem Blick auswich, und ich gedacht hatte: Er lügt.

Hatte er gelogen? Ich weiß es nicht. Ich weiß nicht einmal, ob es eine Rolle spielt, nur dass meine Version die bessere ist, nämlich dass er *Verzeih mir* in das Buch geschrieben hatte, weil es ihm leid tat. Dann hatte er das Buch zurück ins Regal gestellt, eine Flaschenpost, von der er nicht annahm, dass sie je in unsere Richtung treiben würde – und als sie es doch tat, hatte er sie zurückgeholt.

Doch wir waren in seine Richtung getrieben, und wie er mir im Laden erzählte, hatte er uns so viel wie möglich dabei beobachtet, wie wir dahintrieben, fasziniert von dieser scheinbaren Halluzination – eine, die an manchen Tagen klarer war als an anderen: Wir schienen den Laden zu betreiben, den er geschrieben hatte, wir wohnten darüber, wir hatten eine neue Familie erschaffen. Ich frage mich, ob er die Zwillinge gesehen hatte oder George oder Declan. Vielleicht war Robert eines Abends zufällig vorbeigegangen und hatte Ellie und Daphne durchs Schaufenster lachen sehen – lachen! –, während Declan sie mit irgendeiner Geschichte unterhielt. Die Szene hätte so herzlich ausgesehen, das Lachen so echt, dass Robert stehen geblieben, aber dann schnell weitergegangen wäre, damit ihn niemand entdeckt.

Hatte er diese Dinge gesehen? Hatte er Declan gesehen? Wie oft? Auf der Brücke beispielsweise, wo Daphne Robert gesehen hat? Und das Manuskript damals in Milwaukee, damals in der Druckerwarteschlange der Mathematischen Fakultät, die Familie, die in Frankreich den Laden kauft? Ich hatte ihn davon erzählen lassen, hatte ihm jedoch nicht erzählt, dass Eleanor es gefunden hatte. Ich wollte ihn nicht sagen hören, er habe nicht beabsichtigt, dass wir es lesen, geschweige denn ihm folgen. Ich wollte nicht, dass er wieder sagte: »Verzeih mir.« Denn so seltsam es war, mir gefiel, was ich aus dem Manuskript gemacht hatte, das Leben, dieses Leben. Ich hatte den Job gewechselt, den Kontinent. Ich hatte einen Weg gefunden, meine Familie zu ernähren, sowohl mit frischen als auch mit tiefgefrorenen Mahlzeiten.

Das Ergebnis waren zwei gesunde, heldenhafte Töchter.

Und eine wunderschöne Buchhandlung, deren Regale unter dem Gewicht mehrerer Tausend Bücher ächzten.

Jedenfalls noch für eine Weile.

Ich schlug Roberts Buch wieder auf und fing diesmal von vorne an, der Vorsatz – ein hübscher Stadtplan, das kostete extra –, und dann eine leere Seite und dann die Titelseite, dann ein Epigraph von Gertrude Stein und dann die Widmung.

Für die, die ich verlor.

Epilog

Ich verlor mich in dem Buch. Ich taumelte durch die Seiten, und damit durch meine Erinnerungen an Paris und Milwaukee. Ich staunte – nicht nur über das Buch, sondern darüber, dass es in unserem Laden aufgetaucht war. War das auch sein Werk? Ich hatte Asif die Kameras schon vor Monaten abmontieren lassen. Ich bereute die Entscheidung nicht. Deshalb hatte ich sie ihn ja abbauen lassen: Ich wollte keinen Geistern nachjagen. Und deshalb erzählte ich auch den Mädchen nichts von dem Buch. Wenn ich Robert das nächste Mal sah, falls es ein nächstes Mal gab, wollte ich, dass wir alle ihn sahen, und zwar nicht an den Rändern eines Buches, eines Bildschirms, einer Menschenmenge, sondern wirklich.

Das Buch war billig gebunden und als UNVERKÄUFLICHES LESEEXEMPLAR ausgewiesen. Ein Vorabdruck für die Presse. Obwohl es ebenso gut möglich war, dass die Aufmachung, der Einband, wie die Geschichte darin, Roberts Werk war. Dass er ein Buch geschrieben und dann diese Art der Veröffentlichung gewählt hatte, war ihm durchaus zuzutrauen. Es wäre sogar typisch für ihn, bis hin zum »Über den Autor« auf der Rückseite, das unter jenen drei Worten leer war bis auf *tf.* Kein französischer Slang, sondern eine alte Abkürzung aus dem Verlagswesen. *Tf* bedeutet *Text folgt.*

Der Sommer kam. Kunden kamen. Und dann kamen noch mehr Kunden, weil Roberts Buch erschien. Das Leseexemplar, das er mir da gelassen hatte, war kein Kunstobjekt, sondern, wie sich herausstellte, das erste von vielen, vielen, vielen Exemplaren. Roberts Buch war in einem echten Verlag erschienen und dann magischerweise auf einen dieser Kometen aufgesprungen, die gelegentlich das zwielichtige Universum der Verlagswelt erhellen. Die Geschichte der Familie in Paris, die eine erfolglose Buchhandlung übernimmt, traf einen Nerv – bei Buchhändlern jedenfalls. Und bei Touristen. Das war noch, bevor der Artikel in der *Times* erschien. Und dann einer im *Guardian* und sogar einer in der Donnerstagsbuchbeilage von *Le Monde*, und dann war die Geschichte, ebenso wie das Buch, überall.

In den meisten Artikeln wurde unser Laden als »Inspiration« für das Buch bezeichnet. Ein Bericht erwähnte, dass die ursprüngliche Besitzerin, Marjorie Brouillard, selbst Schriftstellerin sei, die nach »jahrelangem Schweigen« an einem neuen Projekt arbeite. Als ich das las, gratulierte ich ihr von Herzen und versprach, dass sie uns bald los wäre. Ich sagte, ich hätte gehört, Madame Grillo überlege, die Ladenräume zu mieten.

Madame Brouillard reagierte nicht gleich. Ich dachte, sie wolle nicht zugeben, dass sie Madame Grillo den Laden angeboten hatte. Aber ich wusste es längst, weil Madame Grillo es mir erzählt hatte: *ein zweiter Laden, nur für Besen!*

Madame Brouillard sah mir jeden Abend zu, wenn ich alles zusammenfegte, nachdem die Leute gegangen waren, sie prüfte die Verkaufszahlen, sie überschlug, wie viel am Monatsende dabei für sie heraussprang. »Sie müssen ja nicht *immédiatement* abreisen«, sagte sie, als hätte sie nie etwas anderes gesagt. Als sie begann, die Treppe nach oben zu gehen, bedachte sie mich mit ihrem gewohnt schmalen Lächeln, doch – und das war ungewohnt – auch ihre Augen lächelten. Sie habe eine letzte Frage an mich, *en français*, ihre Worte zur Abwechslung fast schüchtern: *Hat der Verleger zufällig schon einen französischen Übersetzer für das Buch Ihres Mannes?*

Als der erste Karton mit Roberts Buch kam, öffnete ich ihn heimlich im Hinterzimmer und sah mir die Buchrückseite an. Kein Foto, nur ein sehr kurzer Lebenslauf. Darin werden seine vorherigen Bücher nicht genannt, nur dass dies sein letztes sei, dass er vor zwei Jahren beim Segeln auf dem Michigan-See verschwunden sei und für tot gehalten werde.

Als ich im Verlag nachfragte, wer ihnen das erzählt habe, sagten sie, ich.

Als ich sagte, das hätte ich nicht, leiteten sie mir E-Mails weiter, die »ich« ihnen geschickt hatte, darunter auch eine mit dem vollständigen Manuskript zur Begutachtung. Sie waren erfreut, dass ich mich gemeldet hatte, da »meine« alte E-Mail-Adresse plötzlich nicht mehr funktioniert habe und sie einige Angelegenheiten klären wollten. War meine Kontaktperson bei der Polizei in Milwaukee, an die ich sie verwiesen hatte, um Roberts Schicksal zu bestätigen, noch dieselbe? War es okay, der dortigen Polizei das Leseexemplar zu schicken, um das man gebeten habe?

War die Information noch aktuell, dass das Honorar an mich ausgezahlt werden sollte, in Paris?

Wusste ich schon, wie ich es unseren Töchtern erklären würde?

Die letzte Frage stellte ich mir natürlich selbst. Daphne und Ellie waren sehr aufgebracht, als sie den Buchumschlag lasen. Sie waren eher wütend als traurig. Sie waren überzeugt, dass die Polizei das Verfahren, um ihren Vater für tot erklären zu lassen, irgendwie ohne meine Erlaubnis angeleiert hatte. Dann dachten sie, ich hätte meine Erlaubnis gegeben, und das war noch schlimmer. Doch das hatte ich nicht. Und als sie wieder einmal fragten, ob ihr Vater wirklich am Leben sei, sagte ich: »Ich weiß es nicht«, was ja auch stimmte.

Allerdings log ich, oder vielleicht war es auch keine richtige Lüge, als Ellie sagte: »Also ist es unsere Entscheidung« – unsere Entscheidung, ob Robert am Leben war oder nicht. Ich sagte ja, obwohl ich am liebsten nein gesagt hätte, ist es nicht, war es nicht, Robert hatte entschieden, und er hatte sich nicht für uns entschieden.

Ein einziges Gespräch mit Ellie und Daphne klärte die Angelegenheit natürlich nicht. Genauso wenig wie fünfzig. Skype-Sitzungen mit einem Psychologen, den Eleanor für die Mädchen aufgetrieben hatte, halfen und helfen noch immer. Wenn man hört, wie die Mädchen darüber reden, klingt es nach Waffenstillstand. Nicht ihre Wortwahl, aber für mich trifft es die Sache: ein Waffenstillstand mit ihrem Vater, mit der Wahrheit, mit dem Psychologen. Der Doktor besteht nicht darauf, dass ihr Vater tot ist, und sie bestehen nicht weiter darauf, ihn in Paris zu suchen.

Der Psychologe sagt, das sei gesund, die Zeit der Suche sei vorbei. Der Psychologe weiß nichts von den getürkten E-Mails an den Verlag, und die Mädchen auch nicht. Als Ellie und Daphne fragten, wie das Buch zustande gekommen sei, sagte ich, ihr Vater habe das Manuskript vor seinem Verschwinden offenbar beendet und an den Verlag geschickt, und jetzt könne der Verlag ihn nicht finden, und ich auch nicht. Wenn sie mich bedrängen, wiederhole ich das Mantra des Psychologen: Die Zeit der Suche ist vorbei.

Doch sie bedrängen mich nicht oft. Weil sie wissen, dass es jemanden gibt, der die Suche nicht aufgegeben hat.

Eleanor sucht ihn. Sie sagt, ich soll den Mädchen sagen, dass sie es nicht tut, doch das tue ich nicht, weil sie es mir sowieso nicht glauben würden. Sie hat online und offline gesucht. Sie hat zwei Privatdetektive angeheuert und beide gefeuert. Sie benutzt ihren Universitätszugang, um als Gasthörer Seminare für Strafrecht, Französisch und, »nur für den Fall«, forensische Anthropologie zu belegen. Inzwischen weiß sie verstörend viel über Kieferknochen. Oft sehe ich ihren eigenen arbeiten, wenn sie uns via Skype besucht. Der »Effizienz halber« isst sie gern, während wir reden. Ihr Frühstück ist mein Abendbrot. Ich sage immer, sie könne trotzdem gern ein Glas Wein mit mir trinken. Sie sagt, sie isst jetzt gesünder. Das erklärt, wenn auch nur zum Teil, warum ich sie manchmal mit Roberts Müslisorte erwische.

Nicht selten essen Declan und ich zusammen. Nachdem das Hotel in unserer Straße eines seiner Kinozimmer zu einem Late-Edition-Zimmer umgestaltet hatte, fragte man uns, ob unser Laden Führungen zu dem Buch anbiete. Ich rief Declan an, sagte, ich hätte eine Geschäftsidee, und dann lachte er, und von da an gaben wir unsere Führungen. Unsere Beziehung ist jetzt rein beruflich, und seitdem, da sind wir uns einig, verstehen wir uns viel besser. Wir stoßen sogar jedes Mal darauf an, wenn er mich zum Essen einlädt, was er jedes Mal tut, wenn ich ihn bezahle. Wir speisen nicht mehr gratis. Stattdessen versucht er jedes Mal genau den Betrag für das Essen auszugeben, den ich ihm für die Woche gezahlt habe. Wir müssen uns immer teurere Restaurants suchen. Paris kommt uns entgegen, und Declan mir. Er wartet, und ich warte, und keiner von uns weiß so recht, worauf. Noch nicht jedenfalls. Inzwischen prosten wir uns zu und lachen und trinken. Und manchmal höre ich ein dreirädriges Minitaxi vorbeifahren und mein Puls jagt ihm nach, und ich nehme noch einen Schluck, weil es leichter ist, als Declan in jenem Moment anzusehen.

Declan, das sollte ich noch erwähnen, taucht im Buch nicht auf.

Robert schon. Er taucht auf und auch wieder nicht. In Roberts Buch lebt die Familie glücklich bis an ihr Lebensende. Kein posthumer Bestseller rettet den Laden. Er gelangt auf altmodische Weise zum Erfolg. Woche für Woche kommt immer mehr Kundschaft und kauft immer mehr Bücher. Es kommt genug Geld rein, um in einem der letzten Kapitel Urlaub in Südfrankreich zu machen. In einem anderen fährt die Familie mit dem Zug nach England. Es ist die Rede von einer Reise nach Stockholm, doch ich habe den Mädchen schon gesagt, *glaubt nicht alles, was ihr lest.*

Als Eleanor den Buchumschlag zum ersten Mal las, wollte sie, dass wir den Verlag zwingen, die Bücher zurückzurufen und den Lebenslauf zu ändern. Etwa so: »Robert Eady ist ein Pseudonym und jede Ähnlichkeit mit lebenden oder toten Personen …« Pustekuchen. Außerdem habe ich bei mehr als einem Blogger gelesen – denn es ist zu einem Buch geworden, zu dem jeder eine Meinung hat –, der Erfolg des Buches sei nicht zuletzt der tragischen Biographie zu verdanken. Wenn ich im Laden an der Kasse stehe, sehe ich gelegentlich feuchte Augen. Obwohl ich wegen des Erfolgs inzwischen seltener dort bin. Wie alle beschäftige ich jetzt eine Reihe unnahbarer französischer Mittzwanziger.

Doch wenn eine traurige Amerikanerin mich aufspürt und sagt: *Mein herzliches Beileid,* danke ich ihr – ich bemühe mich, dass es aufrichtig klingt, und sage: *Alles ist gut.* Und falls das Gespräch weitergeht – manche lassen nicht locker –, sage ich: *Und er ist ja nicht wirklich fort, oder?* Denn ich bin mir wirklich nicht sicher. Doch das sage ich nicht. Ich sage: *Er ist hier, in diesem Buch.*

Was ich glaube: dass Robert sich mit dem Buch reinwaschen wollte, als könnten ihn die Tantiemen von seinem Versagen freisprechen. Doch es ist eine vermeintliche Absolution, oder? Anfangs hatten wir das Preisgeld, doch darüber hinaus haben wir größtenteils für uns selbst gesorgt (mit Hilfe von George, Eleanor und, wenn ich nachsichtig bin, Madame). Ich missgönne Robert den Versuch nicht, denn die Absolution tut auch weh. Endlich ist der große Erfolg da, doch er kann ihn nicht genießen. Eleanor meint, es war nie die Anerkennung der Welt, nach der er strebte, sondern nur unsere, nur meine, so sehr, dass er eine Spur für uns legte. Das dachten wir jedenfalls. Wir durchkämmten die hundert Seiten des Manuskripts, bis wir begriffen, dass ich und die Mädchen die besten Hinweise im Buch waren und das zweitgrößte Geheimnis des Buches: Was machten wir in Paris?

Im letzten Satz auf der letzten Seite des Buches, als die Ehefrau und die Töchter sich an einem Samstag im Laden zu schaffen machen, ertönt die Türglocke.

Und das tut sie jedes Mal, wenn ich den Laden verlasse, um in den Straßen nach ihm zu suchen. Nicht oft und nicht ernsthaft und nicht, dass ich den Mädchen davon erzähle, aber manchmal, nachdem ich sie zur Schule gebracht habe, gehe ich weiter und tue so, als würde ich ihn immer noch suchen. Vielleicht habe ich von Anfang an nur so getan. Ich glaube nicht. Ich weiß, was ich in seinen Augen sah, als ich ihn das letzte Mal gesehen habe, nämlich dasselbe, was ich jeden Tag im Spiegel in meinen sehe. Ich sah unsere Mädchen, unser Leben. Ich glaube auch, dass ich in Roberts Augen Liebe sah, Sehnsucht. Sicher ist, dass Körper, Himmelskörper ebenso wie menschliche, eine Anzichungskraft besitzen. Unvorstellbar, dass er unsere Anziehung nicht mehr spürt. Unvorstellbar, dass er für immer fort ist.

Allerdings ist es auch unvorstellbar, dass ich Filmemacherin bin, obwohl ich das inzwischen wirklich bin. Jedenfalls sagt mein Dozent – ich studiere endlich wieder –, das soll ich mir selbst sagen, wenn ich den Mut verliere. *Beim Film geht es um Zeit*, sagt er, *nimm dir die Zeit.*

Und die Zeit nimmt mich. Der Sommer ist schließlich vom Winter besiegt worden, und es ist kalt. Manchmal, wenn die Schlange nicht so lang ist, gehe ich auf den Eiffelturm und lasse die Kamera (winzig, Hightech) laufen. Ich lasse mich nicht vom Blick nach Norden ablenken, wo der Palais de Chaillot mit seiner weiten Fläche immer wichtiger aussieht, als er ist, oder nach Westen, wo Amerika liegt mit Belgien und Wales und Stockholm und den beiden Wisconsin-Parisen, den ganzen kleinen Städten, die sagen: *Weißt du noch?* Und ich schaue ganz sicher nicht nach Süden, wo der dicke schwarze Tour Montparnasse sich anfühlt, als hätte man glühende Kohlen im Auge. Ich schaue nach Osten. Zum Louvre und nach Montmartre und Europa – und Ménilmontant. Im mageren Abspann von *Der rote Luftballon* nennt Lamorisse seinen Sohn und seine Tochter und eine Handvoll anderer, bevor er sich für die Unterstützung *des ballons de la région parisienne* bedankt. Je nach Tag, Wetter und Tagesform kann ich sie alle aufsteigen sehen.

Und von Ménilmontant bergab Richtung Seine kann ich fast meinen Laden sehen. Dafür brauche ich keine Kamera. Ich erkenne ihn. Knallrot. Und drinnen, die Party in vollem Gang, nicht nur meine Frauen, sondern so viele andere, all die Lebenden und Toten, Walt Whitman, vielleicht Walt Whitmans Sohn – Whitman, der Lehrbuch-Autor, nicht der Dichter, obwohl sich der Sohn nicht an der Verwechslung störte –, der eine Buchhandlung namens Le Mistral gründete und dann zu Ehren von Sylvia Beach umbenannte, als diese ihr Shakespeare and Company nach dem Krieg nicht wieder öffnen konnte. Ich denke an Sylvia Beach und ihren Laden. Ich denke an meinen. Ich denke an ferne Länder,

Jahrhunderte, Städte, die in Bücherregalen aufeinandertreffen.

Ich denke an Albert Lamorisse und seinen jungen, jetzt alten Sohn Pascal, der seinen Vater vor so langer Zeit verloren hat, und ich frage mich, was Pascal denkt, wenn er diesen alten Film sieht, ob er ihn überhaupt sieht, ob er es ertragen kann, Pascal in fast jeder Szene, Pascal, der hinunter in die Kamera blickt, während er in jener berühmten letzten Szene abhebt und an einem Strauß Luftballons über Paris schwebt. Weder Vater noch Sohn können da gewusst haben, wie es nur vierzehn Jahre später im Iran enden würde – Lamorisse in einem Hubschrauber mit dem persönlichen Piloten des Schahs, der aufsteigt, stottert, abstürzt. Es gibt nur wenige Berichte über Lamorisses Tod und noch weniger, die erwähnen, dass Pascal – längst nicht mehr der kleine Junge aus *Der rote Luftballon*, sondern ein junger Mann – sich ebenfalls an Bord des unglückseligen Hubschraubers befand. Irgendwie brachte Pascal sich Sekunden vor dem Aufprall in Sicherheit. Sein Vater nicht.

Das habe ich Robert nie erzählt.

Auch nicht, dass in jedem von Lamorisses bekannteren Filmen der Protagonist am Ende verschwindet.

Und zu guter Letzt auch nicht, was Robert als Bemelmans-Fan sowieso gewusst haben musste: dass Bemelmans jung starb. Nicht so jung wie Lamorisse, doch die Enkel, nach denen er sich so gesehnt hatte, lernte er nie kennen. Vor seinem Tod arbeitete Bemelmans an einem letzten *Madeline*-Buch, *Madeline und der Zauberer*, das an die Weihnachts-Specials anknüpfte, die Bemelmans Mitte der Fünfziger in Frauenzeitschriften veröffentlicht hatte. Doch dieser neue Band dreht sich um den Zauberer, nicht um Weihnachten. Er existiert nur in Fragmenten – Bilder, Zeichnungen, Skizzen. (Ellie und Daphne haben dieses Arkanum entdeckt.

Je älter sie werden, desto wichtiger ist ihnen Bemelmans' Werk für jüngere Leser.) Der Künstler wusste, dass er krank war, wusste, dass er nicht mehr lange leben würde, und so sehr er sich auch bemüht haben mochte, den Ton der Geschichte heiter zu halten, es gelang ihm nicht. Sein Leben sickerte hinein, wie das Leben es eben tut. Das hagere, unermüdliche Fräulein Stefanie, das Madeline und ihre anderen Schützlinge durch ganz Paris geführt hat, liegt krank darnieder. Ein Zauberer namens Mustafa taucht auf und verwandelt mit schwungvoller Geste das alte mit Wein bewachsene Haus in Paris: ein See erscheint, ein Papaya-Baum, sogar Bergziegen aus dem Himalaya.

Die Mädchen sind begeistert, sorgen sich jedoch um Fräulein Stefanie, so krank. Wäre es zu viel verlangt, wenn …

Aber natürlich! Mustafa verzaubert Fräulein Stefanie, und sie kommt wieder zu Kräften. Sie ist jedoch nicht erfreut über die Veränderungen, die Mustafa in ihrer Abwesenheit angerichtet hat, und bittet ihn, sie rückgängig zu machen. Er tut es, und sie verstößt ihn in die verschneite Nacht, wo er sogleich verschwindet.

Es existiert eine ergreifende Skizze der Mädchen, die unter Tränen einem Trauerzug mit dem Hut des Zauberers folgen, ein Fez: *Wir hätten alle gern unseren Zauberer wieder*, gesteht Fräulein Stefanie ein, aber manche Dinge sind nicht möglich, nicht im echten Leben. Stattdessen bietet sie den Kindern einen Streuner an. Eine Katze.

Natürlich ist die Katze der Zauberer, und er erklärt:

Ich hab mich verwandelt, um zu wachen über dieses Haus,
und bei euch zu bleiben – still wie eine Maus.
Das bleibt ein Geheimnis,
Ein Geheimnis, das keiner kennt
Und damit findet die Geschichte ein End.

Damals, wenn ich mich in Roberts Worten erkannte, war das Gefühl greifbar. Ich war zart und dünn, wie eine gepresste Form von mir, ein gepresstes Blatt, das beim Umblättern flatterte und manchmal riss.

Doch jetzt finde ich Bücher so unüberschaubar, zu unüberschaubar. Nicht nur Roberts, sondern alle, alle über Paris, alle über überall. Inzwischen denke ich, das Wunderbarste an Paris ist das Schwindelgefühl, wenn man entdeckt, dass alles, was vertraut und greifbar schien, in Wahrheit weit weg ist. So ähnlich geht es mir, wenn ich müßig einen Mann verfolge und stattdessen eine Stadt finde. Manchmal wünsche ich mir, die Verfolgungsjagd würde nie aufhören, so wie ein Lieblingsbuch, wie mein Leben hier. Es überrascht mich eigentlich nicht, dass ich nicht mehr so viel lese, sondern mich treiben, mich mitreißen lasse, so wie Pascal, wie Madeline, wie Bemelmans, wie Lamorisse, wie meine Töchter. Wie Robert. Wie jeder, der je ein Buch angefangen oder beendet hat, oder eine Liebesaffäre, oder beides verwechselt hat, bevor er sich voller Vorfreude hineinstürzt.

Fin

»Es ist herrlich, einen Haushalt zu übernehmen, der so lebendig ist, so vollständig und warm, und Radieschen zu ernten, die jemand anders gepflanzt hat, und in einem Garten Blumen zu pflücken, den jemand anders gepflegt hat.«

Ludwig Bemelmans
»Die Insel Gottes«
Essays über die Entstehung
der *Madeline*-Reihe

Dank

Fünfzig Millionen Franzosen können sich nicht irren, aber ein Amerikaner, bei aller Liebe zu Paris (oder gerade deshalb), schon. Ich entschuldige mich für jeden Fehler. Allerdings stütze ich mich auf rund fünfzig Millionen Quellen und bin dankbar für jede Information und jeden Rat.

Ich danke meinen ersten Lesern Alfredo Botello, Lauren Fox, Dan Kois und Emily Gray Tedrowe sowie Christi Clancy, Aims McGuinness, Jon Olson und Annie Rajurkar. Ganz besonderer Dank geht an Caroline Leavitt, deren Begeisterung den Ausschlag gegeben hat, und an Susan Richards Shreve, die uns zusammengebracht hat.

Dank auch an alle, deren Sachkenntnis ich angezapft habe, darunter Professor Larry Kuiper, Emily Griffin und Susan Keane in allen Fragen zur französischen Sprache. Ich danke Professor Tami Williams für ihren Rat beim Thema französisches Kino und Professor José Lanters für sein Wissen in Sachen holländische Magazine. Dr. Kevin Wheeler für medizinischen Rat. Meinen Pariser Lesern Nataša Basic, Sophie Rollet und Ingrid Johnson für ihre Insider-Informationen über Kindererziehung, Paris, Französisch, Franzosen und deren Kombination. Ein besonderes *mrc* an meine Expertin für Teenie-Chats Hatty Rowney, an Antoine Laurain für seine Tipps zu Buchhandlungen und Buchhandel in Frankreich und an Michael Bula und James Frasher, an meine Agentin Elisabeth Weed, ihre Kolleginnen Dana Murphy und Hallie Schaeffer, an Maya Ziv, Lektorin dieses Buches, und ihre Kollegin Madeline Newquist – *mille mercis.*

Außerdem danke ich dem unvergleichlichen Daniel Goldin von der Boswell Book Company in Milwaukee für seine Einblicke in die Kunst des Buchhandels und seine Unterstützung für Autoren überall (ganz besonders diesen).

Wer sich für Leben und Werk von Ludwig Bemelmans interessiert, dem lege ich das Buch seines Enkels John Bemelmans Marciano ans Herz: *Bemelmans: The Life and Art of Madeline's Creator*). Viele Hintergrundinformationen zu Bemelmans, vor allem über sein letztes Projekt, stammen aus diesem Buch. Marciano würdigt, ebenso wie ich, das erschöpfende *Ludwig Bemelmans: A Bibliographie*, zusammengestellt von Murray Pomerance. Für eine Einführung zu Bemelmans' »Werk für Erwachsene«, wie Leah und die Mädchen es nennen, empfiehlt sich die Anthologie *Tell Them It Was Wonderful*. Und schließlich bietet sich der Ausstellungskatalog *Madeline at 75: The Art of Ludwig Bemelmans* an – mit einem wunderschön illustrierten Essay von Maira Kalman.

Obwohl ich, wie Leah, die Buchversion von *Der rote Luftballon* liebe, lernt man Albert Lamorisse am besten durch seine Filme kennen: *Der weiße Hengst* (1953) und natürlich *Der rote Ballon* (1956) sind in den restaurierten Fassungen der Criterion Collection erhältlich. Von Lamorisses Sohn Pascal gibt es die fesselnde kurze Dokumentation *Mon père était un ballon rouge* (2008), erhältlich über Shellac Sud.

Piet E. Schreuders bemerkenswertes Magazin *Furore* widmete fast eine ganz Ausgabe (Nr. 21) den Drehplätzen und anderen Informationen über *Der rote Ballon*. Einem anderen Magazin, *Bidoun*, bin ich dankbar, dass es mich auf die schrille Filmcollage von Lamorisses iranischen Mitarbeitern aufmerksam gemacht hat. Der im 1. Kapitel erwähnte Kritiker ist Charles Silver. Das Zitat stammt aus einem kurzen Essay auf der Internetseite des Museum of Modern Art.

Selbst wenn ich nicht in Paris war, tat ich mein Bestes, durch Bücher dort zu leben: *Paris, I Love You But You're Bringing Me Down* (Farrar, Straus and Giroux, 2012) von Rosecrans Baldwin, *Shakespeare and Company* (Harcourt Brace, 1959) von Sylvia Beach, *My Paris Dream* (Spiegel & Grau, 2015) von Kate Betts, *Americans in Paris: A Literary Anthology* (Library of America, 2004), herausgegeben von Adam Gopnik sowie Gopniks *Paris to the Moon* (Random House, 2000), *The Red Notebook* (Gallic Books, 2015) von Antoine Laurain, *Time Was Soft There* (St. Martin's, 2005) von Jeremy Mercer, *Petite Anglaise* (Spiegel & Grau, 2008) von Catherine Sanderson, *A Family in Paris* (Penguin Lantern, 2011) von Jane Peach und *The Only Street in Paris* (W. W. Norton, 2015) von Elaine Sciolino.

Ich fand diese Quellen in diversen Archiven und Bibliotheken, denen ich zu Dank verpflichtet bin: der Bibliothèque nationale de France und der Cinémathèque française (die dortige Recherche wurde von der University of Wisconsin – Milwaukee gefördert), der Beinecke Rare Books & Manuscript Library der Yale University, dem Rose Main Reading Room und dem Milstein Microform Reading Room der New York Public Library, der Patricia Klingenstein Library der New York Historical Society und der Golda Meir Library an der University of Wisconsin – Milwaukee, vor allem der Bibliothekarin Molly Mathias, die Informationen über einen Mann ausgrub, der noch schwerer aufzuspüren war als Robert.

Wer sich für die Bücher interessiert, die Leah erwähnt: *Swaheli Grammar and Vocabulary* (Society for Promoting Christian Knowledge, 1910) von Mrs. F. Burt, *Suite Vénitienne* (Bay Press, 1988) von Sophie Calle, *Walks in Paris* (George Rutledge and Sons, 1888) von Augustus J. C. Hare,

Helsingør Station (Secker and Warburg, 1989) von Aidan Higgins, *Fair Play* (Sort of Books, 2007) von Tove Jansson, »We Two Grown-Ups« aus *Men Giving Money, Women Yelling* (William Morrow, 1997) von Alice Mattison, *So Long, See You Tomorrow* (Knopf, 1980) von William Maxwell, »Wants« aus *Enourmous Changes at the Last Minute* (Farrar, Straus and Giroux, 1985) von Grace Paley, *Pale Horse, Pale Rider* (Harcourt, 1939) von Katharine Anne Porter, *Indiana* (Oxford 1994) von George Sand, *Sculpture of the Eskimo* (McClelland and Stewart, 1972) von George Swinton, *The Book of Salt* (Houghton Mifflin Harcourt, 2003) von Monique Truong und *Fools Crow* (Viking Penguin, 1986) von James Welch. Aus der Kinderabteilung: *Dieu tu est là? C'est moi Margaret!* (L'Ecole des Loisirs, 1986) von Judy Blume (übersetzt von Michèle Poslaniec), *Le Poids d'un Chagrin* (Editions Auzou, 2008) von Sandrine Lhomme und Roxane Marie Galliez, *Mon Premier Cauchemar* (Chocolat! Jeunesse, 2009) von Selma Mandine.

Zwei Bemerkungen zu absichtlichen Fehlern beziehungsweise dichterischer Freiheit.

Als das Buch entstand, gab es kein magisches Visum für Buchhändler, wie Leah und ihre Töchter es genießen. Aber es ist keine schlechte Idee. Bis dahin sollten alle sich an die Gesetze halten und nicht länger bleiben als vorgesehen – und auch nicht auf den Brückengeländern über der Seine rumturnen.

Jede Ähnlichkeit von The Late Edition mit dem einstigen Red Wheelbarrow Bookshop im Marais (in der Rue Saint-Paul, nicht meiner fiktiven Rue Sainte-Lucie-la-Vierge) ist rein zufällig. Dennoch möchte ich mich bei seiner damaligen Besitzerin Penelope (und bei Paris) bedanken und entschuldigen: Wir hätten den Laden kaufen sollen, als Sie es uns angeboten haben.

Meine Familie denkt ständig an jenen Nachmittag zurück. Und ich dachte ständig an meine Familie, während ich dieses Buch schrieb. Für Mary, Honor und Jane, die bei unseren ersten Wanderungen durch Paris meilenweit liefen, ohne Murren, ohne Regenschirme – danke, dass ihr weder einander noch mich auf irgendwelche Gleise gestoßen habt.

Und ich danke meiner Frau Susan, deren Liebe und Unterstützung mehr als fünfzig Millionen Bücher füllen würden und die während der Entstehung dieses Buches meine langen Abwesenheiten duldete, manchmal sogar, wenn ich anwesend war: Ich liebe dich. Ich bin wieder da.

Über den Autor

Liam Callanan ist Autor und Journalist, u. a. schreibt er für *The Wall Street Journal, The New York Times* und *The Washington Post.* Er gibt außerdem Kurse für Schriftsteller an der University of Wisconsin – Milwaukee. Er lebt mit seiner Frau und seinen Töchtern in Wisconsin. *Ich erfinde dir Paris* ist sein erster Roman in deutscher Übersetzung.

Die Übersetzerin

Juliane Zaubitzer, geboren 1971 in Lübeck, hat Amerikanistik studiert und arbeitet als freie Übersetzerin, u. a. von Roddy Dolye und Sue Townsend.